文春文庫

泥濘

黒川博行

文藝春秋

泥濘《ぬかるみ》

主な登場人物

二宮啓之……建設コンサルタント。二宮企画代表。
二宮悦子……二宮の母親。
渡辺悠紀……二宮の従妹。ダンスのインストラクター。
マキ……二宮が飼っているオカメインコ。
中川……大阪府警捜査四課巡査部長。

＊「二蝶会」関係者
嶋田和夫……「二蝶会」三代目組長。
桑原保彦……「二蝶会」若頭補佐。
多田真由美……桑原の内縁の妻。
西木……若頭。
徳永セツオ……「二蝶会」構成員。
木下……「二蝶会」構成員。
二宮孝之……啓之の亡父。元「二蝶会」幹部。

＊NPO法人「警慈会」メンバー
岸上篤……「警慈会」代表。元警視。「悠々の杜やすらぎ」理事長。
小沼光男……司法書士。元警部補。捜査二課。

横内隆……中央署捜査四係で今井、間宮の同僚。失踪。
間宮彬……中央署捜査四係で今井、横内と同僚。

＊「白姚会」関係者

徳山清南……「白姚会」二代目組長。
木崎吾郎……「白姚会」若頭。
田所正巳……「白姚会」構成員。
工藤……木崎の舎弟。
光本伊佐雄……「白姚会」のフロント「徳山商事」代表。
南条研……オレオレ詐欺グループのリーダー。

＊「悠々の杜やすらぎ」関係者

福井澄夫……「悠々の杜やすらぎ」初代理事長。
佐々木孝治郎……福井の番頭役。
飯沢……「やすらぎ」の設立を申請した半堅気の福祉ブローカー。

＊「診療報酬不正受給事件」の主要な逮捕者

今井恭治……中央署捜査四係元刑事。警慈会メンバー。
加瀬耕一郎……不正請求をした元歯科医院理事長。
平山克裕……患者の情報を加瀬に売った元整骨院経営者。

1

マキがピピッと鳴きながら飛んできた。頭上を旋回する。マキ、降りといで――。手をかざしたが、とまろうとしない。マキは高く舞いあがり、雲の向こうに消える。どこ行くんや、迷子になるで――。

眼をあけると、マキは二宮《にのみや》の胸の上で片足をあげ、羽根を広げて伸びをしていた。ドアノブをまわす音がした。悠紀《ゆき》か――。いや、悠紀なら鍵を持っている。

「マキ、誰か来た。客かな」客ならノックくらいしろ。

どちらさん、ドアに向かって声をかけた。

「わしや。開けたれ」

聞き憶えがある。というより、耳に染みついた悪魔の声だ。

「しもた。返事をしてしもたがな」

〝ソラソウヤ　ソラソウヤ〟マキは小さくあくびをする。

「こら、なにしとんのや。開けんかい」

「いま、取り込み中ですねん」

「なにを取り込んどんのや。洗濯物《せんたくもん》か」

「いや、その、ちょっと体調がわるうて……。またにしてもらえませんか」

「二宮くん、講釈はええから、顔を見せてくれるか」

しかたなしにソファから起きあがった。ティッシュをとって目脂《めやに》を拭く。マキは飛んでブラインドのレールにとまった。

立ってドアのそばへ行き、錠を外した。桑原《くわはら》はさっさと入ってきて、ソファに腰をおろした。ダークグレーのピンストライプのスーツにライトグレーのシャツ、ノーネクタイ、靴は黒のプレーントゥだ。

「おまえのポロシャツ、糞《ふん》だらけやぞ」桑原は煙草をくわえる。

「ふたりで昼寝してましてん」マキを見た。冠羽を逆立てて桑原を観察している。

「おまえぐらいのもんや。鳥に糞されてよろこんでるのは」

「別によろこんではないけど……」

マキの糞は小指の爪ほどもない。臭いもしないから、きれいなものだ。

「喉渇いた。ビールや」

桑原は金張りのカルティエで煙草に火をつけた。

「車とちがうんですか」

わるい予感がした。桑原が車で来たのなら、あとがややこしい。こいつは無法者のくせに飲酒運転をしないのだ。

「二宮くん、わしはタクシーで来た。守口《もりぐち》からこの貧民窟《ひんみんくつ》までな」

料金は五千円。釣りはチップだと桑原はいった。

どうやら嘘《うそ》ではないようだ。二宮は冷蔵庫から発泡酒を二本と、捨てようと思っていた賞味期限切れのじゃこてんを切ってテーブルにおいた。

「なんや、おい。おまえも飲むんかい」

「お相伴させてもらいます」

「飲むのは、わしの話を聞いてからにせい」

「なんで……」

「込み入ってるんや。ただでさえ靄《もや》のかかったおまえの頭では理解できん」

桑原は発泡酒のプルタブを引き、口をつけた。「これがビールかい」

「偽ビールです」いちいちうっとうしいやつだ。ラベルを見れば分かるだろう。

腹が立つから桑原の煙草をとり、カルティエで吸いつけた。

「おまえ、新聞読むか」

「新聞ね。スポーツ新聞やったら読みますわ。近所のラーメン屋で」

日本のプロ野球にさほど興味はない。サッカー、アメフト、バスケット、相撲にも。

ゴルフはたまにテレビで見るが、女子プロの化粧が濃いのは紫外線避《よ》けか。そう、あの厚化粧をするには一時間はかかる。クラブハウスの化粧室はどうなっているのだろう。トッププロには専属のスタイリストがいるのだろうか——。

「なにをぶつぶついうとんのや、え」

「桑原さん、ゴルフはせんのですか」

「せえへん。あんなもんは与太者《よたもん》の遊びや」

桑原は発泡酒を飲み、じゃこてんをつまむ。

「それ、宇和島のじゃこてんですわ」

「ほう、そうかい」

「旨いかな、と思て」

「不味《まず》うはない。ちょっと酸味がある。……それより、新聞読むかと訊《き》いたんやぞ」

「せやから、おもしろいニュースでもあるんですか」

「これや。読んでみい」

桑原は上着のポケットから四、五枚の紙片を出した。新聞記事を切り抜いたものだ。

「歯科医の診療報酬詐欺。警察ＯＢが絡んどる」

二宮は紙片の一枚を手にとった。全国紙の社会面だろう、右上に赤のサインペンで〝3月30日朝刊〟と日付が書いてある。

《**歯科診療報酬、不正受給疑い　警察OB、経営関与か**

大阪市内の歯科医院（閉院）が診療報酬を不正に受給した疑いがあるとして、大阪府警が歯科医院などを家宅捜索していたことが29日、捜査関係者への取材で分かった。府警は歯科医院の経営に警察ＯＢが関与した疑いもあるとしてＯＢ側の関係先も捜索。押収した資料を分析し、不正の実態解明を進めている。

捜査関係者などによると、歯科医院理事長らは医院を閉鎖した昨年秋まで、治療回数を水増ししたり、治療を偽装するなどの手口で、不正受給を繰り返していた疑いがあるとされ、府警は今年2月下旬、詐欺容疑などで歯科医院とともに警察ＯＢの関係先などを捜索した。

歯科医院理事長は取材に対し、歯科医院が昨年8月上旬に事実上閉院後、同年11月下旬までに診療報酬１０００万円を不正請求したことを認めた。さらに「警察ＯＢらに架空請求を強要された」と主張。「不正請求分のうち約７００万円を警察ＯＢらに渡した」と答えた。

一方、警察ＯＢは取材に対し、「理事長に頼まれて歯科医院の運営を手伝い、その過程で理事長に貸した家賃や広告費など約７００万円を昨年11月に返してもらっただけ」と不正への関与を否定した。》

「なんや、分かりにくい記事ですね。歯医者のおっさんが警察ＯＢに診療費の架空請求をせいといわれて、七百万円を脅しとられたということですか」
「そんな簡単な話やない。続きを読め」
「続きね……」
〝4月27日朝刊〟の記事を広げた。

《大阪府警OBや歯科医院理事長ら11人に逮捕状　診療報酬不正受給容疑

大阪市内の歯科医院による診療報酬の不正受給事件で、関与していた疑いが持たれている大阪府警OBらが医院を支配下に置くため、業務提携を画策した疑いのあることが26日、分かった。府警捜査三課は同日、詐欺容疑で府警元巡査部長、今井《いまい》恭治《きょうじ》（56）＝大阪府豊中市小路東町＝、元整骨院経営、平山克裕《ひらやまかつひろ》（34）＝住所不定＝、医院を運営する医療法人理事長で歯科医師、加瀬《かせ》耕一郎《こういちろう》（45）＝大阪市中央区＝の各容疑者ら6人を逮捕。ほかに5人の逮捕状を取って行方を追っている。

府警は今井容疑者が事件を主導し、患者約520人分の診療報酬をだまし取ったとみて全容解明を進める。不正の舞台となった大阪市中央区の歯科医院は昨年秋に閉鎖された。

逮捕容疑は、今井容疑者らが共謀して昨年7月、患者約30人分の歯を治療したなどと偽って診療報酬を社会保険診療報酬支払基金に請求し、約98万円を詐取したというもの。

捜査関係者によると、今井容疑者は大阪府警中央署刑事課に所属していた2003年ごろから複数の暴力団関係者との親密な交際が指摘され、捜査対象者との金銭の貸し借りなどが発覚して懲戒処分を受け退職。その後、大阪市内でコンサルティング会社を営んでいた。加瀬容疑者とは２０１２年ごろに知り合い、医院の経営に関与するようになったとみられる。

加瀬容疑者は逮捕前の取材で「今井容疑者に医院経営の提携を求められたが、条件が悪かったため契約を見送った」と説明。しかし昨年8月以降、「今井容疑者らに医院を乗っ取られ、不正受給を強要された」とし、昨年11月までに不正請求で得た診療報酬約１０００万円のうち約７００万円を今井容疑者に渡したなどと述べた。

これに対し、今井容疑者は取材に「加瀬容疑者に医院の運営資金を貸し付けたことはあったが、不正受給は知らなかった」と関与を否定していた。

今井容疑者は大阪府警で長く暴力団捜査などを担当し、退職後は経営コンサルタントに転じたが、その経営は「元暴力団担当刑事」の経歴をもとに、顧問先企業のトラブル処理や不動産売買の仲介などを手がけていたとされる。

現職時代の今井容疑者について、元府警幹部は「暴力団関係者との交際や民間業者との不適切な関係など、疑惑や噂がたえずつきまとっていた人物だった」と明かす。》

「どえらいわるいやつやな、このコンサル」

短くなった煙草を消して灰皿に捨てた。「こんな腐れは逮捕されて当然ですわ」

「おまえも同じコンサルやないけ」桑原は二本めの発泡酒に口をつける。

「あのね、こいつは経営コンサルタントで、おれは建設コンサルタントです」

「わしは会うたことないけど、中央署のマル暴で今井いうたら、大阪中の極道が名前を知ってた。島之内《しまのうち》の『白姚会《はくようかい》』とはずぶずぶで、事務所に入り浸ってた」

組長のツケでミナミのクラブに出入りする、組長のお供でゴルフをする、若頭の車を乗りまわす——。今井とつるんで白姚会にたかる刑事も多くいた、と桑原はいう。

「白姚会て、二代目ですよね。川坂《かわさか》の直参……」

「組長は徳山清南《とくやまきよみ》。兵隊は六十人。うちの組と同じくらいや」

白姚会の資金源は金融、不動産、カジノバー、売春と多岐に渡り、人材派遣や介護ビジネスにも手を染めている、と桑原はいい、「組筋はどこも汲々《きゅうきゅう》としてるのに、白姚会は羽振りがええ。徳山は昔気質《かたぎ》のイケイケ極道やけど、若頭《かしら》の木崎《きさき》いうのが切れる。木崎は今井をネタ元にしてシノギを広げたんやろ」

現役のマル暴とつるんでいれば、カジノバーやデリヘルの摘発情報は事前に分かる。違法の人材派遣も抜け道を示唆されるだろう。

「今井が府警をクビになった理由《わけ》は分かりました」

また一本、桑原の煙草をとって吸いつけた。「——けど、元マル暴がなんで歯医者と知り合うたんですかね」

「保険証や。加瀬は今井と整骨院の平山が持ち込んだ保険証で稼いでた」

つづきの記事を読め、と桑原はいう。二宮は紙片を手にとった。

〝4月30日朝刊〟――。

《大阪の診療報酬詐欺　歯科医院理事長、府警OBに解決金名目で5000万円

大阪市中央区の歯科医院（閉院）の診療報酬を巡る詐欺事件で、逮捕された大阪府警OBの元巡査部長、今井恭治容疑者（56）と元整骨院経営、平山克裕容疑者（34）の関与が浮かび上がった。医院を運営していた大阪市の医療法人理事長、加瀬耕一郎容疑者（45）と今井容疑者、平山容疑者には、金銭トラブルがあった。加瀬容疑者は警察関連団体のNPO法人「警慈会《けいじかい》」（大阪市中央区）メンバーの知人男性（司法書士＝府警OB）に、トラブルの解決名目で数千万円を提供。だが、医院は今井容疑者らに乗っ取られた状態になり、閉鎖に追い込まれた。

加瀬容疑者によると、歯科医院は2006年に設立され、数年前から経営が傾いていた。医院に出入りする今井容疑者と平山容疑者らが不正請求に使う健康保険証を持ち込んだり、患者を紹介するようになり、診療報酬の不正受給が始まったという。平山容疑者の整骨院などから流出した約500人分の健康保険証が悪用されたとみられるが、今井容疑者らは「保険証を不正に使われたため整骨院が閉鎖に追い込まれた」などと加瀬容疑者に賠償を要求し、加瀬容疑者とのトラブルが生じていた。

一方、加瀬容疑者の知人男性は昨年春、トラブル解決のため、自らがメンバーになっている「警慈会」代表を加瀬容疑者に紹介。代表は知人男性を通じて保険証問題の「解決金」と、事件化されないようにする「対策費」などを要求した。加瀬容疑者はクレジットカードを知人男性に渡すとともに、現金総額5000万円を振り込んで一連の対応を任せた。

その後、加瀬容疑者は弁護士を通じて知人男性に現金の返還を求め、約3000万円の返済を受けることで示談が成立している。》

「なるほどね。この歯医者は警察OBに寄ってたかって食われてたんや」

「いちばんのワルは小沼《こぬま》とかいう司法書士や。そのくせ、起訴猶予になっとる」

「起訴猶予……。塀の向こうに行ったんやないんですか」

「いまものうのうと左団扇《うちわ》でやっとるわ。スポンジ頭の歯医者から毟《むし》りとった金でな」

桑原は脚を組み、「ほら、まだあるやろ。読んでみい」

〝5月9日朝刊〟——。

《**診療報酬詐取容疑　歯科医院理事長に複数警官紹介か　逮捕の元警部補ら**

大阪市内の歯科医院による診療報酬の不正受給事件で、詐欺容疑で逮捕された大阪府警の元警部補、司法書士の小沼光男《みつお》容疑者（67）らが、複数の現職警察官を医院側に紹介した疑いがあることが8日、分かった。府警は、小沼容疑者がOBとしての人脈を誇示し、医院側から何らかの利益を得ようとした可能性もあるとみている。

捜査関係者などによると、小沼容疑者は昨年春ごろ、大阪市内の飲食店で加瀬容疑者と会食。この際、府警の刑事部門に所属する複数の警察官を連れてきたという。飲食代は加瀬容疑者のクレジットカードで小沼容疑者が支払い、府警は同席したとみられる複数の警察官の名刺を押収している。

逮捕前、取材に応じた小沼容疑者は、「経営している司法書士事務所に加瀬理事長が相談にきた。当時、加瀬氏は今井氏、平山氏との間でトラブルがあり、その解決を依頼されたので警慈会を紹介した。わたしが加瀬氏から預かった金は経費を除いて大半を返還し、示談が成立している」と明かした。》

〝5月18日朝刊〟――。

《**診療報酬不正受給　元警部補ら8人　大阪地検不起訴**
大阪市内の歯科医院による診療報酬の不正受給事件で、大阪地検は17日、歯科医院理事長の加瀬耕一郎容疑者（45）と、府警ＯＢの今井恭治容疑者（56）、元整骨院経営の平山克裕容疑者（34）の3人を詐欺罪で起訴した。共犯容疑で逮捕された大阪府警の元警部補（67）とＮＰＯ法人「警慈会」代表の元警視（70）、福祉法人経営コンサルタント（62）ら8人は「関与の程度が低い」として不起訴（起訴猶予）とした。》

「どうや、構図が見えたか」桑原がいう。

「なんとなく、分かりましたけどね……」

「いうてみい」

「加瀬いう歯科医院の理事長と、今井いうコンサルと、平山いう整骨院の経営者が、つるんで架空請求してたんです。それが金の配分で仲間割れした。今井と平山に脅された加瀬は司法書士の小沼に泣きついた。小沼は元警部補やから元巡査部長の今井を抑えられると、加瀬は考えた……。けど、小沼は端《はな》から加瀬を助けるつもりなんかなかった。現職の刑事や警慈会の代表を顔見世に使うて、加瀬から五千万を引っ張ったんです」

「おまえの読みはだいたい合うてるけど、甘いな」

「どこが甘いんです」

「今井と小沼はグルや。そんなことも分からんのかい」

「けど、小沼は起訴されてへんやないですか」

「小沼は加瀬を食うたけど、不正受給という詐欺をしたわけやない。加瀬とも示談が成立したことになってる」

「それで不起訴ですか」

「検察は警察がかわいい。下手に突っ込んで事件を広げたら現職の刑事にまで火の粉が飛ぶ。適当なとこでチャンチャンにするのが検察の裁量や」

桑原の見立てはまちがってないように思う。……が、こんな興味もない、どうでもいい記事を持ってきた、そもそもの理由が分からない。こいつはまた、ろくでもないことを考えとるぞ——。ついつい記事を読んでしまったことを、二宮は後悔し、反省した。

「おまえ、仕事は」桑原はソファにもたれて片肘をついた。

「仕事……。毎日、この事務所に出てますけど」

「サバキや、サバキ」

「サバキね……。先月、解体をしました」

吹田《すいた》の文化住宅の解体工事を仲介した。築三十五年、建延《たてのべ》百三十坪の木造住宅だった。

「なんぼになった」

「微々たるもんです」

仲介を依頼してきたのはゼネコンではなく、地元の古い工務店だったから、サバキ料は二十万円を請求した。今年の収入は、その解体土木工事と、二月に請けた旭区のスナックの内装工事仲介で十八万円、三月は八尾《やお》のマンション仮枠《かりわく》工事の斡旋《あっせん》で二十七万円——。たった六十五万円だ。この半月、来客はなく、仕事の依頼もない。

「梅雨入り宣言、いつですかね。梅雨が近い。雨がつづいたら解体も土木工事もないし、そろそろ夜逃げしよかと思てますねん」

「そら、けっこうや。倒産整理はわしがやったる」

「桑原さんに整理してもろたら洒落《しゃれ》にならんですね」

普通、ヤクザの倒産整理は債務者に涙金をやって囲い込み、他の債権者を蹴散らすのだが、この男にそんな情はない。二宮は尻の毛まで毟《むし》られるだろう。

「当座を作って、わしに白地《しらじ》手形を預けろや。そしたら百万やる。モンゴルでもシベリアでも逃げんかい」

「モンゴルでパオ暮らしか。羊飼いでもしますかね」

「あほやろ、こいつは。自分の頭の蠅も追えんやつが、どうやって羊を追うんや」

「ほんまやな。巧《うま》いこといいますね」こいつのいうことはまるでおもしろくない。追従《ついしょう》で笑ってやったが、仕事が減った理由は分かっている。平成二十三年春から施行された大阪府暴力団排除条例だ。その概要は〝府の事務及び事業の内容により、「暴力団員又は暴力団密接関係者」や「暴力団を利すること」などが判明した場合は許可や承認などを与えないこと〟であり、〝事業者はその事業に関して暴力団員に対し、「暴力団の威力を利用することにより利益を供与してはならない」「暴力団の活動を助長し、資することとなる利益を供与してはならない」〟とされている。

二宮企画の表看板は建築工事や解体土木工事の仲介斡旋をする建設コンサルタントだが、収入の半分以上は〝サバキ〟で得てきた。そうして、そのサバキが今年は吹田の一件しかないという破滅的な状態だ。

ビルやマンション、自治体の再開発といった建設現場にはヤクザや企業舎弟がまとわりつく。地元建設業者の手先になって下請工事を強要することもあれば、騒音がうるさい、振動で家にひびが入ったなどと、難癖をつけて役所や現場事務所に乗り込み、担当者が曖昧《あいまい》な対応をすると、これは食えるとなって、毎日のように現場付近をうろつき、搬入道路を車でふさいだり、土中に弥生式土器を埋めて、遺跡破壊だと騒ぎたてたりすることもある。暴対法の施行後、露骨なゆすりたかりは減ったが、あらゆる嫌がらせで工事を妨害する。結果的に工期は遅れ、建設会社は多大な損失を被るため、暴力団対策を欠かすわけにはいかない。

毒をもって毒を制す——。ヤクザを使ってヤクザを抑える対策を建設業界では〝前捌《まえさば》き〟と呼び、略してサバキという。二宮企画は建設会社からサバキの依頼を受けて適当な組筋を斡旋し、その仲介料で事務所を維持してきたのだが……。

「おれ、密接関係者ですかね」

「なんやと……」

「暴力団密接関係者」

サバキに関係して、二宮は何度か府警捜査四課の刑事に事情を訊かれたことがある。死んだ父親が二蝶会《にちょうかい》の幹部だったことも、彼らは知っていた。だからといってヤクザ扱いされたことはなく、任意同行を求められた経験もないが。

「おまえはやっぱり変人や」桑原はせせら笑った。「おまえみたいなコンプライアンスの欠片《かけら》もない悪党が素っ堅気やったら、大阪中に極道はおらんやろ」

「けど、おれは税金を払うてますよ。経費は多少ごまかしてるけど」

ヤクザと堅気のいちばんのちがいはそこだ。税法上、ヤクザという職業はなく、だから彼らに課税されることはない。そもそも税金というものは〝怖いところ〟からとるものではなく、〝とりやすいところ〟からとるものなのだ。

「おまえの話には脈絡というもんがない。つきおうてたら日が暮れる」

さもうっとうしそうに桑原はいった。「おまえ、歯医者、行くやろ。どこの歯医者や」

「歯医者ね。ここ二十年、行ったことないかな」

いきなり、歯医者ときた。脈絡がないのはおまえやろ——。「子供のころから胃と歯だけは丈夫ですねん。視力も両眼一・二やし」

小学四年生のとき、大正区の『歯の健康優良児』に選ばれたことはいわなかった。四十年の生涯で唯一もらった表彰状は大正橋の実家にある。

「ほう、おまえの大食いは歯がええからかい」

「よう嚙《か》める、きれいな歯です」

口もとをニッとして見せた。真白な美しい歯がきらりと輝いているだろう。

「この加瀬歯科医院いうのはな、アメ村にあったんや」

「へーえ、そうですか」なんで知ってるんや。新聞にも書いてないことを——。

「ここから北へ一筋行ったビルの二階や。おまえが患者やったらおもろいと思たんやけどな」

「おれの健康保険証が悪用されてたら、刑事が来たかもしれませんね。加瀬歯科で治療したことありますか、て」

「おまえみたいな大食いには訊くだけ無駄やったわ」

桑原はにこりともせず、首を傾けてブラインドのほうに眼をやった。「――なんじゃい、鳥がわしを見とるぞ」

「インコです。オカメインコ」

「んなことは知ってる。ほら、鳴いてみい。桑原さん、強い、強い」

「怖いひとのいうことは憶えんのです」

「わしのどこが怖いんや、え」

「大阪一、怖いやないですか」

「待たんかい。わしが躾《しつけ》をするのは、極道と半グレと、性根の腐った堅気だけやぞ」

躾とはよくいった。そのせいで、いままでどれほどひどいとばっちりを食ったことだろう。この男は笑いながらひとを殴る。なにがあっても馴《な》れてはいけない。

「そろそろ昼ですね」腕の時計に眼をやった。「飯、食いに出ますわ」

「わしもいっしょに行こかい」

「いやいや、グルメの桑原さんに五百八十円のラーメン定食は、お口に合わんでしょ」

「それもそうやの。日航ホテルでヒレステーキでも食うか」

「ほな、出ますわ」

事務所の鍵を持った。「おれはラーメン屋。桑原さんは日航ホテルに行ってください」

「二宮くん、わしは君とステーキが食いたいんや」

「へっ……」わるい予感。頭上に暗雲が垂れ込めた。

「ほら、運転せい」

桑原はズボンのポケットからキーホルダーを出した。「なんや、その顔は。わしに偽ビール飲ませたんはおまえやぞ」

悪魔を事務所に招き入れたのがまちがいだった。ビールを飲ませろといったのも、新聞記事を持ってきたのも、桑原の策略だったのだ。

マキ、お留守番やで——。諦めてキーホルダーをとり、立ちあがった。

2

桑原のBMW740iはアメリカ村の駐車場に駐《と》められていた。桑原は助手席、二宮が運転して駐車場を出る。

日航ホテルの地下駐車場に車を駐め、三階にあがった。鉄板焼の店に入り、カウンター席に座って、ヒレ肉とシーフードのランチ、桑原はビール、二宮は烏龍茶《ウーロン》を注文した。

「烏龍茶で食うヒレステーキもまた格別ですね」

「いつまでもしつこいのう。わしはゴールド免許やぞ。飲酒運転はせんのや」

「法令遵守。公正公平な業務遂行。おれもそうありたいもんです」

「おまえ、まだ乗っとんのか。赤のチビ車」

「アルファロメオね。あれは売りました。いまは白のフィアット500です」

「どこにそんな金があったんや、この貧乏人が」

「六十万です、六十万。走行距離七万キロ」

六十万円の原資は、この一月に桑原のシノギの手伝いをして、腐れの国会議員秘書から掠めとった金の一部だ。桑原は吝嗇《けち》で狷介《けんかい》で愛想の欠片もない極めて凶暴なイケイケのヤクザだが、不思議なことに金の払いだけはきっちりしている。それだけは、ま、認めてやってもいい。

白いコック帽の料理人がカウンターの向こうに立った。ヒレ肉と白身魚、貝柱の皿をふたりに見せる。焼き加減はどういたしましょう――。

「わしはレア」

「おれはウェルダンで」

「ヒレをウェルダンにしてどないするんや。値打ちがないやろ」

「ええやないですか。おれはなんでもよう焼いてカリカリしたんが好きですねん。ステーキも餃子《ギョーザ》も鯵《あじ》の干物も」

「これや。味も分からん田舎者《いなかもん》にヒレなんぞ食わせるもんやない」

「桑原さん、おれはね、生まれも育ちも大正区のシティーボーイです」

田舎者はおまえやろ。但馬《たじま》の山猿やないか――。思ったが、いわない。ステーキナイフで斬りつけられる。

ふたりのやりとりを聞きながら、料理人はぴくりとも表情を変えない。桑原が怖いのだ。

二宮は洗いざらした紺のポロシャツにチノパンツ、清潔感あふれる善良な堅気の大阪市民だが、桑原はちがう。オールバックの髪に蔓《つる》の細い縁なし眼鏡、すかしたスーツとシャツだけなら新地《しんち》あたりのクラブのマネージャーでとおるだろうが、左の眉からこめかみまで切れた傷痕と、どこか投げやりな身ごなし、ときおり見せる射すくめるような眼差しに隠しきれないプロの匂いがある。街を歩けば地回りは眼を逸《そ》らすし、ミナミやキタの黒服も決して声をかけてきたりはしない。

肉とシーフードが焼けた。料理人が白ワインをかけ、頃合いをみてナイフとヘラで皿に盛ってくれる。二宮は岩塩をふり、料理人は頭をさげてカウンターを離れた。

「さすがに旨いですね、ウェルダンのヒレは」

貝柱もいける。白身魚はヒラメだろうか。

「ちゃっちゃと食えよ。食うたら島之内へ行く」

「あの、それは……」

「白姚会や。若頭の木崎に会う」桑原はレアのヒレをステーキソースで食う。

「ちょっと待ってください。おれがなんで組事務所につきあわんといかんのです」

「おまえ、白姚会をサバキに使うたことがあるやろ。聞いた憶えがあるぞ」

「そんなこといいましたかね。そら、島之内は近いから、仕事は頼んだことあります」

　十年ほど前だったか、高津《こうづ》公園から北へ一筋行った印刷会社の倉庫を解体して、跡地をコインパーキングにした。そのときにサバキを依頼したのが白姚会で、二宮の仲介料は確か、三、四十万円だった気がする。

「誰や。白姚会のサバキ担当は」

「さぁ、誰やったやろ。田代《たしろ》やったか、田所《たどころ》やったか……。そう、田所です。色が黒うて鼻べちゃで、口が耳まで裂けたガマガエルみたいな男でしたわ」

「そのガマガエルに電話せい。二蝶会の桑原さんが木崎に会いたいと」

「会うて、なにするんです」

「老人ホームの話や。白姚会は大東《だいとう》で『悠々の杜《もり》やすらぎ』いう養護老人ホームをやってる」

「組筋が老人ホーム……。理事長は白姚会の組長ですか」

「ヘチマか、おまえの頭は。極道が介護施設に名前出せるわけないやろ。堅気の爺《じじい》を理事長に据えてやっとんのや」

「なにも、そんなぽんぽんいわんでもええやないですか。せっかくのホテルランチを愉しんでるときに」ヒレを口に入れた。「白姚会とか養護老人ホームとか、話が読めませんわ」

「歯医者の加瀬や。加瀬は月に二回、第一日曜と第三日曜に『やすらぎ』へ出張診療してた」

「そらよろしいね。ホームの老人の保険証をコピーしたら不正受給のし放題や」

いったところで、気づいた。「――そやけど、なんでそんなに詳しいんですか。白姚会が老人ホームをやってるとか、加瀬が出張診療をしてたとか」

「さっきの記事で、逮捕不起訴になった関係者がおったやろ」

「はいはい、八人ほどいてましたね」

「その中のひとりが、うちの組に出入りしとんのや。飯沢《いいざわ》いう半堅気の福祉ブローカーで、こいつが十年あまり前に銀行の営業部長と組んで『やすらぎ』の設立申請をした。加瀬に『やすらぎ』の出張診療させたんも、入居者の保険証を不正受給に流用させたんも飯沢の猿知恵や。飯沢はそれで逮捕された。おまえ、知ってるやろ、飯沢を」

「飯沢やったら会うたことあります。あの爺さん、まだ現役でやってるんや……。うちの親父の古い知り合いですわ」

齢《とし》は六十すぎ、頭の禿げあがった貧相な男だった。「親父が脳梗塞で倒れたあと、おふくろが飯沢に電話したんです。どこか、ええリハビリ病院を紹介してくれと」

二宮の父親、孝之《たかゆき》は西区の総合病院に五十日ほど入院したあと、此花《このはな》区のリハビリ病院に転院した。リハビリ病院で状態が安定すれば、飯沢のツテで大正区か港区の特養に移るよう段取りしていたが、孝之は半年後に二度目の発作を起こし、特養には行くことなく、リハビリ病院で亡くなった。

「飯沢は親切でしたわ。なにくれと親父の世話焼いてくれてね。まさか、あれが半堅気やとは思わんかったですね」

「おまえは飯沢の裏の顔を知らんのや。あの爺はむかしから山名《やまな》とつるんで貧困ビジネスをしてた。尼崎《アマ》や西成《にしなり》あたりで生活保護の対象になりそうなおっさんを探して安アパートに囲い込んだりしてな」

山名は二蝶会の舎弟頭で、京橋に自前の事務所をかまえている——。

「福祉て、そんなに金になるんですか」

「なるがな。生活保護申請を代行して囲い込んだおっさんから月に二万もピンハネしてみい。二十人で四十万、三十人なら六十万の稼ぎや」

「おれもコンサルやめて、福祉のブローカーをしましょかね」

「おまえみたいなグータラ貧乏がブローカーやと。崩れかけのぼろ事務所でインコと歌てるのが関の山やろ」

「♪いちろうさんの牧場でイーアイイーアイオー」

「なんじゃい、いきなり」

「歌です。かわいいマキのお歌」

「これや。おまえはどこかでわしを舐《な》めとる」

「憚《はばか》りながら、質問があります。なんで事務所に来たんですか。新聞記事持って」

「食いつめのおまえに仕事をさせたろと思たんやないけ」

「おれに福祉は無理です。日がな一日、尼崎や西成を歩きまわるほどマメやないし」

桑原の口車に乗ってはいけない。こいつはヒレステーキで二宮を釣ろうとしている。たとえ火の中、水の底、煉獄の業火に焼かれ、泥水をすすっても、この疫病神だけには関わってはいけないのだ。

「おまえ、サバキがないんやろ。事務所の家賃も払えんのとちがうんかい」

「それは、おっしゃるとおりです」白身魚を食う。やはり、ヒラメだ。

「ギャラをやろ。五万円や。おまえは飯沢と田所とかいう白姚会のゴロツキを知ってる。電話して、若頭の木崎につながんかい」

五万円……。電話をするだけで五万円か。食指が動いた。

いや、あかん。こいつは尻尾の先が三角になった悪魔や。ついて歩いたら尻からぽろぽろ金を落とすけど、ポケットに入れるのは並大抵やない——。君子危うきに近寄らず。火中の栗は火箸でも拾うな。マキとふたりの安寧《あんねい》な日々を失ってはいけない。

「おれをとおさんでも、桑原さんが電話したらええやないですか、白姚会に」

「わしはな、白姚会とはこれなんや」桑原は親指と小指を立てて小さく振った。

「揉《も》めごとでもあるんですか」

「五年ほど前や。整理でバッティングした」

整理の話し合いの場で白姚会の下っ端を殴りつけたという。「先代の組長《オヤジ》にどえらい怒られた。同じ川坂の枝《えだ》内でゴロまくのはなにごとや、と」

「指、つめんかったんですか」

「考えてものいえよ。成り行きの喧嘩や。両成敗やろ」

相手は歯が三本折れた。治療費の十万円は当時の若頭だった嶋田《しまだ》が払ったという。

「木崎と話《ナシ》つけたんは嶋田のおやじや。わしは木崎に会うてへん」

「ほんまに、電話したら五万円ですか」

「やるいうたら、やる。わしがいっぺんでも嘘ついたか」

「そうですね、桑原さんに限ってはないです。大阪一、喧嘩が強うて、金が切れるひとやから」

「ほな、電話せい。わしの名前は出すな」

「なんでいうたらあかんのです」

「木崎が居留守使うかもしれんやろ。二蝶会の桑原さんは業界に雷名が轟《とどろ》いとる」

「雷名ね……」

携帯を出した。アドレス帳をスクロールして〝白姚会〟を押す。

――白姚総業。

かかってきた電話はコール一回でとり、大声で簡潔に返事をするのが組筋の電話番だ。かけてきた相手は名乗らないことが多く、だからといって名前を訊いたりすると、相手が組長クラスのヤクザだと、誰やおまえ、わしの声も分からんのかい、と怒鳴りつけられる。ぼんやりした下っ端に電話番は務まらない。

――二宮企画の二宮いいます。田所さん、いてはりますか。

――お待ちください。

こんなとき、二宮企画という社名は使い勝手がいい。向こうが勝手に同業だと勘違いする。

電話が切り替わった。

――田所です。

――お忙しいとこ、すみません。建設コンサルタントの二宮です。憶えてはりますか。

――ああ、憶えてるで。久しぶりやな。

――その節はお世話になりました。

――また、サバキかいな。

――いや、今回はちがうんです。ぼくの知り合いが、若頭の木崎さんに会いたいと頼んできたんです。それで田所さんに電話しました。

――誰や。知り合いて。

――たぶん、二蝶興業の関係者です。

――毛馬《けま》の二蝶会か。素性の知れん人間を若頭につなぐわけにはいかんで。

――ちょっと待ってください。

送話口を指で塞いだ。

「名前をいえ、いうてます」

「しゃあないのう。いうたれ」

――すんません。二蝶興業の桑原いうひとです。

――桑原……。知らんな。

それは好都合だ。

――木崎さん、事務所にいてはりますか。

――おう、部屋で昼寝してはる。

――ほな、桑原さんに伝えます。そちらさんの事務所へ行くように。

――分かった。若頭にいうとく。

電話は切れた。

「しましたよ、電話」掌《て》を出した。

「なんや、それは」

「五万円」

「あほやろ、こいつは。わしは木崎につなげ、というたんやぞ。白姚会まで案内するのが契約いうもんやろ」

「いうたやないですか。電話をしたら五万円やて」

「見解の相違や。白姚会に案内せい」

桑原はエルメスの札入れを出した。三枚の一万円札を抜いてカウンターにおく。「あとの二万は木崎に会うたらや」

これ、毒饅頭《まんじゅう》やないやろな――。一瞬、不安がよぎったが、ズボンのポケットに入れた。

島之内──。堺筋周防町《すおうまち》から東へ三百メートルほど行った東横堀川近くのコインパーキングにBMWを駐めた。辺りはテナントビルや倉庫、こぢんまりしたマンションや民家が建ち並ぶ下町だ。

「おれ、案内するだけですよ。田所が出たら帰りますからね」

「やいやいいうな。しつこいぞ」

桑原は車を降りた。二宮も降りて南へ歩く。

白姚会の事務所は前面にだけ鉄釉《てつゆう》タイルを張った窓の小さい建物で、一階が駐車場、二階が事務所、三階を組員が寝泊まりできる部屋にしているようだ。左の玄関庇《ひさし》下に監視カメラがある。壁の真鍮《しんちゆう》プレートは《白姚総業》となっていた。

「ほら、挨拶せい」

「挨拶ね……」

インターホンを押した。すぐに、はい、と声が聞こえた。

──二宮企画の二宮といいます。田所さん、お願いします。

少し待って、ドアが開いた。田所が顔を覗かせる。桑原に眼をやって、

「そちらさんは」

「桑原さんです」

「どうも。二蝶興業の桑原いいます」

桑原は頭をさげた。田所はさげない。

「ほな、ぼくはこれで」

「おいおい、どこ行くんや」

「いや、もう用済みやし」

残りの二万は諦めた。桑原とふたりで組事務所など入りたくない。

「木崎さんに会うまでが、君の役目とちがうんかい」

腕をつかまれた。「いつでも、この調子ですねん、二宮くんは」

桑原は愛想よく田所にいう。

「ま、あがってくれまっか」田所がいう。

「すんまへんな」

桑原に引き寄せられた。二宮は前に立つ。背中を押された。抗《あらが》うすべもなく、流れのままに中に入った。玄関は狭い。傘立てにビニール傘と金属バットが三本差してある。どこもそうだが、組事務所というやつはひとを威圧する臭いがある。

田所と桑原にはさまれて階段をあがった。二階にもドアがあり、田所が開けた。

二宮の事務所と同じくらいの広さだった。壁際にスチールキャビネット、鴨居の上に神棚と戎《えびす》神社の福笹。飾り提灯や代紋の額はない。男が三人、六人掛けの応接セットに座り、こちらを値踏みするような視線を向けてきた。

「二蝶会の桑原さんや」

田所がいった。おっす——。ふたりの男が上体を起こした。桑原は一礼して、

「木崎さんは」

「わしや」

両肘のソファにもたれかかっている、ダークスーツの男がいった。半白の短髪、金縁眼鏡、鼻下と顎に髭、肩幅が広く、がっしりしている。

「初めまして。二蝶会で若頭補佐をさしてもろてる桑原いいます」

「あんたが桑原さんかい」

低く、木崎はいう。「復縁したんやな」

「えっ……」

「去年に破門。今年、復縁。回状がまわってきたがな」

「お恥ずかしい限りです」

「あんた、本家筋と揉めたらしいな」

「知ってはりましたか」

「先代の森山《もりやま》さんとは義理ごとでなんべんか顔を合わせた。引退しはるとは思わんかったで」

木崎はテーブルの煙草をとり、吸いつけた。「で、今日はなにしに来たんや」

「大東の老人ホームですわ。『悠々の杜やすらぎ』。そのことで、お訊きしたいことがありますねん」

「誰に聞いたんや」

「なにを……」

「『やすらぎ』や」

「そら、蛇の道はヘビいうやつですわ」

「どこの世界にも喋りはおるんやのう」

木崎は桑原を睨《ね》めつける。「けど、おまえ、『やすらぎ』をどうこういう前に、することがあるんとちがうんかい」

「ちょっと、いうてはることが読めんのですけど」

「ええ気性や。蛙の面に小便《しょんべん》とはこのことかい」

木崎の口調が変わった。いきなりの喧嘩腰だ。二宮は後ろを意識する。すぐにも逃げられるように。

「桑原よ、落とし前はどうした」木崎はつづける。

「なんのことです」桑原の声が低い。

「まさか、忘れたとはいわんやろな」

「整理のときの込み合いやったら、手打ちはできてるはずでっせ。五年も前に」

「おまえはできたかもしれん。こっちはできてへんのや」

「そんなもん、いまさらいわれてもね」

「おまえは手打ちの場に出てこんかった。チビりくさって」

「チビッた……。かわいいこというやないけ、え」

桑原の口調も粘りつくようなものに変わった。二宮は半歩、あとずさる。

「たった十万の端金《はしたがね》でケジメがついたとでも思とんのかい。おまえは整理を仕切って、なんぼ掠めたんじゃ」

「おいおい、シノギもできん極道がアヤかけとるぞ」

桑原は退《ひ》かない。木崎の両脇の組員が立ちあがった。あかん、はじまった——。

ふたりが来た。間合いがつまる。

「やめとけ。ゴロはまきとうない」桑原はポケットに手を入れたままだ。

「ここはどこや、え」赤いスウェットの組員がいった。桑原より頭半分、背が低い。

「ハイエナの巣やろ」

「舐めとんのか、こら」戦闘服の組員が凄味を利かせる。こいつは若い。眉がない。

「怖いのう」桑原は笑う。「おまえら、誰や」

「やかましいわ」

「そうかい。三下《さんした》は名乗りもできんか」

「このボケ……」

戦闘服が前に出た瞬間、桑原も踏み出した。右の拳が戦闘服の顔に炸裂する。スウェットが殴りかかった。桑原はかいくぐって膝を突きあげる。股間に入って腰をまげたスウェットの髪をつかんで引き倒した。反転して戦闘服を蹴る。木崎が立った。

　あかん。逃げよ――。血の気がひいた。振り返る。田所がいた。

　ガツッと衝撃を受け、腰がくだけた。床に両膝をつく。怒号が消え、空白になった。


　油の臭いが鼻を刺した。灰色の天井、赤錆《さ》びた梁《はり》、裸の蛍光灯、スレートの壁、プレス機、シャーリング、ボール盤、アセチレンボンベ、何人かの足――。二宮は覚醒した。

「気ぃつきよったぞ」

　起きようとしたが、後ろ手に縛られていた。油の染みついたコンクリート床、ローファーが脱げて頭のそばにころがっている。

「ここは……」

「さぁ、どこやろな」

　声に顔を向けた。さっきの赤いスウェットだ。鼻と唇に裂傷、血が滲《にじ》んでいる。左の瞼《まぶた》がひどく腫《は》れ、紫色になっている。

「おれ、高校出て、立売堀《いたちぼり》の機械商社に勤めてましてん。工作機械のリースもしてて。……ここ、鉄工所ですね」

　三段のスチール棚に鋼材や鋼管などの加工材料がない。廃業した鉄工所だろう。

「口数の多いガキや」

いったのは木崎だった。「桑原のヤサをいえ」

「ヤサ……。桑原さん、逃げたんですか」

「桑原は逃げた。おまえは桑原の代わりに落とし前をつけんかい」

「おれ、金ないです」

「眠たいのう。大阪中の極道をサバキに使うて、金がないてか。寝言は寝てからいえや」

「ほんまです。ほんまに金ないんです。暴対法と暴排条例。サバキが激減してるのは木崎さんも知ってはるでしょ」

「おまえの事情はどうでもええ。おまえは桑原のツレや。どこや、桑原のヤサは」

「守口です。阪神高速の守口出口をおりた先の大日町《だいにちちょう》のマンションやと思うんですけど、桑原さんは警戒心が強いし、誰のことも信用してません。せやから、おれが知ってるのはそこまでです」桑原が内妻にやらせているカラオケ『キャンディーズ』のことはいわない。

「こいつ、とぼけとるがな」

「いや、とぼけてませんて。桑原さんのプライベートは……」

そこへ、金属バットが来た。みぞおちに入って、身体が折れる。苦しい。呻《うめ》き声も出ない。視界が昏《くら》くなる。

「白眼、剝《む》いてますわ」

「弱造《よわぞう》や。いてまえ」

「ま、待て……」

声を搾《しぼ》りだした。「三十万……、いや、五十万や。それをやる」

「くそボケッ」

蹴られた。顔は逸れたが、息ができない。眼が眩《くら》んで嘔吐《おうと》した。

「なんの金じゃ、五十万いうのは」

「――成功報酬。……桑原がなにをたくらんでるかは知らんけど、おれは桑原から五十万もらうつもりやった」

「口から出まかせかい、え」

「ちがう。桑原にサバキを頼んだら、五十万が相場なんや」

「おまえが桑原を踊らしとんのか」

「そうやない。今日のことはなにも知らん。白姚会につなげ、といわれただけや」

「ええ根性や。チャラがとおると思てくさるわ」

金属バット――。脇腹に入った。あまりの痛みに、ゲロに顔を突っ込んだ。臭いで、また吐く。胃液が赤い。

「桑原のヤサは」

「――大日町」

「このガキ……」

「ほんまや。桑原を庇《かば》う気はさらさらない。おれは堅気や。堅気を殺したら、あんたら、三十年は食らう」

「おもろいやないけ。頭をカチ割って埋めたろかい」

「助けてくれ。お願いや。なんでもする。金のことなら百万でも払う」

なぜかしらん、マキの姿が脳裏に浮かんだ。マキ、啓《けい》ちゃんはこんなとこで死なへんで——。

「電話せい」

「え……」

「桑原や」

木崎は二宮の携帯を持っていた。「かけんかい。助けてくれ、と」

「桑原の番号は登録してへん」

「このボケ……」

「ちがう。ほんまや。桑原はしょっちゅう携帯を替える。桑原はおれの番号知ってるけど、おれは知らん。アドレス帳を見てくれ」

木崎は携帯をスクロールした。舌打ちする。

「桑原の番号はセツオいう男が知ってる。セツオにかけてくれ」

「セツオ？」

「カタカナや」

「余計なことというたらどうなるや、分かってるやろな」

「分かってる。おれも命は惜しい」

木崎はまたスクロールし、発信ボタンを押した。二宮の耳に近づける。

――おう、なんや。

――おれ。二宮。桑原さんの携帯の番号、教えてくれるか。

――知ってるやろ。

――それが、アドレス帳にないんや。

――元気にしてんのかいな。

――ぼちぼちや。それより、番号、教えてくれ。

――待て。

少し待った。

――０９０・８４１２・９９××。

番号を復唱した。赤スウェットが自分の携帯に登録する。

――すまんな。ありがとう。また飲も。

木崎は携帯を離した。フックボタンを押す。

「誰や、いまのは」

「桑原の連れの不動産屋や。いっぺん、ミナミで飲んだ」

「おい、番号いえ」

赤スウェットが番号をいい、木崎は二宮の携帯でかけた。耳にあてたまま、話をしない。

「電源、切ってくさるぞ」

「そういうやつなんや、桑原は。いまごろ、道頓堀《どうとんぼり》あたりの鮨《すし》屋で酒飲んでるか、キャバクラで遊んでる」

「くそったれッ」

木崎は吐き捨てた。二宮の携帯を振りあげる。

「待った。壊したらあかん。アテがある」

「なんやと」

「おれのスポンサーに電話する。五十万……いや、百万円、持ってきてもらう」

「ええ加減なことぬかすなよ」

「考えてくれ。おれはあんたらと桑原の揉めごとにはなんの関係もない。おれを埋めても金にはならん。桑原をいわすのはいつでもできるやろ。百万で、おれを放してくれ」

「誰や、スポンサーて」

「中川《なかがわ》いう解体屋のオーナーや。あちこちでサバキをしてるから、組筋にも詳しいし、肚《はら》も据《す》わってる。あれこれ詮索せんと、金を用意してくれる」

「そいつはなんや、堅気かい」

「堅気や。誓うてもええ」中川の番号は携帯に入っている、といった。

「二宮よ、極道に空《から》つかませたら、生きてここを出られんのやぞ」
「それは承知や。おれは百万で自分の命を買うたと思てる」
賭けだ、これは。こんな腐れヤクザを騙すことにためらいなどない。
木崎はアドレス帳の《中川》を出し、かけた。コール音が鳴る。
出てくれ――。二宮は祈った。
――中川。
――二宮です。二宮企画。おはようございます。
思わず、安堵《あんど》の息を漏らした。
――なにが、おはようじゃ。昼すぎやぞ。
――中川さん……、お願いがあります。……助けてください。
途切れ途切れの、いまにも死にそうな口調でいった。
――また、頼みごとかい。金は払うんやろな。
――百万円です。
――おまえ、気は確かか。
――いま、会社ですか。
――ちがう。出先や。
――そらよかった。いますぐ来てください。百万円持って。
――なにをいうとんのや、こいつは。おまえが百万払うんやろ。なんの頼みか知らんけど。

——おれはいま、島之内にいてます。白姚総業いうとこです。

——島之内の白姚会か。どうかしたんかい。

——ゲロまみれで床にころがってます。

——拉致《らち》られたんか、白姚会に。

——中川さんが百万持ってきてくれんかったら、おれはもう、あかんのです。

百万円、を強調した。木崎が聞いている。

——三十や。

——なんです。

——助けたってもええ。三十万や。

——けっこうです。お願いします。

そこで、木崎は携帯を離した。

「——そういうこっちゃ、中川さん。百万や。——わし？　誰でもええやろ。——あんた、どこの解体屋や。——おう、あそこの下請けかい。——ちがうがな。金のことをいいだしたんは、わしやない。二宮さんや。——ああ、かまへん。——島之内の川筋や。東横堀教会いうのが斜向《はす》かいにある。——そう、白姚総業。——ほな、待ってるで」

木崎は電話を切った。中川はうまく話を合わせたようだ。

「けっこうやのう。おまえみたいなクズに金を出す物好きがおるとはな」

木崎はいい、赤スウェットに、「起こしたれ。事務所に連れて行け」

「こいつ、小便《しょんべん》漏らしてますわ」

「糞《くそ》も漏らせや」

尻を蹴られた。

3

後ろ手に縛られたまま、スチール棚のほうへ行った。通路の突きあたり、赤スウェットが裏口のドアを開ける。眩《まぶ》しい。外へ出ると、そこはコンクリート敷きの狭い空き地で、灰色の堤防が間近に迫っていた。東横堀川の堤防らしい。

木崎に襟首をつかまれ、左の建物に連れ込まれた。来るときに見たが、白姚会の事務所の北隣が鉄工所だったのだ。

「おれ、隣は倉庫かと思てましたわ。シャッター閉まってたし」

「なにをいうとんのや、こいつは」

「いや、倒産整理で手に入れたんかと」

「黙っとれ。くそボケ」

頭を殴られた。前につんのめる。

二階の事務所にあがると、田所がソファにうずくまっていた。顔に血の滲んだマスクをし、左の肘から手首にタオルを巻きつけている。さっきの戦闘服の姿が見えないのは、病院に運ばれたのだろうか。

「解《ほど》いたれ」

木崎がいい、赤スウェットがそばに来た。二宮の後ろにまわってテープを剝がす。腕は自由になったが、指が腫れ、痺《しび》れていた。

「トイレ、行ってよろしいか」

「じゃかましい。座れ」

「はい」ソファに近づいた。

「あほんだら。小便垂らしたガキがどこに座るんじゃ」

蹴られて、床に膝をついた。胡座《あぐら》になり、青く内出血した手首を交互に摩《さす》る。

「煙草、吸うてよろしいか」

「吸わんかい」

ズボンのポケットからパッケージを出した。煙草はみんな折れていた。

「一本、くれるかな」

振り向いて赤スウェットにいった途端、横っ面を張られた。

「このガキ、舐めとるな」木崎がいう。

「こいつの親父、極道ですわ」

田所が顔をもたげた。「二蝶会の先々代の幹部で、いまの組長の嶋田の兄貴分でした」

「そういうことかい。ヤキを入れても泣きよらん。ごちゃごちゃとよう喋る。極道の扱いに慣れてくさる」

「こんなやつは叩き殺しても足つきまへんで」

「セメント詰めにして沈めるか」

「堪忍です。煙草、要りません」眼を伏せた。

「桑原はわしが殺《と》りますわ」田所がいう。「あのガキを若頭につないだんはわしやから」

「おまえ、チャカは」

「ないけど、あてはあります」

「桑原を弾《はじ》くのはええ。そのあとはどうするんや。組に迷惑かけんのか」

「いや、それは……」

「二蝶は川坂の直参や。同じ枝内で出入りになったら、おまえひとりの首では済まんのやぞ。よう考えんかい」

「すんまへん。出すぎたこといいました」

猿芝居が見てとれた。田所に桑原を殺る肚はなく、木崎も口でとめただけだ。いまどきのヤクザが戦争をしたら組が潰れる。

なにか温《ぬる》いものが唇を伝った。カーペットに落ちる。血だ。鼻の付け根がズキズキする。頭を触ると、前髪が濡れ、頭のてっぺんの少し左に大きな瘤《こぶ》があった。頭からも出血しているらしい。

「こいつ、顔、真っ赤っけですわ」嘲《あざけ》るように、赤スウェットがいった。

「拭け」木崎がティッシュペーパーの箱を放って寄越した。

ティッシュをとって顔を拭こうとした。

「くそボケ。床を拭けというとんのじゃ」

木崎がわめく。二宮は安カーペットを拭きながら小便をした。


インターホンが鳴り、我に返った。胡座をかいたまま眠っていたらしい。

「――白姚総業」赤スウェットが応答する。「――どちらさん？　――あ、はい」

赤スウェットは木崎を見た。木崎はソファにもたれて煙草を吸っている。

「中川いうのが来てます」

「入れたれ」

赤スウェットが階段を降りていき、もどってきた。後ろに大男が立っている。黒のスーツにワイシャツ、ノーネクタイ。赤スウェットより頭半分大きい。

「おい、おい、ひどい顔しとるの」中川は二宮を見た。

「桑原が逃げたんです」いった。

「極道の事務所にふたりでカチ込んだんかい」

「おれはカチ込んでません。いきなり、喧嘩になったんです」

「そら、御愁傷様やのう。あんなもんとつるむから、そういうめに遭うんや」

嗤《わら》うでもなく中川はいう。この男はいつでも表情が乏しく、人間の愛嬌というものが欠片もない。短髪、猪首《いくび》、なで肩に見えるのは首まわりの筋肉が盛りあがっているからだ。柔道の高段者で、齢は四十すぎ。大阪府警捜査四課。階級は巡査部長で出世の見込みはない。西淀川に女を囲っていて、いつも金に困っている。叔父が府警の大物で、なんとか首がつながっている汚れた刑事だが、使い勝手はわるくない。

「中川さんよ、金、持ってきたか」木崎がいった。

「金？　なんのこっちゃ」

「百万や、百万」

「これのことかい」

中川が上着の内ポケットから出したのは警察手帳だった。徽章《きしよう》を提示して白姚会の三人を睥睨《へいげい》する。「わし、四課や。文句あるか」

木崎の顔がこわばった。なにもいわない。

「おまえがここの大将らしいの。名前は」

「木崎……」

「若頭《かしら》の木崎かい」

中川はソファを一瞥《いちべつ》して、「白姚会は客人を立たせたまま話をするんか」

「いや、どうぞ……」

田所が立ちあがった。中川は木崎の向かいに腰をおろして煙草をくわえる。

「なにしとんのや、こら。客人に火や」

木崎がいい、赤スウェットが慌てて中川の煙草にライターの火を差し出した。中川は鷹揚《おうよう》に吸いつけて木崎に視線を据え、

「なぁ、木崎、どえらい重罪を犯したもんやのう」

「なんやと……」

「刑法二百二十条。不法に人を逮捕し、又は監禁した者は、三月以上七年以下の懲役に処する。……二百二十一条。前条の罪を犯し、よって人を死傷させた者は、傷害の罪と比較して、重い刑により処断する。……木崎よ、おまえは二宮を監禁して重傷を負わせたんや」

「あほいえ。こいつはわしに因縁つけにきたんや。監禁なんぞしてへん」

「二宮は堅気やぞ。極道が事務所に堅気を連れ込んでヤキを入れるてなことが、この法治国家で許されるとでも思とんのかい」

「んなことは、思てへん……」木崎は言葉につまる。

「まだある。刑法二百二十五条の二。人を略取し又は誘拐した者が、近親者その他略取され又は誘拐された者の安否を憂慮する者の憂慮に乗じて、その財物を交付させ、又はこれを要求する行為をしたときも、無期又は三年以上の懲役に処する。……おまえ、わしに百万持ってこいと要求したよな」

「ちがう。それはちがう。わしはそんな要求してへん。百万を払うというたんは二宮や。

わしは金のことなんか一言もいうてへん」

木崎は言いつのる。さっきまでの余裕と舐めたような口調はない。

「二宮よ、こいつは身代金目的略取も監禁もしてないと抗弁しとるけど、ほんまかい」

「ほんまです。そのとおりです」何度もうなずいた。

「おまえのその怪我はどうしたんや」

「いや、あの……、殴られました」

「どいつにや」

「憶えてないんです」

最初に殴られたのは田所だ。あとは赤スウェット、木崎に殴られ、蹴られた。

「よう聞け」

中川は木崎に向かって、「指定暴力団神戸川坂会白姚会による一般市民の監禁、傷害、恐喝。二宮がなんといおうと、わしはおまえらの犯罪事実を確認した。令請する」

「レイセイて、なんです」

「捜索令状請求。ガサ状や。この事務所にガサかけたる」

「中川さん、やめてください。これは成り行きです」

二宮はいった。「おれは誘拐されてへんし、監禁もされてません。のこのこ桑原についてきた、おれがわるいんです」

「木崎よ、二宮はこういうやつや。おまえらを庇うとるわ」

「そうでんな……」木崎は下を向く。

「いうとくけど、二宮はわしの連れや。もう十年のつきあいをしてる。今日のことはわしが呑んでもええけど、今後、二宮が脅されたり、攫《さら》われたり、怪我したりしたら、わしはおまえらの仕業やと考える。ガサかけて、おまえら全員を引く。……どうや、それでええか」

「分かりました。すんまへん。このひとがおたくの連れやとは知らんかったんです」

「そう、わしは鬼やない。おたがい折り合いがついたら、なんの文句もないがな」

中川は煙草を捨てて、こちらを向いた。「医者、行こか」

「はい。行きます」身体中が痛い。頭の出血が気になる。

「治療費が要るな」

「えっ……」

「治療費と慰謝料や」中川は木崎を見た。「五十万。それで折り合いがつくやろ」

「おれ、金は……」そんなものをとるわけにはいかない。相手は白姚会だ。

「その傷はおまえ、保険が利かんぞ。分かっとんのか」

「それはそのとおりやけど……」

「後遺症があったらどうするんや」

「すんまへん。治療費と慰謝料、出しますわ」

木崎がいった。ズボンの後ろポケットから札入れを抜き、中の一万円札を出してテーブルにおく。「これでチャラにしてもらえまっか」

「チャラにするのはわしやない。二宮や」

「おれ、治療費だけでええんです」テーブルの上の札束は二十枚ほどあるだろうか。

「ええかっこすんな。極道がいったん出したもんを引っ込めるはずないやろ。若頭の顔をつぶすんかい」

中川があごをしゃくる。もう、しかたない。二宮は立ってテーブルの札をポケットに入れた。

「よっしゃ。これでチャンチャンや。濡れタオルくれ」

中川はいい、赤スウェットが手洗いへ走った。


固絞りのタオルで顔と頭を拭き、白姚会の事務所を出た。紺のポロシャツにも血がついているが、目立ちはしない。チノパンツは小便で色が変わっているが、臭いはしない。というより、鼻がいかれている。

「おれ、顔は大丈夫ですか」鼻を触った。付け根が腫れている。

「大したことない。もともと壊れた顔や」

内藤《ないとう》医院へ行く、と中川はいい、大股で歩きだしたが、ついていけない。左の膝が軋《きし》む。

「なにしとんのや。ちゃっちゃと歩かんかい」

「ちょっと待ってください。まっすぐ歩けんのです」

息が切れる。公園のそばまで行って、立ちどまった。「――あかん。足首から先が痺れてる。脊柱管狭窄《きょうさく》ですかね」

「座骨神経をやられとんのや」

「そら、えらいことや」

公園のコンクリート柵に腰をあずけた。少し楽になる。

「金、見せてみい」中川は煙草を吸う。

「なんです」

「木崎からとった金や」

「ああ、あれね」

ポケットから出した。数える。十九万あった。

「寄越せ。半分」

「そんなあほな。おれの治療費やないですか」

「誰が請求してくれたんや、え」

「請求ね……」

こいつは二宮にテーブルの金をとらせた。自分がとると恐喝罪になるからだ。

「わしはおまえを極道の事務所から救出した。おまえが木崎に払ういうた百万もチャラにした。おまえがわしの連れやとカマシも入れた。感謝の気持ちはないんかい」

「ありがとうございます。中川さんに電話してよかった。おかげで命拾いしました」

この腐れ刑事《デカ》は誰かに似ている。そう、桑原だ。桑原は二蝶の代紋、中川は桜の代紋をシノギのたねにしているが、こいつのほうがよほど質《たち》がわるい。桑原は組に会費を納め、こいつは大阪府から給料をもらっている。その給料の原資は二宮たち府民が納める税金だ。こんなやつに、たとえ十円、二十円でも、二宮の金が渡っていると思うと胸がわるい。府警の監察にいいたい。こんな腐れ刑事がのさばってるから、大阪府警はガラがわるいというイメージを払拭できんのや——。

「ほら、知らんふりしてんと、感謝の気持ちを表せや」

くそっ——。九万円をポケットに入れ、十万円を手に残した。

「おれを助けたら三十万といいましたよね。この十万を内金にして、あと二十万ということにしてください」

「あほやろ、こいつは。それとこれは契約が別やろ」

「それはひどいわ。おれは中川さんに四十万も払うことになるやないですか。クズどもに殴られて蹴られて、雑巾にされて」

「もとはといえば、おまえの欲やろ。おまえは金が欲しいて桑原について行った。自業自得や。おのれの品行を反省せんかい」

「桑原について行ったんは、いやというほど後悔してる。あれは悪魔や。吸血鬼や。おれは絶対に許さへん」

「その意気や。四十万、桑原から取りもどせ」

「今日はよう喋りますね。桑原みたいに」

「へっ、あんなもんといっしょにすな」

中川は太い指で二宮の十万円をつまみとり、「三十万、貸しやぞ」

背を向けるなり、札をひらひらさせながら去って行った。


内藤医院は公園から歩いて五分だった。旧南府税事務所の斜向かい、ハングルとアルファベットの袖看板が並ぶ雑居ビルの隣に、木造瓦葺《かわらぶ》きの商家がある。煤《すす》けて黒ずんだ板塀、枝振りの疎《まば》らな柳が玄関先に植えられ、ガラス戸に金文字で《内藤醫院》と書かれている。この医院だけが時代に取り残されているようだ。

二宮は医院に入った。待合室にひとはおらず、受付のガラス窓の向こうに白いカーディガンの女がいて、胡散《うさん》臭そうに二宮を見る。鼻の腫れとチノパンツの血に気づいたのだろう。

「看護師さんですか」

訊いた。黙って首を振る。眼と眼が離れた蝉のような顔の四十女だ。

「二宮といいます。内藤先生に診て欲しいんです」

「いまは時間外です」

「そら、気がつかんかった」

道理で待合室にひとがいないはずだ。「先生にいうてくれんですか。おれのこと、知ってはるから。二宮企画の二宮です」

「保険証は」

「持ってませんねん」

国民健康保険には加入しているが、最後に保険料を納付したのは去年の夏だったか。まだ失効はしていないはずだが。「今日は自費でお願いします」

「そういうの、駄目なんですよね」

女は横を向く。恐ろしく愛想がわるい。

「ね、おれは倒れもってここまで来たんです。救急車も呼ばんと」

いうと、女は返事もせず、受付の奥から隣の診察室へ入っていった。なんや、あれは。ひょっとして内藤の女か——。

内藤医院の一階は医院、二階は住居で、院長の内藤は独り住まいだ。七、八年前までホステスあがりの妻がいたが、男をつくって出ていった。内藤は飲んだくれで博打《ばくち》をする。島之内は彫師が多く、客の刺青が膿《う》んだり、熱が出たりしたときはこの医院に連れてくると、桑原に聞いたことがある。

女がもどってきた。うなずく。すんませんね——。診察室に入った。

内藤は椅子にもたれていた。着古した白衣に麻のズボン、サンダルの先に出た靴下は五本指、レンズの厚い銀縁眼鏡、ちょび髭は真っ白だ。

「お久しぶりです」頭をさげ、丸椅子に腰かけた。

「どこでやられた」二宮の顔をじっと見る。

「このすぐ近くです。組事務所」

「ひとりで行ったんやないやろ。桑原か」

「ご明察です」

「齢は」

「桑原ですか」

「君や」

「不惑になりました。おかげさまで」

「なにがおかげさまや。ええ加減、分別のつく齢やぞ」

「逃げようとはしたんです。……金属バットです」

俯《うつむ》いて頭を見せた。触診される。

「破《わ》れとるな。血はとまってる」縫うか、と訊かれた。

「縫うたほうが治りが早いんですか」

「治りは早い。ハゲも小さい」

「ほな、それお願いします」

「こっち向け」

鼻を触られた。圧《お》したり捻《ねじ》ったりされる。たいそう痛い。

「組事務所からここまで歩いてきたんか。マスクもせずに」

「よろよろ歩いてきました。先生に診てもらいたい一心で」

「よう一一〇番、されんかったな」

「そんなにひどい顔してますか」

「見てみい」

内藤は抽斗《ひきだし》を開けて手鏡を出した。二宮は受けとる。

「なんと、怖い顔や」

左の眼の下に青タンがある。鼻は赤紫に腫れて、ぼた餅を貼りつけたようだ。右の耳たぶが切れて血がこびりついている。「腐りかけのゾンビですね」

「ゾンビはだいたい腐っとる。それだけ喋れてたら、脳は大丈夫やろ」

「脳波、とらんでもよろしいか」

「そんな機器はない。どうせ、君の脳波は乱れとる」内藤はいって、「縫うか、頭」

「その前に、左の足首から先が痺れてるんです。座骨神経損傷ですかね」

「あのな、座骨神経が損傷してたら足が動かんのや」

ただの捻挫や、と内藤はいい、器具台を傍らに寄せた。

「肋骨《ろっこつ》も折れてるかもしれません。金属バットで殴られたし」

「分かった、分かった。そこで仰向きになれ」

靴を脱ぎ、診療台に寝た。内藤が鋏《はさみ》を手にする。

「髪の毛、切るんですよね」

「あたりまえや。ミステリーサークルにする」

「麻酔は」

「要らんやろ」

「先生、お願いですわ。注射打ってください。頭に」

　眼をつむった。鋏の音がする。


　治療費は三万円だった。鼻に湿布をしてマスクをつけ、頭に葱《ねぎ》坊主のようなネット包帯をかぶって、内藤医院をあとにした。ちゃんとした診療を受けたという安心感か、左膝の軋みと足首の捻挫は痛みが薄れたような気がする。

　堺筋まで歩いてタクシーに乗った。西心斎橋の『福寿ビル』の前で降り、エレベーターで五階へ。事務所のドアに鍵を挿すと、中からマキの鳴き声が聞こえた。賢いマキは廊下の足音で二宮が帰ってきたと分かるのだ。

　事務所に入った。〝ケイチャン　マキチャン〟、マキが飛んできて肩にとまった。

「はいはい、マキちゃん、啓ちゃんが帰りましたよ」

　ソファに腰をおろした。脱力して、そのまま横になる。窓の外は夕暮れが迫っていた。

　くそっ、桑原のやつ――。どうしてくれようかと思った。

　治療費と慰謝料を請求する――。鼻で笑うだろう。

　後ろから煉瓦《れんが》で殴る――。こちらが入院する。

中川からの借金、三十万円を払わせる——。当然だ。二宮が払う謂《い》われはない。

携帯を開いた。発信履歴を検索し、セツオから聞いた番号にかける。

コール音は鳴るが、出ない。一分ほど鳴らしつづけたが、出なかった。おのれ桑原、ぶち叩く。この恨み晴らさでおくべきか——。

『キャンディーズ』に電話した。

——カラオケハウス『キャンディーズ』です。

——真由美《まゆみ》さん？　二宮です。

——あら、お久しぶりです。お元気ですか。

——お元気です。頭は葱坊主やけど。

——はい？

——いや、さっきから桑原さんに電話してるんやけど、つながらんのです。家にいてはるんですかね。

——今日は朝から外出してます。

——真由美さんから桑原さんに電話してもらえませんか。それやったら、出ると思うんです。

——どういいましょ、桑原に。

——ぼくの携帯に電話するようにいうてください。いま、西心斎橋の事務所にいてますから。

——分かりました。伝えます。

——どうですか。お忙しいですか。

——忙しくはないです。でも、お客さんは来はります。

——それはけっこうや。うちは開店休業状態ですわ。

——桑原も暇そうですよ。

日がな一日、本を読み、ブルースを聴き、たまに体育館のジムへ行く、という。ジムは初耳だが、喧嘩の練習をしているにちがいない。

——ぼくはＤＶＤばっかり観てますわ。いや、そっち系やない。映画のＤＶＤです。

——たまには来てください。彼女とカラオケ。

——よろしいね。寄せてもらいます。ほな、また。

電話を切った。多田《ただ》真由美のようなきれいなまともな女が、なぜ悪魔の桑原と暮らしているのか、不思議でならない。共依存か、洗脳か。ひとの心は分からない。

〝マキハドコ　マキハドコ〟デスクの脚のあたりから声がした。たぶん、段ボール箱の後ろにいる。かくれんぼだ。マキはソファの裏やファクス台の下に入ったとき、〝マキハドコ〟と鳴く。捜して欲しいのだ。

「マキはどこ。マキはどこや」声をかけた。

〝チュンチュクチュン　オウッ〟返事をする。

「マキ、ごはん食べよか」

いうと、マキは姿を現した。とことこ歩いてくる。床に腕を伸ばすと指にとまった。

「賢いな、マキは。詐欺師の桑原に騙されることなんかないし、あほな啓ちゃんとはえらいちがいや」

マキを胸にのせた。翼を広げ、片足をあげて羽づくろいをする。

携帯が振動した。開く。

――なんや、こら。

――いきなり、なんやこら、はないでしょ。

――こら、なんや。

――あのね、桑原さん……。

――真由美に気安う電話すな。

――おれの電話はとらんやないですか。

――番号を見るんや。おまえの電話は験《げん》がわるい。

――なんで逃げたんです。

――逃げたも脱げたもないわい。ハイエナどもに囲まれたらヤバいやろ。

――おれはね、そのハイエナの巣から命からがら生還したんですわ。

――それでええやないけ。機嫌よう逃げて帰ったんやから。

――どこが機嫌ええんです。おれは頭の毛を刈られて二十針も縫うたんですよ。

二十針は嘘だが、中川を呼んで窮地を脱し、内藤医院へ行って治療を受けたといった。

——欲たかりの中川を使うたてか。上出来や。けっこう知恵がまわるやないけ。

——中川に三十万、借りてますねん。それと内藤医院の治療費が十万。慰謝料も含めて五十万、払うてもらいましょか。

——なんじゃい、その切り口上は。中川を呼んだんはおまえやろ。治療費ぐらいは払うたってもええ。慰謝料てなもんは白姚会に請求せい。

——話がおかしいわ。そもそも、おれがやられた理由はなんですねん。あんたが白姚会と揉めてたからや。

——誰が、あんたや。ため口、叩くな。

——慰謝料はいりません。中川の三十万と治療費の十万をください。

——しつこいのう、こいつは。堅気が極道を強請《ゆす》るな。

——これは強請《ゆすり》やない。正当な権利の行使です。

——達者やの。口だけは。

——中川に電話してください。三十万は自分が払う、と。

——おまえ、ほんまに内藤医院へ行ったんか。

——行ったから、頭のてっぺんに座布団敷いてますねん。

——わしはスーツが裂けた。シャツも破れて、靴はトゥが潰れた。えらいめに遭うたんはおまえだけやないぞ。

——あのね、おれはとばっちりを食うたんです、桑原さんのとばっちりをね。賠償するのは当然でしょうが。

——どこにおんのや、おまえ。

——せやから、事務所です。福寿ビル。

——インコに慰めてもろとんのか。啓ちゃん、泣かんのよ、と。

——マキは関係ない。話を逸らさんとってくれますか。

——めでたい。ご同慶の至りや。おまえは白姚会の事務所から生還した。運が強いぞ、二宮くん。

——そんなことはええんです。中川の……。

プツッと音がした。電話は切れていた。

「憶えとけよ、こら。絶対、堪忍せぇへんからな」吐き捨てた。

くそっ、桑原の居場所を訊き損ねた。着信履歴を見ると、非通知だった。

4

マキはケージの上でシードをついばんでいた。

「おいで、マキ。なでなでしよ」

いうと、マキは飛んできて膝にとまった。羽根に手を添え、指先で頭を掻いてやる。

マキは気持ちよさそうに眼を細めた。

——と、ドアに鍵を挿す音がした。顔がこわばる。

入ってきたのは悠紀だった。二宮を見るなり、

「えっ、啓ちゃんやろ」

「そう、啓ちゃんです」マスクはとらない。

「どうしたん、その頭」

「怪我したんや」

「まさか、その辺で転《こ》けたとはいわへんよね」

悠紀はソファに腰かける。白のカットソーにクラッシュジーンズ、シンプルなスニーカー、右の膝小僧がのぞいている。

「どういうこと？」

「桑原が来た。昼前に」

「あんなの、事務所に入れたらあかんやんか。懲《こ》りてるでしょ」

マキがテーブルに飛んだ。悠紀のほうへ歩いていく。「はい、マキちゃん。今日もお利口さんですね」

悠紀はマキを膝にとまらせた。指先で背中をなでる。

「返事をしてしもたんや。遠慮もなしに入ってきよった。腐りかけのじゃこてんを食わしたったんやけどな」

「知ってる。あのじゃこてん。表面が白くなって糸ひいてた」触るのが怖かったから捨

てられなかった、という。

「ちゃんと洗うて、包丁で切った」臭いはしなかった。

「それで、桑原は」

「なんともなかった。腹こわして入院しよったらおもしろかったんやけどな」

「啓ちゃん、話がずれてる」

「桑原に新聞の記事を見せられた。このビルから北へ一筋行った『加瀬歯科』。診療報酬を不正受給した」

「それ、知ってる。噂になってた」

『コットン』の生徒さんが加瀬歯科に通院していた、と悠紀はいう。「愛想のいい歯医者さんやと聞いたけど」

「食わせもんや。いまはたぶん、拘置所におる。その生徒さんの保険証も不正受給のネタにされたんやろ」

「そうと分かってたら、百万円のインプラントとかしてもろたらよかったのにね。拘置所からお金を請求してくることなんかないもん」

悠紀のいいそうなセリフだった。二宮の頭のネットを見て大して驚きもせず、およそ、動じるということがない。

悠紀は日航ホテル裏の『コットン』でダンスのインストラクターをしている。レッスンは午前中と夕方が多いから、空き時間は歩いて十分足らずの二宮の事務所に来て、バレエやミュージカルのＤＶＤを、それも同じものを繰り返し見て、ときには自己流のボイストレーニングもする。一昨年の秋は湊町《みなとまち》の『フォルムズ』で『マイ・レディー・クレメンタイン』という二カ月のロングランミュージカルに出演し、二宮はチケットを三十枚も引きとって、友だちや馴染みのスナックに売って歩いた。――売ったとはいうが、金をもらったのは十人もいないから、ほとんど二宮の持ち出しだった。悠紀はそれを知らない――。

オーディションダンサーなんていくらでもいる。歌手や女優みたいにキャラクターを売りにするわけやないから、ダンサーだけで食べていくのはむずかしい。でも、わたしは踊るのが好きやねん――。悠紀は幼稚園から高校までクラシックバレエを習っていた。高校を出てハンブルクに二年間のバレエ留学をし、七年前の春、帰国した。かなり才能はあるらしく、ドイツ国内のバレエコンクールで何度か入賞した。悠紀は二宮の叔母、英子《えいこ》のひとり娘で、二宮には従妹《いとこ》にあたる。


「くそっ、桑原のこと喋ってたら腹立ってきた。なんか食いに行こ」

「腹が立つのと、お腹《なか》が空くのは別とちがうん」

「おれの中ではいっしょや」

「やっぱり変人やわ。……ね、マキちゃん」

マキは悠紀の膝の上でアヒル座りをし、冠羽を寝かせて甘えている。

「おれのこの頭、顚末《てんまつ》を聞きたいか」

「うん。ちょっと興味あり」

「騙されたんや。デーモン桑原に」

「ふーん、変人の啓ちゃんが悪魔に騙された……。それはおもしろいわ」

「ほな、行こ。食いながら話す」

どこかレストランを予約しようと、立ってデスクのアドレス帳を開いたとき、ドアノブをまわす音がした。不吉な予感がする。

「悠紀……」口の前に指を立てた。悠紀はうなずく。

「開けんかい。おるんやろ」

桑原だ。ドアを叩く。

くそったれ、近くにおったんや――。どうしたものだろう。金輪際、顔も見たくないが、金はとらないといけない。中川に借りた三十万に内藤医院の治療費を含む、総額四十万だ。

警戒したマキがブラインドのレールに飛んだ。〝アンタダレ　アンタダレ〟と鳴く。

「こら、インコが喋っとるぞ。開けんかい」

「啓ちゃん、開けたり。桑原に騙されたんやろ」悠紀がいう。

「ええんか……」

「あんなやつ、いっぺん文句いおうと思ててん」

悠紀は、はい、と返事をした。「どちらさんですか」

「おう、べっぴんの悠紀ちゃんか。桑原や。開けてくれるか」

「あほや。お愛想いうてる」

悠紀は立ってドアのそばへ行き、錠を外した。桑原が入ってきた。

「おいおい、ちょっと見んまにどえらいきれいになったがな」

桑原は悠紀の足もとから顔まで舐めるような視線をやって、「手足が長い、スタイル極上、色が抜けるように白い、眼がぱっちりで桜色の口もとが愛らしい。マーベラス。ブリリアント。ほんまに、こんなにファンシーでええんか。ダンスをしても一流。AKBに入ったら一発でセンターやな」

切れめのない追従に気押《けお》されたのか、悠紀はなにもいわない。

桑原は二宮の頭のネット包帯を一瞥し、素知らぬ顔でソファに腰をおろした。眼鏡はかけていず、左の眉尻に救急絆創膏《ばんそうこう》を貼っている。

「眼鏡、どうしたんですか」

二宮もソファに座った。悠紀はスチール椅子を引き寄せて腰かける。

「失《な》くした。白姚の事務所で」

桑原は開いた脚のあいだにおろした両手を見る。右の手首にサポーターをつけていた。

「薬局、行ったんですか」

「ブティックと靴屋もな」

裂けて破れたはずのスーツとシャツには汚れひとつなく、靴はプレーントゥからローファーに変わっている。

「それ、みんな買うたんですか」

「どえらい物入りや。おまえのせいでな」

こいつは頭のねじが外れている。二宮が鉄工所でリンチを受けていたころ、心斎橋あたりでお買物をしていたのだ。

「その、おまえのせい、いうのはおかしいな。おれがどんなわるいことをしたんです」

「わしはな、おまえが横におったからゴロまいたんや。わしひとりやったら、要らん手出しせずに撤収するわい」

「どういう理屈や、それ。おれを無理やり引っ張って行ったんは……」

「やかましい。わしはおまえが逃げられるように身体を張ったんやないけ」

ものはいいようだ。これを筋者のアヤかけという。

「そのスーツは」

「ゼニアや。ズボンの裾直しに二時間もかかった」

「シャツは」

「バルバ」

聞いたこともない。

「靴は」

「しつこいのう。テストーニや」

「啓ちゃん、どういうこと。説明して」悠紀がいった。

「島之内の白姚会。むかしサバキをしたことがある。おれが電話をして、ふたりで行ったんや。そしたら、いきなり喧嘩がはじまって、おれは殴られた。金属バットやろ。気がついたときは、事務所の隣の鉄工所にころがされてた」

「そうかい。白姚会の隣は鉄工所か。シャッターおりてたな」桑原がいう。「けど、おまえ、よかったのう。ヘルメットみたいな頭で。普通は割れて、あほになるぞ」

「あのね、おれは命からがら逃げてきたんや。中川に電話して――」

怒りを抑え、悠紀に分かるよう経緯を話した。悠紀は腕を組み、桑原を睨《にら》んでいる。

「――中川の三十万と、この頭の治療費。四十万もらいましょか」

「啓ちゃん、そんなんあかんわ。百万円にしぃ」悠紀がいう。

「おいおい、なんぼきれいなお口でも、百万はいいすぎやろ」

桑原は鼻で笑う。「わしと二宮はバディや。おたがい助けおうてなんぼやで」

「それはちがうわ。あんたはいつでも啓ちゃんを利用してる。啓ちゃんはね、ぐうたらで経済観念がなくて、誰が見ても変人やけど、根はまともな人間です。考えもなしに走りまわるのは、子供みたいなとこがあるからです。だからもう、啓ちゃんにはかまわんとってください」

どう聞いても褒めているようではない。おれはぐうたらで変人で、考えもなしに走るんか――。

「なんと、筋のとおったネゴシエーションやの。容姿端麗、頭脳明晰《めいせき》。なんであんたみたいなええ女が二宮にひっついとんのか、不思議でたまらんがな」

桑原は悠紀が従妹だと知らないのだ。

「百万円……、いや、四十万ください」二宮はいった。

「分かった。べっぴんさんの顔立てて、中川の三十万はわしが肩代わりしたろ」

桑原はうなずいて、「キー、寄越せ」

「キー？」

「わしのBMWや。わしはキーをとりに来たんやぞ。おまえ、持ってるやろ」

ハッとした。島之内のコインパーキングに桑原のBMWを駐めて白姚会へ行ったのだ。

「ほら、ボーッとしてんと、キー寄越せや」

ズボンの後ろポケットを探った。キーホルダーがない。ほかのポケットにもなかった。

「――落としたみたいです」

「賢いのう、二宮くんは」

桑原は下を向き、眉間に指をあてる。「おまえ、わしの車を奪《と》られたんやないやろな」

「コインパーキングは白姚会の事務所から離れてます。大丈夫ですわ」

「BMWのバッジがついたリモコンキーやぞ。パーキングに向けてボタンを押したら、わしの車がピピッと反応するやろ」

「まさか、そこまでしますかね。あのチンピラどもが」

いってはみたが、白姚会の連中は車を探したかもしれない。少し不安になった。「予備のキー、あるんでしょ」

「家にはあるけど、もう一本、作らんとあかん。ディーラーに所有者証明をしてな」

「しゃあない。そのキーはおれが作りますわ」

「啓ちゃん、なにいうてんの」

悠紀がいった。「啓ちゃんが弁償することないやんか。そんな怪我までして」

「ああ、そうやな……」

「イモビライザーつきのキーは高い。五万や」桑原がいう。

たかが車のキーが五万円……。ほんまかい——。

「ま、キーのことはええわい。車があるかどうか気になる」

「ひとりで行ってくださいよね。コインパーキング、憶えてるでしょ」

「ちゃんと憶えてへんのや。わしが駐めたんやないから」

嘘や。こいつはまた、おれを巻き込もうとしてる——。

「啓ちゃん、行ったらあかんよ」

悠紀がいう。桑原に向かって、「帰ってください」

「そんな邪険にするもんやないで。二宮くんのお友だちに」

「啓ちゃんはね、友だちいないねん」

「悠紀、もうええ。車を見に行ってくる」二宮はいった。

「だって……」

「中川の三十万、払うてくれるんや」桑原を見た。にやりとする。

マキを頼むわ――。いって、ジャケットをはおった。

桑原とふたり、四ツ橋筋へ歩いた。

「おまえ、友だちおらんのか」

「いてませんね。わるい友だちは」

「ほな、わしはええ友だちか」

こいつはおかしい。情緒面に欠落がある。思考回路にバグがある。

「おれはね、友だちがおらんのです。子供のころから、ずっとね」

「哀しいのう、二宮くん。最期は孤独死や」

「人間、死ぬときは独りです。ふたりで死ぬのは心中です」

「ほう、新説やの。今度、誰かにいうたろかい」

桑原はタクシーに手をあげた。

島之内――。堺筋から東へ入り、内藤医院の前をとおって一筋目を左に折れて少し行くと、ＢＭＷを駐めたコインパーキングが見えた。タクシーを徐行させる。そこの前で停めてください――。運転手にいった。
パーキング内にシルバーのＢＭＷ７４０ｉは見あたらなかった。

「ないですね……」まちがいない。〝3番〟に駐めた。

「なんや、それは。ひとごとかい」

　桑原は薄ら笑いを浮かべた。「どう落とし前をつけるんや」

「おれの責任ですか」

「わしはおまえにキーを預けた。BMW《ベーエンベー》の管理者はおまえや」

「そんなん……」

「そんなんもこんなんもあるかい。キーを作る前に、車が要るやろ」

「おっしゃるとおりです」

「三十万の肩代わりはペンディングや。わしの車を取りもどせ」

「むちゃくちゃや」

「そうかい。極道はむちゃをとおすから極道なんや」

　疫病神が牙を剝いた。これがヤクザの本質なのだ。

　堺筋へもどってください、と運転手にいった。気の毒に、ふたりの会話で初老の運転手は桑原がヤクザと気づいたのだろう、ルームミラー越しの表情がこわばっている。タクシーは走り出した。

「そもそも、なんで白姚会と込み合うたんです」

「整理や。五年ほど前、生玉《いくたま》の『プラム』いう雑貨卸の会社が潰れて、二蝶会が整理に入った」

債務額は八億円、債権者は二十人ほどだった、と桑原はいう。「わしが整理に入ったときは先客がおった。そう、白姚会や。木崎の舎弟の工藤《くどう》とかいうのが会議を仕切ってくさった」

「債権者会議ですね。議長が工藤……」

「マンションの管理組合やないぞ。議長なんぞおるかい。筋者《すじもん》が入った債権者会議てなもんは毟り合いや。工藤が頭とるか、わしがとるか。……わしも高括《くく》ってた。白姚が嚙んでなかったら、わしが会議を仕切って二、三千万はつまむ算段やった」

「その『プラム』が振り出した手形、持ってたんでしょ」

「額面二千万の手形を、わしは三枚。工藤も三枚持ってくさった」

「そういう手形はサルベージ屋から買うんですか」

「買うことはあんまりない。債権者から組にまわってくるんや。これを取り立ててください、とな。切り半や」

ヤクザ社会でいう切りとり――債権回収――は債務者から回収した資産を依頼者と折半する――切り半――のが普通だが、相手が倒産状態だとマニュアルどおりにはいかない。ヤクザは「わしに任せといたらわるいようにはせん」と、債務者を囲い込んで他の債権者と連絡をとらせず、当面の生活費を与えて地方に高飛びさせる。ヤクザは債務者に書かせた白紙委任状を盾に債権者会議を仕切って、債務者の資産の大半を掠めとるのが、倒産整理というシノギだが……。

「『プラム』の整理で、二蝶会と白姚会はバッティングした……。資産は」

「谷町《たにまち》筋の土地は四十坪。ビルは四階建で築三十年。根抵当は銀行やからどうにもならん。倉庫の雑貨は叩き売って二千万。流動資産は五百万もなかった」

「要するに、二千四、五百万の毟り合いですか」

「他の債権者に四百、わしと工藤で二千。工藤も気合の入った極道やから一歩も退かん」

「それで白姚会のチンピラを殴ったんですか」

「チンピラと工藤をな」

「債権者会議の席上で？」

「会議が終わったあとや。向こうは二匹。工藤が四の五のいいくさるから、わしの頭の赤い糸がプチッと切れた」

「よう切れる糸やな」

　桑原のイケイケは天性だが、まっとうな堅気には手を出さない。そこは心得ている。

「『プラム』は名簿を持ってたんや。こいつを工藤は隠してた」

「名簿て……」

「顧客名簿や。『プラム』は羽毛布団や浄水器、健康食品や慶弔品の販売で稼いでた。そう、手口は催眠商法の騙しや。その騙しに乗った客の名簿が四千人分はあった」

「あの、催眠商法て、なんですかね」

「これや。催眠商法も知らんのかい」

「客に催眠術かけて、これ買え、いうんですか」

「似たようなもんや。ある日、寂れた商店街の外れに『プラム』いう会社が看板あげて、派手にチラシを撒《ま》く。『高血圧の方、糖尿病の方、健康に不安のある方、どこそこ大学の誰それ先生の無料相談会を開催します』とな。それで、年寄りが会場に行ってみたら、スーツにネクタイの口の巧いおっさんが話をしたあと、セールスの男が出てくる。『先生のおっしゃった症状にはこの商品がお勧めです』とな。ビタミン剤には羊羹《ようかん》、プロポリスにはカステラと、豪華な景品や。商品を買わん客にも籤引《くじび》きで次々に景品が当たる。そうこうしてるうちに、客は催眠状態になって、羽毛布団を買うてしまうんや」

「それって、サクラがおるんですよね。『これは安い』と手をあげるやつが」

「あたりまえやろ。客よりサクラが多いこともある」

催眠商法業者の客ひとりあたりの売上目標額は数百万円。美味しい客だと眼をつけると自宅を訪問して浄水器や台所用品を売りつけることもある、と桑原はいう。「その地域で半年ほど稼いだら、撤収してほかのとこへ行くんや」

「なんと、焼畑農業みたいですね」

「おまえもサバキなんかしてんと、催眠商法やマルチ商法をしたらどうや」

「おれ、弁が立たんから、振り込め詐欺も無理ですわ」

「ちがうな。おまえは大阪一、口が巧い。わしに金をせびるのは超一流や」

「しかし、大したもんですね。倒産整理から催眠商法まで、歩く犯罪辞典や」

「誰が犯罪辞典や、こら」

「いや、感心してますねん。犯罪の手口を知ってるということは被害を避けるいちばんの処方や。さすが桑原さん、勉強になります」

「褒めてるようには聞こえんの」桑原は舌打ちして、「おまえがごちゃごちゃいうから、なにを喋ってたか忘れてしもたやないけ」

「名簿です。『プラム』の顧客名簿」

「おう、それや。工藤のクソは四千人分の名簿を隠してくさった」

「悪徳業者の名簿て、金になりますよね」

「詐欺師には涎《よだれ》が出るような名簿や。名簿屋に売ったら、ひとり頭、二千円や」

「八百万やないですか」

「わしは名簿を折れにせい、というたんや。二千人分ずつな」

工藤は鼻で笑った、と桑原はいう。「せやから、赤い糸が切れたんや」

「名簿はどうなったんです」

「わしが回収した」六百万で名簿屋に売り、『プラム』のオーナーに三百万をやって、生まれ故郷の埼玉に飛ばせたという。

「そら、白姚会が怒るはずや」

「整理は極道同士の揉み合いや。いまんなってアヤかけられる筋合いはないぞ」

「その喧嘩は嶋田さんが始末したんでしょ。五年前に」

「オヤジは金筋や。白姚会なんぞ屁《へ》とも思てへん」

「嶋田さんに報告したんですか。今日のこと」

「するわけない。五年前の喧嘩を手打ちにしてくれたオヤジの顔に泥塗ることになる」

「おれはずたぼろにやられましたけどね」

切れキャラのおまえのせいで――。とはいわない。「慰謝料はよろしいわ。内藤医院の治療費ください。十万円」頭の包帯をなでた。

「ほんまに十万も払《はろ》たんかい」

「二十針も縫うたんです。一針、五千円」

「ええ性格やのう、おまえは。一事が万事、金にしよるで」

桑原は上着の内ポケットから札入れを出した。一万円札を抜いて二宮の膝上におく。手にとって数えると八万円しかない。

「足らんですね、二万円」

「負けとけ」さっき、スーツとシャツと靴を買ったという。

「桑原さんともあろうひとがそれはないでしょ」

「おまえやろ、言葉より先におねだりを憶えたんは」

「二万円、貸してですよ」

「もういっぺんいうてみい、こら」

「いや、二万円はお負けします」

内藤に渡した治療費は三万円だったから、よしとしよう。

「それでおまえ、わしのＢＭＷはどうするつもりや」

「まず、盗難届を出してですね……」

「誰が出すんや」

「桑原さんです。所有者の」

「極道が警察に泣きつくてか。わたしは二蝶興業の桑原と申しますが、白姚会の事務所で込み合いになりました、二宮某がキーを落として車を盗《と》られました……。んな届を出せるとでも思とんのかい。洒落にもならんわ」

「中川に頼みますか」

「あのダボハゼが、タダで動くんかい。わしの車は千二百万やぞ。中川はよろこぶわのう。二、三百は寄越せとほざきよるわ」

「ほな、どうするんですか」

「そのいいかたはないやろ。車を取りもどすのはわしやない。おまえや」

「……………」そこで気づいた。これはけっこう面倒なことになっている。桑原に理屈はとおらない。中川に頼むにしても、桑原のいうとおり、二、三百万は要求される。

嶋田に相談するか——。だめだ。ただでさえ世話になっているのに、ケツを持っていくわけにはいかない。桑原にも殴られる。

考えをめぐらせた。中川のほかに警察関係の知り合いはいない。桑原のＢＭＷ７４０ｉは現行型ではないが、中古車ディーラーへ買いに行っても三百万や四百万はする。だんだん腹が立ってきた。おれが弁償する筋合いやないやろ。そもそも白姚会とトラブってたんはこいつや。なにが悲しいて、おれが尻拭いをせなあかんのや——。

「なんや、その眼は、え」桑原がいう。「おれは気に入らん、とマスクに書いてあるぞ」

「あのね、頭に座布団敷いて、鼻をぼた餅にして、うれしい人間がどこにいてますねん」

「ここにおるやないけ」

「はいはい、ありがとうございます」

「ぐずぐずしてたら、木崎はわしの車を売り飛ばしよるぞ」

高級車を盗んでエンジンルーム内の車体番号を付け替え、車検証を作って中東あたりに捌く自動車窃盗団を知っている、と桑原はいう。

「おれ、どうしたらええんですか」

「どうやろのう。自分で考えんかい」

桑原がシートにもたれたところへ、お客さん、どこ行きます——。運転手がいった。

タクシーは堺筋に出ていた。

「そうやの、鰻《うなぎ》でも食うか」

桑原はいって、「高麗橋《こうらいばし》へ行ってくれ。高麗橋一丁目の信号を左や」

「鰻、よろしいね」二宮はいった。

「おまえというやつは、ころころ気分が変わるんやの」

「食うことを忘れたらミイラでしょ」

「おもろいのう、二宮くん。わしはそういうとこが好きなんや」

胸がわるい。鰻は好きだが。


高麗橋の『柴十《しばとお》』に入った。二階にあがってテーブル席につく。桑原は白焼きと肝焼きと冷酒、二宮は鰻重と鰻巻き、ビールを注文した。

「ちゃんと教えてもらいましょか。白姚会に行った目的はなんです。木崎に会うて、なにをするつもりやったんですか」

「んなこと聞いて、おまえはなにをするつもりなんや」

「つもりなんかない。これだけひどいめに遭うたら、訊かんほうがおかしいでしょ」

マスクをとった。どうせ鰻を食う。桑原はにこりともせず、

「鼻のぼた餅いうのはそれかい。コアラみたいやの」

「笑うたらよろしいがな」どこがコアラや。こいつはほんとに腹が立つ。

「おまえも知ってる飯沢いう半堅気の福祉ブローカーが、うちの組に出入りしてるというたやろ。こいつが今井と小沼とつるんで岸上《きしがみ》を担いだ。岸上は白姚会がやってる『悠々の杜やすらぎ』の理事長や」

今井恭治――加瀬歯科医院の診療報酬不正受給で逮捕、起訴された経営コンサルタントだ。今井は中央署捜査四係の元刑事で、白姚会の木崎とはずぶずぶの関係だった。

岸上篤《あつし》――府警捜査四課の班長、所轄署の署長を歴任して退職した元警視で、いまは府警OBをメンバーとするNPO法人、警慈会の代表だ。岸上は不正受給事件で逮捕されたが、不起訴になった。

小沼光男――府警捜査二課の元警部補で司法書士。警慈会のメンバー。小沼も逮捕されたが、不起訴になった。

「わしは飯沢から聞いた。加瀬が不正受給した金は二億。これを今井と小沼と岸上が強《ゆ》請《す》りとって、今井は塀の向こうに落ちたけど、小沼と岸上は逃げおおせた。飯沢がいうには、小沼と岸上は七千万ほど隠しとんのや」

「新聞やと、不正受給は一千万でしたけどね」

「それはおまえ、去年の八月から十一月までの不正受給やろ。ワルどもがほんまに騙しとったんは二億や」

歯科医院理事長の加瀬と整骨院経営の平山が二人で六千万、経営コンサルの今井が七千万、小沼と岸上が二人で七千万を掠めた、と桑原はいう。

「七千万……。それを娑婆《しゃば》におる小沼と岸上から奪《と》ろうという算段ですか」

「太いやろ。こいつはシノギになる」

「けど、飯沢は口が軽すぎるんとちがいますか」

「あれは甲羅に苔《こけ》むした詐欺師や。おのれは小沼や岸上と組んで『やすらぎ』を乗っ取っておきながら、わしにはシノギのネタを教えて金にしようとしてくさる。ゴキブリや。踏みつぶしても、金くれと手を出しよるわ」

「むちゃくちゃやな。仁義の欠片もない」

「おまえも見習え。ブローカーやコンサルいうのは、そこまでやって一人前や」

確かに見習いたい。七千万もの金を懐に入れて不起訴になれば御の字だろう。

「わしは木崎に会うて、不正受給のクソどもとどうからんでるか、探りを入れたろと思た。それを端《はな》から喧嘩腰で来たら、ゴングが鳴るやろ」

「ゴングね……」頭の包帯に手をやった。

そこへ冷酒とビール、鰻巻きが来た。二宮はビールを飲み、鰻巻きを食いながら、

「ひとつひっかかるんやけど、飯沢は二蝶会の山名と貧困ビジネスをしてるんでしょ。それやのに、小沼と岸上のネタを桑原さんに教えたんはどういう理由《わけ》です」

「飯沢は当然、山名に誘いをかけとるわ」

桑原も鰻巻きをつまむ。「山名が乗らんかったんや。岸上は『やすらぎ』の理事長で、オーナーは白姚会やろ。山名は白姚会と構える性根がないんや」

「山名がよう構えんシノギを桑原さんがするて……。危ないやないですか」

「ヤバいから、飯沢の爺はわしに話を持ってきたんやないけ。極道の知り合いは数多《あまた》おっても、この話に乗るのは二蝶会の桑原さんしかおらんと、ない頭で考えよったんや」

「ちょっと待ってくださいよ。そのヤバいシノギにおれを巻き込もうとしたんですか」

「おまえはわしのバディやないけ」

「その、バディいうのやめてくれますか。世間が誤解するし」

「飯沢はわしに、折れにしよ、といいくさった。腐った爺やで」

「それはひどいな。ネタを提供しただけで半分くれとは、欲のかきすぎですわ」

「おまえがそれをいうか」桑原は嗤う。「飯沢もおまえもええ勝負やぞ」

肝焼きが来た。串に刺している。手でとって口に入れた。これもまた独特の風味があって旨い。ビールを飲みほして、お代わりを頼んだ。

「日頃はボーッとしてるのに、飲みと食いは早いのう」

「旨いもんに対する渇望が強いんですかね」

肝焼きに山椒《さんしょう》をかけるのを忘れた。もう一本にかけて、食う。

「ここはおまえの払いか」桑原は冷酒を飲む。

「めっそうもない。伝票見たら、渇望が減退しますねん」

食欲がある。ビールも旨い。頭を割られた後遺症はなさそうだ。「岸上いうのは何者です。老人ホームの理事長をしながら、歯医者の不正受給にまで噛《か》んでるんですか」

「理事長いうのは名義貸しみたいなもんや。大東の『やすらぎ』へ行くんは週に一、二へんで、あとは石町《こくまち》の事務所におる。岸上の本業は経営コンサルや」

岸上は警慈会の代表だから顧問先が二十社以上ある、一見《いちげん》の依頼客も多いらしい、と桑原はいった。

「府警OBのコンサルて、なにをするんですかね。まさか、経営指導はせんでしょ」

「顧問先は不動産とか損保、流通が多いな」

貸しビルに申込みがあると、岸上は警慈会をとおして現役に相手の調査を依頼して反社会勢力ではないかを確認する。損保は相手の犯歴と過去の払い戻しデータ。流通は配送における交通事故とトラブル処理――。「府警OBの中でもマル暴は潰しが利く。岸上みたいに四課の班長から署長ときたら、経歴に申し分はないがな」

「犯罪学から警察の裏事情まで、ほんまに詳しいですね」

「なんでも訊かんかい。教えたる」

「元マル暴はやっぱり、潰しが利きますか」中川を思い出す。

「警察と極道は共存共栄や。極道がおらんかったら、マル暴は仕事がないやろ」

ちがうだろう。この男はなんでも手前勝手な解釈をし、それを押しとおす。どこまでも自分流をとおせば刑務所行きだが、そうはならないように損得勘定をし、ときには日和見《ひよりみ》もする。いまどきのヤクザはイケイケだけではやっていけないと知っているのだ。

「なにを笑《わろ》とんのや」

「いや、鼻が痛いんです」

警察とヤクザが共存共栄？　臍《へそ》で茶を沸かすとはこのことだ。

「煙草、吸いたいの」

「ここ、禁煙でしょ」

灰皿が見あたらない。「おれ、食い物屋で他人《ひと》が煙草吸うの嫌いですねん」

「おうおう、ようういうた。今後いっさい、わしの前で吸うなよ」

「あのね、自分の煙草は好きですねん。一日、三箱」

「おまえやろ。尻《けつ》からヤニ出して便器を詰まらすのは」

「人間フィルターです」

そこへ、白焼きと鰻重が来た。肝吸いをすする。「これ食うたら、煙草吸いに行きますか」

「どこへや」

「新地です。ミニスカートのきれいなお姉さんのいる、桑原さん御用達の高級クラブ」

「わしはな、コアラを連れて飲み歩く粋狂はないんや」

桑原はさもうっとうしそうに、「そんなに飲みたいんやったら、『ボーダー』へ行け」

「中川に会え、いうんですか。おれひとりで」

阪町《さかまち》の『ボーダー』は中川の巣だ――。「おれ、中川に払う三十万はないですよ」

「そうやないわい。中川に警慈会のことを訊け」

「警慈会のなにを訊くんです」

「歯医者の不正受給で逮捕されたけど不起訴になったんが、岸上と小沼と飯沢のほかに五人ほどおったやろ。その中に警慈会のメンバーがおるはずや」

そこから岸上や小沼に反感をもってるやつを捜せ、と桑原はいう。

「今回の事件で冷飯食うたやつがおるやろ。そいつを叩いて岸上の弱みを握るんや」

「いわんとしてることは分かりますわ。けど、そんなに都合のええやつがいてますかね」

「組織いうのは一枚岩やない。必ず、不平分子がおる」

「二蝶会にもいてるんですか、不平分子」

「山名がそうや。あいつは嶋田のオヤジと三代目を争うて負けよった。いまは盃《さかずき》直して舎弟頭になりよったけど、なにかというたら組の決めごとに文句をつけくさる」

「月の会費は払うてるんですか、ちゃんと」

「山名は金儲けが巧い。喧嘩はようせんけどな」

不平分子はおまえやろ――。山名と桑原は犬と猿だ。山名がもし三代目を襲《と》っていたら、桑原は二蝶会に復縁していなかっただろう。

ヤクザが足を洗って堅気になるのはむずかしいと世間は思っているが、そうではない。桑原のような幹部クラスは整理や野球賭博といったシノギをもっているから、そいつが抜ければ、ほかの組員があとをとる。組内に空席ができるのはむしろ歓迎されるのだ。

「分かったな。おまえは中川に会うんやぞ」

「桑原さんはどうするんです」

「わしの心配はせんでもええ」

「新地で飲むんでしょ」

「わしの財布はからっけつや。さっき、おまえにとられた」

「カード持ってるやないですか。プラチナカード」

「やかましい。ひとの懐を覗くな」

桑原は白焼きをつまむ。

5

阪町――。風俗店とラブホテルが混在している飲み屋街の外れに『ボーダー』はある。

煙草をくわえ、ジップパーカのポケットに両手を入れてふらふら歩いていると、ピンサロ嬢に手招きされた。どこ行かはるんですか――。いや、ちょっと――。うちで飲みませんか。セットで三千円――。安いな――。じゃ、飲みましょう――。腕をとられた。三千円て、一時間か――。三十分です――。そのあとは――。追加です――。女の子の飲みもんも――。そんなん、いいやないですか――。ごめんな。金ないねん――。いくら持ってはるんですか――。ちょうど三千円――。カードは――。持ってへん。審査がとおらんし――。そこでピンサロ嬢はさっと離れて行った。ぼったくりサロンではなさそうだった。

寄木《よせぎ》の一枚が剝がれかけている『ボーダー』の扉を引いた。

いらっしゃい――。髭のマスターが顔をあげた。

「ひとりかいな」

「たまにはね」

スツールに腰かけた。カウンターの奥に、くたびれたスーツの男がいる。

これ――？　親指と人差し指を丸にして額にあてた。ちがう――と、マスターは首を振る。

「どないしたんや、その頭」

「ちょっとね……」

マスクをとり、ネットを額の生え際まであげると、マスターはそれ以上、訊いてこなかった。

「なに、する」

「バランタイン。ハーフロックで」煙草をくわえた。「灰皿は」

「そのへんにあるやろ」

まるで愛想がない。マスターは中央署暴対係の刑事だったが、千年町《せんねんちょう》の韓国パブの女とのつきあいが監察に知れて府警を追われた。退職金をよめに渡して籍を抜き、居抜きのこの店を借りて女にやらせていたが、一年もしないうちに女はソウルに帰った。以来、マスターはひとりで『ボーダー』をやっている。

「今日は、中川さんは」

立って、造花の鉢植えの後ろから灰皿を持ってきた。

「どうやろな。来るとしたら、この時間や」

腕の時計を見た。十時十分――。

マスターが中央署にいたころ、異動してきたのが中川だった。マスターは中川を連れ歩いて馴染みの店と払い――どこも刑事割引がある――を教え、後腐れのない女を紹介したという。

「おれ、聞いたことないけど、中川さんて独身ですか」

「そんなわけないやろ。あれはもう後厄やで」

ということは、数えで四十三歳。桑原と同年ではないか。片や刑事で、片やヤクザ。ガラのわるさはいい勝負だ。

「西淀川に女がおるんですよね」

「よう知ってるな」

「桑原に聞きました」

「あれとは切れた」

マスターはグラスに氷を入れながら、「いまは鰻谷《うなぎだに》のスナックのママに入れ揚げとる」

「前に連れてきたんがそうですか」

そう、今年の一月か二月に見た。齢は三十すぎ、茶髪のショートカット、切れ長の眼、ぽってりとした唇、厚化粧だが、ゴリラの中川には似合わない、けっこういい女だった。

「どっちにしろ、女は金食い虫や。あいつは年中、ピーピーいうとるわ」

「けど、よめさんはおるんですよね」

「刑事《デカ》はな、離婚したら飛ばされる。いまさら、中川に交番勤めはできんやろ」

中川に子供はいない。よめに逃げられないよう給料が振り込まれる通帳は渡して、遊ぶ金はほかで稼いでいる、とマスターはいった。

「なるほどね。甲斐性あるやないですか」

あんな金に汚いやつはおらんで――、とはいわなかった。

マスターはカウンターにコースターを敷き、グラスをおいた。二宮はつまみのナッツを注文し、マスクをとった。


ハーフロックからロックに変え、二杯を空にしたところへドアが開いた。中川が入ってくる。二宮を見たが、素知らぬ顔で、さっきまでスーツの男がいたカウンターの奥に腰をおろした。

「僚《りょう》さん、焼酎や」

「麦か」

「芋にしとこ」中川は煙草を吸いつける。

「こんばんは」

二宮はいった。中川はさも面倒そうにこちらを向いた。

「金、持ってきたんかい」

「いや、あの金は桑原が肩代わりするというてます」

「聞こえんな。わしはおまえに金を貸した。桑原は関係ない」

「桑原から金を取り立てて、おれが払いますわ」

「トサンやな」

「なんのことです」

「十日以内やったら無利子や。それをすぎたら十日ごとに三割。複利やぞ」

「闇金やないですか」

「あほんだら。闇金は貸したその日から利子をとるんじゃ。シチゴサンや」

一週間で五割とか三割ということか。二宮は闇金にもサラ金にも手を出したことはない。賭場の廻銭《かいせん》は平気で借りたが。

「縫うたんか」

「なんですて」

「内藤医院」

「ああ、これね。五針も縫いました。一針、二万円」

「へっ、いうとけ」

「内藤先生がいうてましたわ。ようその顔で一一〇番もされんと歩いてきたな、と。なんで一言いうてくれんかったんですか」

「いっぺん捕まれや。パトカーに乗せられて所轄に連行してもらえ」

「おれが喋らんと思てるんでしょ」

「喋らんかい。おまえは白姚会の標的《マト》にかけられる」

「白姚会て、島之内のか」マスターは中川に焼酎を出した。

「こいつは二蝶の桑原とつるんでワルサばっかりしとるんですわ」と、中川。

「あれは破門になったんとちがうんか」

「この三月に復縁しよったんです。組長が嶋田いうのに代わって」

「わし、二蝶会の嶋田は知らんな」

「そら、傍さんは現役離れて長いから」

中川は焼酎を口にして、「死んだこいつの親父は二蝶の初代の子分で、嶋田の兄貴分になる。こいつは親父のツテでサバキしとんのです」

「そういや、角野《かくの》が組長のころの二蝶会に二宮いうのがおったな」

「おれの親父、知ってんですか」マスターに訊いた。

「名前だけは聞いた憶えがある」

「マスターは府警本部の四課にいてたんですか」

「八年や。そのあと中央署に行った」

まさか、こんなところで父親の話題が出るとは思わなかった。そう、二宮は孝之のコネクションで食ってきた。いまや風前の灯火《ともしび》のサバキだが。

二宮の父、孝之は手配師だった。二宮がものごころついたころは、いつも家を空けていて、たまに帰ってきてもすぐに出ていく。二宮と妹には建設会社の役員といっていたが、ときおり得体の知れない社員が黒い車に乗って孝之を迎えにきたりする。そうして中学一年のとき、孝之は半年間の長期出張に出た。母親の悦子《えつこ》は単身赴任だと説明したが、二宮はうすうす気づいていた。母親を問いつめて、孝之が初代二蝶会の幹部だと知り、長期出張のほんとうの意味を知った。二宮は母親をなじり、半日の家出をした。ほどなくして大阪市内から堺の文化住宅に移り、二宮と妹も転校した。

いまも当時のことを思い出すが、〝極道の息子〟という事実にどう折り合いをつけたのか、不思議に憶えていない。ヤクザが社会悪だと決めつけたこともなければ、生業《なりわい》のひとつにすぎないと軽く考えたこともなかった。ただ漠然と、このまま家族三人の暮らしがつづけばいいと思っていた。半年がすぎて孝之がもどったときは、まるで他人のような感じがした。

二宮が高校を卒《お》えて立売堀の機械商社に就職した年に、一家は堺から大阪の大正区に転居。孝之は手配師をやめて合法的な労働者の斡旋をするべく、知人を代表者に据えて港区八幡屋《やはたや》に築港興業という土建会社を設立した。表向きはヤクザから足を洗って二蝶会と切れた形だったが、番頭を除く社員四人は孝之の舎弟であり、実態は組に上納金をおさめるフロント企業だった。

築港興業は孝之の才覚もあって業績を伸ばした。下請けを抱えて家屋やビルの解体を手がけるようになり、斡旋から土建に事業の比重を移していった。国鉄環状線の大正駅近くに三十坪の家を買い、そこを改築して第二事務所にしようとした矢先に、築港興業は日雇い労働者の不法就労および不法斡旋行為によって警察に摘発された。孝之は企業舎弟と目され、起訴、実刑判決は免れそうになかった。引退を決意した孝之は築港興業を解散し、解体部門だけは別会社を作って、そこに無理やり二宮を引っ張った。二宮は機械商社を辞めて二宮土建を引き継いだが、五年目に不渡りを食らって倒産。債務は二蝶会の幹部だった嶋田が整理してくれた。その後、嶋田の勧めもあり、母親からの三百万円の援助と業界のコネを頼って二宮企画を設立し、建設コンサルタントになった――。

「有為転変ですね。ひとの一生てなもんは」

「なにをわけの分からんことというとんのや」中川がいう。

「うちの親父はええときに引退しましたわ。暴対法で組筋とフロントは細る一方やし、おれも暴排条例でとどめを刺されそうです」

「泣き言か。引かれ者《もん》の小唄か。酒が不味うなる」

「誰にもいうたことなかったけど、二宮企画のオーナーはうちのおふくろですねん」

「しつこいのう。それがどうかしたんかい」

「ほんまにね、親不孝な息子ですわ」

「親孝行な息子てなもんはおらへん。娘はおってもな」

「おたくもそうなんや。親不孝」

「やかましい。誰にものいうとんじゃ」

中川はカラオケのリモコンを手にとった。マスターはカウンターの隅で丸椅子に座り、パソコンのテレビを見はじめた。

「歌うたう前に、お願いがありますねん」

「またかい。お願いの前に、三十万をツメろや」

「桑原のＢＭＷが盗《と》られました。白姚会です」

「わしに回収せいとでもいうんかい」

「中川さんに動いてもろたらタダで済まんやないですか。誰か紹介してください。交通課か盗犯係の敏腕刑事」

「なんぼや、紹介料」

「二万円」

「被害届を出しとけ。そこらの交番に」中川は太い指でリモコンをいじる。

「それともうひとつ。歯科医院の診療報酬不正受給事件がありましたよね。歯医者と整骨院の経営者と経営コンサルタントが逮捕された事件」

「あったな。この春や」

「コンサルの今井いうの、知ってますか」

「知ってる。有名人や」

中川が中央署の捜査四係に異動した前年に懲戒免職になったのが、今井だったという。

「ほな、今井が抜けた穴を埋めたんが中川さんですか」

「今井がクビになったのといっしょに、能勢《のせ》や泉南《せんなん》に飛ばされたんがふたりおった。今井とつるんで組筋に情報流したり、風俗や違法営業の飲み屋からカスリをとってた。どいつもこいつも刑事《デカ》の面汚しや」

監察は今井ひとりを懲戒免職にすることで、ほかのふたりの不祥事を隠蔽した、と中川はいう。「今井は爆弾やった。あんなもんが下におったら、いつとばっちりが来るや分からんと、上は腫れ物に触るような扱いをしてた。……それで今井は調子に乗りすぎて刺されたんや。あの歯医者の事件で、久しぶりに今井の名前を見たけど、コンサルをしてたとは知らんかったな」

「今井、加瀬、平山は起訴されたけど、不起訴になったんが八人、いてますよね。警慈会代表の岸上とメンバーの小沼と、福祉ブローカーの飯沢いう爺のほかに、どういうやつがおるか、教えて欲しいんです」

「待たんかい。岸上と小沼やと……。おまえ、なにを考えとんのや」

「おれはなにも考えてません。桑原にいわれたんです。岸上と小沼だけやない、ほかにも警慈会のワルがおったはずやと」

「桑原はなにを狙うとんのや」

「訊いてもいわんのです。あいつは誰のことも信用せんし、おれにも黙《だんま》りをとおします。……金の臭いを嗅ぎとったんでしょ。あの腐れヤクザのことやから」

「おまえ、桑原が嫌いなんか」

「あんなやつが好きな人間がこの星におるとは思えませんね。おったら頭がおかしいわ」

「その頭のおかしいのがおまえやろ。桑原のパシリをしくさって」

「おれのどこがパシリなんや」

むかっ腹が立った。「おれは桑原をサバキに使うて金を稼いでる。桑原もおれの助けを借りてシノギをする。あくまでもビジネス。ギブ・アンド・テイク。おれはまっとうな建設コンサルタントですわ」

「よう口がまわるの」

「身すぎ世すぎでね」

「十万や」

「なんです」

「調べたる。おまえがいうた、不起訴になった五人」

「それは三十万のおまけですか」

「おもろいのは顔だけにしとけや」

「敏腕刑事も紹介してください。その十万で」

「そっちは五万や」

「…………」こいつはどこまで欲深なのだろう。

「どうなんや。出すんかい」

「桑原が出しますわ」

「わしはおまえに請求しとんのや」

「いま、九万しかないんです。白姚会の木崎からとった治療費の九万」

「しゃあないのう。そのブサイクな顔に免じて負けたる」

このゴリラには窮地を救ってもらった、と思いなおして、ポケットから金を出した。中川に見えないように数えて九万円をカウンターにおく。中川はすばやくポケットに入れた。

「領収書、ください」

「もういっぺんいうてみい」

「ギャグやないですか」

笑ってみせた。中川は仏頂面でリモコンをとり、曲を検索する。

「入れてください。ちあきなおみの『冬隣《ふゆどなり》』」

「お前が歌うんかい」

「聞き惚《ほ》れますよ」

マイクをとった。イントロが流れる。歌いはじめた途端、中川はトイレに立った。

マキが飛んできて頭にとまった。プリッと音がする。糞をしたらしい。マキは夜明けるとともに起きて餌を食べ、また少し朝寝をしてから、自分でケージの扉を開けて出てくる。

「マキ、もうちょっと寝よ」

いったが、マキはこめかみのほうへ歩いて、目尻をつついた。起きろ、という合図だ。腹が減ったときは唇をつつく。

「分かった。おはよう」

毛布ごと上体を起こした。マキは膝に降りていく。指で頭を掻いてやると、眼を細めて甘え鳴きをした。

壁の時計を見ると、まだ九時だった。阪町から事務所に帰って、マキをケージに入れ、ソファで寝たのだ。毛布をかぶって横になったのは零時すぎだったから、九時間近くは眠った。頭がぼんやりしているのは飲みすぎか。腹も減っている。

五分ほど頭をカキカキしてやると、マキはケージの上に行ってストレッチをはじめた。片足立ちになって羽根を広げ、身体をいっぱいに伸ばす。

「マキ、啓ちゃんは牛丼食うてくる」

〝イクヨ　オイデヨ　ゴハンタベヨカ〟

「マキは食うたんやろ」

そっとマキから離れて事務所を出た。エレベーターで一階に降り、メールボックスの郵便物を見る。チラシが数枚、入っているだけだった。

アメ村の外れの牛丼屋に入った。朝定食を注文する。シャケを焼かずにレンジで加熱しているのは気に入らないが、安い定食に文句はいえない。さっさと食って、コンビニで新聞を買い、近くのドトールに入って喫煙スペースでコーヒーを飲む。なにをいうこともない安穏な一日のはじまりだが、なぜかしらん、頭に包帯ネットをかぶり、鼻にガーゼを貼りつけている。

くそっ、桑原め――。日航ホテルでステーキランチを食ったまではよかった。そのあとBMWを運転させられて島之内の白姚会に連れ込まれ、桑原の喧嘩の巻き添えを食い、頭を殴られて気を失った。鉄工所の油まみれの床に転がされて殴られ、蹴られ、咄嗟《とっさ》の機転で中川を呼んだが、あの男が来なかったらどうなっていたか……。中川には木崎からもらった十九万円のうち十万円をとられ、『ボーダー』でもまた九万円を毟られて、あげくがこの頭と鼻だ。

おれがなにをしたというんや――。わるいことはなにひとつしていない。桑原に三万円をもらって白姚会に行っただけだ。なのに、桑原は盗られたBMWを取りもどせとわめきたてる。

理不尽や。こんなあほなことがあるかい――。

セツオに聞いた桑原の携帯の番号に電話をかけた。どうせ出ないだろうと思っていたが、五回のコールでつながった。

――なんじゃい、朝っぱらから。

——朝やない。十時です。世間のひとは働いてるんです。

——おまえがそれをいうか。このぐうたらが。

——『ボーダー』で中川に会いました。不起訴の五人、調べるそうです。十万円でね。

——ほう、そうかい。

——それと、刑事を紹介してくれと頼みました。ＢＭＷを捜索する交通課と盗犯係の刑事。紹介料は五万円で、十五万円を立て替えました。払《はろ》うてください。

——ほんまに払たんかい。おまえはいつでも水増しやからのう。

——十五万円、ください。

——おまえ、わしを財布やと思とるな、え。

——ＢＭＷの登録ナンバーは。

——待て。

少し間があった。

——大阪　３００　さ　８４－××。

紙ナプキンにボールペンで書いた。

——十五万円、ください。

——分かった、分かった。払《はろ》たる。

——いつ、くれるんですか。

——とりに来い。

——どこへ。

——毛馬や。事務所。

日頃は寄りつきもしない二蝶会の事務所に桑原がいる……。昨日の喧嘩で白姚会の返しがあるかもしれないと、事務所で構えているのか。

——昼までに行きますわ。

電話を切った。煙草を吸う。少し離れた席の女と眼が合った。無遠慮に二宮の頭と鼻を眺めている。なんや、こいつは——。拳を上に向けて中指を立ててやると、口をへの字にして横を向いた。アメ村のブティックの販売員だろうか、顔を真っ白に塗りたくり、茅葺き屋根のようなつけ睫《まつげ》をしたゴスロリ女だった。

事務所にもどった。マキがよろこんで肩にとまる。

「マキ、啓ちゃんは包帯を替えるからな」

デスクに座り、髭剃り用の鏡を立てた。ネット包帯をとり、マキの糞を拭く。頭のガーゼをとって新しいのと替え、またネットをかぶる。鼻の絆創膏を剝がしてガーゼをとると、腫れは少しひき、赤紫だった色も昨日よりは薄れていた。ガーゼを替え、内藤医院でもらった化膿どめの錠剤を流しの水で服《の》む。煙草を吸いにくいからマスクはしない。

「マキ、お留守番やで。集金に行ってくる」

いうと、マキは気配を感じたのか、肩にとまったまま離れない。「分かった。啓ちゃんはお出かけなんかせえへんから」

ソファに腰をおろした。マキは安心したのか、ブラインドのレールにとまって〝メリーさんの羊〟を歌う。

二宮は中腰で、そっと事務所を出た。


四ツ橋《ばし》筋沿いの月極駐車場に入り、愛車のフィアット500に乗った。エンジンをかける。シートベルトを締めたところへ携帯が鳴った。中川だ。

——はい、二宮です。

——中央署へ行け。交通課の服部《はっとり》いうのに話をとおしといた。

——交通課の服部さんね。……不起訴の五人は。

——それはまだや。また電話する。

案外に中川は義理固い。頼んだことをちゃんとやっている。十万円は払ったが。

電話を切り、駐車場を出た。

東心斎橋一丁目——。車を駐めて中央署に入った。曾根崎《そねざき》署や東署に並ぶA級署のはずだが、ロビーはそう広くない。車庫証明受付の女性警官に、服部さん、いてはりますか、と訊いた。
「二宮企画の二宮といいます。府警本部の中川さんの紹介です」

「二宮さんですね」

　女性警官はカウンターの電話をとり、少し話して顔をあげた。

「服部が来ます。そこでお待ちください」と、ロビーのベンチシートを指し示した。シートに座って待った。奥の階段室から制服の女性警官が出てくる。若い。

「二宮さんですか」

「そうです」立って頭をさげた。

「服部さんは」

「わたしです」

　これが交通課の敏腕刑事……。刑事なら私服だろう。

「上司から聞いてます。車の窃盗被害にあわれたそうですね」

「いや、そのとおりですけど……」

「被害届をお持ちですか」

「届の書類、もろてないんです」

「じゃ、あちらで事情をお聞きしましょうか」

　服部の視線の先に低いパーティションがある。その中にテーブルと椅子が見えた。

「届を出したら捜査してくれるんですか」

「もちろんです」服部はうなずく。

「ほな、お願いしますわ」

パーティションの奥へ行った。服部は窃盗被害の届出書類を持ってきた。テーブルを挟んで座る。服部は小柄で丸顔、すっぴんとはいわないが、ほとんど化粧をしていない。いまどきの若い女が眉も描かずに人前に出るのはいかがなものか。

「あの、これは通常の被害届ですか」訊いた。

「というのは……」

「いや、中川さんの紹介やから、特別の捜査をしてもろてですね……」

「中川さんというのは、どなたですか」

「府警本部の四課の刑事さんです」

「わたし、中川さんという方は存じませんが」

そこでやっと気づいた。中川は中央署の交通課に電話を一本入れただけなのだ。

「盗難被害にあわれたのは当署の管轄区域ですか」

「島之内です。なんとか教会の近くのコインパーキング」

「コインパーキングの名称は」

「さぁ……。なんやったやろ」

「盗難車の車種は」

「BMW740i。色はシルバーです」

ドトールの紙ナプキンをテーブルにおいた。

「それが登録ナンバーです」

服部はナプキンを手もとに引き寄せて、

「盗難車の鍵は」

「鍵を盗られたんです」

「おっしゃることが分からないんですが」

「コインパーキングの近くの事務所でＢＭＷのキーを盗られたんです。その二、三時間あとでパーキングにもどってみたら、駐めてたＢＭＷがなかったんです」

「その、事務所というのはどこですか。なんという会社ですか」

神戸川坂会系白姚会、とはいえない。いえるわけがない。二宮までがヤクザだと思われる。

「キーを盗られたんは勘違いでした。車を盗られたんです」

「コインパーキングで？」

「そうです」

「二宮さんはパーキングにＢＭＷを駐めて、どちらに行かれたんですか」

「いや、あの、解体屋です」

「解体屋？」

「おれ、建設コンサルタントですねん」

名刺を出した。服部に渡す。「二宮企画。解体とか建築の仲介、斡旋をしてます」

「解体屋さんの名称は」

「桑原興業です」

「二宮さんは島之内の桑原興業で商談をしていたんですね。車のキーは持ってはったんでしょ」

「そこが定かやないんです。どこかで落としたんかもしれません」

これはもう駄目だ。話の筋道がとおっていない。「――すんません。被害届はよろしいわ。自分で探してみます。見つからんかったら、後日、服部さんのとこに来ます」

「二宮さん、その怪我はどこで負われたんですか」服部の口ぶりが変わった。

「解体現場ですわ。ヘルメットを忘れててね」

「身分を証明するものはお持ちですか」

「免許証やったらあるけど……」

「見せていただけますか」

くそっ、職務質問になってきた。それはそうだろう。頭にネット包帯を被り、鼻にガーゼを貼りつけた無職風の男が辻褄《つじつま》の合わない話でＢＭＷ７４０ｉという高級車を盗られたと申し立てているのだから。服部が警官でなくても疑念をもつだろう。

運転免許証を出して服部に見せた。データ照会をしようかという顔だ。

「おれは府警本部捜査四課の中川さんに紹介されて、ここへ来たんです。なにか不審な点があるんやったら、中川さんに電話してください」

いうと、服部は思いなおしたのか、免許証を返してきた。

「被害届は出されないんですね」

「今日は出しません。ひょっとしたら、友だちが乗って行ったんかもしれんし」

紙ナプキンをとり、立って礼をいった。とんだ災難だった。


なにが敏腕刑事じゃ。ただの交通課の婦警やないか。口紅ぐらい塗らんかい——。中川といい、桑原といい、ろくなものではない。おれに寄ってくるのは腐ったやつしかおらんのか——。

独りごちながら、署の玄関を出て駐車場の車に乗った。鼻がずきずきするのはストレスか。

どいつもこいつも憶えとれよ——。大声でわめいたら、通りがかった黒いキャップをかぶったブルゾンの男がこちらを見た。目付きがわるいから、刑事かもしれない。俯いて、エンジンをかけた。

6

都島《みやこじま》区毛馬——。二蝶会事務所前に黒のベンツと白のアルファードが並んでいる。紺色のセンチュリーが見あたらないのは、組長の嶋田がいないということか。二宮はアルファードの隣にフィアットを駐めた。

事務所に入った。坊主頭の電話番がこちらを向く。

「桑原さんは」

「おたくさんは」

「二宮です」

坊主頭は初めて見る顔だ。「桑原さんに呼ばれたんです」

そこへ、奥のドアが開いた。こっちや――。桑原が半身をのぞかせて手招きする。二宮は奥の部屋に入った。誰の趣味か窓に赤いギンガムチェックのカーテン、応接セットとサイドボードがあるだけの殺風景な部屋だ。

「コーヒーでも飲むか」

「いただきます」

桑原は坊主頭にコーヒーをふたつ注文し、革張りのソファに腰をおろした。二宮も座る。

「嶋田さんは」

「出てる」桑原はパターを打つふりをした。

やはり、そうだった。嶋田が組にいれば、葱坊主の二宮を見て、その理由を訊くだろう。桑原は嶋田に白姚会での喧嘩を知られたくないのだ。

「報告してないんですか」

「なにをや」

「昨日のこと」

「いちいちオヤジにいうことやないやろ。わしのシノギや」

「白姚会からはなにもいうてこんのですか」

「くるわけない」桑原はかぶりを振る。「五年前の整理のアヤを収めたんはオヤジやぞ。それをいまんなって蒸し返しよったら、二蝶と白姚の出入りになるやないけ。おまえもいらんことはいうなよ」

「おれはね、口が固いのが美点ですねん」

「汚点しかないやつがよういうた」

「桑原さん、十五万円、ください」

「うるさいやっちゃ。二言めには金かい」

桑原は札入れを出した。一万円札を抜いて数える。「内訳はなんや」

「いうたやないですか。不起訴になった五人を調べるのが十万、BMWを捜索する刑事の紹介料が五万です」

「妙やの」

「なにが妙ですねん」

「紹介料の五万は分かる。けど、もうひとつの十万が解せん」

「おれ、水増ししてませんよ」

「そうやない。あの欲たかりの中川が、たった十万で調べを請けたんが不思議なんや。

……あのボケ、なんぞたくらんどるぞ」

「へーえ、そうですかね」

「あのガキ、わしのシノギの上前を撥《は》ねる肚とちがうんかい」

桑原は性根が歪《ゆが》んでいるから、なんでも疑ってかかる。

「中川は刑事ですよ。桑原さんのシノギに首突っ込んだりしたら、火の粉をかぶるやないですか。あいつはただでさえ監察に眼をつけられてるのに」

「ゆるいのう、おまえは。一を以《もっ》て万を察す。あらゆる事態を想定して動くからこそ、わしは二蝶会の桑原でやってきたんじゃ」さも自慢げにいう。

「いろいろ知ってるんですね。ことわざ」

一を以て万を察するやつが余所《よそ》の組事務所で喧嘩をするか。

「ほら。もう、くれいうなよ」

十五万円を受けとった。ズボンのポケットに入れて腰を浮かせる。

「なにしとんのや」

「いや、ＢＭＷを探すんです」

「出前を頼んだんやぞ。コーヒーの」

「…………」うっとうしい。早く帰りたい。

「おまえ、車で来たんやろ」桑原はソファに片肘をついた。「見せろや」

「車フェチの桑原さんに見せられるような車やないんです」

「わしはフェチやない。カーマニアや。ショーファー・ドリブンのな」

ショーファー・ドリブン――。考えた。運転手つきの車ということか。

なにかしらん、ネット包帯の頭上に暗雲が垂れ込めた。こいつはまたおれに運転させてどこかへ行くつもりか。

「おれ、中央署に行かなあきませんねん。中川がアポをとった交通課の刑事に会うて盗難届を出すんです」

「えらい熱心やのう、え」

「すんませんね。7シリーズのBMWを弁償する甲斐性がないんです」

「ま、煙草でも吸えや。コーヒーが来るまで」

桑原は煙草を出した。二宮は一本抜いて吸いつける。

「おまえ、西木《にしき》に会うたか」

「いや、会うてませんね」

西木の顔は知っているが、話したことはない。西木は嶋田組の若頭だったが、嶋田が二蝶会の組長になったことで、二蝶会の若頭に昇格した。嶋田のボディガードだった木《き》下《のした》も、いまは二蝶会の構成員だ。

「ついでや、西木に挨拶せい」

挨拶などしたくない。ヤクザの知り合いを増やしてどうする。

桑原はサイドボードの電話をとった。内線のボタンを押す。

くる。

「わしや――。いま、二宮が来てる――。挨拶したいんやと――。応接室や――」

桑原は受話器をおき、ほどなくしてドアが開いた。短髪のひょろっとした男が入って

「おう、二宮さん、いらっしゃい」

にこやかにいう。「どないしたんや、その頭」

「転けたんですわ。解体現場で」

「気ぃつけなあかんで」

西木は桑原の隣に座った。黒いスーツにダークグリーンのネクタイ、桑原のようなヤクザ臭はないが、堅気の勤め人にも見えない。地上げ屋とか競売屋にこういうのがいる。

「オヤジがおったら、あんたを離さへんのにな。今日はゴルフなんや」

「それは聞きました。桑原さんに」

「どうや、景気は」

「あきませんね。完璧な右肩下がりです」

「ま、しゃあないわな。みかじめやサバキで食える時代やなくなった」

西木はひとあたりがいい。シノギの場では豹変《ひょうへん》するのだろうが。「――オヤジから聞いてたけど、こっちのほうが好きなんやてな」壺《つぼ》を振る仕草をする。

「もう長いことしてませんね。西成の常盆《じょうぼん》がなくなってからは」

「関目《せきめ》にマンションカジノがある。行くんやったら紹介するで」

「いや、カジノはマカオとかソウルでやります」

「わし、マレーシアでやったな。ゲンティンハイランド。クアラルンプールから一時間もタクシー乗って、山の上に登って行くんや。ハイランドやから景色がええがな。現地の華僑に混じってゴルフもした。博打はさっぱりやったけどな」

「おれ、ゲンティンは行ったことないですね」

「知ってるか。日本のギャンブル中毒患者は二百五十万人やで。日本の人口の五十人にひとりや」身振り手振りをまじえて西木は喋る。

「おれもそのひとりでしたかね」マキが来てからは、ホール通いが激減した。

「日本のギャンブル市場は二十九兆円やけど、その八割から九割はパチンコとパチスロや。ギャンブル中毒はパチンコ中毒。金をスッたら店の前にサラ金がある。先進国でカジノのない国は日本だけやけど、女子供が歩いて行けるとこに〝賭場〟があるのは日本だけやで。世界中のカジノの市場規模は十三兆円。日本のパチンコとパチスロの売上は二十三兆円や。わしは日本にカジノを作るべきやと思うな。そしたらパチンコ中毒の患者が減るがな」

西木は口早にいい、腕の時計に眼をやった。「おう、しもた。リハビリの予約をしてたんや。肩があがらんでな。ま、ゆっくりして行き」

右の腕を摩《さす》りながら、あたふたと部屋を出ていった。

「あのひとはなにがいいたかったんですか」

「いつでも、あの調子や。ひとの話は聞きもせんと、埒《らち》もないことを喋り散らすから、こいつは与《くみ》しやすいと思たら、本性はなにを考えとるか分からん。あれはオヤジの最初の子分で、若いころは裏カジノのマネージャーをしてた」賭博開帳図利《とり》、恐喝、傷害、凶器準備集合などの前科があるという。

「嶋田さん、裏カジノをやってたんですか」

「そんな時期もあったな。二、三年や」

嶋田が組持ちになったころだと桑原はいう。「極道は自分のシノギを持って一人前や。シノギがものになったやつは若いもんが寄ってきて、あっというまに大きくなるし、ものにならんやつは一生、チンピラのままで野垂れ死ぬ。……ありがたいと思わないかんぞ。おまえは親父の遺産で食うとんのや」

「いまは食いかねてますけどね」

「おまえは大阪一のぐうたらや。年がら年中インコと遊んでて、食えてるほうがおかしいやろ」

そこへ、ノック──。さっきの坊主頭がトレイを抱えて入ってきた。皿とカップをテーブルにおき、ポットのコーヒーを注ぐ。ミルクと角砂糖を添えて出ていった。

「飲め」

ミルクを入れて飲んだ。酸味があって旨い。

「このコーヒー代て、桑原さんが払うんですか」

「組の経費じゃ」

「ほな、鮨とか鰻とか、出前のとり放題ですね」

「食いたいんやったらとったるぞ。鮨か鰻か」

「いまの気分は、鮨かな」

「二万円にしとこ」

桑原はブラックでコーヒーをすする。

嶋田のいない二蝶会に用はないから、早々に外へ出た。桑原がフィアットのそばに立つ。

「これはなんや。軽四か」

「五ナンバーです。一・三リッターの普通車」

ロックを解除すると、桑原はドアを開けて助手席に乗り込んだ。とめるまもなかった。

二宮はしかたなく、運転席に座った。

「なんじゃい、このヘッドレストは。餡《あん》パンみたいやの」

「デザインです」確かに、丸くて平たい。

「顔のデザインが狂うてると、車もそうかい」

桑原はいって、シートベルトを締める。

「あの、どこか行くつもりですか」

「そらそうやろ。ショーファー・ドリブンや」大東へ行け、と桑原はいう。

「大東……。ひょっとして『やすらぎ』ですか」

「寺川《てらがわ》や。諸福《もろふく》から阪奈《はんな》道へ行かんかい」

「岸上に会うんですか」岸上篤――。警慈会代表で『やすらぎ』の理事長だ。

「おったら会う。おらんかったら、施設見学や」

「見学は桑原さんひとりでできるでしょ」

「わしは車がないんやぞ。おまえが盗られたんや」

「おれは車を盗られたんやない。キーを落としたんです」

「二宮くん、イクスキューズはええんや。大東へ行ってくれるか。このチビ車で」

桑原はCDの音量をあげた。「なんや、これは」

「ビヨンセです」

「似合わんのう」

ドアボックスのディスクを物色しはじめた。


大東市寺川――。桑原に指示され、国道170号を越えた交差点を左に折れた。住宅街を抜けて坂道をあがっていく。小さな橋の手前で、

「ここや。停めろ」

車を左に寄せて停めた。あたりを見まわすと、斜向かいの雑木林のあいだにアスファ

ルト舗装の小道がある。《悠々の杜　やすらぎ》と、案内板が立っていた。

「あの奥やな」

「調べてたんですか」

「ストリートビューでな。グーグルの」

パソコンの得意なセツオにでも調べさせたのだろうか、いまどきのヤクザは進んでいる。ストリートビューとはどんなナビなのだろう。

「入れ。中に」

右のウインカーを出して小道に入った。少し行くと一気に視界が開けて、広場の向こうに陸屋根の白い建物があった。二階建で各部屋にバルコニー。車が五、六台、広場に駐められている。敷地は三百坪、建坪は百坪ほどか。想像していたよりは大きな養護老人ホームだ。

ミニバンの隣に車を駐めて、降りた。桑原はさっさと玄関へ歩いていく。

施設内に入った。玄関は広く、両側に銭湯のようなシューズボックスが並んでいる。靴を脱ぎ、ボックスに入れて、スリッパに履き替えた。ロビーのほうから歌が聞こえてくる。ハーモニカを持った若い男を椅子に座った十数人の老人が取り囲み、『青い山脈』を歌っていた。知らぬ顔で口をつぐんでいる老人もいる。孝之が生きていて老人ホームに入所したら、同じように横を向いているのだろうと思った。

「理事長さん、いてはりますか。岸上理事長」受付で、桑原がいった。

「あいにくですが、岸上はおりません」

胸に名札を提げた小肥《こぶと》りの女が愛想よくいった。「お名前をお伺いしたら伝えますが」

「二宮といいます。大阪の大正区で建築業してます」

女は時計を見て、面会ノートに《13：32　ニノミヤ様》と書く。

「いま、養護老人ホームは順番待ちですか」

「一概にはいえませんが、わたしどもにも待機者リストに登録されている方がいらっしゃいます」

「何人ぐらいですか」

「約四十人ですね」

現在の入所者は八十六名で、満室だという。これからのヤクザのシノギは福祉だと聞いたことがあるが、そのことを実感した。

「うちのおふくろも申し込みたいんやけど、見学してもよろしいか」

「はい、けっこうですよ」

女は立って、カウンター内から出てきた。小肥りではなく、はっきり肥っている。どうぞ、こちらです、とエレベーターのほうへ歩く。

「毎月、どれくらい要るんですかね。費用」桑原は訊く。

「それは入所される方の要介護度や所得、個室、多床室の別とかで、まちまちですね」

「だいたい、どれくらいですか」

「それはほんとうに幅があって、ご負担いただくのは月に五万円から二十万円でしょうか」

「ここはいつからですか」

「開設は十二年前です」

「失礼やけど、オーナーさんは」

「幾成会《いくせい》という社会福祉法人ですが」

「その法人の代表者は」

「岸上です」

幾成会のオーナーが白姚会だと、女は知らないようだ。無理もないが。

「歯科医の加瀬さんて、知ってはりますか」

「あ、はい……」女の表情が僅かに曇った。

「ほな、加瀬さんが逮捕されたことは」

「知ってます。びっくりしました」

「加瀬さんは月に二回、ここで出張診療してたんですな」

「はい、そうです」

「歯科医の診療て、ドリルのついた椅子とか要るんやないんですか」

「加瀬先生は歯の健診をされてました」

治療が必要な患者は中央区の医院まで車で送迎していたという。

エレベーター前で立ちどまった。女が三桁の数字を入力してコールボタンを押す。入所者の徘徊《はいかい》を防ぐためだろう。

「岸上さんは開設のときから理事長ですか」

「いえ、ちがいます」

「というのは」

「七年くらい前やと思います。前の理事長から岸上に替わりました」

「初代の理事長は」

「福井《ふくい》といいますが……」

「亡くなったんですか」

「いえ、お元気なはずです」

「福井さんね……」

エレベーターのドアが開いた。二階の個室から案内します、と女はいう。桑原は小さく手を振った。

「すんませんな。よろしいわ」

「あの、見学は……」

「またにします」

桑原は踵《きびす》を返して離れて行く。二宮は慌ててあとを追った。

車に乗った。桑原は煙草をくわえる。二宮はエンジンをかけてサイドウインドーをおろした。

「名前を訊かれて、二宮はないでしょ。ノートに書かれたやないですか」

「わしは極道やぞ。みだりに桑原とはいえんやろ」

「ほな、田中とか佐藤とか、適当にいうたらええやないですか」

「おう、おう、わるかったのう」桑原は鼻で笑う。「わしは嘘が下手なんや」

「大正区で建築業してるいうのは、嘘とちがうんですか」

「いちいち細かいことをうるさいぞ。今度は、大阪ミナミのアメ村の外れでサバキをしてる二宮企画の二宮啓之《けいすけ》です、というたるがな」

桑原は煙草のけむりを吹きあげて、「けど、ネタを仕入れた。『やすらぎ』は白姚会が作ったんやない。福井とかいうやつが開設しよったんや」

「それって、白姚会が乗っ取ったということですか」

「不祥事か内紛があったんやろ。そこへ白姚会が食い込んだ。こいつはシノギになるぞ」

「おれは老人ホームの不祥事とか内紛に興味ないんです」

「ほう、そうかい。ほな、とっととBMWを取りもどしてチャラにせい」

「それとこれは話が別でしょ」

「甘いのう。おまえは中川に三十万借りとんのやろ」

「あれは肩代わりするというたやないですか」

「それはわしの車をもどしてからの話じゃ。勝手なことをぬかすな」

あかん。こいつは鬼や。どうしようもない――。

桑原はスマホを出した。アドレス帳をスクロールして発信キーに触れる。

「セツオか。わしや――。どこにおんのや――。そうや。調べんかい――。『悠々の杜やすらぎ』。定款と沿革を見てみい――。福井いう初代の理事長を知りたいんや――。社会福祉法人『幾成会』。登記の住所が載ってるやろ――。よっしゃ、行く――」

桑原は電話を切った。「都島や。セツオんとこへ行け」

「桑原さん……」

「なんじゃい、その顔は」

「おれ、決めました。協力します」

「協力？　なにをいうとんのや、こいつは。日本語がおかしいやろ」

「このシノギがものになったときは金ください。三割です」

「おもろい。ようういうた」桑原は笑う。「その三割の中にはわしの車も入っとんのか」

「そういうことにしてください」

「さすがやのう、二宮くん。特技・おねだり。転んでもタダでは起きん。本領発揮やで」

桑原は小さく舌打ちをした。「一割や」

「それは聞けませんね」

「欲太郎か、おまえは」

「しゃあない。二割にします」

「一昨日《おととい》、来い」

「これがシノギにならんかったらタダ働きです。おれはおれなりにリスクを冒してますねん」

強くいった。「二割です。それ以上は絶対に負けません」

「分かった。やる。二割や」投げるように桑原はいった。

「ほんまですね」

「わしの車を取りもどせんかったときはどないするんや」

「それは……」

「弁償せいよ。おまえの取り分がわしの車より安かったら、債務超過や」

債務超過──。こいつは債権者のつもりか。

「白姚会にカチ込め。木崎をいわしあげて、ＢＭＷのキーを持ってこんかい」

「あのね、おれは組事務所にカチ込むような人間やないんです。世間の片隅でひっそり

暮らしてる、パンツの虱《しらみ》ですねん」

「なんや、パンツの虱て」

「ひとの温もりで生きてるんです」

「賢いのう、二宮くんは」

桑原はルーフにけむりを吹きあげて、「そろそろ、岸上に会おかい」

岸上のオフィスは中央区石町にあるという。

「大東鶴見から近畿道に乗れ。阪神高速の北浜《きたはま》で降りるんや」

えらそうに。人使いの荒いやつや。これはおれの車やぞ——。

そんなことはいえるはずもなく、『やすらぎ』をあとにした。

北浜出口を降りた。松屋町《まつやまち》筋まで出て、天神橋を南へ渡る。土佐堀通をすぎ、一つ目の信号を左へ行くと、石町だった。

「二丁目や。『プレザンスビル』」

電柱の住所表示を見ながら徐行した。坂をあがった公園の手前に『プレザンスビル』があった。一階は軒に赤と白の縞模様のテントをつけたカフェだった。

「駐めろや。ここで」

「駐車違反で捕まるやないですか」

「おまえの車やろ」

「おれはね、累積点が四点ですねん。あと一回、違反したら免停ですわ」

「無法者やの、こいつは」

わしはゴールド免許や、と自慢げにいう。そもそも、こんなやつに運転免許をやる日本の法律がおかしい。

桑原をおろして近くのコインパーキングにフィアットを駐め、プレザンスビルにもどった。カフェ横の玄関から中に入る。エントランスホールは狭く、萎《しお》れた鉢植えと、右にメールボックスがあった。エレベーターあたりの古びた感じは福寿ビルに似ている。

『岸上経営企画相談室』は３０３号室だった。

「ひとつお願いしときますけど、岸上に強面《こわもて》はやめてくださいね」

岸上は府警捜査四課の班長から所轄署の署長まで務めた人物だから、ヤクザの桑原など屁とも思っていないし、横柄な口もきくだろう。すると、ゴングが鳴る。コーナーから走り出た桑原は岸上に右ストレートをみまって騒動になり、パトカーが来る。セコンドと見なされた二宮は留置場に放り込まれて慙愧《ざんき》の涙を流すのだ。そんな展開は絶対に避けたい。

「なんじゃい、わしが暴れるとでも思とんのか」

「充分、思てます」白姚会でもそうだった。

「わしはな、ゴールド免許やぞ。おまえみたいな無法者やない」

喧嘩のゴールド免許ですか――。口にはしない。

エレベーターで三階にあがった。『岸上経営企画相談室』のドアをノックする。はい、と返事があった。

桑原につづいて部屋に入った。男がふたりいた。手前のスチールデスクでパソコンを眺めているのは初老のネズミ顔。奥の木製デスクで両肘の椅子に腰を沈めているのは、薄い白髪を七三に分けた七十がらみの爺だ。

「はい、なんでしょうか」ネズミ顔がいった。

「桑原といいます。岸上さんは」

「わたしです」爺がいった。

「大東の介護付き有料老人ホーム、『悠々の杜やすらぎ』の理事長さんですよね」

「『やすらぎ』の理事長はわたしですが、なにか」

「折入って、相談に乗っていただけないか、ということです」

「入居ですか。うちは待機者が多いから」

岸上は立って、こちらに来た。濃紺のニットシャツにグレーのジャケット、爺にしては長身で肩幅が広い。柔道でもしていたのだろうか。「ま、おかけください」

革張りのソファに桑原と並んで腰をおろした。岸上も座る。

広さ十坪あまりのゆったりした事務所だ。白い漆喰《しっくい》の壁、アイボリーのタイルカーペットを敷きつめた床、デスクが三つと応接セット、キャビネットとロッカー、天井付けのエアコンから風が流れてくる。

「で、どちらのご家族ですか。入居を希望されるのは」

岸上は落ち着きはらって桑原と二宮を見る。

「こっちです。二宮くん」桑原がいった。

「二宮といいます」またダシにされたが、名刺を差し出した。

「入居希望は、お父さん、お母さん？」

「父親です」

「なるほど」

岸上はジャケットのポケットから眼鏡を出してかける。「西心斎橋。二宮企画代表……。建設コンサルタントですか」

「岸上さんのような立派なコンサルタントやないです」

フッと疑問に思った。名刺に〝建設コンサルタント〟とは書いていない。

「二宮企画の主たる業務はサバキですな。建設業者と暴力団の仲介、斡旋」

「えっ……」

「二宮啓之。暴力団密接関係者。死んだ父親は二蝶会の幹部、二宮孝之。あんた、大阪の極道連中のあいだでは、けっこう有名人らしいな」

こいつはみんな知っていたのだ。白姚会の事務所で喧嘩沙汰があったことを。木崎が連絡したにちがいない。

「なにが狙いや」

岸上は威圧するように桑原を見た。桑原は薄ら笑いを浮かべて、

「な、岸上さんよ、あんたが不起訴になったんは検察との取引かい」

「取引？　おもしろいことをいうな」

「平山、今井、小沼とあんた、ほかにも逮捕された警慈会のメンバーがおったやろ。腐

れの警察OBが寄ってたかって歯医者を食うたんや」

「おまえ、おれを脅しとんのか」

「脅し？　わしは値踏みをしてるだけや。おまえがどれほどのワルか、をな」

「社会のダニが一人前のことをいうやないか。ダニはダニらしいに、女のヒモになるか、シャブの売人でもして食うたらどうや」

「わしはダニかい」

「ダニはいいすぎた。クズや、おまえは」

「うれしいのう。ダニからクズに昇格かい」

桑原は真顔になった。「思たとおりやで。警慈会の代表は肚が据わっとるわ」

「一人前の口を利くがな。二蝶会の若頭補佐はイケイケだけでもなさそうやな」

「試してみるか、ほんまのイケイケを」

「やってみいや。二蝶を潰したるぞ」

岸上に怯《おび》えたふうは欠片もない。むしろ、桑原を挑発している。

ゴングが鳴りそうだ。二宮は横目でネズミ顔を見た。受話器に手をあてている。

「桜の代紋は鬼より怖いのう。おどれはええ座布団にのっとるで」

「座布団は火の粉避けにもなるんや」

ふたりのやりとりを聞いていると、どちらがヤクザか分からない。マル暴の班長だった岸上にとって、桑原はダニ、クズのたぐいなのだ。

「『やすらぎ』をどうしようというんや」

岸上はつづける。「シノギのタネにでもするつもりか」

「白姚会からなんぼ引っ張ったんや、理事長手当」

「なんやと、おい……」

「ネタは割れとんのや。おどれはうまいこと立ちまわってるつもりかもしれんけどな」

「桑原よ、脅す相手をまちごうたら、ただでは済まんぞ」

「ただやないやろ。博打は勝つか負けるかや」

「こいつ……」岸上は桑原を睨《ね》めつける。

「ま、ええわい。今日のとこは顔見世や。おどれがどういう人間か、よう分かった」

桑原は立ちあがった。ネズミ顔に向かって、「おまえも府警のＯＢか」

ネズミ顔は視線を逸らした。ものはいわない。

「また来るわ。なぁ、岸上さん」

桑原はさっさと事務所を出る。二宮は慌ててあとを追った。

一階に降りた。桑原は舌打ちして、

「あのくそボケ、いずれ、どつきまわして反吐《へど》を舐めさしたる」

「おれはもうあきませんわ」

「なにがあかんのじゃ」

「あいつはおれを潰しにかかります。事務所にガサが入りますわ」

「おまえはなんや。堅気がガサてな符牒《ふちょう》は使うな」

「相手がわるすぎる。あいつはおれの親父のことまで調べてたやないですか」

　こいつは正真正銘の疫病神だった。こいつのせいで府警本部の元マル暴班長を怒らせた。疫病神の禍《わざわい》は必ずこの身に降りかかる。「なんで岸上に会うたんです。煮ても焼いても食えんのは分かってたでしょ」

「値踏みをしたんじゃ。そういうたやろ。敵を知り己を知れば百戦危うからず、や」

「おれはね、岸上や桑原さんとちごて、代紋入りの座布団なんか持ってないんです。敵なんか知りとうないし、増やしとうもない。百戦どころか、一戦もごめんですわ」

「ようういうた。おまえはチキンや。チキンは羽根毟られて丸裸にされても、まだボーッと東の空を見て、コケコッコーと鳴いとんのや」

「ちょっとちがうと思うんですけどね、チキンの定義」

「やかましい。わしのすることに文句たれんな」

　そこへ、着信音。桑原は立ちどまってスマホを出した。「おう、わしや――。そうか。福井澄夫《すみお》か――。幾成会の住所は――。分かった。その住所で登記しとんのやな――」

「誰です」

「セツオや」

　桑原はスマホをしまって、また歩きだした。「帝塚山《てづかやま》や。帝塚山古墳へ行け」

「帝塚山に古墳なんかあったかな」

「おまえはなんで一言多いんや。行ったら分かるやろ」

桑原は両手をズボンのポケットに入れ、肩を揺すりながら歩いていく。ちょっとはまともな歩き方ができんのか――。

「ん、なんぞいうたか」振り返る。

「そこを右ですわ。パーキング」指さした。

7

帝塚山古墳はあった。桑原にいわれて、古墳の北側の道をゆっくり東へ走らせる。帝塚山は戦前に宅地開発された大阪でも有数の高級住宅地で、古い瀟洒《しょうしゃ》な一戸建が立ち並んでいる。

「このあたりや、三丁目は。表札を見てこい」

車を停めて降りた。表札を見ていく。三軒目――。《福井》を見つけた。

ところどころモルタルが剝げ落ちた瓦塀に古めかしい冠木《かぶき》門。格子のあいだから前庭と黒い板壁の母屋が見える。敷地は広く、二百坪ほどか。周囲の邸《やしき》に比べると、建物は煤けて、庭の立ち木も手入れがされていない。

車にもどり、冠木門の前に駐めた。桑原は縁なし眼鏡を黒縁眼鏡に替える。

「マスクせい」

「はい、はい」マスクをつけて鼻の湿布を隠した。

桑原は車を降りて、インターホンのボタンを押した。

――はい。どちらさん。

――失礼します。二宮企画の桑原といいます。

――宗教？　セールス？

――いえ、ちがいます。養護老人ホームの幾成会。そのことで話があります。

――おたく、どういうひとです。

――端的にいうと、代理店です。老人ホーム関係の。

少し、間があった。

――幾成会とは、もう関係ないんです。

――それは存じてます。設立当初の幾成会について話をお聞きしたいんです。

桑原はレンズに向けて頭をさげる。

――分かった。出ますわ。

ほどなくして母屋の玄関ドアが開き、男が現れた。禿げた頭に白い髭、首まわりの伸びたグレーのトレーナーに色褪《あ》せた黒のスウェットパンツを穿《は》いている。瘦せぎすで背が低い。齢は八十前後か。男はステッキをつき、足もとの飛び石を確かめるように近づいてきた。

「どうも。福井です」福井は格子戸越しに二宮のネット包帯を見た。

「初めまして。二宮企画の二宮といいます」

一礼し、格子の間から名刺を渡した。福井は受けとったが見ようともせず、

「幾成会のことはどこで聞いたんですか」

「『悠々の杜やすらぎ』です」桑原がいった。「二宮企画は関西一円の老人ホームと斡旋契約を結んでます。待機者から依頼を受けて個々の状況と条件を勘案し、施設側と交渉して入居してもらうのが仕事です」

「ほう、そういうビジネスがあるんですな、最近は」

『やすらぎ』の理事長だったころ、その種の代理店はなかった、と福井はいう。あたりまえだろう。桑原の作り話なのだから。

「実は、我々はさっきまで大東の『やすらぎ』におったんです。理事長の岸上に会うて、入居契約が済んだはずの待機者を、いまになって断るのはどういうことやと抗議したんやけど、岸上は聞く耳持たずでね。さんざっぱら好き放題いわれて、追い返されました。どうしようもない横柄なやつですな。元は大阪府警の警視で、本業は経営コンサルタントというやないですか。コンサルがなんで老人ホームの理事長をしてるんか、ここは『やすらぎ』の設立者である福井さんにお会いして、経緯を教えていただきたいと、そう思た次第です」

桑原はいい、「よかったら、喫茶店でコーヒーでも飲みながら話しませんか」

「いや、わしはこの足やさかいね」

外には出たくない、と福井はいい、「ま、入ってください。中で話しましょ」

「すんません。よろしいんですか」

「うちは年寄りの家やさかい、お客はめったに来ませんねや」

福井に案内されて家に入った。玄関は広い。網代《あじろ》天井も高い。三和土《たたき》に燻瓦《いぶしがわら》を敷きつめている。建てたころはずいぶん金をかけたのだろう、凝った造作だ。

廊下にあがり、奥の座敷にとおされた。漆塗りの座卓の前に座布団がおいてある。勧められて、桑原と二宮は腰をおろした。

「けっこうなお家ですね」

座敷を見まわして、二宮はいった。「その掛軸は誰の作ですか」

水墨画。高山の麓に庵があり、文人風の老人がふたり、片膝を立てて酒を飲んでいる。

「死んだ親父の趣味ですわ。鐵齋《てつさい》とは聞いてるけど、偽物ですやろ」

福井のものいいは柔らかい。たぶん、父親が事業家で、その資産を継いだのだ。

「失礼ですけど、お仕事は」

「無職です」

そんなことは分かっている。平日によれよれの装《な》りで家にいるのだから。

「お独りですか」

「いや、今日は家内が出てますねん。なんや知らん、お茶の会で」

「福井家は古いお家柄ですか」桑原が訊いた。

「そうですな。古いといや、古い。明治のころから道修町《どしようまち》で『幾成堂』いう薬種問屋をやってました」

大正期は大店《おおだな》で多くの使用人がいた、と福井はいい、「大阪の空襲で店は焼けてしもたけど、土地は残ったさかい、そこで親父が料理屋をはじめましたんや」

料理屋は『幾成楼』といった。かなり繁盛して、バブルのころ、本町《ほんまち》筋に土地を買い、十階建の賃貸マンションを建てた――。

「そこまではよかったんですわ。親父が隠居して、わしが跡を継いだころにバブルがはじけてしもた。もう、どうしようもない。マンションを建てたとき、身代に合わん大きい金を借りすぎたんです」

「どうしました。それで」

「マンションを売ったんですわ。二億ほど損失を出してね」それが九三年だったという。

借金は返済したが、本業の『幾成楼』も売上が減少し、九七年ごろからは慢性的な赤字経営になってしまった。旧知の三協銀行支店長が本店の営業部長と福祉法人経営コンサルタントを連れてきたのは二〇〇四年の春だった、と福井はいう。「このままでは倒産です、新しい事業を提案します……。営業部長がいいよるんです。話半分で聞いてたら、介護つきの有料老人ホームを勧めてきた。これからの日本は福祉です、とね」

「それで、福井さんは乗ったんですか」

「乗りました。そうするしかなかった。いま思たら、狸《たぬき》の泥船でしたわ」

営業部長が事業計画を作成して、福井に提示した。福井を代表とする老人ホームの設立を申請し、認可が下り次第、土地を手当てして施設の建設にとりかかる。大東市寺川に三協銀行が所有する四百五十坪の土地がある、と営業部長はいった——。

「支店長が連れてきたコンサルは飯沢とかいうてなかったですか」

「あ、そうです。なんで……」

「いや、福祉関係には詳しいので」

「よう喋る男でしたわ。なんかしらん胡散《うさん》臭い感じでね」

『幾成楼』は売ったんですか」

「売りました。その金で『やすらぎ』を建てたんです」

「儲かりましたか、老人ホームは」

「わるうはなかったね」

「それを、なんで手放したんです」

「経理を任してた番頭が穴をあけて逃げたんです」

番頭の佐々木《ささき》は『幾成楼』時代からの経理責任者で、福井は信用していたという。

「二億八千万ですわ。バンザイや。わしはよっぽど、ひとを見る眼がないんやろね」

「佐々木は自分の口座に金を移してたんですか」

「それもある。三千万ほどね。あとの二億五千万は手形を切ってましたんや」

ありがちな話だ。佐々木は『やすらぎ』振り出しの手形を切り、金融筋から現金を引っ張ったのだ。金の使い途はたぶん、女。それもひとりとはかぎらない。やれ指輪を買え、車を買え、マンションを買えとエスカレートし、佐々木は手形を決済するため、また新たに手形を切る。一発逆転を狙って公営ギャンブルに手を出したかもしれない。そうして福井が気づいたときは、振り出した手形の総額が二億五千万になっていたというパターンだ。

「背任、横領ですよね。警察にいうたんですか」二宮は訊いた。

「弁護士に頼んで刑事告訴しました。佐々木の口座の三千万と、あと一千万ほどがもどっただけです」

佐々木は一年二カ月の実刑判決を受けて収監。出所後の消息は知らない、と福井はいう。

「佐々木はそれでよかったかもしれんけど、めんどいのは手形ですわな」

桑原がいった。「手形を回収したると現れたんが、白姚会？」

「『八紘《はっこう》商事』いう金融屋です。佐々木が振り出した手形を何枚か持ってきましたわ」

「サルベージ屋ですな。担当者は」

「吉岡《よしおか》です」福井はいい、「吉岡は横内《よこうち》いう経営コンサルタントといっしょに来て、このひとは警察に顔が利く、このひとに任したら、手形をみんな回収してきれいにするというたんです」

「サルベージ屋の吉岡と、コンサルの横内ね……」

桑原はひとつ間をおいて、「ＯＫしたんですか」

「しました。藁《わら》をもつかむ思いやったさかい」

「吉岡になんぼ払うたんです。サルベージの手数料」

「五百万でしたな」

「そらあかん。いまさらこんなことというのはなんやけど、サルベージ屋いうのは詐欺師ですわ。吉岡が手形の回収なんぞするわけない。五百万、ドブに捨てたんです」

「ああ、ほんまにね……。吉岡は二度と顔出しませんでしたな」

達観しているのか、諦めているのか、福井はそう悔しそうでもない。

「それで、『やすらぎ』はどうなったんですか」桑原は訊く。

「吉岡に金を渡した一月ほどあとかな、横内が来たんです」

「ほう、横内が……」

「横内がいうには、吉岡が飛んだ、連絡がつかん、手形の回収はむずかしい、ところですわ。……ほいで、白姚総業いうのが『やすらぎ』の手形をまとめてます、とね」

「いよいよ黒幕の登場ですな」

「わたしにはどうにもできんから、もっと大物を紹介します、と横内に連絡先を教えてもろたんが、岸上でした」

「なるほど。振り込め詐欺のサルベージバージョンですな」

「岸上の事務所へ行ったんです。なんとかしてください、と。そしたら岸上は、白姚総業と話をつけます、といいましたがな」

「わしは元警視やとか、警慈会の代表やとか、吹いてましたか」

「そう、そう。そんな風呂敷広げてましたな」

「岸上の手数料は」

「それが、なんぼくれとはいわんのです。承知しました、動いてみます、というだけでね。それで信用してしもたんです。さすがに署長まで行ったひとはものがちがう、と」

そのとき福井は気づくべきだったのだ。吉岡、横内、岸上、白姚会とつながる底知れない罠《わな》に──。が、この爺さんには無理だった。所詮、箍《たが》が外れている。生来の騙され体質はいくら騙されようと治らない。

「岸上はどう動いたんです」二宮は訊いた。

「半月ほどして、岸上がこの家に来たんです。司法書士の小沼と白姚総業の木崎いうのを連れてね。……そう、おたくらが座ってはる、その座布団に三人が並んで、手形は決済してもらわんとあきません、と岸上がいよった。話がちがう、とわしは抗議した。岸上は澄ました顔で、佐々木が振り出した手形は白地手形やない、銀行の届出印も押した、ちゃんと裏書きをした手形やから、全額を福井さんが決済せなあきません、とね」

福井は途方に暮れた。そこでようやく、のっぴきならない事態に追い込まれていると自覚した──。「岸上は本性を出しよった。『やすらぎ』を売れ、とね。でないと手形は不渡りになって、わしの資産は没収される。『やすらぎ』も競売処分に付される。……そのとおりですわ。もう、にっちもさっちもいきませんがな。……どこでどう調べよったんか、岸上は『やすらぎ』の土地と建物の評価額、預金、借入金、年間収益、資産関係をきっちり摑んでましたな」

「そらそうですわ。岸上は経営コンサルタントで、小沼は司法書士です。警察はもちろん、税務署や法務局にもルートがあって、調べるのはお手のもんです」

「いま思たら、盗人を引き込んでしもたんですな。ほんまに情けないことですわ」福井はためいきをつく。

「岸上がカマシをかけたら、次は木崎の出番ですな」

桑原がいった。「木崎は極道面でこういうたんとちがいますか。『やすらぎ』を売っても、福井さんには借金が残る。この家も処分せなあきませんで、と」

「はい、そのとおりです」驚いたように、福井はいった。

「島之内の白姚会。木崎は若頭で、整理が本業ですわ。倒産整理」

「そのことはあとで知りました。……けど、どうしようもなかった」

「わしに一任してくれたら『やすらぎ』だけでチャンチャンにします、福井さんは借金なしで、この家も残るようにします。木崎はそういうたんでしょ」

「ほんま、そのとおりです。見てきたようにいわはりますな」

「初めにいうたやないですか。我々は福祉施設関係の代理店の人間やと。岸上や木崎の手口はよう知ってますねん」

「けど、いまさらね……。腹は立つけど、持っていくとこがおませんわ」

熱のこもらぬふうに福井はいい、「おたくら、岸上をどうするつもりです」

「ちょいと痛いめにあわしたろと思てます」

「岸上はええとしても、木崎はヤクザや。怪我しまっせ」

「怪我はしてますわ」

桑原は二宮の頭を見た。「金属バットで殴られて、頭の皿が割れたんです。全治一カ月。警察に被害届を出してますねん」

「へーえ、やりますな」福井は笑った。上の前歯が一本抜けている。

「二宮くんは怖いもんがない。ヤクザなんか屁とも思てません」桑原も笑う。

胸がわるい。なんや、こいつら。歯抜けの爺にまで笑われる筋合いはないぞ――。

「いや、すんませんでした」

桑原は畳に手をつき、腰を浮かした。「おもしろい話を聞かせてもろて、ためになりました。福井さんに会うてよかったですわ」

「ほんまに岸上をやっつけるんですか」

「やっつけまっせ。『やすらぎ』の杜撰《ずさん》な運営を告発して吠え面かかしたります」

「わしにできることがあったらいうてください」

「そのときは頼みます」

桑原は立ちあがった。二宮も立つ。脚が痺れていた。

外に出た。車に向けてキーのロック解除ボタンを押す。ウインカーとリアランプが点滅した。

「チビ車やのう。軽四より小さいんとちがうんか」

「かわいいでしょ。おれといっしょで」

「どの口がいうとんのや」

「この口です。無口な、おちょぼ口」マスクをとってニッとしてやった。

「おまえ、ほんまにブサイクやな」

「ブサイクはないでしょ。眉目秀麗とはいわんけど」

「ようゆうた。どんな字、書くんや」

「眉毛と目が秀麗です」

「鼻はぼた餅やないけ」

「せやから、湿布で隠してますねん」

おまえのせいでこうなったんや——。こいつは反省という字を書けるんか。

車に乗った。シートベルトを締めてエンジンをかける。

「しかし、能天気な爺でしたね」

煙草をくわえた。ドアポケットのライターを探す。

「頭のネジが五、六本、外れとんのや」

桑原は耳のそばで指をくるくるまわす。「坊ちゃん育ちで脇が甘い。女でも囲うてたんやろ。料理屋を番頭に任せて遊び呆《ほう》けとったんや」

「おれも遊び呆けて人生を送りたいな」

「おまえは充分、遊び呆けとる。ちょっと働いたら、しんどい、眠たい、腹減った、と文句たれて、新地やミナミに行ったら嬉々《きき》としてホステスのパンツを覗き散らす。ええ性格や。見習いたいわ」

「覗き散らす、いうのはよろしいね。今度から使お」

「これや。おまえは懲りん。矯正が利かん」

桑原はいって、「——役者が出揃うたぞ。主犯は岸上や。岸上がサルベージ屋の吉岡、コンサルの横内、司法書士の小沼、白姚会の木崎を使うて福井を追い込んだんや」

「岸上のやつ、『やすらぎ』の飾りの理事長やないですね」

「そういうこっちゃ。あの腐れ狸が木崎とつるんで『やすらぎ』を乗っ取ったんや」

「シノギになりそうですか」

「なるもならんもない。するんや」桑原も煙草をくわえた。「中川に電話してみい。歯医者の事件で不起訴になった警慈会のメンバーを訊け」

「調べがついてますかね」

「ついてるはずや。あのガキはわしの上前を撥ねようと考えとる」

桑原は煙草を吸いつけた。二宮は携帯を出して中川にかける。すぐにつながった。

——中川さん、二宮です。

——なんじゃい。

——いま、いいですか。

——ええもくそもないやろ。あかん、いうたら切るんか。

——お願いしてた件、どうですかね。逮捕されて不起訴になった、岸上と小沼と飯沢のほかの五人です。分かりましたか。

——おう、あれな、ふたりは今井んとこのスタッフで、ひとりは岸上んとこのスタッフ、ひとりは加瀬歯科医院の税理士や。もうひとりは平山のツレの整骨院の経営者で、そのうちのふたりは警慈会のメンバーやった。

——ちょっと待ってください。メモしますわ。

——メモは要らん。金を持って来い。五万や。そしたら、名前も教えたる。

——おれ、『ボーダー』で九万渡しましたよね。

——加瀬の事件の刑事《デカ》にネタをもろた。それが五万や。

——中川さん、足もと見たらあかんわ。

——ごちゃごちゃいうな。ネタが欲しいんか、いらんのか。

——分かった。分かりましたよ。教えてください。

——電話で教えたら不良債権になる。五万と交換や。

——へーえ、そうですか。ほな、行きますわ。どこで会います。

——天神橋筋商店街。繁昌亭の近くに『翠幸《すいこう》』いうおでん屋がある。六時や。

こちらの返事も聞かずに電話は切れた。

「追加の金、要求されました。五万です」

「あのボケ……」桑原は舌打ちする。

「どうします」

「どうもこうもない。どこで会うんや」

「天神橋のおでん屋。六時です」

「半端やのう」桑原は腕の時計を見る。「飯でも食うか」

「おでん屋で会うのに？」

「わしはな、ゴリラとものの食いとうないんや」

「同感です」桑原とも食いたくはないが、こいつは勘定を払う。

「なに食います」

「串カツや。新世界へ行け」

「ジャンジャン横丁ね」

ハンドブレーキをおろした。

ジャンジャン横丁の串カツ屋は満員だった。なんのブームか知らないが、店先に十数人の行列ができている。

「情けないのう。大阪の人間が並ぶなや。串カツごときに」

「安うて旨いから並ぶんです」

　二宮は行列の最後尾についた。前のふたり連れはガイドブックを持っている。フレアスカートの生足がすらりと長い。二宮の視線に気づいたのか、提げているバッグでスカートの裾をガードした。桑原は舌打ちして、行くぞ、と踵を返した。

「食わんのですか、串カツ」

「いらんわい」

　ジャンジャン横丁から通天閣へ歩いた。桑原は張りぼてのフグの看板を見あげて、店に入った。奥のテーブル席に座る。

「初夏のてっちりいうのも、また一興ですね」串カツ屋が満員でよかった。

「フグは冬だけやない。一年中、旨いんや」

「けど、熱燗は冬でしょ。ヒレ酒で一杯やったら、堪《こた》えられませんわ」

「おまえ、フグ食うことあるんか。自分の金で」

「けっこう食いますよ。フグ、鰻、鮨、ステーキ、焼肉、フレンチ、イタリアン、中華……。ジビエなんかも、たまにはよろしいね」

　一昨年だったか、丹波の知り合いが鹿の肉とレバーを送ってくれた。悠紀の家に持って行き、焼いて食ったら旨かった……ような気がする。

店員が来た。てっさとてっちりを二人前と、桑原は冷酒、二宮はノンアルコールのビールを注文した。

「おれ、いままでに、鹿、猪、馬、山羊《やぎ》とか食いましたね」指を折りながら、いった。

「山羊やと？　ほんまに食うたんかい」

「大正のアパートの近くにね、山羊汁を食わす店がありますねん」

「わしは沖縄で食うたな。どえらい匂いやった」

箸はつけたが喉をとおらなかった、と桑原はいう。

「羊を食いつけてる人間には旨いらしいですよ、あの匂いも」

「おまえは五拍子揃うとる。悪食、大食い、強欲、怠惰、ブサイク」

「七つの大罪ね。ほかにどんなんがあったかな」

「嫉妬や。憤怒もあったな」

「なんでもよう知ってるんですね」

「本を読め、本を。世のすべてのことがらは本の中にある」

こいつは調子に乗せるとどこまでも舞いあがる。ほんまは、あほやろ。

「そんなに本が好きですか」

「好きやな」懲役のとき、読書習慣がついたという。

「収監による習慣づけですね」

そこへ冷酒とビールが来た。瓶に口をつけて飲む。

「ああ、偽ビールは旨い」嫌味でいった。

天神橋筋商店街――。繁昌亭から一筋北へ行った通りに『翠幸』はあった。暖簾《のれん》をくぐると、中川はカウンターにいた。

「早いな」桑原がいう。

「おまえらが遅いんじゃ」中川は腕のロレックスを見た。

「ええ時計やの」

「そっちは」中川は桑原の時計に眼をやる。

「ピゲ。ロイヤルオーク」

「交換したろか」

「いらん、いらん。おまえの時計はぶかぶかや」

桑原は中川の隣に腰かけた。その隣に二宮は座る。

なにします――。頭に手拭いを巻いた大将が訊いた。

「そうやな、コンニャクと大根」

そちらさんは――。ごぼ天。スジ。玉子――。二宮はいった。

「わしはビール。こっちは偽ビール」桑原はおしぼりを使う。

「どこから来た」中川が訊く。

「新世界や。てっちり食うた」

「串カツ食えや。新世界やったら」

「いちいちうるさいわ。わしはフグが食いたかったんや」

桑原は煙草を吸いつけて、「名前をいえや。岸上と小沼と飯沢のほかの不起訴の五人」

「先に金や」中川は掌を広げる。

「にぎにぎが上手やの」

桑原は上着の内ポケットから札入れを出した。中川が覗き込む。桑原は札を数えて五万円を渡した。

「おまえ、なんぼほど持ち歩いとんのや」

「ひとの懐を心配せんでもええわい」

「カードは」

「中川さんよ、わしは金を渡した。次はおまえの番や」

「へっ、舐めた口叩きくさって」

中川はメモ帳を繰った。「——井口誠二《いぐちせいじ》。三十七歳。今井がやってたコンサル事務所のスタッフや。こいつは警察とは関係ない。今井んとこに来るまではスーパーの保安員をしてた」

中川はつづけた。二宮は大将に紙と鉛筆を借りて書いていく。

《亀山俊彦《かめやまとしひこ》。六十一歳——。加瀬歯科医院の税理士で、診療報酬不正受給に加担した。比嘉昌雄《ひがまさお》。四十一歳——。逮捕起訴された平山克裕（34）と同じく整骨院の経営者で、複数の患者の保険証をコピーして平山に渡していた。

松元秀樹《まつもとひでき》。五十八歳――。飯沢と同じ福祉ブローカーで、十五年前に大阪府警を依願退職し、尼崎の養護老人ホームの管理職員をしていた。九年前にホームを辞めたあとは岸上の事務所に出入りして仕事をもらっている。警慈会会員。

間宮彬《まみやあきら》。五十歳――。『今井経営コンサルティングオフィス』のスタッフ。逮捕起訴された今井恭治（56）とは中央署刑事課捜査四係の同僚で、今井が懲戒免職になったとき、能勢東署に異動したが、一年後に依願退職し、その後、今井の事務所に勤めはじめた。警慈会会員。》

「どうや、分かったか。十五万の値打ちはあるやろ」中川はメモ帳をポケットにもどす。

「こいつら五人は詐欺容疑で逮捕されたんやろ。なんで不起訴になったんや」桑原は煙草のけむりを吐く。

「んなことは分からん。検察に訊け」

「今井が府警を馘《くび》になったとき、間宮といっしょに飛ばされた中央署の刑事がおったやろ」

「ああ、横内や。間宮と横内は今井の子分やった」三人とも面識はない、と中川はいう。

「ちょっと待て。横内いうのはコンサルとちがうんかい」

「おう、コンサルや。……なんで知ってるんや」

『悠々の杜やすらぎ』や。大東の介護付き老人ホーム。初代の理事長の福井が白姚会に『やすらぎ』を乗っ取られたとき、福井に岸上を紹介したのが横内いうコンサルやった」

「おまえ、どこでそんなこと調べたんや」

「わしはボーッと口あけてシノギをしてる人間やないぞ。日々精進して情報を収集しとんのや」

「横内が岸上をな……」中川は上を向き、あごに手をやった。

「どうした。なにを考えとんのや」

「横内……横内隆《たかし》は失踪した」

「なんやと……」

「五年前の夏、横内は車に乗って家を出たきり、行方不明や。よめはんが捜索願いを出したけど、連絡も手がかりもない。どこぞで骨になってるんやろ」

横内の軽自動車は一週間後に発見された。志摩市の片田《かただ》海岸だったという。「遺書はなかったらしい。それだけや。あとは知らん」

「三重県警は捜査したんか」

「そら、したやろ」

「大阪府警の元刑事が失踪して車が見つかった……。おまえら、仲間うちのことやったら徹底して捜査するんとちがうんかい」

「横内は今井のツレやぞ。腐れの元刑事《デカ》が消えようと死のうと、知ったこっちゃないわい」

「おまえも腐れの刑事やないけ」

「なんやと、こら」

中川の口調が一変した。桑原を見据える。「もういっぺんいうてみいや」

「おまえは腐れや。極道顔負けのな」低く、桑原はいう。

「このガキ……」

中川は桑原の襟首に手を伸ばした。

「なにさらしとんじゃ、こら」

桑原は中川の腕を払った。右手は拳を固めている。

あっというまにゴングが鳴った。どちらかが立った瞬間、はじまるだろう。

「あかん、桑原さん。相手がわるい」二宮は桑原の肘をつかんだ。

「おどれは相手を見てゴロまくんかい」

「おれは喧嘩なんかしません」

二宮は立って、ふたりのあいだに入った。「店に迷惑です」

大将は固まっている。それはそうだろう。中川も見た目はヤクザだ。

「すんません、大将。このふたりは刑事ですねん。マル暴の」

「そうでっか……」

「出ましょ」

　カウンターに一万円をおき、桑原を外に連れ出した。

「ほんまに、冷汗が出ましたわ」

　コインパーキングへ歩く。

「あのボケ、いっぺんどつきまわしたる」

「あいつ、強いですよ」

「あほんだら。喧嘩は行き腰じゃ」

「それは重々、承知してます」

　ほんとにやりあったら、中川が勝つような気がする。口にはしないが。

「胸糞がわるい。飲むぞ」

「おれ、帰りますわ。車やし」さっきの一万円を請求した。

「おまえ、わしのこと嫌いなんか」桑原は札入れを出す。

「おれ、友だちおらんのです」札をポケットに入れた。

「なにをいうとんのや、こいつは」

「女は好きですよ。スレンダーで、色白で、ピンヒール履いた、しゅっとした子」

「よう、それだけいえるな。おまえのアパートには鏡がないんか」

　桑原は車道に出てタクシーを停めた。「ほら、乗れ」

「どこ行くんです」

「新地や」

帰りは代行を呼んだる、と桑原はいった。

8

マキに目尻をつつかれて眼が覚めた。今朝もまた、事務所で寝たのだ。

北新地のクラブを出たのは一時すぎだった。代行の軽自動車に乗って天神橋のコインパーキングに行くはずが、途中で気が変わり、難波へ送ってもらった。『スーパースター』に入って焼酎のボトルを空にしたところまでは憶えている。『スーパースター』で打ち止めにしたのか、もう一軒行ったのか、タクシーで帰ったのか、歩いて帰ったのか、きれいさっぱりブラックアウトしている。

ズボンのポケットを探った。角の丸い名刺が数枚――。《グランパ　さつき》《グランパ　ゆりの》《Ｅｍａ《エマ》　麻美》《Ｅｍａ　玲衣》……。『グランパ』も『Ｅｍａ』もクラブだった。さつきと玲衣はタイプだったが、口説いてどうこうできるような雰囲気ではなかった。そう、ふたりとも二宮の頭を見て、怪我の理由を訊いてきた。工事現場でマンホールに落ちたんや、といったら、くすりともしなかった。ああいうのを芸人なら、すべったというのだろう。この葱坊主頭を早く修復しないといけない。

〝ゴハンタベヨカ　ゴハンタベヨカ〟マキが鳴いた。

起きて、ケージの上の皿にシードを足してやった。マキが食べはじめる。それを見ながら、またソファに横になった。

電話――。放っておいたが、いつまでも鳴りやまない。通話ボタンを押した。

――ヘロー　ディスィズ　クワハラ　スピーキング。

――はいはい、どうも。

――いつまで寝とんのじゃ。この、ぐうたらが。

――グッドモーニング　ディスイズ　オニオンヘッド　スピーキング。

――出てこい。車に乗って。

――ホワット？

――どつくぞ、こら。

――どこへ行くんです。

――『キャンディーズ』や。

――桑原さんを迎えに行くんですか。守口まで。

――飯沢に電話して聞いた。間宮の家は門真《かどま》や。

守口から門真は近い。近畿自動車道を挟んで隣接している。

――おれの車、天神橋に駐めてますねん。

——代行で帰ったんとちがうんかい。

——それが、なぜかしらねど駐めたままでね。

——これや。頭が溶けとる。

——とりあえず、行きますわ。『キャンディーズ』。

——一時やぞ。

電話は切れた。なんやねん、えらそうに——。


愛車、フィアット500に乗り、天神橋のコインパーキングを出た。扇町《おうぎまち》から阪神高速守口線に上り、守口出口を下りる。中央環状線を南へ走り、大日交差点を左折する。府道13号を東へ行って大日東町の信号を左に行くと、中古車ディーラーの向こうにカラオケボックスが見えた。道路沿いの立看板は《キャンディーズⅡ》だが、〝キャンディーズⅠ〟は存在しない。〝Ⅰ〟は一昨年だったか、金欠の桑原が売り払って借金の返済に充てたらしい。そのことを訊くと、桑原はすぐに話を逸らすが。

『キャンディーズ』のパーキングには軽自動車が二台とミニバンが一台、駐められていた。近所の主婦たちがカラオケ女子会をしているのだろうか。

車を降り、受付に行くと、真由美がいた。

「こんちは」

「あら、二宮さん」顔をあげた。

「お久しぶりです」一礼した。「桑原さんに呼ばれたんです」

「そうですか」真由美はいい、「桑原は家にいるはずですよ」

「一時の約束なんやけど……」

もう、一時半だ。ひとを呼びつけておきながら、家にいるとはどういうことだ。桑原が居住するマンションはここから歩いて行けるところにあるはずだが、場所も名称も聞いたことはない。組長の嶋田にさえ内緒にしているのだ。

真由美はスマホをとって電話をした。「二宮さん、来てはるよ――」

待たしとけ――とでも桑原はいったのだろう、真由美はスマホをおいて、

「どうぞ、入ってください」

いわれて、横のドアから事務室に入った。勧められてソファに腰をおろす。真由美は薄いパープルのカットソーにレースをあしらった白のフレアスカートというシンプルな格好で、手足がすらりと長く、スタイルがいい。齢は三十代半ば、色白、髪は栗色のミディアムショート、切れ長の眼、鼻筋がとおっている。なぜこんないい女があの桑原といっしょにいるのか、不思議でしかたない。

「コーヒーでいいですか」

「すんません。いただきます」

真由美はコーヒーメーカーをセットした。

「煙草、よろしいか」

「はいはい、どうぞ」

クリスタルの灰皿をテーブルにおいてくれた。二宮は煙草を吸いつける。

「桑原さんはノータッチですか。『キャンディーズ』の経営に」

「そうですね。顔を出すこともないです」真由美もソファに座った。

いつもにこやかで清楚《せいそ》な印象だが、若いころの真由美は荒れていた。そう、桑原から聞いたことがある。

あいつは睡眠薬から風邪薬まで、クスリと名のつくもんはなんでも身体に入れるジャンキーやった——。初めて会うたんは十三《じゅうそう》のホテルや。ダチが部屋を借りて〝裏〟の撮影をするというから、冷やかしに行った。そこへ連れてこられたんがキタのライブハウスでひっかけたジャンキーの小娘で、ビデオの撮影とは知らんかったらしい。裸に剝《む》かれてからも死にもの狂いで暴れよった。わしはつい仏心を出して小娘を助けた——。

あいつはわしのアパートにころがり込んだ。隙を見てはクスリを入れようとするから、なんべんもどつきまわした。半年ほどして、やっとクスリが抜けたとき、わしは真湊会《しんそうかい》にカチ込んで六年半の懲役や。まさか、出所するまで待つはずないやろと思たけど、あいつはきっちり待ちよった。しつこい女やで——。

籍なんぞ入れるかい。わしは極道やぞ。いつなんどき弾かれるや分からんやろ——。ガキはいらん。責任とれん。わしは一生、極道で行く——。

コーヒーが入った。真由美はポットをとってカップに注ぎ分け、角砂糖とミルクを添えてテーブルにおいた。

「角砂糖て珍しいですね。最近はスティックシュガーが多いのに」

「スプーンに載せて溶けるのを見るのが好きなんです」

「なるほど……」ま、ひとによって好みはちがう。

せっかくだから、角砂糖をふたつとミルクを入れた。酸味があって旨い。

真由美が二宮の頭に視線をやった。さっきから気になっているらしい。

「これね、解体現場でブロックが落ちてきたんです。ゴツンと音がして、眼から火が出るいうのはほんまですね」

「よかった。喧嘩したんかと思いました」

喧嘩したんは桑原です。おれはあいつのせいで、こんなひどいめにおうたんです――。

そこへ、ノックもせずに桑原が入ってきた。本日の装《な》りはダークグレーのスーツにライトグレーのクレリッククシャツ。縁なし眼鏡はレンズが細い。靴は黒のローファーだ。

「何着ぐらい持ってるんですか、スーツ」

「さぁな、数えたことない」

「おれ、スーツとかいうやつはだぶだぶの礼服だけですわ」

「上等や。白と黒のネクタイで済む」桑原はいい、「君はポロシャツとチノパンが似合うてる。どこへ出ても恥ずかしない。汚れの星や」

真由美の前だけ、〝おまえ〟が〝君〟になっている。

「ほら、行くぞ」

「まだ飲んでませんねん。コーヒー」

「二宮くん、フリーランサーにガールズトークをしてる暇はないんや」

桑原は言い捨てて外へ出て行った。二宮はコーヒーを飲みほして、

「ごちそうさんでした。ほな」腰をあげた。

「どういたしまして。また来てくださいね」真由美は笑顔で手を振った。

車に乗った。五月田町《さつきだちょう》へ行け、と桑原がいう。

「門真の運転免許試験場の東や。古川を渡れ」

「この車、ナビがないんです」

「ナビもない車に乗るな」

「買うてください」

「やかましい。近畿道へ走れ」

桑原はシートベルトを締めた。

五月田町九－十九－四　向陽レジデンス――。桑原のいう間宮彬のマンションを探して、電柱の街区表示を見ながら車を徐行させた。
「飯沢はなんで間宮のことを知ってたんですか」

「あの爺は福祉のブローカーや。むかしから同じ福祉ブローカーの松元や、岸上、小沼、今井らとつるんであくどいシノギをしてる」

「そうか、間宮は今井の事務所のスタッフでしたね」

「どいつもこいつも同じ穴の貉《むじな》や。頭は警慈会代表の岸上で、岸上の下に警察ＯＢの小沼、松元、今井、間宮、横内がおった」

そう、今井は加瀬歯科医院の診療報酬詐欺事件で逮捕、起訴。岸上、松元、間宮は不起訴。コンサルの横内は中央署捜査四係で今井や間宮の同僚だったが、五年前に失踪し、いまはおそらく志摩沖の熊野灘で白骨になっている――。

「横内は岸上とトラブったんですかね。それとも、白姚会と……」

「幾成会の福井に岸上を紹介したんは横内や。そこで岸上と白姚会が『やすらぎ』を乗っ取ったときに欲をかいたんやろ。なんぼ家族が失踪や、行方不明や、と騒ぎたてたところで、死体が見つからんかったら事件にはならん」

桑原の周辺にも、失踪して消息を絶ったヤクザや半堅気が五、六人はいるという。

「死体を海に沈めるときは腹を割いて腸を抜く。肺にも穴をあける。そしたら腐ってもガスがたまらんから浮いてくることはない。それがプロの掃除屋や」

「山に埋めるときはどうするんですか」

「私有地はあかん。国有林や。素っ裸にして、歯を抜いて、野犬がほじくり返さんように深い穴を掘って埋める」

「そういう始末をしたことあるんですか」

「誰がや」

「せやから、桑原さんが……」

「あほんだら。わしは一般論を述べとんのや。犯罪隠蔽の」

「一般論ね……」

「雨がしとしと降る夜の夜中に、鬱蒼とした山ん中で、ひとりで死体の歯なんぞ抜いてみい。桑原さん、恨めしい、と化けて出るやないけ。考えるだけでサブイボが浮くわ」

「へーえ、桑原さんでも怖いもんがあるんや」

「饅頭怖い、女が怖い、金が怖い。煩悩が失せたときは死ぬときや」

独りごちるように桑原はいい、「停めんかい。あれやろ」

四つ角の向こうに煉瓦タイルの建物があった。二階建、連棟のテラスハウス。近づくと、車寄せのコンクリート柱に《向陽レジデンス》と、真鍮のプレートが掛かっていた。

二宮は車を駐めた。桑原が降りて右から順に表札を見て行き、１０３号室の前で、これや、と立ちどまった。

二宮も車外に出た。桑原のそばへ行く。

桑原はインターホンのボタンを押した。返答がない。

「間宮て、いまは無職ですよね」

今井のコンサルオフィスは閉鎖したはずだ。「ハローワークでも行ってるんですか」

「五十の爺に職なんぞない」桑原はいって、「くそったれ、よめはんもおらんのか」

「よめはパート勤めですわ。電話ぐらいしてから来たらよかったのに」

「番号も知らんのに電話ができるんかい」飯沢に聞いたのは住所だけだった、という。

「飯、食いましょ。おれ、起きてからなにも食うてへんのです」

「わしは食うた。トマトサラダとオニオンスープ、生ハムとサーモンのせのトースト」

「何時に起きたんです」

「わしは毎日、八時に起きる。朝飯を欠かすことはない」

「起きて、すぐに煙草吸いますか」

「眼が覚めたら、枕元の煙草を吸うんやないけ」

「目覚めから一本目の煙草の時間が短いほど、ニコチン依存がきついんですよ」

「おまえはなんや、禁煙外来の受付か」

「真由美さん、料理が上手《じょうず》そうやな」

「わしが仕込んだんや。レシピを与えてな」

「…………」コメントを控えた。この男のいうことはどこまでがほんとうか分からない。

「ま、ええわい。つきおうたろ」

桑原はあたりを見まわして枯れ葉を拾った。閉まっているドアの上部に差し込む。誰かが帰ってきてドアを開ければ、枯れ葉が落ちるという仕掛けだ。

「探偵みたいですね」

「よう喋るのう、二宮くん」

桑原は車に向かった。


国道163号沿いのパスタレストランに入って、メニューを広げた。ワタリガニのパスタランチが旨そうだが、ランチは二時までだった。二宮は生ハムとメロン、アボカドサラダ、オマール海老のスープ、単品のワタリガニのパスタとジンジャーエール、桑原はボロネーゼと生ビールを注文した。

「わしは思うんやけどな、おまえ、いつでもそんなに大食いか」

「ま、ひとよりは食いますかね」

「無理に食うてへんか。わしの勘定やと」

「そんなセコいことしますかいな」

「たまには払えや」

「誰よりも金の切れる桑原さんが、赤貧洗うてる二宮くんに、それはないでしょ」

「端《はな》から払う気がないで。こいつは」

「おれは桑原さんのショーファーです」

「おまえがわしのBMWを盗られたからやないけ」

「すんませんね」ムッとした。「郵便ポストが赤いのも、マンホールの蓋が丸いのも、みんなおれがわるいんです」

そこへ、ジンジャーエールと生ビールが来た。ジンジャーエールは甘ったるいだけでジンジャーの味がしない。「――ジンジャーエールのほんまの製法、知ってますか」

「知るかい」

「砂糖水に摩《す》りおろした生姜とレモン果汁とシナモンとかのスパイスを入れて、ひと煮立ちさせるんです。冷めたら漉《こ》して、炭酸水で割る。……おれ、カルカッタで飲んだけど、あれはほんまに旨かった」

「おまえの話は四方八方に飛ぶのう、郵便ポストからインドまで」

「好奇心旺盛ですねん」

「その好奇心がシノギに向いたら、いっぱしの稼業人やったな」

こいつは嫌味しかいえないのだ。性根が歪んでいるから。

生ハムとメロンが来た。桑原は生ハムをつまんで口に入れた。


パスタレストランのあと、近くの喫茶店に寄って、二宮は漫画本、桑原は週刊誌を読んで時間をつぶした。『向陽レジデンス』にもどったのは三時すぎだった。

１０３号室のドアに挟んだ枯れ葉はなかった。そばに軽自動車が駐まっている。

「帰っとるぞ」

桑原は眼鏡を黒縁眼鏡に替え、コンビニで買ったノートとボールペンを持ってドアをノックした。はい、と返事があったのは男の声だった。

「間宮さん、桑原といいます。ちょっと出てくれませんか」

少し待ってドアが開いた。ゴマ塩頭のデブが半身を出して、桑原と二宮を見る。

「間宮彬さん？」

「ああ、そうや」間宮は仏頂面で、「なんの用や」

「話を聞きたいんですわ。この春の加瀬歯科医院の詐欺について」

桑原はわざとらしくノートを見せた。

「あんたら、テレビか、新聞か」

「ルポライターです。桑原保彦《やすひこ》。こっちはクライアントの二宮さん」

「誰に聞いてきたんや。わしの家」

「福祉ブローカーの飯沢さん、ご存じですよね」

「あの爺が喋ったんか」

「ニュースソースは明かせんのです」

思い切り明かしている。福祉ブローカーの飯沢だと。

「あの事件は終わった。帰ってくれ」

「些少《さしょう》ですけど、取材の謝礼が出ます」

桑原はノートを脇に挟み、札入れを出した。開いて、間宮に見せる。僅かに間宮の表情が変わった。

「十万やな。取材費は」

「間宮さん、そいつは話の内容によりますわ」

「なにが聞きたいんや」

「間宮さんが不起訴になった理由です」

「んなもんはあたりまえや。わしはなにひとつ、罪に問われるようなことはしてへん」

「『今井経営コンサルティングオフィス』の今井所長もですか」

「今井はちょっとやりすぎたかもしれんな」

間宮は脂ぎった顔で額に皺《しわ》がない。生え際も不自然だ。こいつはヅラを被っている。

「立ち話もなんやし、中に入れてもろてもよろしいですか」

「得体の知れん人間を入れるわけにはいかんな。名刺は」

間宮は横柄なものいいをする。マル暴の刑事だったころはもっとひどかったのだろう。

「ルポライターは名刺を持ってないんです。これ、身分証です」

桑原が札入れから出したのは運転免許証ではなく、図書館の利用カードだった。間宮は一瞥して、そっちは、と二宮に訊く。

「二宮企画の二宮といいます」名刺を渡した。

「ルポライターのクライアントて、なにをするんや」

「桑原さんに記事を書いてもらいます。それをマスメディアに売り込んでコミッションをいただくのが、わたしの仕事です」我ながら、よく口がまわる。

「分かった。入れ」間宮は小さくうなずいた。

廊下にあがり、左の部屋に通された。四畳半の和室。真ん中に布団のない炬燵《こたつ》がある。床の間の横に小さい仏壇を置き、そのまわりに両親と家族だろう、写真の額を十枚ほど並べていた。

「ご両親は亡くなられたんですか」桑原は座布団に正座し、黒枠の写真に視線をやった。

「亡くなったから仏壇があるんや」間宮は床の間を背に胡座をかく。

「お子さんはふたり？」

「上の娘は結婚した。下の息子は就職して名古屋におる」

「奥さんはパート？」

「あのな、わしの家族構成はどうでもええんや。訊きたいことをいえ」

「今回の事件で、間宮さんは不起訴になりました。ご本人としては、なにが理由やとお考えですか」桑原はノートを広げた。

「わしは今井オフィスのスタッフや。今井に指示されて、あれこれ雑用をした。今井がなにを考えて、どう動いたか、わしには分からん。今井が逮捕されて、はじめて不正受給に嚙んでたことを知ったんや」

「しかし、警察の調べはきついでしょ。特にＯＢに対しては」

「わしはありのままをいうただけや。疚《やま》しいことはない」

「今井さんがみんなかぶって起訴されたんですね」

「かぶったもへったくれもない。今井は加瀬と平山にうまいこと利用されたんや」

間宮は座椅子にもたれて腕を組み、桑原と二宮を睨《ね》めつける。こいつはクズだ。人間に愛敬とか愛想というものがかけらもない。腐れ刑事《デカ》の中川を思い出した。

「間宮さんは中央署のマル暴のとき、今井さんの同僚でしたよね。今井さんが極道と癒着して懲戒免職になったのに、間宮さんは能勢東署に異動になっただけで済んだ。それも今井さんがみんなかぶったからですか」

「ちょっと待てや。わしが能勢東署に飛んだと、どこで聞いたんや」

「わたしはルポライターです。それなりのネタを持ってるからこそ、間宮さんのとこに来たんです」桑原は指先で黒縁眼鏡を押しあげる。

「あんた、記事にわしの名前を書くんかい」

「書くわけない。ニュースソースは絶対に明かさんのがルポライターの定《き》めやし、まして間宮さんみたいな協力的なひとに迷惑をかけるようなことは道義に反しますわ」

「わしが協力的でなかったら、どうなんや」

「そのときは、〝Mさん〟というイニシャルくらいは書くかもしれませんね」

「脅しか、それは」

「めっそうもない。その筋のひとも一目おく警慈会のメンバーを脅すような肚がありますかいな。一介のルポライターに」

ここまで下手に出る桑原も珍しい。間宮がヤクザや半堅気だったら、とっくに殴りつけているだろう。

「あんた、どこの出や」

「但馬です」

「そうやない。ルポライターやったら大学出てるやろ」

「京都大学です。法学部」

いうにこと欠いて京大法学部ときた。左の眉からこめかみにかけて刃物傷のある、イケイケのオールバックが。

「大学院に行って司法試験を受けるつもりやったんやけど、勉強ばっかりでええんかと思いなおして、朝日新聞に入社したんです。……新聞記事て、一から十まで裏をとらんとあかんでしょ。嫌気がさして辞めたんです。それからはフリーランスのライターですわ」

でたらめもここまでいったら上出来だ。ヤクザより詐欺師に向いている――。

「能勢東署に異動した一年後に依願退職して今井オフィスに入ったんは、今井さんに誘われたからですか」

「今井は面倒見がええんや。なにかと噂はあったけどな」

「甲斐性もあるんやないんですか。いろんなとこから金を引っ張ってくる甲斐性が」

「確かにな。あちこち顔が広いから、相談事を持ち込んでくる客はぎょうさんおった」

間宮はシャツのポケットから煙草を出した。金張りのダンヒルで火をつける。「客の中にはヤクザより質《たち》のわるいのもおる。それが加瀬と平山やったんや」

「今井さんは連座したんですか」

「連座？　どういう意味や」

「加瀬と平山に嵌《は》められたんですかね」

「分からん。わしは部外者や」

「岸上さんと小沼さんは、今井さんと間宮さんにとって、どういうひとですか」

「岸上は大統領や。警慈会を牛耳ってる。誰も逆らえん。小沼は岸上の腰巾着で、岸上からおこぼれをもろてる」

岸上は元警視、小沼は元警部補だから経歴の差は大きい。小沼は四十すぎで府警本部捜査二課を退職し、司法書士を目指して、三年目の国家試験に合格した、と間宮はいう。

「岸上さんと小沼さんは現役のころからの知り合いですか」

「それはちがう。府警ＯＢが司法書士になったと知って、岸上が警慈会に誘うたんや」

「警慈会のメリットて、なんですか」

「あちこちから仕事が入ってくるがな。警慈会のメンバーというだけで」

「トラブル処理ですか」

「世の中にはな、弁護士にもヤクザにも頼みにくいトラブルがあるんや」

「間宮さんにも依頼はあるんですか」

「わしは今井が請けた仕事を手伝うてた」

「いや、ありがとうございます。ためになりますわ」

桑原はいうが、広げたノートにはなにも書いていない。「――間宮さんが中央署から能勢東署に異動したとき、いっしょに異動になった刑事さんがいてましたよね。横内隆さん。仲よかったんですか」

「横内は今井の子分や。あごで使われてた」

「三人でつるんでたんやないんですか」

「おい、言葉の使い方に気ぃつけろや。つるんでた、はないやろ」

「失礼しました」桑原は笑う。「横内さんはどこの署に異動したんですか」

「岬《みさき》署や」

岬町は大阪府の南端だ――。

「五年前の夏、横内さんは失踪して、乗ってた車が志摩市で発見された。なにが原因ですかね」

「んなこと、わしが知るわけないやろ。あいつはわしが辞めてからも岬署におった」

横内が退職したのは自分が辞めた二年後か三年後だったろう、と間宮はいい、中央署を出てからのつきあいはまったくない、といった。

こいつ、とぼけとるわ――。二宮は嗤いを押さえた。幾成会初代理事長の福井澄夫が白姚会に『やすらぎ』を乗っ取られたとき、福井に岸上を引き合わせたのは横内だ。その横内とつきあいがないとは聞いて呆れる。

「府警ＯＢの友好団体て、いくつほどあるんですか」二宮は訊いた。

「ぎょうさんある。警愛会、警友会、警慈会……。元署長とか元班長とか、鑑識ＯＢの会とか、それこそキリがないほどある」

「横内さんは警慈会の会員とちがうんですか」

「知らんな。名簿には載ってへん」

「噂も聞いたことないんですか。中央署の同僚やった横内さんの失踪について」

「横内とは反りが合わんかった。さっきもいうたけど、あれは今井のパシリや。横内とふたりで飲んだことはいっぺんもない」

「なんで反りが合わんかったんです」

「横内はわしより齢がふたつ下や。そやのに、ため口を利きくさった。生意気にな」

間宮の言葉に意図的なものを感じた。おれは横内とは関係ない――。そういいたいのだ。

「今井さんと横内さんのあいだに揉めごとがあったんやないんですか」

桑原がいった。「それで横内さんは失踪した……。ちがいますか」

「なにをほざいとんのや、おまえら。黙って聞いてたら調子に乗りよって」

間宮は煙草を揉み消した。「ほら、取材費や。十万おいて、とっとと帰らんかい」

「すんまへん。怒らしたみたいでんな」

桑原は札入れを出した。千円札を抜いて座卓に放る。

「なんや、これは。舐めてんのか」間宮は札を見て、桑原を見る。

「舐めとんのじゃ」

一瞬にして桑原の表情が変わった。「ぶち殺すぞ」

「…………」間宮は固まった。

「おどれも沈めたろか。熊野灘に」桑原は片膝を立てた。

「おまえ、極道か……」

「極道やったら、どやいうねん」

「警慈会が黙ってへんぞ」

「それがおどれの脅し文句かい。いつまでも刑事面《デカづら》しくさって、なにが警慈会じゃ」

桑原は間宮の襟首をつかむなり座卓に顔を押しつけた。カツラがずれ、灰皿が撥ねる。

桑原は拳をかまえた。

「桑原さんっ」二宮は桑原の腕をとった。

「じゃかましい」

肘で払われた。ビリッと音がした。

「なにさらすんじゃ」

桑原の上着の肩が裂けていた。それで我に返ったのか、桑原は間宮を放した。間宮は畳に尻餅をつき、肘と尻であとずさる。恐怖に歪んだ顔は灰だらけだ。

桑原は黙って背を向けた。部屋を出る。二宮もつづいた。

車に乗った。走り出す。桑原は裂けたスーツの肩口に手をやって、

「おまえにはスーツを二着もぼろにされたわ」

「いや、それはおれかもしれんけど……」二着も破った憶えはない。

「島之内でヴェルサーチがずたぼろになった。今日は門真でゼニアがぼろや。ＢＭＷは盗られる、スーツは簓《ささら》にされる、おまえはわしに恨みでもあるんかい」

「それって、おれの責任ですか」

「ないといいたいんか、え」

「そこまではね……」

この男を相手にしていたらきりがない。自己責任という概念がないのだから。

「くそったれ、着替えるぞ」守口の『キャンディーズ』へもどれ、と桑原はいう。

「そんなもん、針と糸で縫うたらええやないですか」

「おまえが縫うんかい」

「お裁縫グッズを車に積んでるのは、デザイン専門学校の生徒さんか、ファッション雑誌のスタイリストですわ」

堂山《どうやま》のゲイバーでスタイリストと称する金髪男がカウンターの隣に座ったことがある。タレントの誰それがどうだこうだと、くだらない話を得意気に喋り散らしていた。装《な》りはそれなりに気障《きざ》ったらしかったが、かわいそうにエラの張った平たい顔は、どこかの寺で見た、仁王に踏みつけられた鬼にそっくりだった。

「男は顔と言動に責任持たなあきませんね」

「男の顔は履歴書、女の顔は請求書や」

「誰がいうたんです」

「J・F・Kや」

「ジャパン・ファッション・カンパニー？」

「カンパニーは〝C〟やろ。ジョン・エフ・ケネディーやないけ」

　バス通りに出た。近畿自動車道の高架が見えた。

『キャンディーズ』の近くのコンビニに車を駐めた。ここで待っとけ、と桑原はいい、車外に出て南へ歩いていった。

　二宮はコンビニで煙草を買った。メビウス・モード・スタイルプラス・ワン。ニコチンは〇・一ミリグラム——。確かに、吸ってみたら軽かった。

　ニコチンが足りないので、たてつづけに四本を灰にしたところへ、スマホを耳にあてた桑原がもどってきた。ダークグレー、ピンストライプのスーツに着替えている。桑原は電話を切り、助手席に乗った。

「東成《ひがしなり》や。深江《ふかえ》へ行け」

「深江になにがあるんですか」

「ヤサや。田所のヤサが分かった」セツオに調べさせていた、という。

「そんなん、おれ、いやですよ。また大怪我するやないですか」

白姚会の事務所で二宮を殴ったのは田所だ。振りおろされる金属バットが瞼に蘇《よみがえ》る。

「田所に返しをしようとは思わんのかい」

「これっぽっちも思いませんね。おれは堅気ですわ」

「チンチンついとんのか、おまえは」

「小なりといえど、ついてます」

「おまえみたいな弱造に、田所に会えとはいうてへんわい。わしはBMWがどうなってるか、田所に訊く」ぐずぐずしていたら車体番号を替えられて売られる、という。

「それはよろしいね。BMWの探索に賛成です」

「なにが賛成じゃ。おまえがキーを奪《と》られたからやろ」

そう、キーを奪られた。こいつが喧嘩をしたせいで――。

「こんな葱坊主になった、そもそもの原因はなんですかね」頭の包帯ネットを触った。

「いつまでもしつこいのう。世の中にローリスク・ハイリターンはないんじゃ」

「お言葉ですけど、おれはいまんとこ、ハイリスク・ノーリターンです」

「稼ぎの二割を寄越せというたノータリンは、どこのどいつや」

「『マリリン・モンロー・ノー・リターン』……。マリリン・モンローはケネディーとつきおうてましたね」

「これや。なにをいうても堪えよらんで」

桑原は舌打ちして、「ほら、深江に行け」シートベルトを締める。

「どういうルートで行きますかね」

「おまえはタクシードライバーか。好きにせい」

腹が立つから、また煙草を吸いつけた。桑原は嫌味たらしくサイドウインドーを全開にした。

9

深江西一丁目――。あれや、と桑原が指さした。五階建、白い磁器タイル外装のマンションだった。

敷地に車を乗り入れた。テラス風の車寄せに駐める。玄関横のステンレスプレートは《PLAZA　深江》と刻まれ、建物は新しい。

「見てこい」

「なにを……」

「ドアや」

車を降りた。玄関は一段高い。ガラスドアの前に立ったが、反応しなかった。

車にもどった。

「オートロックです」

「そやろな」

いちいちめんどくさいやつだ。分かっているのなら、ひとを使うな。

車寄せの端に移動した。ドアが開くのを待つ。

「何号室です」

「分からん」

「ヤサが分かったんやないんですか。田所の」

「『プラザ深江』は分かった」

「杜撰ですね」

「もういっぺんいうてみい」

「いや、ええんです」

十分ほど待っただろうか、宅配便のトラックが車寄せに停まった。段ボール箱を抱えたドライバーが降りてきて、玄関横のインターホンを押す。桑原と二宮は車を降りた。

オートドアが開き、ドライバーにつづいてロビーに入った。エレベーターは二基。桑原と並んでメールボックスを見る。《３０１》に〝ＴＡＤＯＫＯＲＯ〟とあった。

「うっとうしいやっちゃ。漢字で書かんかい」

「それでは、おれはここで」踵を返した。

「どこ行くんじゃ、こら」

「田所との折衝はお任せします。おれは車で待ってますわ」

「そういうわけにはいかんで、二宮くん」桑原はせせら笑う。「わしが部屋のインターホンを押してみい。はいはい、と田所が出てくるか。それはないやろ。……おまえは前にサバキで田所を使うた。おまえがボタンを押さんといかんのや」

「桑原さん、堪忍です。おれは二回も田所に殴られるわけにはいかんのです」

「おまえはインターホンを押すだけや。あとはわしがやる」

「ほんまですよね、それ」

「わしが嘘ついたことあったか」

「なんべんかありますけど……」

　もう何十回、騙されたことだろう。そのたびに激しく後悔し、厳しく反省するのだが、すぐに忘れてしまう。二宮は喜怒哀楽が長続きしない。子供のころからだ。O型というのは関係あるのだろうか。

「桑原さんて、なんです。血液型」

「Bじゃ」

「道理で」

「おまえというやつは、ひとの話を聞いとんのか」

「後遺症ですかね、頭を割られた」

「そうやない。おまえはほんまもんの変人や」

　桑原はいい、エレベーターに向かった。

三階にあがった。中廊下を挟んでモスグリーンのスチールドアが並んでいる。３０１号室の前に立った。

「ほら、押せ」桑原はインターホンをあごで指す。

「おれ、田所を呼ぶだけですよ」

「講釈はええわい。早よう押せ」

ボタンを押した。返事がない。もう一度押したが、返答はなかった。

「組当番に出てるんやないんですか、田所」

「事務所にはおらん。それはセツオが確かめた」

セツオが白姚会に電話をして二蝶会の徳永《とくなが》と名乗ったはずはない。佐藤とか鈴木とか、適当な名で訊いたのだろう。

そこへ、はい、と声が聞こえた。女だ。

――二宮企画の二宮といいます。田所さん、いてはりますか。

インターホンのレンズに向かって頭をさげた。

――ごめんなさい。出てます。

――いつ、お帰りですか。

――さぁ、いつでしょ……。

たぶん、パチンコをしている、といった。

——勝ってたら遅くなるし、負けたときは夕方に帰ってきます。

——なるほどね。

壁にもたれている桑原を見た。小さく手を振る。

——すんません。出直しますわ。

——二宮さんですね。

——はい、そうです。

——わたし、もうすぐ出るから、メモを残しときます。

女はいって、インターホンは切れた。

「——ということです」桑原にいった。

「もうすぐ出る……。ホステスか」

「たぶんね」腕の時計を見た。四時二十分——。

女は美容院へ寄って髪をセットし、同伴があれば客と食事をして出勤するのだ。田所は四十代半ばだから、女は四十すぎか三十代かもしれない。

「どうします」

「一階のロビーの奥にソファがあったやろ」

そこで田所を張る、と桑原はいい、エレベーターに向かった。

寄木のパーティションの陰で、桑原はソファにもたれて寝ている。二宮も眠いが、寝るとあとが怖い。

四時五十分——。赤いロングヘアをアップにした女がエレベーターから出てきた。丈の短い白のワンピースにピンクのカーディガン、シルバーのピンヒールパンプス、肩にヴィトンのトートバッグを提げている。女は足早にロビーを出て行った。

「桑原さん、女が出て行きましたわ」

「そうかい……」眼をつむったまま、桑原はいう。

「足首がきゅっと締まった、ええ女です。さっき喋った田所の女やないですかね」

「女はどうでもええ。おまえは田所を見張らんかい」

「あっ……」

「ん……」桑原は上体を起こした。

「また、宅配です」

「今度、わしを起こしたら、その包帯を毟りとって、おまえの口に詰める。ええな」

「はい、はい」煙草に火をつけた。

五時四十分——。玄関からロビーに男が入ってきた。紺色のブルゾンにグレーのズボン、ポケットに両手を突っ込み、さも不機嫌そうに歩いてくる。二宮はパーティションの後ろに身を伏せた。

「桑原さん、田所です」

いうと、桑原はソファに片肘を預けてエレベーターホールに視線をやった。

「負けよったな。パチンコみたいなショボい博打をしくさって」極道は賭場に行け、という。

「いま、常盆てあるんですか」

「あったら行くんかい」

「そうですね、サイ本引きがしたいかな。久しぶりに」

「いっぺん逮捕してもらえ。常習賭博で」

桑原は田所がエレベーターに乗るのを待って応接コーナーから出た。「こら、なにしとんのや」と、振り返る。

「いや、おれはここで待ってます」

「おまえはインターホン係とちがうんかい」

「それはそうやけど……」

「来んかい」

桑原はわめいた。二宮は立って、エレベーターホールへ走った。

三階で降りた。部屋に入ったはずの田所が廊下にいる。ドアに鍵を挿していた。

田所さん――。桑原は大股で近づいた。気づいた田所は身構える。

「そんな怖い顔せんでもよろしいがな。知らん仲やなし」

桑原は笑い声をあげた。「わしの車、返して欲しいんや」

「なにをいうとんのじゃ、こら」

「田所さんよ、他人《ひと》の車を盗るのは泥棒やで」

「キーをおいていったんやないけ、このボケが」

田所は二宮を睨みつける。二宮は眼を逸らした。

「おまえ、こいつにサバキの仕事をもろたことあるんやろ。いうたら、クライアントやないけ。そのクライアントの頭を割るて、どういうこっちゃ」

「なんじゃい、アヤつけに来たんか。相手を見てものいえよ」

田所もヤクザだ。肚を据えたらしい。

「どこにあるんや、わしの車」

「知らん、知らん」

嘯《うそぶ》く田所の顔に、瞬間、桑原の右の拳がめり込んだ。田所はストンと尻餅をつく。その股間を桑原は蹴りあげた。田所は横倒しになり、白眼を剝く。鼻から鮮血が滴《したた》った。

桑原は鍵をまわしてドアを開けた。田所を中に入れろ、という。二宮は硬直して、ものがいえない。

「ボーッと突っ立ってんやないぞ。入れんかい」

慌てて田所の足をつかんだ。引きずって部屋に入れる。

桑原は土足のまま洗面所に行ってバスタオルを持ってきた。

「拭いてこい」

「へっ……」

「廊下や」

二宮はタオルを持って外に出た。リノリウム敷きの廊下に点々と付着した血を拭きとる。桑原は粗暴だが、滴った血を気にするような芸の細かいところもある。ある意味、感心した。

部屋にもどって施錠した。田所はいない。玄関から奥のリビングまで、引きずった血の跡がついているから、それもついでに拭きとりながらリビングに入った。田所はテーブルの脚もとに横たわっている。

子供がいないのだろう、よく片づいたリビングだった。壁、床、天井ともに真新しい。壁はビニールクロスではなく、漆喰仕上げだ。革張りのソファ、楕円形のガラステーブル、無垢《むく》材のフローリングにペルシャ絨毯《じゅうたん》風のセンターラグ、サイドボードの上には窓より幅の広い液晶テレビ。調度類にも金がかかっている。

「大丈夫ですか」

「わしか」

「田所です」身動きはせず、呻き声も聞こえない。鼻と口は血塗《ちまみ》れだ。

桑原は田所の襟首をつかんで引き起こし、ソファにもたれさせた。

「それ貸せ。タオル」

タオルを渡すと、桑原は田所の頭にかぶせた。「水や」

　二宮は台所へ行った。片手鍋に水を入れてリビングにもどる。桑原はかがんで、田所の頭の上から水をかけた。白いタオルが赤く染まっていく。

　田所の胸が波打って、激しく咳き込んだ。濡れたタオルをつかんで床に投げ、喘《あえ》ぐような息をする。

「羽振りがよさそうやのう」

　部屋を見まわしながら、桑原はいった。「シノギはなんや」

「…………」田所はじっと桑原を睨めつける。

「ヒモ稼業かい」

「殺すぞ……」

「殺す？　そら聞き捨てならんな」桑原はにやりとした。「やってみいや」

「弾いたる」

「チャカ、あんのか」

「じゃかましわ」

「おいおい、えらい勢いやないけ」

　桑原は立った。タオルを拾う。田所の顔にかけるなり、正面から蹴りつけた。ソファの脚がずれて、田所は床に頭を打ちつける。うつ伏せになり、這《は》って逃げようとする脇腹に、桑原は身体が浮きあがるような蹴りを入れた。田所は横転し、呻き声をあげる。

「どないや、わしを弾くか」

「いや……。分かった」

「なにが分かったんや」

「チャラにしたる」

「まだ舐めた口利いとるで」

桑原は血がつくのを嫌がったのか、後ろから田所の髪をつかんで引き起こした。

「分かった。よう分かった」

田所は桑原を押しとどめるように両手をあげた。「おまえも稼業人なら、ええ加減にせいや」

「どういう理屈じゃ、こら」

「せやから、もうやめてくれ」

「おどれ、泣きを入れとんのかい」

「泣きやない。これ以上やったら、白姚と二蝶の戦争になるぞ」

「戦争、上等やないけ。おどれが先頭切って斬り込まんかい」

「桑原さん、やめましょ」

二宮はいった。「このひとがいうてることはほんまです。嶋田さんに迷惑かかります」

「このボケは謝ってへん。おまえの頭を割ったんはこいつやぞ」

「そのことはええんです。あれは成り行きの喧嘩で、四課の中川さんも了解してます」

中川の名を出した。ここで抑えないと、桑原はとことんやる。

桑原は田所の髪を放した。田所は力なく反転し、緩慢な動きで床にあぐらをかく。

「な、田所さんよ、シノギはなんや」桑原はソファに座り、脚を組んだ。

「んなことは、おまえには関係ない」田所の鼻からまた一筋、血が滴った。

「女の稼ぎで、こんな暮らしはできん。ちがうか」

「ひとの懐に嘴《くちばし》入れんなや」

「わしは整理とサバキがシノギや。それがこの時節、左前でな。極道も先行きが暗いの」

「おまえ、カラオケボックスのアガリで食うとんのやろ」

「ほう、誰に聞いた」

「誰でもええやろ」

「ほな、わしもいうたろか。おまえはオレ詐欺のケツ持ちをしてる。流行《はや》りのシノギや」

「誰に聞いた」

「んなことは分かってる。おまえもわしも同じ極道や」桑原はいって、「けどな、老い先短い年寄りの金を掠めとるようなシノギは、極道のすることやないぞ」

「なにをいうとんのじゃ、こら。勝手なご託を並べんなよ」

「オレ詐欺の守《も》りは、白姚会のシノギか」

「知らんな。なんのこっちゃ」

「おまえが守りをしてるんやったら、金主は誰や。若頭《かしら》の木崎か」

「世迷《よま》い言《ごと》はやめんかい。胸がわるいわ」

「そうかい。ま、そういうことにしといたろ」

桑原は煙草を吸いつけた。「本題や。わしのＢＭＷはどこにある」

「知らんな」

「聞こえんぞ、おい。もういっぺんいうてみい」

桑原は脚を開いた。肘かけに手をあてて腰をあげる。それを見た田所は、

「ようは知らんけど、整備工場や」

「どこの工場や」

「松原《まつばら》や。立部《たつべ》とか聞いた」

「立部のなんちゅう工場や」

「磯畑《いそはた》とかいうてたな」

「その磯畑いう整備工場にわしのＢＭＷを売ったんか」

「売ったかどうかは知らん。わしが乗って行ったんやないからな」

「いつ行ったんや」

「昨日か一昨日やろ」

「くそったれ」

桑原はスマホを出した。指先でディスプレイを触る。〝磯畑自動車〟を検索している

のだろう。「――あった。〝磯畑自動車整備工業〟。これはなんや、盗人相手の故買屋か」

「行ってみいや。おまえがぶち殺されるのが楽しみや」

「おもろいやないけ。おまえの希望どおり、カチ込んだろかい」

桑原は立った。田所のそばへ行く。田所は顔を庇うように肘をあげた。

「いつでも来いや。このケジメをとりたかったらな」

桑原はいい、背を向けた。二宮は慌てて、あとを追う。


廊下に出た。エレベーターへ歩く。

「ほんまにBMWがあるんですか。その工場に」

「さぁな、行ってみたら分かる」

「田所が工場に手をまわしませんかね」

「それはないな。わしにどつかれて吐いたと知れる」

「喧嘩、せんとってくださいね。工場で」

「故買屋てなもんは極道のシノギやない。ちょいとカマシ入れたら、へなへなになる」

桑原はエレベーターのボタンを押した。「――けど、分かった。オレ詐欺と介護のからみや。白姚会は『やすらぎ』を起点にして介護ビジネスに進出した。業界にコネをつくって、関西一円の介護施設の入所待機者名簿を集める。名簿には待機者の資産や家族状況を書いてるから、オレ詐欺グループにとって、これ以上のターゲットはない。わしが田所に、オレ詐欺の金主が木崎か、と訊いたんはそういうこっちゃ」

「なんでも決めつけるんですね」

「極道業界全般が右肩下がりである今日《こんにち》、白姚会の羽振りがええ理由はなんや。主たるシノギを闇金や整理から介護ビジネスと貧困ビジネスとオレ詐欺にシフトしたからやろ。ちょいとは頭を使わんかい」

「オレ詐欺のこと、どこで聞いたんです」

「西木や。あいつはオヤジのお供で川坂の定例会に出とるから、他の組のシノギに詳しい」

「オレ詐欺のことはよう知らんのやけど、介護の待機者名簿いうのは、そんなに値打ちのあるもんなんですか」

「おまえはとことん鈍いのう。待機者はまちがいなく老人やろ。親を施設に入れようと希望するからには、その一家には金がある。おまけに待機者本人が軽度の認知症やったら、オレ詐欺の連中は騙し放題やないけ」

「なるほどね。桑原解説委員のコメントは実に的確で、分かりやすいです」

エレベーターに乗った。「──ということは、岸上もオレ詐欺に嚙んでるんですか」

岸上と木崎はビジネスパートナーだ。岸上が頭目、木崎が暴力装置の──。

「そこは分からん。岸上が嚙んでるとしたら、オレ詐欺グループの金主や」

金主はひとりではなく、三人から五人ほどの複数が多い、と桑原はいう。

「ほんまによう知ってますね。歩く犯罪辞典や」

「人聞きのわるいことぬかすな」

「褒めてるんやないですか。博識と情報分析のセンスを」

「本を読めというてるやろ。ものごとを表裏一体で考える習慣が身につくんや」

確かに、この男は裏を読ませたら一流だ。道徳心と倫理観は欠片もないが。

ロビーに降りた。玄関を出て車に乗った。


中央大通から中央環状線を経由し、東大阪南インターから近畿自動車道に入った。松原インターで下りて側道を南下する。立部北の交差点を右折したところで、スマホのナビを見ていた桑原が、

「この先の四つ角や。そこをすぎたあたりが立部北の二丁目や」

整備工場を探して一方通行路を徐行した。廃車を五、六台置いた空き地の隣、錆《さび》の浮いたシャッターに《車検　修理　板金塗装　磯畑自動車整備工業》とある。

「閉まってますよ」

シャッターの前に車を駐めた。古ぼけたスレート壁、いまにも廃業しそうな五十坪ほどの小さな町工場だ。

「そら閉まっとるわ。七時をすぎてる」

桑原は車を降り、シャッター通用口のノブをまわした。ドアは開いて、桑原は中に入

っていった。二宮も車外に出て、工場に入る。

工場内は天井が高く、裸の蛍光灯が点いていた。カーリフトにピックアップトラック、その向こうにミニバン、軽自動車、クラウンと並び、その隣にシルバーのＢＭＷ７４０ｉが駐められている。ＢＭＷのボンネットは開き、桑原が立っていた。

「ありましたね。桑原さんのＢＭＷやないですか」

そばに行った。ナンバープレートは《大阪　３００　さ　８４－××》だ。「よかった」

「ええことない。フレームナンバーが変わっとる」

桑原の指さす先、エンジンルーム内のショックアブソーバー脇のフレームに二十桁ほどの数字とアルファベットが刻印されている。

「なんで変わってると判るんですか」

「見てみい。刻印のまわりが焦げてるやろ」

「ほんまや。そのとおりです」

「このナンバーは溶接したばっかりや」このあと、溶接痕をグラインダーできれいに均《なら》し、ペイントを吹きつけて色合わせをする、と桑原はいう。「――ニコイチや」

「ニコイチ……」

「廃車の〝７４０〟から刻印を切りとって、わしのＢＭＷの刻印と入れ替える。廃車には盗難届が出てないから、このフレームナンバーで車検登録ができる。車検のある車は大手を振ってオークションに出せるんや」

「へーえ、そういう手口ですか」

歩く犯罪辞典といいたいが、口にはしない。桑原が暴れだす。

そこへ、ドアの開く音がした。奥の事務所から青いつなぎを着た五十がらみのデブが出てきて、桑原と二宮を睨みつける。

「なんや、おい、勝手に入ってきて、なにしとんのや」

男は酒臭い。独りで飲んでいたのか。

「あんた、磯畑さんか」桑原がいった。

「そうや。あんたは」

「桑原保彦。車検証に書いてたやろ。この車の所有者や」

「………」磯畑の表情が変わった。

「わしのフレームナンバーはどうした。捨てたんか」

「捨ててへん。この車は買うたんや。文句があるんなら、売ったやつにいえ」

「誰から買うたんや」

「知らんな。忘れた」

「車を買うのはええわい。おまえの商売や。けどな、所有者のわしは同意してへんぞ」

「おまえ、どういう筋の人間や。因縁つけるんやったら、話のできる人間を呼ぶぞ」

「そいつはなんじゃい。自動車窃盗団か、白姚会か」

桑原は笑う。「ほら、呼べや。白姚会のチンピラを。話《ナシ》をつけたるがな」

「あんたな、おれはこの車を盗んだんやない。金を払うて買うたんや。善意の第三者やがな」

「いきなり弱気かい。さっきまでのカバチはどないした」

「おれもこの商売は長いんや。あちこちに知り合いがおる。たいがいにしたほうがええで」

「たいがいに、な……」桑原はまた笑った。「二宮くん、こいつは堅気やない。ええか」

「いや、桑原さん……」

とめるまもなかった。桑原は磯畑を殴り倒していた。傍らの道具箱をとり、四つん這いになって逃げようとする磯畑の背中に叩きつける。レンチやスパナが撥ね飛び、磯畑はコンクリートの床に顔から突っ伏した。

「白姚会になんぼ払うたんじゃ」

「八十万……」

「たった八十万やと。千二百万の車が安う見られたもんや」

桑原は右の拳をさすりながら、「フレームナンバーをもとにもどさんかい」

「…………」磯畑は呻いている。

「聞いとんのか、こら」桑原は腹を蹴った。

「――分かった。もとにもどす」磯畑は肘をつき、顔をあげた。

「今晩中や。明日、取りにくる」

「分かった。今晩中にやる」

「わしの車を傷物にした修理費は八十万にしといたろ。封筒に入れて用意しとけ」

「…………」磯畑は答えない。

「聞こえんのかい」

「分かった。八十万やな」

「明日、わしが来て、目付きのわるいのがおったら命のやりとりになるぞ。白姚と二蝶の戦争や。それでもええんやったら、チンピラを呼ばんかい」

「あんた、二蝶会か」

「知っとんのか」

「川坂の直参やろ」

「毛馬の二蝶興業。渉外担当の桑原保彦。いつでも来いや」

桑原は傍らのウエスをとって手についた油を拭き、工場をあとにした。

「桑原さんが渉外担当というたとき、おれの頭の中では〝傷害〟と変換してましたわ」

「あほやろ、こいつは。そういうことをいうて、わしがよろこぶとでも思とんのか」

桑原はフィアットのドアを開けて助手席に座った。二宮は運転席に乗って走り出す。

「なんで八十万というたんですか。修理代」

「あのボケが八十万で買うたというたからや。わしの車を」

「百二十万というたらよかったのに。そしたら、切りのええとこで二百万です」

「おまえは故買屋より質《たち》がわるいわ」

「八十万、ほんまに用意しますかね」

「あれだけクンロク入れたんや。八十はないにしても、五十や六十は出しよるやろ」

「楽しみですね」

「なにがや」

「アガリの二割、くれる約束でしょ」

「賢いのう。わしをシノギの道具にしてけつかるで」

「BMWのフレームナンバーがもとにもどったら、磯畑からもらう金の二割、必ずおれにくださいね」

「待たんかい。修理費はアガリやないやろ」

「そもそもの成り立ちを考えてください。おれは桑原さんがついて来いというから白姚会の事務所に行ったんです。桑原さんが喧嘩して、おれは拉致られて、中川に電話して、三十万を払うと約束させられたんやないですか。おれのどこに非があります。……そら、おれはBMWのキーを落としたかもしれんけど、車がもどったらチャラでしょ」

「ほう、そうかい。わしは三十万で二宮を助けたれと、中川に頼んだんやな」

「そう、そういうことです。結論はね」

「こいつはほんまに口から生まれた口太郎やで」

さもうっとうしそうに桑原は舌打ちした。

阪和道の側道に出た。北へ走る。

「おれ、これから事務所に帰ります。つきおうてください」

「なんでや」

「田所をボコったやないですか。白姚会のゴロツキどもが張ってるかもしれません」

「あいつは極道やぞ。ゴロまいて破れ提灯にされたてなことはいうわけない」

「根拠のない楽観は、よりひどい状況を招くんです」

「おまえ、わしを便利使いしてへんか」

「するわけないやないですか。大阪一、怖いひとを」

インコのマキを大正区千島《ちしま》のアパートに連れて帰りたいといった。「自宅待機。おれはしばらく事務所に出ません」

「ええわい。つきおうたる。あとで守口まで送れよ」

桑原はシートにもたれてあくびをした。

10

眼をあけると、マキが枕のそばにいた。羽根に頭を埋めて眠っている。

マキを起こさないようにそっと布団から出たが、マキは気づいて飛んできた。肩にとまらせてトイレへ行く。放尿し、洗面所の鏡を見ると、頭のてっぺんにピンク色のカジノチップを貼りつけたようなミステリーサークルがある。寝ているあいだにネット包帯とガーゼがとれたらしい。カジノチップの真ん中に縦に一本、かさぶたができていた。

「マキ、もう包帯は要らんよな」

指で眼ヤニをとり、髭を剃るか、と安全剃刀《かみそり》を手にしたが、シェービングフォームがないのでやめた。部屋にもどって畳にあぐらをかき、煙草を吸いつける。簞笥《たんす》の上の時計は、まだ九時だった。台所に飛んでいったマキが〝ゴハンタベヨカ　ゴハンタベヨカ〟と鳴く。

台所の椅子に座り、ケージの上に餌皿と水を入れたマグカップをおいて、マキにシードを食べさせた。マキは二宮か悠紀がそばにいると、安心して餌を食う。

携帯が鳴った。布団のそばに脱ぎ散らしたズボンのポケットだ。朝の九時すぎに電話をかけてくる非常識なやつは桑原に決まっている。

放っておいたら、コール音は途切れた。そうしてまた、一回だけ鳴って切れた。悠紀だ。二宮が出ないときはワン切りすることになっている。

ズボンを拾って携帯を出し、着信の番号にかけた。

――啓ちゃん、おはよう。

――どうした。朝から。

――わたし、いま事務所やねん。マキちゃんがいないし、ケージもないから、啓ちゃんが連れて帰ったんかなって。

——おう、マキはここにおる。いっしょに寝た。

——よかった。気になったし。

——ちょうどええ。おれは疎開した。悠紀はしばらく、事務所に来るな。

——どういうこと？　また、桑原がわるいことしたんやね。

——あいつは存在そのものが悪《あく》やからな。

——ほんまにもう、なんべんいうたら分かるんやろ。あんなやつとは未来永劫《えいごう》、縁を切りなさい。次は頭を縫うくらいでは済まへんのやで。

——悠紀、重々承知や。とにかく、おれがええというまでは事務所に来んようにな。

電話を切った。バス通りの牛丼屋で朝定食でも食おうかとズボンを穿く。また、コール音が鳴った。

——分かってる。おれも懲りてるんや。

——なにが懲りたんや、え。

——ああ、桑原さん。

——また寝ぼけとるで、こいつは。しゃんとせんかい。

——頭のてっぺんにね、かさぶたが張ってますねん。

——脳味噌に油膜が張っとんのや。おまえはな。

守口へ迎えにこい、と桑原はいう。

――朝っぱらから、それはないでしょ。おれは低血圧です。

――んなもんは関係ない。ぐうたらの言い訳すな。十時や。それをすぎたら一分ごとにおまえの取り分が減る。一分、千円。分かったな。

――むちゃくちゃや。おれはＯＫしませんで。

いったが、電話は切れていた。くそっ、好き勝手ほざきよって。

腹は立つが、ポロシャツを着た。鼻の絆創膏を貼り替え、マキを指にとまらせてケージに入れた。餌と水を替えて部屋を出た。


『キャンディーズ』に着いたのは十時二分前だった。桑原はゲートのそばに立って、煙草を吸っていた。二宮はいったん駐車場に入り、切り返した。

「早いやないけ」

桑原は助手席に乗ってきた。「いうたらできるんやの」

「腹減った。なにか食わしてください」飯も食わずに出てきた、といった。

「こんな時間に開いてる店はない」

「来る途中に定食屋がありました」

「定食くらい自分で食え」

「罰金とられるやないですか。一分千円」

「おもしろいのう、二宮くん。洒落を本気にしとるわ」

殴ってやろうかと思った。入院覚悟で。

「はいはい、すんませんね。洒落も分からん不粋なやつで」

駐車場を出た。定食屋は国道沿いで見た。


メザシ、だし巻き、ヒジキの白和え、大根おろし、ポテトサラダ、生卵と海苔を棚からとり、アサリの味噌汁と大盛りごはんを注文した。桑原は煎茶のパックを湯呑に入れて湯を注ぐ。

「朝飯、食うたんですか」

「そら食うやろ。一日の活力の源や」

「お通じは」

「食いもん屋で訊くことか」

「今日は集金ですね。磯畑自動車」

「また、二割くれというんやろ」

「しつこいようやけど、おっしゃるとおりです」

「ときどき思うんや。わしは人形で、おまえは黒衣《くろご》やと」

「文楽ですね。〝ガブ〟とかいう頭《かしら》があるやないですか」

「知らんな」

「女の顔が一瞬にして鬼になるんです」

「待たんかい。わしは鬼か」

「そんなこというてません」

「いうてるように聞こえるんやけどのう」

そのとおりです――、とはいわない。鬼はまだ愛敬がある。こいつは体中に黒い毛が生えた悪魔の化身だ。

メザシをつまんだ。塩辛いが、旨い。


十一時半。松原の磯畑自動車――。工場の前にフィアットを駐めた。

桑原と中に入った。BMWはクラウンの隣にあるが、従業員がいない。磯畑の姿もない。

「妙ですね」わるい予感がする。

奥の事務所のドアが開いた。現れたのは、白姚会の事務所で見たチンピラふたりと、スキンヘッドの男だった。チンピラふたりは黒のTシャツに膝丈のパンツ、アロハシャツにジーンズ、スキンヘッドは白い戦闘服を着ている。

「なんじゃい、こういうことか」低く、桑原はいった。「木崎はどうした」

「若頭が出るまでもない」スキンヘッドがいった。「おまえには貸しがある。回収せんとな」

「なんの貸しや、こら」

「五年前の整理じゃ。まだケリはついてへん」

「そういや、おまえ、会議に出とったのう。田舎の兄《あん》ちゃん面《づら》で」

「ぶち殺すど、こら」

「やめとけ、やめとけ。まっ昼間からゴロまいてどないするんじゃ。パトカーが飛んでくるぞ。おまえら、弁当持ちとちがうんかい」

「このガキは調子に乗りくさって」

Tシャツが前に出た。桑原に殴られた傷だろう、二宮と同じように鼻に絆創膏を貼っている。

「ガキにガキといわれたら世話ないのう」

桑原は笑うが、眼は周囲を見まわしている。得物を探しているのだ。「——チャカは」

「んなもんが要るかい。いわしたる」

「わしがいわされたら、ほんまもんの戦争になるぞ。肚決めとんのか」

「カバチたれんなよ、こら」アロハシャツがいった。

「しゃあない。ここは腰曲げたろかい。三対一では分がわるそうや」

「そこに一匹おるやないけ」

「こいつはあかん」桑原は二宮を見る。「堅気の弱造や。小便《しょんべん》たらすしか能がない。屁の突っぱりにもならんわ」

「おまえの車は金にした」スキンヘッドがいった。「それでチャラにしたつもりやったたんや。せやのに、車を元にもどせ、修理費を寄越せと、アヤかけてきくさった。半殺しにしたる」

「分かった。わしも二蝶の桑原や。筋はおまえらにある。ここは機嫌よう退《ひ》いたろな」

「おまえは退いても、こっちは退けんな。治療費や。事務所で暴れたツケを詰めんかい」

「それをいうたら、どっちもどっちやろ。この男は頭を割られて死にかけたんや。おまえんとこの田所にな」

「ユウさん、こいつは口だけでっせ」

アロハシャツがいう。「めんどくさい。やりましょ」

「待て」桑原は掌をスキンヘッドに向けた。「車のトランクによめはんのペンダントがあるんや。母親の形見でな。それだけを取らしてくれ」

「よめはんが怖いか」嘲るようにスキンヘッドはいった。「取れや」

「すまんのう」

桑原はBMWに向けてリモコンキーのボタンを押した。トランクリッドがあがる。

桑原は軽自動車とクラウンのあいだを抜けてBMWの後ろにまわった。トランクリッドに隠れて姿が見えなくなったが、すぐにBMWの向こうから出てきて三人に対峙《たいじ》した。

「そのキーも寄越せや」スキンヘッドがいった。

「これかい」

瞬間、桑原の手もとから白い粉が噴き出した。顔を覆うスキンヘッドの頭に赤いものが振りおろされる。ゴツッと鈍い音がして、スキンヘッドは横倒しになり、アロハシャツの白い顔に赤いものがめり込む。消火器だ。Tシャツが奇声をあげて突っ込んだ。桑原は躱《かわ》して後頭部に消火器を叩きつける。Tシャツは顔からクラウンのバンパーにぶつかり、うつ伏せになって床に這う。桑原はなおも三人に粉を浴びせて、空になった消火器を呻くTシャツに投げ捨てた。

あっというまだった。二宮は声も出なかった。

「なにしとんのや。乗らんかい」

桑原はBMWに乗り込んだ。二宮もBMWに踏み出す。

「ばかたれ。おまえの車や」

いわれて気づいた。フィアットは外に駐めている。

BMWは動きだした。スキンヘッドを避けて工場を出る。

二宮も走って外に出た。フィアットに乗り、震える手でエンジンをかけた。

BMWを追って阪和道の側道を走り、松原インターから高速道にあがった。携帯が鳴る。

——近畿道や。鶴見で下りるぞ。

——大東鶴見インターね。

桑原は守口へもどるつもりだろう。

――おれ、頭が真っ白です。

――くそったれ、わしの服も真っ白じゃ。

――トランクに載せてたんですか、消火器。

――わしは消防士か。どこの薄らボケがあんなでかいもんを載せとんのや。

消火器は工場の隅にあった、と桑原はいう。トランクリッドに遮《さえぎ》られて、抱えるところが見えなかったのだ。

――運が強いですね、桑原さん。

――どういう意味や。

――消火器がなかったら、三人を相手にはできません。

――おまえ、わしがイモ引いたと思たんやないやろな。

――めっそうもない。喧嘩の星の王子さまや。

――ほんまにそう思とんのか。

――思てます。心から。

――おう、それでええ。

電話は切れた。あかん、これでもうアメ村の事務所には寄りつけん――。がっくりした。

大東鶴見で近畿道を下りた。ＢＭＷ７４０ｉは花博《はなはく》通を西へ行き、内環状線を北上して城北公園通を西へ走る。桑原は守口を目指しているのではなかった。

毛馬――。二蝶会の事務所に着いた。ＢＭＷは車寄せに停まり、その横に二宮はフィアットを駐めてサイドウインドーをおろした。

「ひょっとして、嶋田さんに会うんですか」

車寄せの端に嶋田のセンチュリーが駐められている。

「報告や。ことの顚末をな」

報告が目的ではないだろう。白姚会とのトラブルを嶋田に収めてもらうつもりなのだ。でないと、桑原は命が危ない。

「ほな、おれはこれで」

「待たんかい。おまえも話を聞かんとあかんやろ」

「おれはええんです。嶋田さんに迷惑かけとうないし」

これは本音だ。嶋田にはいままでさんざっぱら迷惑をかけているし、いうにいえないほど世話になっている。

そう、嶋田とは長い。二宮が子供のころからの知り合いだ。

父親の孝之が現役だったころ、家に若い者を集めて花札をしているのを、二宮は部屋の隅に座って飽かず眺めていた。啓坊、次はなに切る？　スカジャンにリーゼントの嶋田によく訊かれた。楓《かえで》――。二宮がいうと、嶋田はそのとおりにした。嶋田は弱かったが、たまに勝つと競輪場や競艇場に連れていってくれた。小学校三年の学級新聞に〝将来の夢はボートレーサー〟と書き、父兄懇談で母親が、担任の女先生に〝おたくはどういう家庭教育をしているのか〟と訊かれたこともあった。ボートレーサーが夢で、どこがわるいんや――。いまなら鼻で笑えるが、あのころは二宮もいたいけな子供だった。あれから三十余年、小肥りで餡パン顔のヒステリックな担任は、どこでどうしているのだろう。まともな男と結婚できたとは思えないが。

「こら、どこ見とんのや」

「いや、嶋田さんに……」

「やかましい。ここまでずぶずぶに足突っ込んどいて、なにが迷惑じゃ。降りんかい」

いわれてフィアットから出た。桑原について事務所に入る。組当番なのか、セツオと、このあいだの坊主頭の電話番がデスクに座っていた。

「オヤジは」桑原が訊いた。

「いてはります」電話番がいった。

「なにしに来たんや」セツオに声をかけられた。

「いや、ちょっとな」

セツオの顔がいつもとちがう。「眼鏡、かけたんかいな」

「このごろ、眼が霞《かす》むんや」セツオは眼鏡をとって眼がしらを揉む。

「一昨日あたりから黄砂がひどいらしいな」

事が聞こえた。

「おれはアレルギー体質なんや。花粉も黄砂も」

「おまえら、おばはんの立ち話はやめんかい」

桑原がいった。奥のドアを開けて階段をあがる。二宮もつづいた。

廊下の突きあたり、会長室のドアを桑原はノックした。桑原です——。入れ——。返事が聞こえた。

部屋に入った。嶋田はソファの肘掛けを枕に横になっていた。

「おう、啓坊もいっしょか」

「こんにちは。お久しぶりです」両手をそろえて頭をさげた。

「どないしたんや、その頭。てっぺんが禿げてるぞ」嶋田は上体を起こす。

「島之内の白姚会でね、殴られよったんですわ」桑原がいった。

「ま、座れ」

「失礼します」

桑原はソファに腰をおろし、二宮も隣に膝をそろえて座った。

「なんで殴られた」嶋田が訊く。

「金属バットです」桑原が答えた。

「そうやない。理由を訊いとんのや」

「五年前の整理で、わしが白姚会のチンピラをいわしたん、憶えてはりますわな」

「ああ、わしが始末をつけたな」

「そのことをまだ根に持ってましたんや。若頭《かしら》の木崎が」

火曜日、桑原は二宮を連れて白姚会の事務所に行った。そこでアヤをつけられ、喧嘩になった。二宮は殴られ、内藤医院で傷の手当てをしたが、桑原のＢＭＷのキーを奪われていた。ＢＭＷを駐めていた島之内のコインパーキングへ行ってみたが、車がない。白姚会の幹部、田所のヤサに行って話を聞くと、ＢＭＷは松原の自動車工場に売られていたことが分かった。そこで今日、工場に行ったら白姚会の組員三人がいたので、消火器で殴りつけた。桑原はＢＭＷ、二宮はフィアットに乗って毛馬に来た――と、桑原はこの四日間の顚末を話した。

「――というわけで、白姚会の組員を五人ほど、どつきまわしたんですわ」

「ゴロをまいたんはかまへん」嶋田がいう。「けどな、同じ川坂の枝内で込み合うのは、あとがめんどいぞ。白姚は直参やし、木崎も若頭という顔がある」

「それで来たんです。ここはオヤジに入ってもらわんと収まりがつきませんねん」

「そもそも、なんで白姚の事務所に行ったんや」

「福祉ブローカーの飯沢ですわ。山名とつるんで貧困ビジネスをしてる。……あの爺がシノギのネタを持ってきよったんです」

「どんなネタや」

「先月、ミナミの歯医者が診療報酬の不正受給でパクられた事件、知ってはりますか」

「知ってる。警察のＯＢも捕まったやろ」

「あの事件で不起訴になった元警視の岸上いう経営コンサルが、白姚会と組んで大東の『悠々の杜やすらぎ』いう老人ホームを乗っ取って、理事長におさまったんです。『やすらぎ』にはさっきいうた歯医者が出張診療に行ってて、入居者の保険証を不正受給に使うてたんやけど、その不正受給にからんでワルどもが稼いだ裏の金を攫えんか、いうのが飯沢のネタですわ。飯沢は最初、山名を誘うたんやけど、山名はチビッて話に乗らんかったんです」

「そらおまえ、白姚会に喧嘩を売るようなことは山名もせんやろ」

「わし、調べましたんや。岸上の裏をね。どえらいワルですわ。叩いたらシノギになると踏んだんです」

「啓坊の役割は」嶋田は二宮を見た。

「いや、おれは島之内の白姚会の事務所に桑原さんを案内したんです」

二宮はいった。「田所いう幹部にサバキを頼んだことがあったし」

「それで怪我したんか」嶋田は桑原を睨む。

「おれもわるいんです。なんの考えもなしにのこのこついて行ったんです」

「啓坊、この男は抜き身の刀や。鞘《さや》に入ることを知らん。火の粉をかぶるのは分かってるやろ」嶋田はいって、桑原に、「おまえもおまえや。啓坊は堅気やぞ。分かっとんのか」

「すんまへん。ついつい、助けてもらいました」

おれがいつ助けた。無理やり連れまわされてるんやないか――。これはいわない。

「まぁ、ええ。いまさら講釈たれてもしゃあない」

嶋田は小さく笑った。「白姚会の徳山さんはむかしから知ってる。まっとうな極道や。膝詰めで話をしたら分かってくれるやろ」

「徳山さんは隠居みたいなひとやないんですか」

「隠居でも組長は組長や。木崎も逆らいはせん」

今日か明日、徳山に連絡をとって会う、と嶋田はいった。

「ひとつお願いがあります」

二宮はいった。「おれはいま、疎開してます。白姚会が怖ぁてアメ村の事務所に寄りつけんのです。そこんとこを徳山さんに頼んでください」

「分かった。手出しはせんようにいうとく」嶋田はうなずいて、「ただし、万が一のことがある。わしが徳山さんに会うまで、事務所には寄らんようにな」

「すんません。ありがとうございます」

心の底から感謝した。いままでに何回、同じようなシチュエーションがあっただろう。

「ほな、これで」桑原が腰をあげた。

「ちょっと待て」引きとめられた。「啓坊、こないだ、ここに来たんやてな」

「はい、嶋田さんはゴルフでした」

「すまなんだな。埋め合わせをしよ。今晩、空いてるか」

「空いてます。もちろん」

「飯、食お。新地で」そのあと、麻雀をしようという。

「嶋田さんと麻雀やて、十年ぶりですかね」

花札も麻雀も、嶋田は弱い。そのくせ、高レートだから、いい小遣い稼ぎになる。

「メンバーや。あとひとり。誰ぞおるか」

「そんなん、わしが参加しますがな」桑原がいった。「持ち金は百でよろしいか」

「あほいえ。んな極道麻雀、啓坊ができへん」

「おれ、五十ぐらいやったら用意できます」

「啓坊、博打やぞ」

「麻雀は博打でしょ」賭場の賭け金はもっと大きい。

「分かった。集合は七時。プラザホテルのバーでええか」

「はい、了解です」

「よっしゃ。解散や」嶋田は手を振った。

会長室を出て事務所に降りた。ソファに座る。

「おまえ、ほんまに持ってくるんやろな」桑原がいう。

「桑原さん、おれは立派な社会人です」

ポケットに二十万はある。あとはATMで下ろせばいい……はずだ。

「立派な社会人が五十万、百万の博打をするか。おまえはやっぱりネジが外れとるわ」

「頭が割れたせいですかね」

「なんや、それは。嫌味かい」

「嫌味のために頭のてっぺんを縫いますか。十針も」

「こないだは二十針とかいうてたな。一針、五千円」

「よう憶えてるんですね」油断がならない。

「ビールや」桑原は電話番にいった。

「車やのに、飲むんですか」

「わしはここから新地へ行く。オヤジといっしょにな」

「おれはいったん、アパートに帰りますわ」

勝負に備えて睡眠をとるのだ。「ほな、七時に」

わくわくした。嶋田が麻雀C級なら、桑原はE級だ。聴牌《テンパイ》したらオリることを知らないから自爆する。おれのひとり勝ちになるのはまちがいない――。

事務所を出た。フィアットのロックを解除する。そこへ桑原が出てきた。

「なんです……」

「忘れてた。フレームナンバーや」

桑原はBMWのドアを開けてボンネットのロックを外した。フードをあげる。二宮もそばに行った。ショックアブソーバーのそばのフレームナンバーは昨日見たのと同じで、溶接痕は削られていたが、色合わせの塗装はされてはいなかった。

「あの故買屋、いわしたる」低く、桑原はいった。

「おれ、つきあいませんからね」

あとずさった。「松原へ行くんやったら、ひとりでお願いします」

白姚会のゴロツキどもが待ち伏せしていたら、今度こそただでは済まない。桑原は銃で撃たれ、二宮は鉄パイプで頭を割られて、奈良、和歌山あたりの山中に埋められるか、内臓を抜かれて大阪湾に沈められるのだ。

「故買屋が払ういうた金は要らんのかい。八十万」

「その賠償金に関しては遠慮しときます。おれの取り分は二割やし」たった十六万のために命を張る間抜けがどこにいる。

「眠たいことというなよ。おまえの分け前はアガリの一割や」

「仁義の塊である桑原さんともあろうひとが、いったん決めた契約を違《たが》えるんですか」

「ばかたれ。わしはオヤジに白姚会との始末を頼んだんやぞ」

いわれて気《き》づいた。業界の定めだ。桑原が嶋田に助けを求めた時点で桑原のシノギは二蝶会のシノギになり、稼ぎの半分は組に上納しないといけないようになったのだ。

「ま、ええわい。わしも首筋が寒い。故買屋をいわすのは白姚との揉み合いがほどけてからにしたろ」

桑原はボンネットフードをおろした。「去《い》ね」

「はい、はい」
フィアットに乗り、エンジンをかけた。

11

チュンチュンという囀《さえず》りで目覚めた。マキかと思ったら、顔のそばで寝ている。囀りはスズメだった。ベランダの手すりに七、八羽が並んでとまっている。スズメはマキに比べるとかなり小さい。

起きて台所の掃き出し窓のそばに行くと、スズメはいっせいに飛びたった。エアコンの室外機の上においていたボウルが空になっている。朝方、新地の雀荘から帰ってきて冷蔵庫を覗いたらカラカラに乾いたバゲットがあったので、小さく砕いてボウルに盛り、ベランダに出しておいたのだ。スズメは近くの電線にとまって二宮のようすを見ている。

腹、減ってるんか――。バゲットはもうない。食パンもない。マキの〝小鳥用の餌〟を持ってベランダに出た。ボウルに餌を入れてもどると、スズメは警戒しながらおりてきて、チュンチュンと争うように餌を食いはじめた。小さい体で生きることに必死なのだ。

椅子に座って煙草をくわえ、スズメを見ながら考えた。おれはあんなふうに懸命に生きてるんか――。ちがう。いまもむかしものんべんだらりと流されるままに生きている。

立売堀《いたちぼり》の機械商社で働いていたころはよく遅刻した。二日酔で眠いときは木陰に車を駐めて眠り、やる気のないときは映画館でサボった。当然、営業成績はあがらない。上司の叱咤も右の耳から左の耳に抜けていた。機械商社といえば聞こえがいいが、従業員が二十人そこそこの典型的な中小企業で、いつか知らん倒産したと噂に聞いた。二宮と同様、ぐうたら揃いだった先輩連中はどうしているのだろう。ベランダのスズメのように必死で食っているとは思えない。

マキが起きて飛んできた。頭にとまってプリッと糞をする。

「なんべんいうたら分かるんや。啓ちゃんの頭は便器やないんやで」

〝ソラソウヤ　ソラソウヤ〟マキが鳴く。

ティッシュペーパーでミステリーサークルを拭いたとき、携帯が鳴った。どうせ、桑原だ。無視していると、二十回ほどのコールでやんだ。

「マキ、啓ちゃんはちょっぴりブルーなんや。麻雀、負けてしもてな」

新地のプラザホテルで嶋田と桑原に会い、連れられて行ったのは本通の老舗のすき焼き屋だった。仲居さんがつきっきりで焼いてくれた牛肉は霜降りをとおり越して脂身のほうが多く、あんな白っぽい肉は初めて見た。桑原は旨い、旨いと肉を追加注文して食っていたが、二宮はあまりの脂っこさに途中でギブアップした。桑原に食い負けたのは珍しい経験だった。

すき焼き屋のあと、嶋田はクラブにもラウンジにも寄らず、永楽町通の雀荘に行った。

二宮は三協銀行でおろした二十万円と大同銀行でおろした十万円を含めて、五十万円を丸めてポケットに入れていた。

大阪の雀荘は卓を四人で囲んでいても〝三人打ち〟がほとんどだから、牌も点棒もチップもそのようにセットされている。レートは〝デカデカピン〟でウマも同じ。嶋田と桑原は一戦ごとに五万円の差しウマをした。

嶋田が起家《チイチヤ》になった一回戦の第一局でリーチがかかり、二宮はオリるつもりで『南』の対子《トイツ》切りをしたのだが、これが〝一発放銃《ホーチャン》〟だった。〝リーチ・一発・七対子・ドラ4〟で、荘家《オヤ》の倍満、二万四千点。第二局も嶋田が親満をツモり、二宮はハコを割った。〝飛び〟の一万点をとられて〝マイナス45〟と、散々の出だしだった。

そうして、明け方までの半荘十六回――。二宮は最後までツキがなかった。いつも聴牌《テン》が遅く、嶋田と桑原のリーチにオリるばかりで勝負もできない。たまにリーチをしても、超強気のふたりに追っかけられて放銃する。十二回戦裏の荘家で九巡目に起死回生の〝国士無双〟を聴牌したところへ嶋田のリーチがかかり、ひいたのが赤ドラの『五《ウー》索《ソ》』で、これを強打すると、「啓坊、それや」嶋田はあっさり手牌《パイ》を倒した。嵌張《カンチャン》の『五索』待ちだったのが嶋田と二宮のツキを象徴していた。

結果、半荘十六回のうちトップをとれたのはたったの一回で、プラスは二回、マイナス十三回のうち八回が〝飛び〟だった。桑原は点数で少し浮いていたが、嶋田との差しウマに負け越して、ほぼイーブン。二宮が六十七万円も負けた。ポケットの五十万円を卓におき、「あとはコンビニでおろしてきます」といったら、嶋田は「ええ、ええ、かまへん」と手を振った。「親父の遺言ですねん。博打の金はその場でツメなあかんのです」といって、近くのコンビニに走ったときは胸にぽっかり穴があいていた——。

「けどな、マキ、博打で負けるのはそうわるいもんでもないんや。なんかこう、堕《お》ちた気分に味がある。啓ちゃんは根性が据わってるんやで」

そうはいったが、預金はもう数万円しかない。また、おふくろに金を借りないといけないのだ。男は四十にして惑わず。二宮啓之は四十にして立たず。愉しきかな人生——。

独りごちたところへ、また携帯が鳴った。しつこい。

舌打ちし、寝室の携帯を拾った。着信番号は〃06〃からはじまる固定電話だった。

——はい。

——二宮さん？

——あ、どうも。

多田真由美の声だった。

——代わりますね。

——あの、ちょっと待ってください。

——こら、不貞腐《ふてくさ》れて寝とったな。

——はいはい、そうですね。

——六十七万。百万の三分の二や。わしはうれしいぞ。

――おれは哀しいですわ。
嶋田が勝つのはいい。桑原が負けなかったのはたいそう悔しい。
――金がない、金がないと、口ではいうてるくせに、持っとるやないけ。
――あの十七万はね、キャッシュローンです。
――おまえ、オヤジには払うんやの、律儀に。
――いつも世話になってますからね。
昨日のすき焼きは、ひとり三万円はしただろう。
――出て来い。飯、食わしたる。
――食欲ないんです。
いまは午後二時だ。七時間ほどしか寝ていない。
――おまえは麻雀負けたくらいで飯も食えんような癇性病《かんしようや》みか。しっかりせんかい。
――それって、癇性の意味がちがうと思うんやけど。
――三時や。ミナミの日航ホテル。
――車ですか。
――タクシーで行く。
一階のティールーム、と桑原はいって、電話は切れた。
「なんやねん、あほんだら、ボケ、カス、自己中の表六玉が。癇性病みはおまえやろ」
携帯に向かってわめいた。〝チュンチュクチュン　オウッ〟とマキが鳴く。

「ごめんな、マキ。啓ちゃんは下品やったわ」

〝ポッポチャン　マキチャン　イクヨ　オイデヨ〟

膝にとまったマキの頭をかきかきし、ケージに入れて餌と水を替えてやった。

日航ホテル――。ティールームに入ったのは三時十五分だった。ひとを呼びつけておいて、桑原は来ていない。御堂筋側の窓際に腰をおろしてケーキセットを注文した。

向かい合う席に、ミニスカートにピンヒールのおねえさんがいた。すらりとした脚を組み、物憂げに煙草を吸っている。白い太股がパンツのあたりまで見えそうだ。背が高くてスタイルがいい。レモンイエローのマニキュアの指で前髪を払うしぐさはファッション雑誌かカタログ誌のモデルだろうか。

じっと脚を見つめていたら、おねえさんと眼があった。スカートの裾を直すでもなく、自然な表情でけむりを吐く。やはりモデルだ。見られることに馴れている。

「なにをボーッとしとんのや」

「ああ……」振り向くと、桑原が立っていた。

「分かりやすいのう、おまえは」

桑原はソファに座る。「そんなに脚フェチか」

「桑原さんはなにフェチです」

「わしか……。わしは全方位フェチや」

「女やったら、どんなんでもええんですね。豚饅でも鶏ガラでもイナゴでも」

「誰が豚饅や、鶏ガラや。わしはイナゴみたいな女が好きなんかい」

「洒落ですがな、洒落」

　本日の桑原は蔓がシルバーの縁なし眼鏡、黒のスーツに白のワイシャツ、靴はクロコダイル革のローファーだ。腕の時計は樽のような形をしている。

「ええ時計ですね」

「フランクミュラーや」

「高いんですか」

「おまえにゃ買えん」

「フランクミュラーをつけてはるお金持ちの桑原さんは、麻雀に大敗した貧乏人の二宮くんになにを食わしてくれるんですか」

「肉は昨日、食うたな。今日は魚や」

「魚やったら、鰻ですね」御堂筋を渡った周防町通に老舗の『紅葉亭』があるといった。

「鰻で精つけても、おまえは使うとこがないやろ」

「世の中にはね、風俗店いうもんがあるんです」

「いうとけ。行くぞ」

「まだケーキセットが来てへんのです」

「おまえは鰻を食う前にケーキを食うんかい」

「スイーツは別腹やないですか」

「おまえが払え。ケーキ代」

さも不機嫌そうに桑原はソファにもたれ、煙草を吸いつけた。


鰻重を食い終えて肝吸いの椀を手にしたとき、げっぷが出た。

「こら、行儀わるいぞ」

「なんかしらん、胃がもたれるんです」

苺のショートケーキと鰻は相性がわるいようだ。

「もたれるやつがビールを三杯も飲むな」

「すんませんね、飲み助で」

椀をおき、腹をなでた。「帰りますわ。体調不良です」

「あほやろ、こいつは。なんのためにミナミへ出てきたんじゃ」

「麻雀の大敗を慰労したる、いうから出てきたんです」

「なにが慰労じゃ。遺漏だらけの頭をしくさって」

「うまいこといいますね、慰労と遺漏。胃に栄養を入れるのは胃瘻ですか」

「やかましい。飯沢に会う。話を聞くんや」

「行くんですか。飯沢の家に」

「博労町《ばくろうまち》や。小汚いマンションに住んでる」

「さすがに遺漏がないですね。桑原さんのすることは」

博労町は近い。歩いて十分か。日航ホテルに呼び出されたのは、桑原の計算ずくだったのだ。

「鰻の食い合わせて、なんでしたかね」

「梅干しやろ」

「天ぷらは」

「スイカや」

「根拠があるんかな」

「よう喋るのう、胃瘻や食い合わせやと、埒もないことをぺらぺらと」

「小学生のころね、ぺらちんと呼ばれてましてん。二宮ぺらちん」

「もうええ。喋るな。行くぞ」

桑原は伝票をとって小座敷を降りた。

腹ごなしに博労町まで歩いた。『ＮＴＴ大阪』の斜向かい、薄茶のリシンを吹き付けた四階建のビルに桑原は入っていく。なるほど、小汚いマンションだ。

エントランスのメールボックスの前に立った。《４０３　飯沢》とある。

「ここ、賃貸ですかね」

「こんな崩れかけのマンションを買う物好きはおらんやろ」

「飯沢には」

「電話した。家出る前に」

階段で四階にあがった。桑原は４０３号室をノックする。ほどなくしてドアが開き、中に入った。飯沢の頭はすっかり禿げあがっていた。

リビングにとおされ、遮光カーテンのような厚手の布をかけたソファに桑原と並んで腰をおろした。

「お久しぶりです。その節はお世話になりました」頭をさげた。

「いやいや、お力になれんでしたな」飯沢がいう。

孝之はリハビリ病院から特養に移る前に亡くなった——。

「飯沢さんも大変でしたね」

「なんです……」

「例の事件です。不起訴になってよかった」

「ああ、あれね……。お恥ずかしい限りです」

飯沢は目を逸らした。二宮に逮捕のことをいわれたのが意外だったのかもしれない。

「飯沢さんよ、あんた、わしにいわんかったな」桑原が顔をあげた。

「なにをです」

「警察ＯＢの岸上篤や大東の『やすらぎ』のことを調べた。ひとり死んでるがな」

「えっ……」

「え、やあるかい。不良コンサルの横内隆や。逮捕されて起訴された今井恭治の子分で、

『やすらぎ』を設立した幾成会の福井澄夫に岸上を紹介した。……横内は五年前に失踪して、乗ってた車が志摩の片田海岸で見つかったやないけ」

「いや、横内が飛んだらしいとは聞いてましたけど、車が志摩の海岸にね……。そいつは初耳ですわ」

「とぼけんなよ、おい。おまえは歯医者の加瀬の尻《けつ》掻いて『やすらぎ』の入居者の保険証を悪用させたんとちがうんかい」

「保険証と失踪は話が別ですわ。『やすらぎ』の理事長が福井から岸上に替わったんは七年前の二〇一〇年やし、五年前の横内の失踪は、わしの与《あずか》り知らんことです」

「おまえ、知ってるやろ。横内は岸上と白姚会が『やすらぎ』を乗っ取ったときに欲かいたんとちがうんかい」

「わしは知りませんで。横内はほんまに死んだんですか」

「死んだんやない。殺されたんや」

「犯人は」

「岸上と白姚会やないけ」

「そら、おとろしいわ」

「役者やのう、爺さん。ほんまのこといえや。このシノギはおまえがわしにネタを持ってきて、折れにしてくれというたんやぞ」

「シノギになりそうですか」

「ひとごとかい。大した爺やで」

「横内が死んだことはほんまに知らんかったんです」平然として、飯沢はいう。「けど、横内が欲かいたというんなら、その理由はなんとなく分かりますわ」

「どういうこっちゃ」

「桑原さん、幾成会の福井に会うたんですか」

「会うた。帝塚山の古ぼけた家に住んでた」

「福井はそのとき、番頭の話をせんかったですか」

「番頭……」桑原は首をかしげる。「聞いたような気もするな」

「『幾成楼』の番頭ですわ」

二宮はいった。「福井が幾成会を設立したあとも経理を任せてたとかいうてたやないですか」

「おう、そやったのう。名前は誰やった」

「えーっとね、佐々木やなかったですか」

佐々木は福井に刑事告訴され、背任、横領で一年二カ月の実刑判決を受けたが、出所後の消息は知らないと、福井はいっていた。

「そうか、『やすらぎ』の手形を乱発したんが佐々木やったな。二億五千万」

「その手形を回収にまわったんが横内と岸上で、サルベージした手形をまとめたんが司法書士の小沼と白姚会の木崎ですわ。岸上、小沼、木崎の三人は、福井の家に行って、手形を決済せい、と『やすらぎ』の倒産整理に持ち込んだんです」

「よう憶えとるのう、二宮くん。おまえもたまには役に立つがな」

桑原はいい、飯沢に向かって、「佐々木が幾成会の手形を振り出したんかい」

「佐々木とかいう番頭がどうかしたんはほんまです。けど、それはせいぜい五千万で、あとの二億は白地手形を切らされたんですわ」

「佐々木は木崎に脅されたんかい」

「わしはそう踏んでます」

「横内が殺《と》られた理由は」

「知りませんがな」

飯沢は首を振ったが、「——けど、わしは白地手形がからんでるような気がしますわ」

「佐々木はどこでなにしとんのや」

「わしが知るわけないやないですか」

「あれは知らん、これも知らん、そのくせ、稼ぎは折れにせい、か。ええ根性やの」

桑原は飯沢を睨めつける。狸の飯沢はどこ吹く風といった顔だ。

「ま、ええ。よう分かった。おまえは口先だけのクソ爺や。おまえのせいで、わしは白姚会とかいうかまえるはめになったんやぞ。この落とし前をどうつけるつもりじゃ、こら」

「ちょっと待ってくださいよ。それは……」

「じゃかましい。足腰立たんようにして白姚会に放り込んだろか」

「…………」飯沢は俯いた。

「このケジメはとる。首洗うて待っとけ」

桑原は立って背中を向ける。二宮は慌ててあとを追った。

飯沢の部屋を出た。階段を降りる。

「ええんですか。ネタ元の飯沢を脅して」

「あの爺は要らん。もう会うこともない」

「棄てたんですね、弊履のごとく」

桑原は折れが嫌だったのだ――。

「なんじゃい、ヘイリて」

「破れて使いものにならん履物です」

「おまえのことか」

「さっきは役に立つというたやないですか」

「本気にしとるで、こいつは」

マンションを出た。博労町の通りで、桑原はタクシーをとめた。

帝塚山――。福井澄夫は家にいた。このあいだと同じ、首まわりの伸びたグレーのトレーナーと色あせた黒のスウェットパンツといった格好だ。もうちょっとは装《な》りをかまえや、と思ったが、二宮のポロシャツとチノパンツも福井に負けず劣らず貧乏くさい。

「なにがおかしいんや」耳もとで桑原がいう。

「いや、ひとのふり見て我がふり直せ、ですわ。おれも身ぎれいにせんとあかんかな」

「おまえは金がない。センスもない。身ぎれいにはできん」

奥の座敷にとおされ、綿の偏った薄っぺらい座布団にあぐらをかいた。

「すんませんな、なんべんも押しかけて」桑原がいった。

「今日はなんです」福井は不機嫌そうでもない。

「『幾成楼』の番頭で、幾成会の経理担当者ですわ。佐々木とかいいましたよね」

「佐々木がどうかしたんですか」

「会いたいんです」

「あいつのことはよろしいわ。思い出すのもうっとうしい」

佐々木が収監されてからの消息は知らない、と福井はいう。

「そこを押して頼みますわ」桑原は頭をさげる。「佐々木に会うて、話をしたいんです」

「あいつは独りやない。不細工なよめと出来のわるい息子が三人もいてます」

「家は」

「谷町の八丁目やけど、いまも住んでるかな」

「行ってみますわ。八丁目のどのあたりです」

「法泉寺《ほうせんじ》いう寺の裏手です」佐々木の名は孝治郎《こうじろう》だという。

「佐々木孝治郎。巌流島ですな」

「本人も気に入ってましたわ」

福井はいって、「二宮さん、その肩の斑点はなんです」

「ああ、これね。インコを飼うてますねん」

ポロシャツの肩についたマキの糞をつまみとったが、福井の見ている前で座敷に捨てるわけにはいかない。胸のポケットに入れた。

「ほな、失礼します」桑原がいった。

「えらい愛想なしでした」

卓に両手をついて、福井はいった。


阿倍野《あべの》筋まで歩いてタクシーに乗った。

「谷町筋や。八丁目に法泉寺いう寺があるから、そこへ行ってくれるか」

桑原がいい、運転手はナビで検索した。法泉寺はあった。

「警察ドラマみたいですね」

「なんやと」

「刑事のコンビがあちこち訊き込みにまわるんです。手がかりを追って」

「訊き込みで刑事はタクシーに乗らんやろ」

「そこはそれ、ドラマやから」

「わしは警部で、おまえはヒラの巡査か」

「警部は管理職やから、訊き込みには出ません」

「知ったふうなこというな」

「桑原さんは警察のこと、よう知ってるでしょ。一般人が行かんとこも」

「どういう意味や、こら」

「なんでも物知りやから。桑原さんは」

傷害前科多数、殺人未遂前科あり、とはいわない。そう、桑原は鑑別所、特別少年院、留置場、拘置所、刑務所と、警察庁・法務省管轄の収容施設をひととおり経験している——。


桑原は兵庫県の城崎《きのさき》郡竹野町《たけのちょう》に生まれた。十歳のときに母親が亡くなり、一年後に中学校教諭の父親が再婚。中学生のころから喧嘩に明け暮れ、単車を乗りまわして、地元では名のとおった不良少年だった。恐喝、傷害を繰り返して鑑別所から少年院に送られ、特別少年院を出たあと、大阪に出て旭区の自動車整備工場に就職したが、ひと月もしないうちに先輩を殴って解雇。釜ヶ崎に流れて日雇い労働をするうちに、二蝶会の幹部と知り合って〝ノミ〟の電話番と集金を手伝うようになった。そうして一年後に、組幹部は野球賭博のツケを抱え込んで失踪。桑原は毛馬の二蝶会にころがり込んで組長角野達《たつ》雄《お》の預かりとなり、盃をもらった。

神戸川坂会と真湊会の抗争の際、桑原は真湊会尼崎支部にダンプカーで突っ込み、追ってきた組員の拳銃を奪って傷を負わせた。二蝶会の名を上げ、六年半の懲役に行ったのは、ヤクザ世界では大きな勲章であり、桑原は出所してすぐ組幹部に取り立てられた。刺青はなく、指は五本とも揃っている。主たるシノギは倒産整理で、『キャンディーズ』もそれで手に入れた。本人はエリートの経済ヤクザと称しているが、性格は極めて粗暴。何十人もの組員がガードを固めている真湊会にひとりで突っ込んだくらいだから世の中に怖いものはなく、いったん金の匂いを嗅ぎつけたら、なにがあろうと食いついて離れない。二宮も多くのヤクザを見てきたが、桑原ほどの天性の〝イケイケ〟は初めてであり、こんな傍《はた》迷惑なやつには二度と遭遇することはないだろうと思っている——。

「おまえ、おると思うか」

「なにが……」

「佐々木や。出所して五年は経つやろ」

「どうですかね。とっくのむかしに引っ越したかもしれんし、よめと折り合いがわるかったら、家を放り出されてるんとちがいますか」

男と女は分からない。桑原の内妻の真由美は、桑原が逮捕収監されて六年半も待ったのだ。「佐々木がおってもおらんでも、よめはんがどれくらい不細工か見たいですわ」

「不細工フェチか、おまえは」

「でもないけど……」

「ええ趣味や」桑原はせせら笑った。

谷町八丁目——。法泉寺の門前でタクシーを降り、桑原は瓦塀の東側の細い路地に肩を揺らしながら入っていった。

寺の裏手、棟割長屋の一軒に《佐々木》という表札がかかっていた。玄関脇のインターホンを桑原が押す。はい——。女の声で返事があった。

——二宮企画の桑原といいます。佐々木孝治郎さんのお宅ですね。ご主人、いてはりますか。

——主人は仕事です。

——この近くですか。

——スーパーです。島之内の『ブリーゼ』。

六時までいる、と女はいった。桑原は礼をいい、インターホンのそばを離れた。

「島之内は鬼門ですわ」

ここから島之内は直線距離で一キロもない。「白姚会のゴロツキどもに見つかったら、また拉致られます」

「もういっぺんバットで殴ってもらえ。二段重ねの瘤ができたら干し柿を飾ったる」

「よう、そういう嫌味をいえますね」

「ええやろ。センスが」

桑原は谷町筋へ歩いていく。

生鮮スーパー『ブリーゼ』は白姚会の事務所から離れた島之内一丁目の長堀《ながほり》通沿いにあった。店内に入り、サービスカウンターの年輩の男に佐々木の所在を訊くと、駐車場にいる、といった。二宮と桑原は駐車場に出た。

屋上駐車場にあがるスロープの近くに合図灯を持った反射ベストの男が立って車を誘導していた。桑原はそばに行き、佐々木さん？　と訊いた。男は小さくうなずいた。

「法泉寺裏のお家に行ったんですわ。ここにいてはると聞いて、来ましたんや」

「なんです、おたくら」白いキャップをかぶった佐々木は訝《いぶか》しげな顔をする。ずいぶん日に焼けていて皺深い。齢は六十代半ばだろうか。

「二宮企画の桑原いいます。経営コンサルタントしてます」

「二宮企画の二宮といいます」名刺を差し出した。

「佐々木さんは『幾成楼』の番頭さんでしたな」

桑原がいう。「幾成会の福井理事長の腹心で、『悠々の杜やすらぎ』の経理を担当してはった……。古い話を蒸し返すようやけど、『やすらぎ』が岸上いうコンサルに乗っ取られた経緯を教えてほしいんですわ」

「あれはもう、すぎたことです」

佐々木は周囲を見まわして、「いま、仕事中です。帰ってください」

「迷惑は承知してます。佐々木さんにとって、嫌な思い出でもある」

桑原はひとつ間をおいて、「待ってますわ。休憩時間を」

「待ってもろても話はしませんで」

「貴重な時間を割いてもらうのに、タダとはいいませんがな」

桑原は上着の内ポケットから札入れを出した。一万円札を三枚数えて佐々木の反射ベストに挟む。「どうですやろ。協力してもらえませんか」

佐々木は下を向いて札を見た。「――なにが聞きたいんです」

「せやから、『やすらぎ』が乗っ取られたときの詳しい事情です」

「おたくらは」

「岸上に敵対するコンサル事務所の人間です」

「分かった。五時五十分にあがりますわ」

「ほな、そのときにまた来ます」

「六時に来てください。玄関に」

佐々木はいい、スロープにあがる車の誘導をはじめた。


近くの喫茶店で三十分ほど時間をつぶし、『ブリーゼ』にもどった。佐々木はキャップを脱いで髪に櫛《くし》をとおし、ワイシャツにグレーのブルゾンをはおって待っていた。

「ビールでも飲みますか」

桑原は佐々木を連れて横断歩道を渡り、ホテル・グランドールへ行った。ロビー奥のラウンジに席をとり、生ビールを三杯とナッツを注文した。

「おたく、二宮企画の桑原さんとかいうてはったけど、名刺はないんですか」

佐々木は二宮が渡した名刺を持って桑原に訊く。

「すんまへん。わたしは桑原保彦。二宮所長の下で主に企業調査を担当してます。仕事の関係上、差し障りがあって名刺は作ってないんです」

「それやったら、免許証とか見せてくれんですか。どこの誰とも分からんひとに話をするのはね……」三万円を受けとっていながら、佐々木は要求する。

「はいはい、よろしいで」

桑原はカード入れから免許証を出した。佐々木は手にとって、

「桑原保彦さん……。ほんまでしたんやな」

「ほんまもなにも、嘘なんぞつく理由がないですがな」

「いや、気をわるうしはったら申し訳ないです」

佐々木は免許証を返した。桑原の人相風体を見て警戒するのは当然だろう。

そこへ、ビールとナッツが来た。ま、どうぞ――。桑原がいい、佐々木は口をつける。

「で、さっきの続きですわ。『やすらぎ』が岸上に……」

「岸上はほんまもんのワルです。詐欺師、ヤクザの類です」

遮るように佐々木はいい、グラスをおいた。「岸上は端から『やすらぎ』を狙うて、わしに接触してきたんです」

「ほう、それは……」

『やすらぎ』のパンフレットが発端です。開設したころに出入りしてた福祉関係のブローカーが広告代理店の人間を連れてきて、パンフレットを作れといいよったんです」

「パンフレットというのは」

「『やすらぎ』の紹介と入居者募集のパンフレットです。全ページがカラーのグラビアで、十ページほどの豪華版と四ページの普通版です」エントランス、食堂、機能訓練室、浴室、ウッドテラス、居室、全体間取り図、協力医療機関等を写真で紹介し、そこに月々の利用料や介護保険に係わる利用料など、懇切丁寧に説明したパンフレットだったという。

「わしは気乗りせんかったんやけど、理事長の福井が作れというもんやから、代理店に勧められるままに五千部も作りましたんや。手数料や経費を含めて二百万ほど請求されたんを、幾成会振り出しの手形で払うたんです。……そしたら、ひと月ほど経って印刷業者が来た。代理店の人間が飛んだ、とね」

「手形を割って逃げよったんですか」桑原がいう。

「そいつは印刷業者に振込みで決済すると口約束してました。あとで聞いたら、社員が三、四人しかおらん代理店で、経営者はエセ右翼でした」

「印刷業者の次に強面のサルベージ屋が来たんですやろ。手形をひらひらさせて」

「そのとおりです」

「要は、二百万の手形を騙しとられたんですな。パンフレットをネタにして」

「いま思うたら、ブローカーと広告代理店はグルやったんです」

「そのブローカー、飯沢いう爺とちがいますか」

「ええ、そうです。知ってますんか」

「貧困ビジネスでは名のとおった詐欺師ですわ」

「やっぱりね……」

佐々木はいったが、そう悔しそうでもない。この男が騙しとられたのは『やすらぎ』の手形であり、自分の金をとられたのではない。被害にあったのはぼんぼんの福井だ。

「手形の裏書、見ましたか」

「代理店からサルベージ屋に譲渡されてました」

「サルベージ屋の名称は」

「なんやったかな……」

佐々木は上を向いた。「すんません。憶えてませんわ」

「サルベージ屋に二百万、払うたんですか」

「払えるわけない。印刷業者にも二百万、請求されてたんです」

「しかし、それで引きさがるようではゴロツキやないでっせ」

「福井に相談したんです。そしたら福井は飯沢のことを知っているみたいでしたけど、あと五十万で話をつけろといいました」

「どういうことです」

「印刷業者に百万、サルベージ屋に百五十万やって、手形を回収せいということです」

「そらあかんわ。ゴロツキに食いつかれるネタを提供したようなもんや」

「甘かったんです。福井もわしも」

佐々木は新たに百万円の手形を振り出して印刷業者に渡した。業者は渋々了承したが、サルベージ屋がうんというはずはなく、腐れ縁ができてしまったという。

「そんなふうに手形を乱発したんは、『やすらぎ』の資金繰りが苦しかったということですか」二宮は訊いた。

「幾成会は多大な負債を抱えてました」

佐々木はうなずいた。「三協銀行、大同銀行、信用金庫や商工中金にも」

「手形を書くのは佐々木さんですね」

「ま、そうです」福井から『やすらぎ』の代表者印を預かっていたという。

「サルベージ屋との腐れ縁いうのは」桑原が訊いた。

「手形を割ってもろたんです」

「受けとった金は」

「いや、それは……」

「佐々木さんが流用した。そういうことですやろ」

「…………」佐々木は黙り込む。

「責めてるわけやない。佐々木さんは背任・横領で一年二カ月の勤めをした。チャラですわ」

「おたく、刑期まで知ってたんや」

「わしの仕事は調査ですわ。探偵みたいなもんです」

「二宮企画は探偵事務所ですか」

「いやいや、れっきとしたコンサルタント事務所です」

しれっとして桑原はいい、ビールを飲む。佐々木も飲んだ。

「もう一杯、どうですか」

「けっこうです」佐々木はグラスに手をおいた。

「佐々木さんの話はおもしろいけど、これからが本題ですねん」

桑原は札入れを出した。三万円を抜いてテーブルにおく。

「なんです、これ」

「情報料です。追加の」

「………」佐々木は札を見つめる。

「さっき、サルベージ屋の名前を憶えてないといいましたな。なんべんも手形を割らしといて、そいつはおかしい」低く、桑原はいう。「教えてくださいな。決して迷惑はかけへんし」

「――徳山商事です」佐々木はいった。

「徳山商事の事務所は」

「日本橋《にっぽんばし》です。黒門市場《くろもんいちば》の裏手です」事務所に行ったことはないという。

徳山……。白姚会の組長だ。黒門市場から島之内の白姚会は歩いて七、八分だろう。

「徳山に会うたことあるんですか」

「わしがいつも会うてたんは光本《みつもと》いう男です。徳山商事の光本」

「光本の齢は」

「五十すぎかな」

「佐々木さんは光本に手形を切らされたんですな」

「そうです」佐々木は小さくうなずいた。

「佐々木さんが切った幾成会の手形は二億五千万。そのうちの二億は白地手形ですな」

「そこまで知ってたんですか」

「こう見えても、わしは優秀な調査員ですねん」

桑原は笑って、札を佐々木の手もとに押しやった。「裸の金をいつまでもおいとくもんやない。収めてください」

佐々木はためらうふうもなく、札をとってブルゾンのポケットに入れた。

「その金と引き換えいうんやないけど、最後にひとつ教えて欲しいんですわ」

桑原はつづける。「佐々木さんは警察ＯＢの横内隆いう男を知ってますわな」

「あ、はい……」『やすらぎ』の理事長室で何度か顔を見たことがあるという。

「ほな、白姚会の木崎いう男は」

「知ってます。徳山商事の事務所で、光本が紹介してくれました」

「さっきはあんた、事務所に行ったことないといいましたな」

「勘違いですわ」佐々木は横を向く。

「横内は木崎に殺《と》られた。わしはそう読んでますねん」

「とられた、というのは殺されたということですか」

「五年前、横内は失踪した。志摩の片田海岸で横内の車が見つかったんですわ」

「えっ、そうですか……」

佐々木は驚いたが、いかにもわざとらしい。

「横内が消えたんは、おたくが切った白地手形が原因ですわ。横内は『やすらぎ』の乗っ取りにからんで、警慈会代表の岸上や木崎とトラブった。……佐々木さん、あんた、そのトラブルの顛末を知ってるはずでっせ」

「なんのことですか。わしには分からんですね。おたくのいうてることが」

「あんた、木崎に脅されたんとちがうんかいな」

「脅される理由なんかない」強く、佐々木はいった。

「光本があんたに白地手形を切らせた狙いはなんや。『やすらぎ』の乗っ取りやないけ。知らぬ存ぜぬではとおらんで」

桑原のものいいが一変した。佐々木をじっと睨みすえる。「あんた、聞いたやろ。横内が消えたわけを」

「そんな怖いことは知りませんな。横内が失踪したんも初耳ですわ」

「岸上や木崎とは、まだつきあいがあるんかいな」

「わしは懲りましたんや。ヤクザには骨までしゃぶられる。……いまは鶏ガラですわ。鶏ガラに近づくヤクザはいてませんやろ」

「道理やな」桑原は笑った。

「もう、よろしいか」

「そやな……」

「ほな、これで」

佐々木は腰を浮かした。桑原はとめない。佐々木はラウンジを出ていった。

「もったいなかったですね」

二宮はいった。佐々木の話に六万円の値打ちはなかったように思う。

「あいつは喋らへん。金ではな」桑原はナッツをつまんだ。

「飯でも食いますか、験《げん》直しに」

「鯨や」

「へっ……」

「千日前《せんにちまえ》にあるやろ。鯨屋が」

「『太地家《たいじや》』ね」鯨料理の老舗だ。

「はりはり鍋が旨いぞ」

桑原は伝票をとった。二宮はビールを飲みほして、ナッツを口いっぱいにほおばる。

「なにしとんじゃ。行くぞ」

「もったいないから」

ナッツで噎《む》せた。

12

はりはり鍋は旨かった。昆布出汁に鯨と水菜と椎茸だけのシンプルな鍋だが、水菜のシャリシャリした食感が少し癖のある鯨の味を引き立てていた。

「いやぁ、久しぶりに腹いっぱい食いました」吟醸酒も三合飲んだ。

「なにが久しぶりじゃ。尾の身とさえずりばっかり食いよって」

「ええやないですか。大阪の食い倒れ、京の着倒れ、神戸の履き倒れです」

「履き倒れてなもんは聞いたことないぞ」

「知りませんか。おしゃれは足もとから、です」

「そうかい。道頓堀でビーサン買うたるから、ここの勘定払え」

「桑原さん、おれはおしゃれやないんです」

「いうとけ」桑原はそう不機嫌そうでもなく、「次は『ボーダー』や。中川に会う」

「まだ、八時すぎですよ」

阪町の『ボーダー』は中川の巣だが、顔を出すのは十時ごろだ。「──なんで、中川に会いたいんです」

「ちょいと訊きたいことがある」

「なにを」

「いちいち、うるさい。黙ってついてこい」

『太地家』から『ボーダー』まで歩いて一分だ。桑原の目的は鯨ではなく、中川だったのかもしれない。

桑原につづいて『ボーダー』に入った。客はいない。カウンターの奥でテレビを眺めていたマスターはこちらを振り返ったが、いらっしゃい、ともいわず、桑原と二宮はスツールを引いて座った。

マスターは立ってウォーマーからおしぼりを出し、カウンターにおいた。

「なに、する」

「そうやな、ブランデーにしよか」

桑原はおしぼりを使いながらキャビネットを見て、「コルドンブルー。水割り」

「あんたは」

「はい、同じく」おしぼりで首筋を拭く。

「包帯、とれたんかいな」

「とったんです。うっとうしいから」

俯いて、頭のてっぺんを見せた。「きれいなハゲでしょ」

「鹿せんべいにゲジゲジが這うてるみたいや」

鹿せんべいはないだろう。そんなに大きいハゲではない。

「中川は」桑原が訊いた。

「今日は来んかもしれんな。来ても遅いやろ」

「なんでや」

「本社の偉いさんのよめさんが死んだらしい。お通夜や」

刑事は府警本部のことを本社といい、所轄署を支社という。マスターは元刑事だ。

「あの中川もゴマをするんやの」

「日頃の行いがわるいからな」しれっとしてマスターはいう。

桑原は煙草をくわえた。「歌、うたえ」二宮にいう。

「いきなりですか」

「ズージャや。ヘレン・メリル」

♪ユーッドゥ　ビーソー　ナイス　トゥーカムホーム　トゥ〜　桑原は小さく歌った。

「それ、聴いたことある」

「歌え」

「知らんのに歌えますかいな」

「わしが歌う。マスター、入れてくれ」

「めんどい。自分でやれ」

マスターはコントローラーをカウンターにおいた。桑原は二宮の前に押しやって、

「ほら、入れんかい」

「タイトルは」

「歌手で検索せいや。ヘレン・メリル」

「ヘレン・メリルストリープね……」検索した。「『帰ってくれたらうれしいわ』？」

「おう、それや」桑原はマイクをとる。

「喉を潤してから歌いませんか。高級ブランデーで」桑原の歌など聞きたくない。

「そうやの」桑原は金張りのカルティエで煙草に火をつけた。

桑原は一曲歌っただけで、あとは二宮の独演会だった。憂歌団、サウス・トゥ・サウス、RCサクセション、サザンオールスターズ……。ちあきなおみから髙橋真梨子のあたりで声が嗄《か》れてきた。いつのまにか、コルドンブルーのボトルが半分になっている。

「次は誰にしよ。百恵ちゃんかな」

「おまえ、情緒不安定か」

「なんです……」

「もうええ」

マイクを取りあげられたところへドアが開き、中川がのっそり入ってきた。黒のスー

ツに黒のネクタイをしている。桑原と二宮を一瞥してカウンターの奥へ行く。

「なんじゃい、愛想なしやの」桑原がいった。

「マル暴が極道に愛想してどないするんじゃ」

「同じ業界やないけ」

「どつかれんなよ、こら」

中川はいって、「僚さん、焼酎」

「コニャックでも飲めや。コルドンブルー」

「…………」中川は答えず、煙草を吸いつけた。

「な、マル暴の中川さんよ、おまえを待ってたんや」

中川は無視する。黒のネクタイがやけに細いのは何年も買い換えていないのだろう。

「こないだ、おまえにいうたよな。大東の介護つき老人ホーム、『悠々の杜やすらぎ』」

桑原はつづける。「こいつを運営してるのが幾成会いう福祉法人で、幾成会は白姚会がやってる。介護保険の基準を満たして『特定施設入居者生活介護』の指定を受けた有料老人ホームが組筋のフロントというのは、暴対法と暴排条例に抵触するんとちがうんかい」

「おまえ、チクっとんのか」

中川は桑原を見た。「老人ホームにガサかけろとでもいいたいんかい」

「ガサやない。わしは白姚会と揉めてる。若頭の木崎と、幾成会理事長の岸上にひと泡吹かしたいんや」

「ちがうな。泡やない。おまえの狙いは金や」

「んなことはあたりまえやないけ。シノギにもならんことを、このわしがするか」

「木崎と岸上を脅すネタはなんや」中川は乗ってきた。

「幾成会の資本関係や。『やすらぎ』の登記や書き換えを洗うたら、幾成会に白姚会の金が入ってると分かるやろ」

「考えてものいえや。極道が老人ホームに名前を出してるわけないやろ」

「そこを洗うのがおまえの商売やないけ。おまえが調べて、わしが仕上げる。そういう図式でやってきたんとちがうんかい」

「舐めんなよ、こら。おとなしいに聞いてたら調子に乗りくさって。なにが図式じゃ」

「一割や」

「なんやと」

「わしは『やすらぎ』がシノギになると踏んでる。アガリの一割やるから協力せいや」

「おまえ、協力の意味を知っとんのか。わしがいつ、おまえの風下に立ったんじゃ」

中川は吐き捨てた。「アガリやヘチマやいう前に、三十万、寄越せや」

「なんの金じゃ」

「わしはこいつを助けた」

中川は二宮を睨めつけた。「白姚会の事務所でずたぼろになってたんのをな。おまえが肩代わりするんやろ」

「おう、その金やったら払うたる。ＢＭＷももどったしな」

「おまえ、車を取りもどしたんか」

「故買屋と白姚会の三下をどつきまわした」

桑原は札入れを出した。十万円のズクを三つ抜いてカウンターにおく。マスターがちらっと見たが、なにもいわない。中川はズクをポケットに入れた。

「あと十万や。幾成会の資本関係を調べたる」

「おまえはほんまに〝金くれ虫〟やの」

「明日の百万より、今日の十万や。な、僚さん」

中川がいうと、マスターは知らぬ顔で横を向いた。

桑原はまたズクを出して中川に渡した。

「マスター、勘定や」

「二万円」

「ごちそうさん」

桑原は金をおいて『ボーダー』を出た。

「すんませんね。三十万円」

とりあえず、すっきりした。桑原のせいで作った借金だったが。

「中川のクソは岸上を脅すときに使う」そのための投資だと桑原はいう。

「ほんまによう金を使いますね。湯水のごとく」

「おまえが使わすんやないけ」

桑原はフランクミュラーに眼をやった。「十一時や。谷町へ行くぞ」

「谷町……。佐々木の家ですか」

「あの爺を攫《さら》う」

「ちょっと待ってください。拉致、誘拐、監禁は重罪です」

刑法二百何十条で七年以下の懲役だとか、白姚会に来た中川がいっていた。

「そら、けっこうやの。いっぺん旭川あたりの刑務所《ムショ》に放り込まれてトーテムポールでも彫れ」

「トーテムポールは北米ですわ。北海道はヒグマの木彫りです」

「よう喋るのう、二宮くん。朝から晩まで」

喋らすのはおまえやないか――。

「今日はもう、帰って寝ませんか」

「やかましい。この洟《はな》たれ蝙蝠《こうもり》が」

洟たれはともかく、蝙蝠の意味が分からない。昼間寝て、夜、活動するということか。

「佐々木をどうやって攫うんですか」

「爺を呼び出せ。あとはわしがやる」

「抵抗しますよ」警察に通報されるかもしれない。

「抵抗できんようにやるんや」

桑原は千日前通に出てタクシーをとめた。

谷町八丁目――。法泉寺のあたりは寝静まっていた。二宮は佐々木の家の前に立って
インターホンを押した。
――はい。
――夜分、恐れ入ります。二宮企画の二宮です。
――なんや、あんた。まだ用かいな。
――二、三、聞き忘れたことがあるんです。ちょっと出てもらえませんか。
――もうよろしいわ。知ってることはいうたし。
――些少ですが、取材費をお支払いします。
――わしの話がそんなにおもしろいんかいな。
――どうしても裏をとらんとあかんことがあるんです。
――あんた、ほんまは探偵とちがうか。
――経営コンサルタントには探偵みたいな業務もあります。
――あんた、連れは。
――連れ？

——眼鏡かけたガラのわるい男や。ほんまはヤクザとちがうんか。

——いてません。ひとりです。

——分かった。出るわ。

取材費に釣られたのか、ほどなくして玄関の灯が点き、格子戸の磨《す》りガラスの向こうに人影が見えた。錠を外す音がして戸が開き、佐々木が現れた。グレーのスウェット上下を着ている。佐々木は桑原の姿がないのを確かめるかのように周囲を見まわした。

「えらい、すんません」

愛想よく、頭をさげた。「ご迷惑は承知してますけど、クライアントに急《せ》かされてまして、週明けには報告書を出さんといかんのです」

「なにを聞きたいんや」

「ちょっと込み入ってます」

ポケットから三万円を出したが、佐々木には渡さず、「立ち話もなんやし、近くのファミレスにでもつきおうてくれませんか」

「いや、歩くのはしんどい。ここで聞きましょ」

「ほな、そこで話しますか。法泉寺の境内」

「境内いうても、墓地《はかち》やで」

「そらよろしいね。ぼく、パワースポットマニアです」

「変わってるな、あんた」

「みんなにいわれます」

笑ってみせた。佐々木はくすりともしないが、警戒はしていないようだ。

二宮が先に立って、法泉寺の裏門から中に入った。月明かりの下、墓石がシルエットになって並んでいる。

「薄気味わるいですね」

「さっきは好きやというたがな」

佐々木は掌を出した。金を寄越せという仕草だ。

そこへ、裏門の陰から桑原が現れた。佐々木は振り返る。

「なんや、これは……」

「なんやもかんやもない。おまえがほんまのことを喋らんから、こんな二度手間になったんや」低く、桑原はいう。

「なにをいうてるんや。気は確かか」佐々木は気丈にいったが、声が震えている。

「佐々木さんよ、わしは極道や」

桑原は近づく。「白姚会と同じ川坂の直系で、毛馬の三代目二蝶会。業界では武闘派で名がとおってるけど、聞いたことないか」

「…………」佐々木は小さく首を振る。

「二宮くん、金や」

いわれて、二宮は預かっていた三万円を渡した。

「ほら、やるがな」

桑原は佐々木に金を差し出したが、佐々木は受けとらない。夜目にも怯えた表情が見えた。

「わしはおまえを攫う肚やった。指の二、三本も詰めて口を割らすつもりやったけど、堅気を傷めるのは極道の本分やない。……な、ここは機嫌よう喋ってくれや」

佐々木はじっと下を向いている。逃げる素振りはない。

「聞こえとんのか、おい」桑原は佐々木の襟首をつかんだ。

「分かった」佐々木はうなずいた。「なにをいうたらええんや」

「訊いたやろ。徳山商事の光本がおまえに白地手形を切らせた狙いや」

「あれは、『やすらぎ』の乗っ取りやった……」

「おまえはなんぼもろたんや、光本に」桑原は襟首を離した。

「三百万……。いや、四百万、かな」

「二億もの手形をとられて、たったの四百万かい」

「光本に切った手形は八枚だけや。金額は五百万までにすると光本は約束した」

「極道に金額未載の手形をやって、五百万で済むと思たんかい。めでたいのう」

「嘘やない。光本のいうとおりにするしかなかったんや」

「おまえ、女を囲うてたんやろ。理事長の福井と同じように」

「金の切れ目は縁の切れ目やな」

ひとごとのように佐々木はいい、「面会にも来んかった、拘置所に。情のない女や」

「警慈会の小沼、今井、間宮、横内に会うたことは」

「ある。なんべんか会うた」

「どう会うたんや」

「ミナミの料理屋に呼ばれた」そのあと、ラウンジやスナックに行ったという。

「そのときに乗っ取りの話をしたんか」

「そんな話はしてへん。『やすらぎ』の資金繰りとか、理事長の福井のことは訊かれた」

「ばかたれ。それが乗っ取り工作やないけ」桑原はいって、「誰が頭や」

「頭……」

「誰が乗っ取りの図《え》を描いたか、訊いとんのや」

「そこまでは分からん」

「小沼の後ろで糸を引いてたんが岸上と木崎か」

「桑原さん、ほんまに知らんのや」

「岸上、小沼、今井、間宮、横内……。警慈会のメンバーの中で横内は浮いてたんか」

「分からん。わしは警察の人間やない。あいつらの仲間うちのことは興味ない」

「興味もないのに、のこのこミナミへ出て行って、極道顔負けのクソどもと飲むんかい。笑わせんなよ、こら」

「あんた、なにがいいたいんや」

「おどれが光本にもろた金は三百や四百やない。ええ加減に騙され面をやめんと、白い車で病院へ行くはめになるぞ」

「わしはあんたが怖い。……なにもかも、ほんまのことをいうてるんや」

「おどれは舌先三寸でわしを躱せると思てる。極道を舐めとんのや」

桑原はせせら笑った。「おどれはまだ、岸上や小沼とつきあいがあるんやろ」

「桑原さん、想像でものいうのはやめてくれんかな」

「いわんかい。横内が殺された理由や」

「あんたもたいがいやな。知らんもんは知らんのや」

「そうかい……」

桑原は佐々木の鼻先で三万円をひらひらさせた。「これはな、治療費や」

「な……」

札を眼で追う佐々木の喉に、瞬間、桑原の左の拳が伸びた。佐々木はストンと腰から落ちて砂利敷きの地面にうずくまる。呻きもせず、動きもしない。

「おい、攫うか」

「桑原さん……」

佐々木を攫うには車が要る。桑原にその気がないのは分かっている。

「こいつはあかん。攫うて半殺しにせんと喋らん」

「堪忍や……」くぐもった声が聞こえた。「――横内は浮いてた」

「なんでそう思たんや」

「わしはなんべんか連中と飲みました」喉をやられた佐々木は両手を首にやって喘ぐようにいう。「途中から、横内が来んようになったんです」

「最後に横内を見たんはいつや」

「ちゃんと憶えてません。……横内が死んだと聞いたんは一年ほどしてからです」

「待たんかい。『やすらぎ』が乗っ取られたあと、おどれは刑事告訴された。それが七年前や。有罪判決がおりて収監されたんは六年前やろ。横内が殺《と》られた五年前、おどれは塀の向こうにおったんやぞ」

「いや、勘ちがいやったかな……」

「じゃかましい」

桑原は蹴った。佐々木は一回転して墓の縁石に膝を打ちつけた。

「ほんまに堪忍や。やめてください」泣くようにいう。

「誰が面会に来たんじゃ、え」

「光本です」

「光本に脅されたんかい。下手に喋ったら横内と同じようになるぞ、と」

「…………」佐々木は横倒しのまま、首を縦に振った。

「おどれは刑事に訊かれたんやろ。手形の振り出しにからむサルベージ屋や警慈会のクズどもとの関係を」

「…………」佐々木は黙っている。

「おどれは口が固かった。知らぬ存ぜぬでとおした。ええ根性や」

「桑原さん、そのとおりです」

「あほんだら。なにがそのとおりじゃ。おどれは白姚会と警慈会が怖かったんじゃ」

「あんた、聞いたんかいな」

二宮はいった。「横内は志摩沖の海に沈められたと」

「それは聞いてません。……光本は、おまえも散骨されとうないやろ、といいました」

「散骨？　どういうことや」

「ぴんときました。灰にしたんです。横内を」

「先見てものいえよ、こら。死体を焼いたてか」桑原がいった。

「焼却炉です。『やすらぎ』にあります」

「人間も焼けるんかい」

「ボイラー型の強制燃焼です」

ありえない話ではない。ひとを殺して証拠隠滅を図ったときの難題が死体の処理だ。埋める、沈める、焼く――。そう、焼いてスカスカになった骨を粉々に砕いて川か海に撒けばいい。永遠の消滅だ。

「散骨な……」桑原はつぶやいた。「光本は確かにそういうたんやな」

「はい、そうです」

「横内を殺ったんは白姚会やな」

「そんなことは聞いてません」

「横内は欲をかいたんか」

「桑原さん、わしは刑務所におったんです」出所してからは光本にも警慈会のメンバーにも会ったことはない、電話の一本もない、と佐々木はいった。

「分かった。これまでや」

桑原は三万円を佐々木に放った。「わるかったのう」

「いえ……」呆けたように佐々木はいう。

「今日のことは口にチャックや。誰にもいうなよ」

「いいません。いうわけない」

「二宮くん、行こか」

桑原は背を向けた。


「いまの三万円は値打ちありましたね」谷町筋へ歩く。

「金やない。わしのカマシや」

「さすがに桑原さん、ひとを脅したら大阪一や」

「チャラけたことぬかすな。おまえも殴ったろか」

こいつは洒落が通じない。大阪一、性根の歪んだヤクザだから。

「これで解散ですよね。おれ、帰りますわ」

「ひとりで飲みに行こと思とんのとちがうんかい。場末のゲイバーに」

「場末は余計でしょ」

「しゃあない。わしも行ったろかい」

「桑原さんにゲイバーは似合わんです」

「ときどき思うんやけどな、おまえ、わしのことが嫌いなんか」

「好きですよ、基本」こいつ、気は確かか。

「わしはおまえが嫌いや」

谷町筋に出た。桑原はタクシーに手をあげた。

13

眼が覚めた。勃《た》っている。小便が洩《も》れそうだ。

上体を起こしたら、いつもの寝床ではなく、やけに幅の広いベッドだった。天井は埋め込みのシーリングライト、足もとに液晶テレビ、窓がない。

ラブホテルか――。泊まったらしい。旧新歌舞伎座裏のゲイバー街から難波のラブホテル街へは歩いて一分だ。

トランクスは穿いていた。Tシャツも着ている。ズボンはベッドの横に落ちている。

灰皿に吸殻。トラッシュボックスにティッシュペーパーやコンドームは見あたらない。デリヘル嬢は呼ばなかったようだ。

また、ブラックアウトか――。朝勃ちがおさまるのを待ってトイレへ行き、顔を洗いながら昨日の夜を思い出す。

桑原とタクシーで旧新歌舞伎座裏へ行き、『プレデター』に入った。先客は男のふたり連れが二組と茶髪の四十男で、カラオケをやっていた。近ごろ流行りのジャパニーズポップスはまるで分からない。

桑原とふたりカウンターに並んで二宮のボトル――芋焼酎を飲んだ。桑原は上機嫌でクラプトンを歌い、二宮はマスターのリクエストでスターダストレビューを歌った。

そのうちに女のふたり連れが来て桑原の隣に座った。ふたりとも若く、聞き耳をたてていると心斎橋のブティック勤めのようだった。ゲイバーで女の客は適当にあしらわれるが、桑原は赤ワインをごちそうし、あれこれ話しかけて笑わせる。二宮も話しかけたが、なぜかしらん反応が鈍かった。腹が立つから芋焼酎をロックでがぶ飲みし、桑原の嫌いな演歌を大声で歌っているうちに記憶が途切れた。気づいたら、このラブホテルだ。

くそっ、桑原のやつ――。まさか、お持ち帰りしたとは思えないが、悋気《りんき》の炎がめらめらと燃えた。その後の展開を確かめずにはいられない。

ズボンを穿き、ポロシャツを着た。部屋の精算機で七千円を払い、ホテルを出ると、外は昼だった。

マキが気になるので吉野家にもマクドナルドにも寄らず、タクシーをとめて千島のアパートに帰った。階段をあがり、ドアの前に立ったら、マキが気づいたのか、鳴き声が聞こえる。鍵を挿して部屋に入った。〝マキチャン　ケイチャン　ゴハンタベヨカ〟マキはケージの中でとまり木の上をせわしなく跳ねている。

「マキ、ごめんな。啓ちゃんは朝帰りしてしもた」正確には昼帰りだが。

ケージの入口をあげると、マキは飛んできて肩にとまった。二宮の耳を噛む。ほったらかしにしていたことを怒っているのだ。

餌皿を持ってマキに食べさせた。ベランダの手すりにスズメが三羽とまってこちらを見ている。ちょっと待ってな。あんたらにもやるから――。スズメはここのベランダで飯が食えると憶えたのかもしれない。

携帯が鳴った。餌皿とマキをケージの上におく。携帯を開くと、桑原の登録番号だ。迷わず通話ボタンを押した。

――なにしとんのや。はよ出んかい。

――昨日、どうしたんですか。

――なんやと。

――心斎橋のブティックの子です。

――ああ、あれな。秘密や。

──秘密はないでしょ。

──真由美に合わす顔がない。

──顔がないようなことしたんですか。

──二宮くん、おまえはええ店を知ってる。

──何時に出たんです、『プレデター』。

──二時ごろかのう。

──ひとりで？

──ノーコメント。

──縄張り荒らしはチンチン切られるんですよ。

──出てこい。教えたる。おまえがあほみたいに歌うてるあいだに、わしらがなにをしたか。

わしら……。複数形だ。眩暈《めまい》がする。

──昼飯は。

──まだです。

──ミナミや。スイスホテル南海。六階のラウンジ。すぐに出ろや。

電話は切れた。

キャップをかぶり、タクシーで大正橋の実家に行った。おふくろはゲートボールから帰ったらしく、ジーンズと白のスウェットにオレンジ色のジップパーカをはおっていた。

「どうしたん、にこにこして」

「せめて顔ぐらいは景気ようしよかなと思てるんや」

「お金か」

「嶋田さんと麻雀して、どえらい負けた」

「あんた、弱いから」おふくろは気にするふうもなく、「元気かいな、嶋田さん」

「相変わらずや。新地ですき焼き奢《おご》ってくれた」

おふくろは嶋田をよく知っている。孝之が現役のころ、嶋田はしょっちゅう家に遊びにきて、おふくろの作る飯を食った。孝之の葬式の喪主はおふくろだったが、式を段取りしてくれたのは嶋田だった。

「ごはん、食べるか」

「ごめんな。行かなあかんねん、ミナミに」

「そう……」

おふくろは仏間に行き、すぐにもどってきた。「これで足りる？」

札束は厚い。二十万……いや、三十万か。

「おおきに、ありがとう。親不孝が身に染みるわ」

「そんなん、いいな。親が子供に頼られるのはあたりまえや」

おふくろに金を借りて、理由や使い途を訊かれたことは一度としてない。まとまった金が入ったときに返そうとは思っているが、そのときにはすっかり忘れて遊び呆けてしまう。おふくろからの借金は百万円になるといったんリセットし、また一からはじめると二宮は勝手に了解している。

「悠紀は元気？　長いこと会うてへんけど」

「二日にいっぺんは事務所に来るかな。マキと遊びに」

「英子がこぼしてたで。いつんなったら出ていくんか、て」

「甘やかしすぎや。朝飯と晩飯に昼の弁当まで作って、掃除洗濯までしてやるようでは、一生、パラサイトやで」

いいつつ、思った。おれもおふくろのパラサイトやないか——。

「お茶、淹《い》れよか」

「そうやな……。コーヒーにするわ」おふくろのブルマンブレンドは旨い。

三十分ほど話をして、大正駅からタクシーに乗った。札を数えると三十万円だった。

難波。泊まったラブホテルからほど近いスイスホテル南海——。六階のラウンジにあがると、桑原は窓際の席でアイスコーヒーを飲んでいた。

「いつ出たんや。兎《うさぎ》小屋を」

「十二時です」

「千島からここまで一時間もかかるんかい」

「大正橋に寄ったんです。おふくろの顔を見に」

「ちがうやろ。おまえは金を借りに行ったんや」

「当たってますね、その読みは」

「なにが読みじゃ。四十にもなって恥ずかしいないんかい」

「忸怩《じくじ》たるものがあります」

「書けるんか、忸怩」

「買うてください。電子辞書」

ウェイトレスが来た。メニューに手を伸ばす。

「おねえさん、水や。この男は金がない」

桑原がいい、ウェイトレスはほほえんで離れていった。

「聞きましょか。昨日のふたりをどうしたんです」

「どうもしてへん。あのふたりはこれや」桑原は親指と小指を立てた。

「レズですか」

「見たら分かるやろ」

誘われてレズバーに行った桑原はまるで相手にされず、金だけ払って帰ったという。

「腹も立たん。女の園や。迷い込んだわしがあほやった」

初めて思った。この男は意外にええやつかもしれん、と。

「おれ、行ったことないんやけど、レズバーの客て、どんなんです」

「おまえが大好きなモデルみたいなんもおる。亀を踏んだみたいなんもおった」

「亀を踏む？」

「亀を踏んだら首引っ込めるやろ。顔を見んで済む」

「なるほどね」今度、誰かにいってみよう。いや、セクハラ以前に人格を疑われる。

「おれ、なにも食うてへんのです。水も来てへんし」

「ここの三十六階でビュッフェランチをやってる。おまえなら元がとれる」

「十階に鉄板焼きの店がありますわ」日本料理店も中国料理店もある。

「おう、そうかい。ごちそうさんやの」

桑原は伝票をとって立ちあがった。


ビールを飲みながらイタリアンビュッフェを食った。サラダ、スープ、魚、肉、パスタ、ピザ……。ベルトを緩めていやというほど食ったが、考えてみれば、元をとるもとらないもない。桑原の払いなのだから。無駄な努力をしたと、満腹になってから気づいた。

「ほら、天井向いてんと、ピザ食わんかい」

「もうあきません。ギブアップです」

煙草が吸いたい。「六階にシガーバーがありましたよね。行って、ほっこりしませんか」

「あのバーはなくなった。なにが哀しいて、おまえとほっこりせないかんねん」

桑原は窓の景色を見やりながら、「行くぞ。黒門市場や」

「鯛か鱧《はも》でも買うんですか」

「分かってるてとぼけんなよ」

「徳山商事ね」桑原は光本を追い込むつもりなのだ。

「なんや、その顔は。嫌なんかい」

「そら、嫌ですわ。サルベージ屋の事務所なんか」

「ほな、降りんかい。ここでさいならや」

「あのね、これだけひどいめにおうて、降りるも懲りるもないでしょ」

アガリの一割はなんとしてもとる。「徳山商事で喧嘩はせんと約束してください」

「おまえはわしが誰かれかまわずゴロまくとでも思とんのか。わしは不死身やない。時と場所は心得とるわ」

「それ、絶対にほんまですよね」

「わしがいっぺんでも嘘ついたか」

いっぺんや十《じ》っぺんではない。百回は騙された。

「そんなに急かんと、ほっこりしましょ。どこかシガーの吸えるバーで」

ハバナをくゆらしながらコニャックが飲みたい。『ボーダー』で飲んだコルドンブルーは旨かった。

シガーもコニャックもやらず、タクシーを降りたのは二時半だった。堺筋から黒門市場へ入り、アーケードの途切れた一方通行路で桑原は立ちどまった。

「このあたりやろ。徳山商事」

「知らんのですか。住所」

「セツオに調べさせたけど、忘れた」

桑原はスマホを出して発信キーに触れた。「──わしや。いま黒門市場の裏におる。そう、市場の東側や。──おう、病院が見えるな。山東病院。──分かった。その隣やな」

桑原はスマホを上着の内ポケットにもどした。こっちや、と歩いていく。

山東病院の南隣、古ぼけた四階建のビルの袖看板に《金融　手形　とくやま》とあった。

「桑原さん、さっきの約束、忘れんとってくださいね」

「やいやいいうな。わしは好きでゴロまいてんやないぞ」

階段で二階にあがった。廊下は薄暗い。小さいプレートを貼った鉄扉を桑原がノックすると返答があった。

桑原はドアを引いた。低い衝立《ついたて》の向こうにデスクが四脚、スーツ姿の男がふたり、ソファに座ってカップラーメンを食っていた。

「どちらさんですか」手前の黒スーツがいった。短髪、エラの張った四角い顔、鼻下とこめかみから顎にかけて髭を生やしている。

「二蝶興業の桑原いいます」

「二宮企画の二宮といいます」桑原の後ろで頭をさげた。

「二蝶興業て、毛馬の？」

もうひとりの男がいった。髭よりひとまわり年かさで、五十すぎか。白髪まじりの髪は桑原に似たオールバック、眉が薄く、眼がぎょろっとして口が大きい。アパートのベランダでときどき見かけるヤモリを思い出した。

「毛馬の二蝶会。おたくらと同業ですわ」オールバックに近づいて、桑原はいう。

「桑原さん、わしらは同業やない。れっきとした金融業です」

オールバックは桑原から視線を外さず、ソファに寄りかかる。

「おたくが光本さん？」

「わしは光本やけど……」オールバックは怪訝《けげん》な顔で、「誰の紹介です」

「紹介者はいてませんねん」

「うちは一見さんお断りでっせ」

「そいつは承知してます。田所さんに聞いて来たんですわ」

「田所……。白姚総業の？」

「そう、島之内の白姚会。おたくの親会社や」

「なんかしらん、言い方があけすけでんな」

「客を立たせたままではきつうもなりまんがな」

「そら失礼さんやった。ま、どうぞ。かけてください」

光本は掌を向け、桑原はソファに腰をおろした。二宮も座る。

「で、ご用件は」

「サルベージをね、頼みたいんですわ」

「それを早よういうてくれたらよろしいんや」

光本は薄ら笑いを浮かべたが、眼は笑っていない。「どこの手形です」

「わしがサルベージして欲しいんは手形やない。人間ですねん」

「どういうことや。ふざけてんのか」

「横内隆。知ってまっしゃろ」

「なんやて……」光本は上体を起こした。「誰に聞いて来た。田所やないやろ」

「いきなり喧嘩腰かい、え」

桑原は膝のあいだに両手をさげて光本を睨めつける。「——横内は五年前に失踪した。殺されて骨になった。殺ったんは白姚会やけど、わしが知りたいのはそこやない。理由が知りたいんや。……な、光本さん、教えてくれ。横内はなんで殺されたんや」

「おい、おい、こいつは頭がおかしいぞ」

光本は髭にいった。「このわしにイチャモンつけて、はいそうですかと、喋るとでも思とるんかのう」

「ぶち殺しましょか」髭は腰を浮かす。

また、はじまった――。ゴングが鳴りかけている。二宮は椅子を蹴散らし、衝立を飛び越して逃げるルートを眼で追った。

「えらい威勢がええやないけ」桑原は髭にいった。「おまえ、極道やろ」

「それがどうした」髭は吠える。

「おまえは頭がわるい。身体を張るしか使い途がない。取り立て屋やろ、サルベージの」

桑原はせせら笑う。「すっこんどれ。下手なチョウチンは怪我のもとじゃ」

「殺すぞ」

「誰をや」

「このガキ……」

瞬間、髭は動いた。ソファの後ろから長いものを抜く。ヒュンと桑原の鼻先を掠めてテーブルにあたり、折れて飛ぶ。ゴルフクラブだ。

桑原は髭に突っ込んだ。ゴツッと頭突き。拳が髭のみぞおちにめり込む。髭は腰を折り、前にのめる。その顔を桑原は膝で蹴りあげた。髭は弾かれたように後ろに跳び、ソファごと床に落ちる。反転してうつ伏せになり、片膝を立てたところへ桑原の脚が伸びた。髭はこめかみを蹴られ、昏倒した。

「使えんのう」桑原は荒い息で振り返った。「こんな取り立て屋は馘《くび》にせい」

「…………」光本は竦《すく》んでいる。

桑原は光本のそばに行き、ネクタイをつかんだ。

「おどれは白姚会の木崎とどういう絡みや」

「…………」光本は答えない。

「木崎の兄弟分か」

「いまはちがう……」

光本は小さく首を振った。二十年前、白姚会会長の徳山から手形サルベージを任され、盃を返して徳山商事を作ったという。

「木崎から聞いてたんやろ。わしのことを」

「…………」光本はうなずく。

「わしが顔を出したら、どうせいといわれてたんや」

「んなことは聞いてへん。報告をせい、とはいわれた」

「あのゴルフクラブはなんや。おどれは髭をけしかけたな」

「それはない。こいつはとめてもとまらんのや」

ぴくりともしない髭に眼をやって、光本はいう。

「さっきの質問や。横内はなんで殺された」

「知らん。ほんまに知らんのや」

「な、光本、わしはこのとおりのイケイケや。相手がやってきたら、わしもやる。相手が素直やったら、わしも筋をとおす。わしはおどれをどつきまわして血反吐を吐かすような手荒い真似はしとうないんや」

「分かった。分かったから離してくれ」

低く、光本はいった。桑原は突き放す。光本はソファに倒れ込んだ。

「答えんかい、こら」

「――横内が殺られたとは聞いた。死体は海に沈めたらしい」

「誰から聞いたんや」

「今井や。コンサルの」

「都合がええのう。今井は拘置所で寝とるやないけ」

「今井はほんまもんのワルや。横内をパシリにしてた」

「横内を殺ったんは木崎か」

「ちがう。木崎にひとを殺す度胸はない」

「ほな、誰が殺ったんや」

「知らん。わしが聞いたんは死体を沈めたということだけや」

「横内はなんで殺られたんや。おどれは『やすらぎ』乗っ取りの当事者やろ」

「横内は今井と揉めた。『やすらぎ』の理事にせいと、今井にねじ込んだんや」

「なんでもかんでも今井かい。塀の向こうには落ちとうないのう」

桑原は光本の頭に手をやった。「おどれは平気な顔で嘘をつく。立て」

「ま、待て……」

「なにを待つんじゃ」

「わしに手出ししたら白姚会が黙ってへんぞ」

「泣いたり脅したり、忙しいのう、ヤ印のサルベージ屋は」

「やめとけ。おまえもヤクザやったら分かるやろ。先を見んかい」

「分かった。よう分かった。おどれはやっぱり、わしを舐めとるわ」

桑原は光本の耳をつかんで上を向かせるなり、鼻面にショートフックを見舞った。光本はソファからずり落ちる。光本は床を這い、桑原はカップラーメンのフォークを逆手にとり、光本の股間に突きたてた。光本は悲鳴をあげた。桑原はガラステーブルを跳ねあげる。光本はテーブルの下敷きになり、なおも逃げようとデスクの脚に腕を伸ばす。桑原は光本の肘を蹴り、頭を蹴る。助けてくれ——。光本は悲鳴をあげた。

「桑原さん、やりすぎや」二宮はとめた。

「じゃかましい」桑原はデスクのスチール椅子を蹴る。椅子は滑って光本の肩口に当たり、撥ねて衝立のところまで飛んだ。

二宮は光本を庇って、そばにかがんだ。顔は血塗れだ。

「あんた、喋らんと死ぬで」

「頼む……。あの男をとめてくれ……」呻きながら、光本はいう。

桑原はファクスのコードを引きちぎった。「退《ど》け」二宮を押しのけて、光本の首にコードを巻きつける。「吊るしたる。おどれはわしを虚仮《こけ》にした」

「オレ詐欺や、オレ詐欺」

光本はあがき、叫ぶようにいった。「横内が殺されたんは『やすらぎ』とは関係ない。オレ詐欺で揉めたんや」

「どういうことじゃ、こら」

「苦しい……。息ができん」

桑原はコードを緩めた。光本は両手でコードをつかみ、喘ぎながら、つづける。

「今井はオレ詐欺のスポンサーや。半グレに騙しのグループを作らして金主《きんしゅ》になった。そのグループのケツ持ちが白姚会や」

「へっ、そういうことかい」桑原は吐き捨てた。「今井はオレ詐欺の金主か」

「わしはそう聞いた……」

「オレ詐欺の金主がひとりてなことは聞いたことがないぞ。金主は三、四人が組んでリスクを分散する。今井だけやないやろ。あとは誰じゃ」

「いや、わしは……」

「まだ舐めとんのか、こら」

桑原は光本の背中に膝をあててコードを引く。

「分かった。やめてくれ。……金主は三人や。今井と岸上と小沼」

「警慈会のクソどもが勢ぞろいかい。木崎も金主やろ」

「…………」光本は俯いたまま動かない。

「いわんかい。くびり殺すぞ」

「はじめはケツ持ちだけやった。いまは金主や」

「騙しのリーダーは」

「名前は知らん。ヤクザやない。090金融あがりの半グレやとは木崎から聞いた」

その男は切れ者で、二十人弱のグループをまとめている。リーダーの下にはサブリーダーが三人いて、三つのチームが毎月の売上を競っている、と光本はいった。

二宮も聞いたことがある。オレオレ詐欺や振り込め詐欺、還付金詐欺といった特殊詐欺グループは完璧なピラミッド構成になっていて、偽電話をかける〝掛け子〟、騙した金を受けとる〝受け子〟、ATMで振り込まれた金を引き出す〝出し子〟と、役割分担も決まっているらしい。警察の内偵や張り込みで検挙されるのは取引の現場に顔を出す受け子や出し子がほとんどだが、彼らは掛け子の顔を知らず、掛け子もサブリーダーから上のリーダーを知らない。金主が名前と顔を知っているのはリーダーだけであり、摘発されたときの危機管理は徹底している。年寄りを騙すことに抵抗のあったヤクザ組織も、シノギが細ってきた昨今、ケツ持ちだけではなく、自らスポンサーとなって闇金や詐欺商法といった業界から人材をスカウトし、グループを編成させて、より積極的に特殊詐欺に関与しはじめている。ドライでシステマチックな特殊詐欺集団は犯罪を金に変えるビジネスにおいて傑出しており、前近代的な組織暴力集団であるヤクザが太刀打ちできるものではない――。

「田所もオレ詐欺に絡んどんのやろ。あのガキは羽振りがよさそうや」

「あいつはグループのケツ持ちで、金主とリーダーのあいだにおる番頭や」

「木崎は表に出んのかい」

「出るわけない。今井と岸上と小沼もな」

もう開き直ったのか、光本は素直に喋る。腰のあたりが濡れているのは小便だろう。そう、二宮も白姚会の事務所で小便を漏らしたが、まるで自覚はなかった。寝小便は小学校二年でやまったのに。

「岸上、小沼、今井はいつから金主をしとんのや」

「詳しいには知らん。オレ詐欺が世間に知られるようになったころやろ」

「警慈会のクソどもはシノギのネタを拾うのに苦労せんわな」

「あいつらはヤクザより質《たち》がわるい。汚れ仕事は木崎に振って、涼しい顔しとんのや」

「涼しい顔してんのはおまえもいっしょやないけ。極道の仁義も切らんとあくどいシノギをしくさって」

「いうたやろ。わしはヤクザやない」

「あほんだら。いまは極道よりおどれみたいな企業舎弟のほうが質《たち》がわるいんじゃ」

桑原は光本の頭を張った。「おさらいや。オレ詐欺のグループは二十人で、リーダーは090金融あがり。どういう段取りで岸上、今井や小沼は金主になったんや」

「はじめは今井や。今井がリーダーをスカウトした」

「それはなんじゃい。切れ者やと知ってたからか」

「リーダーは二十五、六の齢で090金融の客を百人近う持ってた。あたりがソフトで客あしらいが巧い。今井はそこに眼をつけたらしい」

「リーダーは一本独鈷《いっぽんどっこ》でやってたんか」

「そうやろ。090金融は元手が二百万もあったら商売になる」

090金融——。090闇金ともいう。店舗も固定電話も持たず、チラシやネットの携帯番号で客を釣り、かけてきた客に路上で会う。客の身元を確かめ、勤め先、両親、兄弟、友人等の名を書かせて、その場で金を貸す。金額は三万円までの少額で、利息はトゴが普通らしい。当然だが、十日後に五割の利息をとるのではなく、貸すときに五割をとるから、客が三万円を借りても、手にするのは一万五千円しかない。そうして十日後に元金の三万円を返済しようと電話をするとつながらず、あとで「あんたは返済期限を守らんかった」と因縁をつけられて契約は解消されない——。「あんなもんは人間のすることとやないで。おれの性《しょう》には合わん」と、二宮は090金融をシノギにしようとしたセツオから聞いたことがある。セツオには五十万の元手もなく、取り立てが面倒だと考えてやめたらしいが。

「リーダーはどこの誰じゃ」

「知らんのや。訊いたこともないし」

「グループの巣は」

「桑原さん、ほんまに知らんのや」

光本は首にかかったコードを外そうとする。その腕を桑原は蹴りつけた。

「横内はどう揉めたんや。今井、岸上、小沼と」

「横内は『やすらぎ』の乗っ取りをしたときに、今井や岸上や小沼がオレ詐欺の金主をしてると知ったんや。それで自分も一枚嚙ましてくれと今井にいうた」

今井ははじめ、適当にあしらっていた。金主になりたいのなら金を持ってこいと、横内にいった。横内はコンサルと称していたが、実態は今井の使い走りだから金はない。横内は岸上のところへ行って、白地手形のことをバラすと脅した――。

「今井は二千万を持ってこいと横内にいうたんや。無理を承知でな。……普段から安う見られてる横内は今井を恨んでた。いつまでもおまえの飼い犬やないぞと尻《けつ》まくったんや。まくった相手が警慈会の大ボスいうのはヤバいわな」

「内輪の揉めごとやないけ。そんなもんで命《タマ》とったんかい」

「詳しい事情は知らん。横内が消えたらしい、というのはあとで知った」

「おどれは木崎に訊いたんやろ。横内を殺《や》ったんかと」

「あほいえ。訊けるわけない。わしの首が寒《さぶ》うなる」

「横内の車が志摩の海岸で見つかった。横内は熊野灘に沈んでるんか」

「そうやろ。ひょっとしたら自殺かもな」

「こっち向け」

桑原はコードを緩めた。光本は膝立ちになり、振り向く。その鼻面に拳がめり込み、光本は仰向きに倒れた。鮮血が噴き出す。

「おとなしいに聞いてたら嘘八百並べくさって。おどれは幾成会の佐々木にクンロク入れたやないけ。刑務所まで行って。……おまえも散骨されとうないやろと、佐々木を脅したんはどういうことや、え」

「——あんた、佐々木に会うたんか」

「会うたから、ここに来たんやろ。おどれをぶち叩きにな」

桑原は光本のそばにかがんだ。床に落ちたフォークを拾う。それを見た光本は肘と尻で後ろに這った。

「散骨いうのはなんじゃい。どういう意味や、こら」

「桑原さん、後生や。これ以上、喋ったら……」

「おどれが喋ったとはいわんわい。わしはほんまのことを知りたいだけじゃ」

「横内を焼いて灰にした。そう聞いた」

「誰から聞いた」

光本は答えない。桑原はフォークを振りあげた。

「分かった。いう。木崎や」

「どこで焼いたんや」

「知らん」

『やすらぎ』の焼却炉やろ」

「桑原さん、ほんまに知らんのや」

「横内を殺ったんは木崎か。白姚会のチンピラか」

「知らん。知らんのや」泣くように光本はいう。

と――、床に倒れていた髭が呻いた。足先がわずかに動く。

「桑原さん、やめましょ。これ以上やっても無駄です」

二宮はとめた。桑原はフォークを捨て、舌打ちをして立ちあがった。

「ここに来たことは黙っててくれ」

喘ぐように光本はいった。「わしもあんたが来たことはいわへん」

「口止めかい」桑原は笑った。「それだけ喋ったら、なかったことにしたいわのう」

「なにもいいません。約束します」

二宮は光本にいった。桑原を先に立てて徳山商事を出た。

「わしはおまえのことが分からんぞ」

「なにがです」階段を降りる。

「ヘタレのくせに肚が据わってる。わしが整備工場で暴れても、光本を雑巾にしても、平気な顔で見てるだけや。それはなんや、親父の血か」

「ヘタレやから、よう逃げんのです。固まってしもて。……いままでになんべん桑原さんの喧嘩を見てきたことか。ただひとついえることは、桑原さんの喧嘩は水際立ってます。大阪一のイケイケですわ」

「おまえもたまにはええこというやないけ」

「学習したんです。ひとがなにをいうたらよろこぶかを」

「これや。おまえにはわしに対するリスペクトがない」

なんや、こいつは。リスペクトの意味を知ってんのか——。

「しかし、ま、ええチームワークや。わしが脅しておまえが宥《なだ》める。おまえは役者や」

「そんなつもりはさらさらないんですけどね」

暴行傷害の共犯で逮捕されるのは願いさげだ。

黒門市場から堺筋にもどって、桑原はタクシーに手をあげた。

どこ行くんです——。訊いたが、桑原は答えなかった。

14

深江西一丁目——。『プラザ深江』の車寄せでタクシーを降りた。桑原は玄関横の集中インターホンを指さして、
「訊いてみい。田所がおるかどうか確かめんかい」

「おったらどうするんです」

「オレ詐欺のことを訊く」

「桑原さん、あれだけ田所をひどいめにあわしたんです。会えるわけないやないですか」

「そこや。まさか、わしらが来るとは思てへんやろ」

「わしら、ね……」複数形はやめて欲しい。

「また、部屋に踏み込むんですか」

「考えてものいえよ。田所が錠をあけるわけないやろ」

「ややこしいな。どうせいというんです」

「ごちゃごちゃいうな。わしは田所に会いたいんや」

背中を押された。インターホンに レンズはない。3、0、1、とボタンを押した。

——はい、田所です。

女の声。このあいだロビーで見かけた派手目の女だろう。

——東成郵便局です。田所さん宛に書留がとどいてますが、ご主人はいてはりますか。

——わたしが預かります。

——ご本人の印鑑が必要なんです。いてはりますか。

——ごめんなさい。いまは出てます。

——いつ、お帰りですか。

——近くでパチンコしてます。夕方か夜には帰ってくると思いますけど。

——それやったら、明日、また来ます。

——誰からです、書留。

——白姚総業となってますね。

——はい。伝えます。

インターホンは切れた。

「詐欺師やのう、おまえは」そばで桑原がいう。

「当意即妙ですわ」

「口から出まかせやろ。それを詐欺師というんや」

「どうするんです。夜まで待つんやったら、なにか食いましょ。鮨、鰻、ステーキ、フレンチ、イタリアン……。鶴橋で焼肉いうのも趣向ですね」

「なにが趣向じゃ。行くぞ」

「どこへ」

「パチンコ屋やないけ」

桑原は煙草をくわえて歩いて行く。

深江西二丁目——。内環状線沿いの『インペリアル』に入った。けたたましいBGM、耳を聾《ろう》するパチンコ台の作動音、煙草の臭いが鼻を刺す。よくも、ま、こんな不健康なところに客が集まるものだと思ったのは、この数カ月、二宮がパチンコホールに出入りしていなかったからかもしれない。桑原は休憩スペースで待ち、二宮はホール内を探したが、田所はいなかった。

深江南の『7《セブン》』、ここにもいない。

商店街に入った。アーケード下を行くと、『7』の客に聞いた『LUCKY』があった。こぢんまりした街中のホールだ。手前の駐輪場に原付バイクや自転車が四、五十台、だんごになって駐められている。

田所をめあてにシマのあいだを歩いた。赤のキャップの男が通路にドル箱を積みあげている。鼻のひしゃげた蛙のような横顔は田所だった。

二宮は休憩スペースにもどった。桑原はシートにもたれてあくびをしている。

「いてますわ、田所」

「そうかい」桑原はのっそり立ちあがる。

田所のところにもどった。桑原は後ろから玉皿を覗き込んで、

「久しぶりやな、田所さん。えらい勝ってるやないけ」

「なんじゃい。桑原か」振り向いた田所はそう驚きもしない。鼻の付け根に絆創膏を貼っているのは二宮と同じだが、左の眼の下が黒ずんでいる。

「ドル箱が五つ。なんぼほどになるんや」

「七、八万かのう」

「そら、ええ稼ぎや」

「誰に聞いて来た」

「島之内。白姚の組当番や」

「チャラをぬかすなよ、こら」

「ちょいと話がある。出よか」

「あほんだら。殺すぞ」

「おもろい。ここでゴロまくか」

「おどれは……」田所の顔が紅潮する。

「まぁ、待てや。うちのオヤジがあんたんとこの徳山さんと話をした。手打ちや。わしはあんたに詫びを入れに来た」

「このガキゃ、それが詫びを入れる顔か」

「すまんのう。愛想のない顔で」

「持ってきたんかい。詫び料」

「五十万な」

「どつかれんなよ、こら。桁がちがうやろ」

「五十はわしからや。それと二蝶会から百。それでチャンチャンにしてくれや」

「聞けんな。わしはおどれを弾く肚やったんやぞ」

「そら怖い。このとおりや。堪忍してくれ」こうも桑原が下手に出るのは珍しい。

「おどれは松原の故買屋に行ったそうやの」

「行った。わしの車を取りもどしにな。あんたに聞いたとはいうてへん」

「金、寄越せ。詫びはそのあとや」

「こんなとこでは渡せんな。うちの事務所に来てくれや」

「正気か、このガキは。金を持ってきたんなら見せてみい」

「疑り深いのう」

桑原は上着の内ポケットから札入れを抜いた。広げて田所に見せる。二宮には見えないが、十万円のズクが五つ、六つは入っているようだ。

「わしといっしょに事務所へ来いや。そしたら百五十、耳をそろえて渡すがな」

「講釈はええわい。いま、五十や」

田所はいい、あごで二宮を指す。「あとの百はこいつに預けて、うちの事務所に持って来させろや」

「洒落がきついのう。これを島之内にやったら、また拉致られてマル暴を呼ばなあかんがな」

「おどれは極道のくせにヒネとつるんどんのか」

久々に聞いた。ヒネとはヤクザの隠語で警察官のことをいう。

「あの腐れ刑事《デカ》はこいつの連れや。わしは関係ない」

「金寄越せ、こら」

「話にならんの」

桑原はドル箱を靴先で蹴り、「ま、遊んどけや。機嫌よう」と、背を向けた。

ホールを出た。桑原は煙草を吸いつける。二宮も煙草をくわえて火をつけた。

「ほんまに手打ちをしたんですか。百五十万で」

「するわけないやろ。オヤジが徳山と会うたとは聞いてへん」

「ほな、なんであんなことというたんですか。財布まで見せて」

「あのボケを攫《さら》おと思たんや」攫ってオレ詐欺のことを訊くつもりだったという。

「事務所に連れ込んだら、それこそ戦争になりますよ」

「誰が連れ込むんや。あんな与太はそこらでどつきまわしたらええんや」

「通報されたらどうするんです。警察に」

「いちいち、うるさいわい。わしのすることに口出すな」

「あのね、おれもいっしょですねん」

「ほな、もうひとり増やしたろか」

「なんです……」

「黙っとれ」

桑原はスマホを出した。「――わしや。車に乗って深江に来い。――東成や。深江南の商店街。『LUCKY』いうパチンコ屋があるから、そこに来い。――シャベルとロープが要る。梱包テープもな。——車で来るんやぞ。ええな」電話を切った。

「誰です」

「セツオや」

「セツオとふたりで攫うんですか。田所を」

「セツオやないやろ。セツオくんといわんかい」

徳永セツオ——。二蝶会組員だが、喧嘩はからきしだ。若いころは〝便所コオロギ〟と呼ばれて、裏ビデオの盗撮ものをシノギにしていたが、ネットでタダの映像がアップされはじめて稼ぎがなくなった。セツオにはデパートの女子トイレで保安員に見つかり、駆けつけた婦警のスカートの中まで撮ったという伝説がある。

「おまえはここで張っとけ。あのボケはドル箱を積んでるから、夜まで打ってるやろ」

「桑原さんは」

「わしは喫茶店《サテン》でスタンバイや」

なにがスタンバイや。ビールでも飲んで寝るつもりやろ——。

「セツオが来たら電話せい」

桑原は仏頂面で離れていった。

そして四十分——。駐輪場にセツオが現れた。坊主頭にセルフレームのサングラス、椰子《やし》柄のアロハシャツにツータックのチノパンツ、革の鼻緒の雪駄を履いている。ファッション感覚がおかしい。

「桑原さんは」

「そこらの喫茶店やろ。……アロハには雪駄よりビーサンのほうが似合うんとちがうか」

「極道は雪駄や。そこは外せん」

「車は」

「そこのコインパーキング」アルトに乗ってきたという。

二宮は桑原に電話をした。

――セツオくんが来ました。

――田所は。

――いてます。

さっき、ドア越しにホールを覗いた。

――景品の買取所はどこや。

――この近くでしょ。

――気が利かんのう。調べとかんかい。セツオに代われ。

「ほい、電話」

携帯を渡した。セツオは少し話をして、切った。

「桑原さん、なんやて……」訊いた。

「田所とかいうやつを買取所で攫うんやと」

「それはないやろ。人目がある」

「買取所は目立たんとこにあるから、そこで待ち伏せするんや」

「田所は白姚会の幹部やで。ええんか」

「白姚会？　島之内のか」

セツオはいい、「おもろいやないか。二蝶会の怖さを教えたる」

セツオは貧相で痩せているが、向こう意気は強い。セツオが肩を揺すりながら街を歩くと、不良連中がガンを飛ばしてくる。弱いくせに退《ひ》くことを知らないから喧嘩になる。セツオの前歯は上も下も差し歯で、鼻骨は斜めにずれている。坊主頭にミミズのようなハゲがあるが、隠す気もないようだ。

「おれ、買取所を見てくる」

セツオはズボンのポケットに両手を入れ、雪駄をチャリチャリ鳴らしながら、商店街の舗道をもどっていった。


日が暮れた。七時、八時、九時――。アーケードの照明は消え、商店街の店はあらかた閉まっている。

九時半になって、ようやく田所は台の前を離れた。ドル箱を五つも積みあげたキャスターを景品交換カウンターに押して行く。

「にやついとるぞ」セツオは駐輪場の柱の陰からホール内を覗く。

「十万ほど勝ったんとちがうか」

「攫うついでに奪《と》ったろかい」

「そら、あかん。強盗になる」

「洒落やがな、洒落」セツオは案外に本気だ。

二宮は電話をした。桑原はすぐに出た。

――いま、どこです。

――カフェや。ネットカフェ。

――田所がカウンターに行きました。計数機に玉を入れてます。

――よっしゃ。行く。

桑原はインターネットカフェで寝ていたようだ。


ほどなくして、煙草をくわえた桑原が来た。セツオはライターの火を差し出して、

「いてますわ。中に」

「景品の買取所は」

「あの四つ角を右に入ったとこです」セツオは指をさす。

「シチュエーションは」

「なんです……」

「道は広いんか。人目はどうなんや」

「道は一方通行です。買取所のほかは普通の家です。電柱に街灯がついてます」

「まずまずやの。車はどこに駐めた」

「買取所の近くです」

「ほな、車に乗ってその一方通行の道に入ってこい」

「ええんですか。桑原さんひとりで」セツオは二宮を員数とみなしていないようだ。

「要らん心配すんな。行け」

「はい」セツオは走って行った。

計数が終わった。田所は特殊景品をブルゾンのポケットに入れてカウンターを離れる。桑原と二宮は駐輪場の柱の陰に隠れた。

田所がホールから出てきた。ひょろひょろ歩いていく。アーケード下から右の脇道へ入るのを見て、桑原は駐輪場を離れた。

田所は買取所にいた。窓口を覗き込んでいる。桑原は足音をひそめて近づいていく。

田所が金を受けとった。フッとこちらを見る。

「よかったのう。なんぼ勝った」桑原がいった。

「おどれら……」田所は舌打ちする。

「さっきの話のつづきがあるんや。つきおうてくれ」

桑原は無造作に近づき、田所はあとずさる。

「そんな邪険にするもんやないで。わしは話をしたいだけなんや」

「去《い》ね。用はない」

田所は買取所を離れる。桑原はついて行く。

「待ってくれや、田所さん」

「やかましい。しつこいぞ」

田所が振り向いた瞬間、桑原は踏み込んだ。脇腹にアッパーを放ち、みぞおちを突きあげる。田所はくの字になり、ふらついて横を向いた首筋に桑原の膝がめり込む。田所は腰から路上に落ち、そこへ車のヘッドランプが近づいて停まった。

「乗せんかい」

桑原がリアドアを開けた。セツオが降りてきて田所の脇を抱える。二宮が脚を持って田所を車に押し込んだ。桑原と田所がリアシート、二宮が助手席、セツオが運転して走りだした。

「どこ行きます」

「生駒《いこま》や。こいつを埋める」

「あっ……」

「なんや」

「シャベルを忘れました」梱包テープとロープは持ってきた、とセツオはいう。

「おまえはモグラか。手で山土を掘るんかい」

「どこか、工事現場に寄りますか」

「もうええ。此花や」

舞洲《まいしま》へ行け、と桑原はいった。


深江から上本町《うえほんまち》、長堀、木津川を渡り、みなと通に入ったところで田所がえずいた。

「くそ汚いのう、こら。わしのスーツに吐いたらぶち殺すぞ」

桑原は田所の頭をつかんでレッグスペースに押しつけた。

「どこや……」喘《あえ》ぐような田所の声。

「車ん中やろ」

「わしの連れは知っとんのやぞ。おどれとわしが込み合うてると」

「それがどうした。おどれが消えたら、わしがやったことになるんかい」

「この辺にしとけ。あとはわしが収めたる」

「くそボケ。セリフが逆やろ」

桑原は殴った。田所は呻いた。


みなと通から国道43号を北上し、此花区に入った。桑原も田所も黙り込んでいる。北港通《ほっこう》を西へ走り、ＵＳＪをすぎた。車は此花大橋へあがっていく。橋を渡れば舞洲だ。

此花大橋は長大な吊り橋だった。海面からの高さは三十メートル以上か。南に大阪港、南港《なんこう》方面、北に湾岸線、その先に神戸の街の灯が見える。車は一台も走っていない。

「とめんかい」桑原がいった。

セツオは橋の真ん中あたりで車を左に寄せ、ハザードランプを点けて停めた。

「なんじゃい、こら」田所がいった。

「おまえを沈めるんやないけ。鉄のホイールを抱かして」

「なんで沈めるんや」

「おまえは行儀がわるい。わしの話を聞く耳がない。おまえを放したら、組に駆け込んで、わしを標的《マト》にかけるやろ」

「なにが訊きたいんや。いうてみい」

「横内はなんで殺られた」

「横内……。誰や」

「おいおい、とぼけとんのか」

「コンサルか。今井の子分の」

「今井、岸上、小沼、おまえんとこの木崎……。幾成会の福井を嵌《は》めて、大東の『やすらぎ』を乗っ取ったやろ」

「……………」田所に反応はない。

「『やすらぎ』のオーナーは白姚会。理事長の岸上はダミーや」

「知らんな。なんの話や」

「今井、岸上、小沼、木崎の四人はオレ詐欺の金主で、ケツ持ちは白姚会。おまえは木崎の名代で詐欺グループとの連絡係をしてる。ちがうか」

「どこで聞いたんや、そういう戯《ざ》れ言《ごと》を」

「戯れ言な……」桑原は笑った。「戯れ言を聞かせるために、おどれを攫うたと思とんのか」

「そら、ご苦労さんやったのう。オレ詐欺や連絡係やと、訳の分からんことばっかりほざきくさって。白姚の米櫃《こめびつ》に手を突っ込んでケジメがつくんかい」

「極道やのう、おまえは。ええ根性や」

桑原はいい、セツオに、「こいつはあかん。吊るすぞ」

セツオは車を降りた。リアにまわる。

「やめんかい」

田所はドアハンドルに手をかける。桑原は田所の首に腕をまわした。

「な、田所さんよ、おまえも一端《いっぱし》の極道やったら肚を決めんかい」

セツオがリアハッチをあげた。黄色と黒の工事用ロープをとり、抗う田所の首に巻きつけようとする。

「首やない。足や。足を括れ」

セツオは離れて、リアドアを開けた。田所が蹴る。セツオはロープを輪にして田所の右足にひっかけた。田所は必死で叫ぶ。なにをいってるか分からない。セツオはロープの輪を絞り、田所は左足でセツオを蹴りつける。

「引きずり出せ」

セツオはガードレールを跨《また》ぎ越し、腰を落としてロープを引いた。田所の片足が伸び、靴が脱げる。桑原が首にまわした腕を放すと、田所は仰向きのまま車外に落ちて、ゴツッと後頭部をガードレールの縁石に打ちつけた。桑原は車から降り、四つん這いになった田所の股間を尻から蹴りあげる。田所は車とガードレールのあいだに横倒しになり、右足のロープを解こうと、必死の形相でもがく。二宮はもう見ていられず、車外に出た。

「桑原さん、やりすぎです」

「なにがやりすぎじゃ。ダニを一匹、吊るすだけやないけ」

「片足を括って、すっぽ抜けたらどうするんですか。逆さに吊るすんなら両足を括ってください」論点がずれているような気がしたが、考える余裕がない。

「要らん講釈さらすな。おまえに手伝えとはいうてへん」

桑原はセツオとふたりがかりで暴れる田所を担ぎあげた。田所はガードレールにひっかかって背中から歩道に落ちる。田所は喚《わめ》き、這って逃げようとするが、セツオにロープを引かれてまた倒れる。桑原は田所の髪をつかんで引き起こした。

「分かった……。おどれの勝ちや」力なく、田所はいった。

「勝ちも負けもあるかい。オレ詐欺のことをいえ」

「金主は四人や。ケツ持ちは白姚会」

「騙しのリーダーは誰や」

「知らん」

「まだ、とぼけるか。おまえは番頭やないけ」

「わしはほんまに知らんのや。ケツ持ちはしてるけど、騙しのリーダーてなやつは会うたことも名前を聞いたこともない。リーダーを差配してたんは今井や」

「なんでもかんでも今井かい。便利やのう」

「嘘やない。今井に訊け。拘置所に行ったら面会できるやろ」

「あほんだら。面会いうのは、向こうがウンといわんかったらできんのじゃ」

「わしが今井にいう。桑原に会うてやってくれと」

「今井がオレ詐欺グループに絡んだんは、なにが理由や。『やすらぎ』の待機者名簿から辿《たど》ったんか」

「そうや。わしはそう聞いてる」

『やすらぎ』の入居者の中にオレ詐欺の被害にあった老人がいた、と田所はいった。

「リーダーは誰や」

「せやから、知らんというてるやろ。なんべんも同じことをいわすな。このボケが」

「誰がボケや、こら」

「すまん。口が滑った」

「そうかい。口が滑ったか」

桑原は振り向き、「吊るすぞ」と、セツオにいった。セツオは手に持ったロープを橋の手すりに括りつける。

「な、なにするんや」田所は喚く。

桑原は田所の腰に腕をまわした。田所は手すりの脚にしがみつく。その腕を桑原は蹴った。ギシッといやな音がして、肘が曲がった。

桑原とセツオは田所の身体を持ち上げるなり、手すりの外に放り出した。田所は悲鳴をあげて落下する。二宮は手すりから上体を乗り出した。下から潮風が吹きあげてくる。田所はぶらぶら揺れていた。

「気絶しよったな」桑原がいった。

「下手に逆らうからですわ」セツオが笑う。「涼しいですね」

「そら、海の上や」

海面は遥か遠く、暗い闇が広がっている。二宮は震えた。桑原はともかく、セツオにもブレーキがない。

ヘッドランプが近づき、追い越し車線を走って行った。ボルボのワゴンだった。

桑原は煙草をくわえた。セツオがライターを擦ったが、風にあおられて火がつかない。桑原はライターをとり、手で口もとを覆って吸いつけた。

「どうします」手すりに括りつけたロープを触りながら、セツオは下を覗き込む。「こいつを生きて帰したら、あとがめんどいですよ」

「おまえ、二十年も食らい込む肚があるんか」

「深江で攫うたとき、誰にも見られてません。極道の死体が揚がったところで、警察はまともな捜査はしませんわ」

「なにを考えとんのや、おまえは。安物《やすもん》のVシネやないんやぞ」

「けど、桑原さんもおれも標的《マト》にかけられます。白姚会の」

「上等やないけ。とことんやったろ」

「おれ、イモ引きませんから」

「それでええんや。外を歩くときはベルトにヤッパを差しとけ」

「ヤッパ、持ってへんのです」

「わしが買うたる。鞘つきのサバイバルナイフを」

どういう会話だ、こいつらは。セツオは強がっているふうでもない。

セツオも煙草に火をつけたから、二宮も吸った。トラックが対向車線を走りすぎたが、こちらを見るふうでもなかった。

「そろそろ、あげたるか」

短くなった煙草を、桑原は弾いて捨てた。火の粉が風に舞った。

セツオとふたりでロープを引いた。重い。桑原は手伝おうともしない。

田所を歩道にあげると、白眼を剝いていた。舌を嚙んだのか、口のまわりに血がついている。

「こら、起きんかい」

桑原は田所の頰を張った。反応がない。「――死によったか」

「息してますわ」

セツオが襟首をつかんで揺すった。田所は呻いた。

桑原はかがんで、田所の顔を覗き込んだ。

「よかったのう。生きてて」

「どこや……」

「賽《さい》の河原や」

田所はえずいた。泡まじりの胃液を吐く。饐《す》えた臭いがした。

「もういっぺんだけ訊くぞ。オレ詐欺のリーダーは誰や」

「………」田所は微かに首を振る。

「あきませんわ、こいつは。ホイール抱かして沈めましょ」セツオがいった。

「南条《なんじょう》や。南条研《けん》」田所の声は掠れている。

「芸名か」

「そうやろ」

「グループの巣は」

「新町《しんまち》」

「どこの新町や」

「西区の新町」マンションの三階だという。

「何丁目のなんちゅうマンションや」

「二丁目。『ルッソ新町』。３０２号」

「調べてみい」

桑原はセツオにいった。セツオはスマホを出す。

「南条のグループは何人や」桑原はつづける。

「十七、八人はおるやろ」

「サブリーダーは」

「三人。そいつらが下の五、六人をまとめてる」

徳山商事の光本から聞いた話とほぼ一致する。

「サブリーダーも知ってるんか」

「わしが知ってるのは南条だけや」

新町のマンションに行ったことはないといい、南条の自宅も知らないという。

「南条の番号は」

「電話か。んなもんは憶えてへん」

田所はまた、えずいた。桑原は田所のブルゾンの内ポケットを探り、スマホを抜いてセツオに渡した。

「オレ詐欺のアガリはどうしてるんや。おまえが集金するんやろ」

「週にいっぺん会う。わしがいうた喫茶店《サテン》に南条が持ってくる」

「なんぼや」

「百万のときもありゃ、五百万のときもある」

「収支明細は」

「メモや。帳面なんぞあるかい」

「ごまかし放題か」

「ノルマがある。月に一千万。それ以上はとらん」

「今井、小沼、岸上、木崎はなんぼ出資した」

「ひとり、二千万」

「四人で八千万かい。たった二千万の出資で、月に二百五十万の配当いうのはボロいのう。わしも仲間に入れてくれや」

「へっ、一昨日、来い」

「おまえの取り分は」

「二百や。表向きはな」

「木崎にカスリをとられとんのか」

「百もな」田所はうなずく。

今井、岸上、小沼、木崎の金主四人と番頭格の田所が月に一千万を五等分し、田所はそこから百万を木崎に上納する――。木崎の稼ぎは三百万だが、ほかの金主三人はそれを知らないようだ。

「南条から預かった金は木崎に渡すんか」

「今井に渡すんや。あとは今井が分配する」

「今井はおらんぞ。娑婆に」

「せやから、いまは小沼んとこに持って行ってる。小沼は司法書士やから金勘定はきっちりしてる」

「今井の二百万が浮いてるのは、どうしてるんや」

「んなことは、わしの知ったこっちゃない。小沼に……」あとの言葉を、田所は呑み込んだ。

「小沼に訊け、か」桑原はせせら笑った。

「煙草くれ」

「吸わんかい。勝手に」

「手が動かんのや」

田所は右手を振った。肘から先がだらりとさがっている。

桑原は煙草を抜いて田所にくわえさせ、手を風避けにして火をつけてやった。

「その煙草が冥土の土産かのう」

「あほぬかせ。わしが死んだら、若頭が黙ってへんぞ」

「おまえが生きてても黙ってへんやろ」

「わしはいわへん。橋から吊るされたてなことはな」

「おまえはやっぱり性根がある。金筋の極道や」

「いうとけ。あほんだら」

「ひとつ教えたろ。おまえとオレ詐欺の絡みを聞いたんは徳山商事の光本や。こっちが訊きもせんのに、よう喋りよったわ」

「あの爺……」田所の顔が歪んだ。

「横内は誰が殺《や》った」

「知るかい」

「光本は、おまえが殺ったというてたぞ」

「寝言をいうな。わしが横内を見たんはいっぺんだけじゃ」

「そのときに殺ったんか」

「ええ加減にせいよ。恨みつらみもないやつを殺るわけないやろ」

「ほな、誰が殺ったんや」

「しつこいぞ。知らんもんは知らんわい」

「そうか。おまえは知らんか。ほな、もう用はないの」桑原は田所の煙草をとって捨てた。

「分かった」田所はいった。「今井や。今井が殺った」

「しぶといのう、白姚会の田所さんは」

桑原は田所の腕をとった。「バンジージャンプや。ロープなしの」

「ま、待て。聞かんかい」

田所は桑原の手を振り払った。「あれは事故や」

「なんやと」

「若頭から電話があった。五年前の夏や。『やすらぎ』に来いといわれた」

田所が車で『やすらぎ』へ行ったのは夜中の一時すぎだった。理事長室に入ると、今井と岸上、小沼と木崎がいた。小沼は鼻にタオルをあててソファに座り込み、床に横内が倒れていた。横内は耳から血を流し、ぴくりともしない。一目で死んでいると分かった。

田所は木崎に事情を訊いた。木崎も今井に電話で呼び出されたという。

今井が独りごちるように話しはじめた――。今井は以前から、オレ詐欺の金主に加えてくれと横内に要求されていたが、相手にしなかった。『やすらぎ』の乗っ取りが成功したころから横内の要求は頻繁になり、今井を無視して岸上に強談判し、サルベージ屋と白地手形を使った乗っ取りの裏を、関西一円の有料老人ホームに公表する、と脅した。岸上は怒って、横内をなんとかしろと今井にいい、今井は岸上と小沼を『やすらぎ』の理事長室に同席させて横内を抑えにかかった――。

「――横内はふてくされてソファにふんぞり返ってた。それで小沼が切れて、横内をぼろくそにいうた。横内も切れて小沼を殴った。今井がクリスタルの灰皿で横内をどついたら、横内は頭を抱えてゲーゲー吐きまくったあげくに、電池が切れたみたいに動かんようになった」

「くも膜下出血とか硬膜下血腫というやつかい」

「横内は糖尿病のデブで、脳梗塞の発作を起こしたことがあった。頭ん中の血管がぼろぼろやったんやろ」

「それでどうした」

「事故ではすまんわな。横内はゲロだらけで、頭と耳から血を流しとんのやから。その場におった岸上と小沼もアウトや。ワルどもは相談して、なかったことにしよとなった」

「木崎に電話したんは今井か」

「そういうこっちゃ」

「その後始末のご褒美で木崎はオレ詐欺の金主、おまえは番頭かい」

「まあな……」

「横内の死体は『やすらぎ』の焼却炉で焼いたんか」

「なんで知ってるんや」

「光本から聞いた」

「くそったれ。あのチンカス」

「骨はどうした」

「きれいさっぱり灰になってた。さらえて、段ボール箱に入れた」

「志摩の海岸に横内の車を乗って行ったんはおまえか」

「いちいち細かいのう。わしが乗って行ったんや」

「木崎にいわれたんか」

「若頭は関係ない。横内を焼いたんも、わしや」

「なんでもかんでもひっかぶるんやのう、白姚会の田所さんは」

「おまえもそうやろ。極道はな」

志摩市の片田海岸の堤防のそばに横内の車を駐め、運転席の足もとに靴を揃えた。船着場の突堤から灰を撒き、段ボール箱を捨てて立ち去ったという。

そこへ、よろしいか、とセツオがいった。桑原が振り向く。セツオは田所のスマホから眼を離して、

「西区の新町に『ルッソ新町』いうマンションがあります。それと、南条の電話番号は090・5811・97××です」

「嘘やなかったな」桑原はセツオからスマホを受けとった。

「返せや」

田所が手を伸ばす。桑原はスマホを上着のポケットに入れた。

「なにさらすんじゃ、こら」

「おまえ、吊るしたろか。今度は首にロープ巻いて」

「…………」田所は下を向く。

桑原は立った。ガードレールを跨ぎ越してアルトに乗る。二宮も乗り、セツオが運転して走り出した。

「あいつの話、ほんまですかね」セツオがいった。「事故いうのは」

「横内を殺したんやったら木崎の仕業やろけど、そんなふうでもなかったな。死体もない、証拠もない事件を事故に仕立てることもないやろ」

「脳出血て、耳から血が出るんですか」二宮は訊いた。

「そんなことも知らんのかい。耳の奥には脳みそがあるんやぞ」

「おれは医学的な考察をですね……」

「賢いの、二宮くんは。考察や警察やいう前に、自分の頭のハエを追わんかい」

ハハハ、とセツオが笑った。気分がわるい、こいつらは。

此花大橋を渡り、舞洲に降りてUターンした。また橋にあがる。田所は反対側の歩道に座り込み、こちらを見ていた。手すりに括られた黄色と黒のロープはそのままだった。

「どうします。新町へ行きますか」セツオがいう。

「そうやの。行け」

「あの、質問です。新町のマンションへ行って、なにをするんですか」二宮は訊いた。

「南条をぶち叩く。オレ詐欺のリーダーてなもんは人間のクズや。わしが退治したる」

「退治したら、金になるんですか」

「金になるように退治するんやないけ」

「田所がいうてたやないですか。白姚会の米櫃に手を突っ込んだら全面戦争です。嶋田さんに手打ちを頼んでるのに、顔を潰すことになりませんか」

「わしはな、いっぺん走り出したらとまらんのや」

「それは重々知ってます。……けど、今回ばっかりは暴れすぎですよ」

「成り行きの喧嘩じゃ。床の間にふんぞり返ってて、シノギはできんわい」

桑原は言い放って、「おまえ、チビっとんのか」

「そら、チビりもしますわ。いまでさえアメ村の事務所から疎開してる身やのに」

「疎開の意味を知っとんのか。大正の兎小屋でインコと寝てるんが疎開やないぞ」

「スズメにね、餌もやってますねん。パンくずとか」

「あほやろ、こいつは」

あほはおまえや。調子乗りのセツオもな――。桑原が撃たれて血を噴き出しながら息絶える光景が眼に浮かんだが、その傍らには額に穴のあいた二宮もいた。背筋が寒い。

15

西区新町――。『ルッソ新町』は二十数階建の高層マンションだった。外装は白、植込みの木々は疎《まば》らで丈が低い。ここ一、二年の新築だろう。セツオは車寄せにアルトを駐め、玄関へ走って、すぐにもどってきた。オートロックです――、と首を振った。

桑原は腕の時計を見た。「十一時半か……。誰ぞが帰ってきたら、ついて入れ」

「桑原さんは」

「おまえが入ったらええんや。中にロックの解除ボタンがあるやろ」

「アイアイサー」

セツオはまた玄関へ走り、石段に腰かけて煙草を吸いはじめた。

「アイアイサーとイエッサーて、どうちがうんですか」

「アイは〝わたし〟や。よくよく承知しましたと、強調しとんのや」

たぶん、ちがうと思う。否定する理由もないので、黙ってうなずいた。

五分ほど待って、スーツ姿の男が現れた。セツオを気にするふうもなく、インターホンのスリットにカードキーをスライドさせる。ガラスドアが左右に開き、セツオは男につづいて中に入って行った。

行くぞ――。桑原が車外に出た。二宮も降りる。

セツオはガラスドアの向こうにいた。桑原が手をあげる。セツオは壁のボタンを押し、ドアが開いた。エントランスホールは広い。メールボックスを見ると、《３０２》のプレートには《南原》と刻まれていた。

「南条やないですね」セツオがいう。

「これが本名やろ。芸名で部屋は借りられんからな」

　エレベーターは三基あったが、手前の階段で三階へあがった。３０２号室のインターホンにはレンズがついていた。

「ほら、押せ」桑原がいう。

「おれが、ですか」

「わしは人相がわるい。セツオは顔がひどい。おまえはボーッとしてる」

「なにをいうたらええんですか」

「田所の使いです、といえ。届け物《もん》があるというんや」

「ドアチェーンを外さんかったら？」

「段ボール箱が大きいから入りません、といわんかい」

「行きあたりばったりですね」

「四の五のいうてんと、やれ」

　インターホンの前に立ち、ボタンを押した。ドア越しにチャイムが聞こえる。返答がない。もう一度、押したが、反応はなかった。

「おらんみたいですね」

「もういっぺん押せ」

　やはり、返答はない──。

「飲んでるんですかね。新地あたりで」

南条はオレ詐欺グループのリーダーだから金まわりはいい。毎晩のように飲み歩いて、クラブかラウンジ勤めの女もいるのだろう。

「待ちますか、あそこで」

セツオが階段室を指さした。

「張り込みか。性に合わんの」

桑原は田所から取りあげたスマホを出した。電話せい、と二宮にいう。「田所の携帯やから、南条は出る。どこにおるか訊け」

「おれ、田所の声真似はできません」

「おまえは芸人か。考えんかい」

桑原は発信キーに触れた。二宮はスマホを受けとる。コール音が鳴っていた。

――はい、南条です。

――すんません。田所さんの代わりに電話してます。白姚会の佐藤といいます。

――佐藤さん？　あ、どうも。

――田所さんから届け物を預かって新町に来たんですけど、『ルッソ新町』ですよね。302号室。

――ああ、そっちはおれの自宅ですわ。いまは事務所にいてますねん。

――いつ、こっちに帰りはるんですか。

――今日は事務所に泊まるつもりなんやけど。

――それやったら、事務所に行きますわ。

――届け物て、なんです。

――段ボール箱です。けっこう大きい。中身は聞いてません。

――それ、道具屋の段ボールやと思いますわ。飛ばしの携帯。三十台ほど、田所さんに頼んでましてん。

――どうしましょ。

――わるいけど、こっちに来てもらえますか。おれ、飲んでて運転できへんし。

――事務所、どこでしたかね。

――先月、移りましてん。いまは喜連《きれ》です。

――平野区の？

――阪神高速に乗ってください。松原線の喜連瓜破《うりわり》を出て、すぐの交差点を右折です。そう、長居《ながい》公園通。ふたつめの四つ角にユニクロがあるから、一方通行の道を南へ入ったら、すぐのとこに『きよ』いうお好み焼き屋があります。その隣の青い瓦の家です。

――阪神高速の喜連瓜破から長居公園通を西。ユニクロの角を南。『きよ』いうお好み焼き屋の隣ですね。

桑原に聞かせるように復唱した。そうです、と南条はいう。

――南条さん、ひとりですか。

――ひとりです。スタッフはみんな帰ったし、上にあがって寝よかと思てました。

——すんませんね。眠たいのに。

——待ってますわ。起きて。

——ほな、これから行きます。

電話を切った。

「えらい愛想のええやつです」

「詐欺師は愛想がええんや」

「めちゃくちゃ巧いな」

セツオがいった。「舌先三寸どころやない。五寸はあるで。あんたのトーク」

「見直したやろ」桑原がいう。「こいつは舌先一尺や。詐欺師より上手《うわて》やで」

「一尺て三十センチですよね。一フィートとどっちが長いんですか」

「そんなことも知らんのかい。センチは三文字、フィートは四文字やないけ」

「ああ、そうか。フィートのほうが長いんや」

セツオはもの知らずだが知恵がある。だから、桑原の戯れ言に抵抗しない。

「ほら、行くぞ。平野や」

エレベーターでロビーに降り、マンションを出た。

セツオは四ツ橋入口から阪神高速にあがった。環状線を半周して松原線を南下する。

「ひとつ訊いてええか」隣のセツオにいった。

「なんや……」

「いつ、組員になったんや、二蝶会の」

「さぁな。高校を放り出されて、二年ほど鳶《とび》をして、足場から落ちて怪我をして、松葉杖でぶらぶらしてるときに中学の連れに会うて、そいつが二蝶会の美野《みの》いうひとにかわいがってもろてたから、いっしょに毛馬の事務所に出入りするようになったんや」

「美野いうひとは知らんな」

「飛んだ。博打の借金をこしらえてな」

桑原のケースに似ている。桑原を使っていた組幹部は野球賭博のツメができなくなって飛び、それが縁で桑原は二蝶会の盃をもらったのだ。

「博打て、野球賭博か」

「美野さんにノミの胴元をするような甲斐性はない。ただの博打好きや。あのころは西成に常盆があったから、そこに入り浸って五百万ほど食われた。家は赤川《あかがわ》の商店街の八百屋で現金商売やから、おふくろさんに無心してたけど、どうにも首がまわらんようになったんやな。おれも美野さんに三十万ほど貸したままや」

そこで、セツオは二宮を見た。「おれがいうのもなんやけど、美野さんはブサメンや。あんたみたいに口がまわらんから、食わせてくれる女も寄ってこん。……極道は女にモテんとあかんで。ちがうか」

〝ブサメン〟のところでこちらを見たのが気になった。おれは口がまわるけど、女にはモテんのか、え――。

「おまえら、おもしろいのう」

リアシートの桑原がいった。「同病相哀れむ。笑わしてくれるがな」

喜連瓜破で降りた。長居公園通を西へ行く。ユニクロの交差点を左折すると、民家の軒下に赤い提灯が見えた。筆文字で《お好み焼　きよ》とある。セツオは『きよ』を通り越して、四つ角の手前の保育園の塀際にアルトを停めた。

「カチ込むぞ」

桑原がリアドアを開けた。セツオもエンジンをとめてシートベルトを外す。

「なにしとんのや」

「おれ、待機してますわ。南条ひとりに三人は要らんでしょ」

「これや。おまえがおらんかったらクズどもの巣に入れんやろ」

「おれはいつでも出し子ですか」

「出し子やない。入り子や」

「段ボール箱がないやないですか。南条に見せる」

「そこらで拾わんかい」

「夜中の十二時に段ボールが落ちてますかね。その辺の路上に」

「二宮くん、わしは君とカチ込みたいんや」

低く、桑原はいう。二宮は車を降りた。

『きよ』の隣は三階建の木造住宅だった。一階はシャッターのガレージ、その左に間口の狭い玄関、二階の窓に灯《あかり》が見える。

「カメラ、ないですね」建物を見あげて、セツオがいった。

「極道の事務所やないんやぞ」

オレ詐欺の拠点に監視カメラを設置していると、警察に踏み込まれたとき、そのカメラに残されたデータが拠点に出入りした人間の映像記録になる、と桑原はいい、「掛け子もリーダーもまとめて逮捕される。出入りした番頭や名簿屋や道具屋もな。……オレ詐欺の巣はスクラップ・アンド・ビルドや。半年ごとに撤収しては新しい巣をつくる。もっと目端の利くやつらは上海やマニラやシドニーに巣をかまえとるわ」

「ちょっと待ってください。中国語や英語で騙しの電話をかけるんですか」

「ばかたれ。食い詰めの日本人を向こうに派遣するか、現地で調達するんや」

海外に拠点をおく偽電話詐欺は、受け子を必要としない還付金詐欺や振り込め詐欺が多い、と桑原はいう。

「めちゃシステマチックでワールドワイドやないですか」

「掛け子の巣が大阪にあるということは、南条のオレ詐欺グループは受け子と出し子も関西におるということや」

「おれ、感心しますわ。桑原さんはほんまもんの物知り博士です」

「本を読め、本を。森羅万象は本の中にあるんや」

セツオ・煽《おだ》てる。桑原・図に乗る——。こいつらにつける薬はない。

「段取りをいうぞ」桑原は二宮に、「まず、おまえが玄関のドアを開けさせるんや。そしたら、わしは南条をどつき倒す。事務所にあがったら、セツオ、おまえはスマホで動画を撮れ。オレ詐欺の巣窟やと分かるような名簿や飛ばしの携帯をな」

「任してください。そういうのはばっちりです」

「バッテリーは」

「充電したばっかりです」スマホは二台持っている、と勢い込んでセツオはいう。

「事務所を撮ったら、わしは南条にインタビューする。動画はあとで編集できるな」

「編集はお手のもんです。南条を裸に剝いて尻《けつ》の穴に蠟燭《ろうそく》立ててましょか」

「遊びやないんやぞ。シャンとせい」

桑原はいい、「ほら、行け」

肩を押された。南条が二階の窓から顔を出す恐れもあると、桑原とセツオは軒下に隠れる。

段ボール箱はないが、訊かれたら、車に載せているといえばいい。そう考えて、ブロック塀のインターホンを押した。

——はい。

——佐藤です。

レンズに向かって頭をさげた。

――いま、降ります。

インターホンは切れた。桑原とセツオが両脇に立つ。

階段を降りてくる足音がした。錠が解除されてドアが開く。ご苦労さんです――と、覗いた顔に桑原の拳が入った。男はストンと腰から落ち、桑原、セツオと中に入る。二宮も入って錠をかけた。

「南条さん？」桑原がいった。

「…………」男は鼻を手で覆い、微かにうなずいた。

「上に行こか」

桑原は南条のジャケットをつかんで立たせた。南条は腰が入らないのか、傾斜のきつい階段に手をつき、這うようにあがっていく。

二階は事務所だった。けっこう広い。手前に応接セット、その奥にスチールデスクが八脚、壁際にガラスキャビネットとロッカー、スチールパーティションの向こうは流しとトイレだろう。床はPタイル、天井はプラスターボード、蛍光灯も安っぽい。応接セットとデスクのあいだに細い柱が三本立っているのは、住宅の間仕切り壁を抜いて二部屋をつなげたらしい。セツオはスマホを手にキャビネット内のファイル――地域ごとの住宅地図やその名簿、紳士録、電話帳、高校や大学の卒業者名簿、企業の社員名簿など、背表紙にタイトルが書かれたファイルが五つのキャビネットにびっしりと並んでいる

——を動画で撮影し、デスクのトレイに置かれた携帯電話——スマホは一台もなく、機種も色もばらばらのガラケーがざっと数えて三十台はある——を撮った。

桑原はセツオがもどるのを待ってソファに腰をおろし、南条を座らせた。桑原の後ろにセツオが立ってスマホをかまえ、二宮はデスクの椅子を引いて腰かける。南条は黒のTシャツに赤い花柄のショートパンツ、茶色のロン毛を頭の後ろで括っていた。

「すまんかったのう。手荒い挨拶で」

桑原はテーブルのティッシュペーパーの箱を南条に放った。南条はペーパーをとり、鼻から滴る血を拭く。

「わしは二蝶会の桑原。見てのとおり、極道や。田所から聞いてるか」

「…………」南条は首を振る。

「こないだから、ちょいと事情があって、わしは白姚会と込みおうてる。……白姚会の若頭の木崎、コンサルの岸上、コンサルの今井、司法書士の小沼……。あんたのスポンサーで、オレ詐欺の金主や。知ってるよな」

「…………」南条はまた、首を振る。

「ネタは割れとんのや。田所が喋った。……090金融をしてたあんたは、今井にスカウトされてオレ詐欺に手を染めた。あんたは今井、岸上、小沼を金主にしてグループを組織した。ケツ持ちは白姚会で、番頭は田所。あんたの下にはサブリーダーが三人おる。毎月のノルマは一千万で、田所が集金に来る。どうや、ちがうか」

「…………」南条は俯いたまま動かない。

「おい、口が利けんのかい。利けんのなら利けるようにしたるぞ」

「おまえら……」くぐもった声で南条はいった。

「おまえらがどうした」桑原がいう。

「やめろや、撮るの」南条はセツオを睨んだ。

「やめてもええけど、そうしたら、おまえは半殺しやぞ。血みどろのスプラッターホラーは撮りとうないんや」

「なにが狙いや。金か」

「金は欲しいの」

「金庫にある。三百万。やるから、持って帰れ」

「わしらは賭場荒らしかい」

桑原は笑った。「オレ詐欺の巣にカチ込んで、たった三百万では割に合わんがな」

「なんぼ欲しいんや」

「そうやのう、一億やったら手を打ってもええぞ」

「んな金があるわけないやろ」

「おまえ、齢は」

「三十六」

「その齢でオレ詐欺の頭領とは大したもんや」

桑原は煙草をくわえ、金張りのカルティエで火をつけた。「けどな、わしはおまえらの性根が嫌いなんや。電話一本で年寄りを騙して、なけなしの金を巻きあげて、本日の売上は目標何百万達成ですと、マルチかテレビショッピングの乗りで祝杯をあげる。……虫酸《むしず》が走るんや。反省も後ろめたさの欠片もない、おまえらのそういう乗りと体質がな」

「祝杯なんかあげへん。これは仕事や。ヤクザもいっしょやろ」

「極道はちがう。よろずトラブル請負業や。世間さまには迷惑かけませんと、日々、自戒しながらやっとんのや」

「…………」南条は血に染まったティッシュペーパーを捨て、また数枚を抜いて鼻にあてた。

「おまえ、岸上が理事長してる大東の『やすらぎ』いう老人ホーム、知ってるよな」

「…………」南条はうなずく。

「コンサルの今井にネタをやったんはおまえやろ。介護ビジネスに進出したい今井に、特養と介護つき老人ホームの待機者名簿を見せて、『この幾成会いうのが狙いめです』と、講釈したんとちがうんかい」

「…………」南条は答えない。

「どうなんや、こら」

桑原はテーブルの灰皿をなげつけた。南条の膝にあたって吸殻が飛び散る。

「喋ったんか、田所が」南条は膝をなでた。

「此花大橋から逆さに吊るした。白眼を剝いて喋りよったわ。『やすらぎ』の乗っ取りから、横内を殺して灰にしたこともな」

「待て。殺したて、なんや」

「とぼけんな」

「とぼけてへん」

「田所に会うたら訊いてみい。コンサルの横内。今井の子分や」

「おれは今井に名簿をやった。そう、待機者名簿や。……けどな、横内てなやつは会うたことないし、名前を聞いたこともない」

「そいつはおかしいな。横内はおまえの金主になりとうて、岸上や今井と揉めたんやぞ」

「揉めたとか、殺したとか、おれは関係ない。知らんもんは知らんのや」

南条は吐き捨てた。その顔を桑原はじっと見て、

「免許証、出せ」

「なんやて……」

「ええから、出さんかい」

「免許証はない。飲酒で取り消しになった」

「そうか……」

桑原は立ちあがった。テーブルを撥ね除ける。

「分かった。そこや」

南条はデスクのひとつを指さした。「抽斗《ひきだし》」

二宮はデスクの抽斗を開けた。名刺のケースがびっしり詰まっている。《瀬戸産業株式会社　取締役　伊藤寛》《ディレクター　高橋雅博　株式会社SAC》《株式会社阪南執行役員　坂田博司》——。社名も肩書もみんなちがうのは、詐欺の道具にちがいない。

名刺のケースをいくつか出すと、下に革のカード入れがあった。中を確かめて免許証を抜く。《氏名　南原賢司《なんばらけんじ》、昭和56年4月18日生、住所　大阪府大阪市西区新町2－15－4－302》だった。

「南原賢司。住所はさっきのマンションですね」

免許証を桑原に渡した。桑原はセツオのスマホの前にかざして、アップで撮らせる。

「ええか」

「OKです」

「オレオレ詐欺、偽電話詐欺の南条グループ。おまえはリーダーの南原賢司」

桑原は免許証を南条に返した。「南条グループの金主は『悠々の杜やすらぎ』の理事長で警慈会代表の岸上篤、経営コンサルタントで警慈会メンバーの今井恭治、司法書士で警慈会メンバーの小沼光男、白姚会若頭の木崎吾郎《ごろう》の四人で、番頭は白姚会の田所某。……以上、相違はないな」

「…………」南条は諦めたのか、黙ってうなずく。

「岸上、今井、小沼、木崎の出資額は各々二千万で、おまえは毎月一千万を金主に上納してる。おまえの下にはサブリーダーが三人おって、グループの構成員は……何人や」

「十八人……」

「その役割分担は」

「受け子が六人。掛け子が十二人。出し子は、闇サイトで拾う」

サブリーダーは掛け子を兼ねている、と南条はいう。

「十八人もの若いやつを食わせるのは、おまえ、一端《いっぱし》の経営者やぞ。まともなビジネスをしようとは思わんのかい」

「おれはほかに知らんのや。若いときから半グレでやってきた」

南条は笑った。開き直っている。「──あんた、白姚会とやりあう肚《はら》はあるんか」

「とことんやりあうからシノギになるんやないけ」桑原も笑った。「ほかに知らんのや。わしも若いときから極道一本でやってきた。修羅場は踏んだつもりやで」

──と、窓の下で車のドアが閉まるような音がした。わるい予感がする。

二宮は立って、ブラインドの隙間から下を見た。車が二台、駐まっている。黒のミニバンとシルバーグレーのセダンだ。

「桑原さん……」いった。

桑原もそばに来た。

「めんどいのう」

「田所でしょ」

此花大橋の近くでタクシーに乗り、島之内の事務所に行ったのだ。組員は二手に分かれて新町と喜連に走ったにちがいない。

怖気《おぞけ》をふるった。冷たいものが背筋を伝う。セツオも真顔だ。

インターホンのチャイムが鳴った。桑原は南条を見る。南条はにやりとした。

「どうします」セツオがいった。

「さぁな……」

桑原は事務所を見まわした。「道具、あるか」南条に訊く。

「いっぱい、あるがな」

「携帯やない。チャカ、ポン刀《とう》、金属バットや」

「その手の道具はないな。ここは組事務所とちがうんや」

「くそったれ」

セツオがパーティションの向こうに行ってもどってきた。包丁とペティナイフを持っている。包丁を桑原に渡した。

「桑原さん、あかん。そんなもんを振りまわしたら命のやりとりになる」二宮はいった。

「やかましい。極道が極道にイモ引いてどないするんじゃ」

「意地はよう分かります。イケイケも知ってます。けど、今度こそは危ない。連中は五、六人で、拳銃持ってます」

「そうや、逃げろや。おれがええように追い返すから」

南条がいった。警察沙汰になっていちばん困るのは南条だ。

チャイムは鳴りやまない。桑原は南条を立たせて、階段のそばへ連れていく。南条はインターホンのボタンを押した。

――南条です。

――なにをしとんのじゃ。遅いぞ。

――寝てましてん。

――灯がついとるやないけ。

――客が来たんです。三人。

――誰や。

――二蝶会の桑原。

「このガキ」

桑原は南条を殴り倒した。事務所を出て階段を駆けあがる。

二宮とセツオも三階にあがった。北側の窓を開けると、すぐ前に壁が迫っていた。四階か五階建の集合住宅のようだ。窓と壁のあいだには庇も雨樋《あまどい》もなく、伝い降りる足場がない。

二宮は掃き出し窓から物干場に出た。細い木の手すりがグラグラする。隣家とは離れていて、下はコンクリートの通路だ。落ちたらブロック塀にバウンドして脊椎損傷、脳挫傷で昇天する。

一階の玄関ドアが壊れる音がした。複数の足音があがってくる。「セツオ、スマホや」桑原の怒声が聞こえたが、振り返る余裕はない。

部屋にもどって南側の窓を開けた。瓦屋根が下にある。ここから逃げるしかない。

カーテンレールに手をかけて窓から上体を出した。反転して窓枠に足をかけようとしたら、膝にカーテンが巻きついた。バランスをくずしてレールが引きちぎれ、身体が宙に舞う。屋根をころがって樋にしがみつき、その樋が折れて背中から茂みに落ちた。脚にまとわりついたカーテンを捨てて立ちあがると、ソースの匂いがした。『きよ』の裏庭らしい。二宮は足を引きずって走り出した。


低いモーターの作動音で我に返った。音は自販機だ。空き缶の回収ボックスの陰にいる。どこをどう走ってきたのか、まるで憶えていない。

こわばった指で煙草を抜いた。ライターを擦ろうとして、自分が隠れていることに気づいた。けむりはまずい。煙草を捨てた。

どうするんや——。頭がまわらない。右足が痛い。じんじんする。踝《くるぶし》に手をやると、激痛が走った。骨折か。いや、骨折なら走ってこられなかっただろう。捻挫だ。骨にヒビが入っているかもしれない。

それより、桑原とセツオはどうなった――。

桑原に電話をした。コール音は鳴るが、つながらない。

セツオの携帯番号は知らない。何度か話をしたことがあるが、着信履歴も発信履歴も消去している。

嶋田か――。嶋田はダメだ。ただでさえ顔をつぶしているのに、これ以上の迷惑はかけられない。それに、こんな夜中に電話をかけるのは非常識だ。

中川か――。検索して、かけてみた。出ない。

電話を諦めてじっとしていると、眠気がさしてきた。いつも、こうだ。子供のころから、進退窮まったときは眠くなる。自販機の熱が心地いい。壁にもたれ、痛む右足を投げ出して眼をつむった。

16

携帯が振動した。着信ボタンを押す。

――どこや。

桑原だった。

――どこですかね。

――寝とんのか。兎小屋に逃げ帰って。

──隠れてますねん。自販機のそばで。……たぶん、酒屋ですわ。ビールのケースが積んであるし。

──どこや。その酒屋は。

──分からんのです。桑原さんは。

──ラーメン屋や。瓜破《うりわり》の。

──ラーメン屋？　それはよかった。

──なにがええんじゃ。

──おたがい、無事でよかったです。

──ばかたれ。セツオが捕まった。

──えっ、そらあかんわ。

──こっちへ来い。阪神高速の高架沿いや。『青島《チンタオ》』いうラーメン屋。

長居公園通から南へ十分ほどだと桑原はいい、電話は切れた。

簡単にひとを呼びつけんなよ。白姚会の連中に見つかったらどないするんじゃ──。

携帯の時計を見た。午前三時──。オレ詐欺の巣に入ったのは十二時すぎだったから、二時間以上は眠っていたらしい。さすがに白姚会の追手はいないと思ったが、セツオが捕まった、と桑原はいった。なぜ桑原ではなく、セツオなのか。

セツオは無事だろうか。いや、そんなはずはない。凄惨なリンチが眼に浮かぶ。

セツオは桑原に呼び出され、アルトを運転して深江に来た。景品買取所で田所を拉致し、此花大橋へ走って田所を吊るしたが、恨みを買ったのはそれだけだ。桑原にいわれるままに手伝いをし、それで捕まったのは、セツオにとってあまりに理不尽だろう。セツオはヤクザだが、桑原のように性根が歪んでいるわけでもなく、どこかしら抜けていて、気のいいところがある。二宮がヤクザに追い込まれて――いつも桑原のせいだ――家に帰れないときは友渕町《ともぶちちょう》のアパートに泊めてくれたこともあった。そう、セツオはいいヤクザだ。

右足をかばいながら、二宮は立ちあがった。体重がかかった途端、ひどい痛みに呻き声が出た。この足の痛みは中川に白姚会の事務所から助け出されて内藤医院へ行ったときよりずっとひどい。歯を食いしばり、足を引きずって歩きだした。

酒屋から『青島』まで三十分もかかった。桑原はテーブル席で搾菜《ザーサイ》と餃子を肴《さかな》に瓶ビールを飲んでいた。

「なにしとったんや。遅いぞ」

「右の足首がいうことききかんのです。めっちゃ痛い。骨にヒビが入ってますねん」

「骨粗鬆症《こつそしょうしょう》か」

「あのね、隣の屋根に落ちたんです。ついでに裏庭にもね」

「おまえは運動神経がないからや」

「はいはい、そうですね」

ウォーターサーバーのコップを持ってきて座った。桑原の瓶ビールを注いで飲む。

「あぁ旨い。生き返りますわ」

また一本、ビールを注文した。「――で、セツオくんは」

「なんべんもいわすな。セツオもおまえに似て運動神経がない」

「捕まったんですね。白姚会に」

「まあな」

「どういうことです」

「わしは逃げた。おまえといっしょや。隣の屋根に飛び降りた」

屋根伝いに南へ走り、陸屋根の家のベランダから下に降りた、と桑原はいった。

「セツオくんはついてきたんですか」

「知らん。逃げ遅れたんやろ」

「そんなあほな……。ひとごとやないでしょ」

「セツオは極道や。拉致られるのは想定内やないけ」

「どうするんですか。嶋田さんにいうて、助けてもろてください」

「手は打った。セツオに手出しをしたら、白姚会はアウトや」

「話が読めませんね……」

「白姚のクソどもが階段をあがってきた。セツオとわしは鉢植やら、椅子やらを片っ端から階段に投げ落とした」

連中はスチール椅子といっしょに雪崩《なだれ》を打って倒れた。桑原はセツオからスマホを受けとり、三階の南の窓から外に出た――。「振り向いたら、セツオがおらん。電話をしたけど、セツオは出ん。こらヤバいと、白姚の事務所に電話を入れて木崎につながせた」

「木崎と話をしたんですか」

「した。セツオは捕まってた」

「それで……」

「木崎にいうた。南条グループの巣をスマホで撮ったとな。セツオに指一本でも触れてみい、南条グループはおろか、金主のおまえらもフダがまわって、月に一千万のシノギがパーになるぞ、とカマシを入れた」

「そしたら、木崎はどういうたんです」

「わしのカマシがほんまかどうか、南条に確かめるというて、電話を切りよった」

　十分後、桑原のスマホに木崎から電話がかかった。撮影したスマホとセツオの身柄《がら》を交換しよう、と木崎はいった――。

「その話、呑んだんですか」

「そら呑むやろ。セツオの命には代えられん」

　この男にもいいところはあると、一瞬、そう思ったが、桑原はなぜセツオからスマホを受けとったのか。この男にとって大事なのはセツオよりスマホだったのかもしれない。

「取引《ヽヽ》は」搾菜をつまんだ。

「八時や。木崎のボケは六時やといいくさったけどな」

「なんで、そんな朝早ようから会うんですか。木崎に」

「あのガキはわしがスマホの動画をコピーせんかと恐れとんのや。八時やったら、ドコモのショップが開いてへんからのう」

「なるほどね。スリランカですわ」

「なんじゃい、スリランカて」

「正論《セイロン》です」

「二宮くん、寒いギャグはやめとけや」桑原は笑いもせず、「動画はさっき、わしのPCにメールで送った。動画ファイルを添付してな」

喧嘩しか能のないヤクザが〝PC〟ときた。パソコンといえ、パソコンと。

「木崎は証明せいといいますよ。動画を弄《いじ》ってないことを」

「そら、いうやろ」

「証明できんやないですか」

「そのときは交渉決裂や。セツオにはわるいけどな」

「どうなってもええんですか。セツオくんが」

「なんべんもいわすな。セツオは極道で、拉致られるのは……」

「想定内やないですよ、おれには」

「ごちゃごちゃいうな。わしがセツオを見捨てるとでも思とんのか」

思っている。こいつは二宮が白姚会の事務所で逃げ遅れたときも心斎橋のセレクトショップでスーツや靴を買っていたのだ。

瓶ビールが来た。コップに注いで飲む。

「取引の場所は」

「まだや。六時に電話をする。木崎にな。そのときに決める」

「セツオくんはたぶん、島之内ですわ。白姚会の事務所の隣の鉄工所」

「それはちがうな。あいつは車ん中や。お好み焼き屋の近くに駐めた軽四がなかった」

「そんなん、もっとヤバいやないですか。アルトで山ん中に連れて行かれて埋められたら、一巻の終わりです」

「木崎の標的《マト》はセツオやない。わしや。わしは白姚のクソどもを五、六人はボロにした」

そこへ、スマホが鳴った。桑原はポケットから出して、

「木崎や」

「木崎にいうてください。取引の場所は曾根崎署とか中央署の前やと。それと、セツオくんの声を聞くんです」

「やいやいいうな。分かっとるわ」

桑原は着信キーに触れた。「──なんじゃい。──あほんだら。んなことが聞けるか

い。——わしのしたことやぞ。——オヤジは関係ないやろ。——どつくぞ、こら。——くそったれ。それでええ。——十時や。御堂筋。道頓堀橋の上。——やかましい。十時じゃ。朝の八時にオヤジを連れていけると思とんのか。——セツオと話をさせんかい。——おまえ、大丈夫か。——どこにおるんや。——おう、わしに任しとけ」

桑原は電話を切った。

「セツオは喋れる。車ん中や。場所は分からん」

「よかった……」

「どこがええんじゃ。木崎のガキ、セツオはオヤジに渡すといいくさった」

「嶋田さんに？」

「木崎も考えとるわ。オヤジの口から、動画は出さんと約束させたいんや」

「嶋田さん、行きますかね」

「行くやろ。あの気性や」

「けど、嶋田さんに出張ってもらうには、なにもかもいわんとあきませんよ」

「しゃあないやろ。セツオがヤバいんやから」

「嶋田さんに手打ちを頼みましたよね。嶋田さんは白姚会の徳山に会うたんですか」

「それは聞いてへんな」

「嶋田さんが手打ちをしてたら、顔を潰すことにならんですか」

「そこや。めんどいのは」桑原は舌打ちした。「オヤジは怒るぞ。手打ちをしてくれというた口の裏で、木崎と込み合うとんのやからのう」

さすがに桑原も困っている。また、破門か。

「詫びを入れますか。指詰めて」嫌味でいった。

「そうやのう」

コップを持つ手を桑原につかまれた。「小指、立ててみい」

「なんです……」

「飛ばすんやろ、指を」

「あのね、おれは堅気です」

手を振り払った。「なにが哀しいて、おれの指を詰めんとあかんのです」

「いやか」

「いやに決まってるやないですか」

「ほな、くだらんことをほざくな」

桑原は二蝶会に電話をして嶋田の所在を訊いた。嶋田は赤川の自宅にいるという。桑原は勘定をおいてラーメン屋を出た。

旭区赤川――。前面にだけ煉瓦タイルを張った五階建の細長いビルが嶋田の自宅で、一階と二階を『嶋田総業』の事務所、三階から上を住居にしている。桑原と二宮はタクシーを降り、桑原がインターホンのボタンを押した。

——わしや。開けてくれ。

——桑原さんですか。

——見たら分かるやろ。

——お隣のひとは。

——二宮企画の二宮。わしの連れや。

——いま、開けます。

錠が外れてドアが開いた。泊まりの組当番だろう、茶髪の若い男が赤いスウェットの上下を着て眠そうにしていた。桑原と二宮は事務所に入った。

「オヤジは」

「寝てはります」

「起こしてくれ」

「あの、五時ですけど……」男は壁の時計を見た。

「んなことは分かってる。二宮が来てるというたら、オヤジは起きる」

「二宮企画の二宮さんですね」

男はいい、奥のドアを開けて階段をあがっていった。

「桑原さん、できたら、おれの名前を便利使いにせんとって欲しいんですけど」

「おまえはわしより長いやないけ。オヤジとは」

「長いのはおれの父親です。おれはいたいけな少年でした」

「どこがいたいけじゃ。四十にもなって立ちもせんと」

「それって、論語ですよね。三十にして立つ。四十にして惑わず」

「おまえやろ。五十にして天命を知らず、六十にして野垂れ死ぬのは」

「うまいこといいますね。七十はなんです」

「古稀《こき》や。古来稀《まれ》なり」

論語とはちがうような気がする。

十分ほど待って、白いガウンの嶋田が降りてきた。不機嫌そうでもない。嶋田はソファに腰を沈めて煙草をくわえ、桑原がライターの火を差し出した。

「啓坊がうちに来るやて、珍しいな」

「かれこれ十年ぶりですかね。……それより、こんな時間に起こしてしもて申しわけないです」

「いや、起きてたんや。このごろは四時に眼が覚めてしまう」

寝るのは九時か十時。一時ごろに起きてトイレに行き、また眠る、と嶋田はいう。

「年寄りはあかんで。長いこと眠る体力がない。小便もちろちろとしか出んしな」

「こないだは徹マンしたやないですか」

「がんばったんや。老骨に鞭《むち》打って。また、やろ。あの麻雀はおもしろかった」

「いつでも呼んでください。おれでよかったら」

「それで、なんや。こんな朝っぱらから顔出したんは」嶋田は桑原に眼を向けた。

「すんまへん。実はまた、白姚会とやってしまいました」

殊勝な顔で桑原はいう。「オヤジには切りのええとこで報告しよと思てたんですけど、白姚の若頭《かしら》の木崎がオレ詐欺グループの金主をしてます。南条いう半グレを使うて、年寄りを食い物にしてますねん」

「金主てなんや。ケツ持ちとちがうんかい」

「ケツ持ちもしてます。金主は四人。オヤジは警慈会いう警察ＯＢの親睦団体を知ってますか」

「ああ、聞いたことはあるな。警友会とか警愛会とか警慈会……。地方によって、いろいろあるんやろ」

「警慈会の代表が岸上いう元警視で、こいつがワルの頭目です。岸上の下に小沼、今井という警慈会のメンバーがおって、この三人と白姚会の木崎が南条グループの金主です」

「警察ＯＢがオレ詐欺のスポンサーて、筋がむちゃくちゃやないか」

嶋田は桑原の話を疑うふうでもなく、ソファに片肘をついてけむりを吐く。

「金主のひとりの今井は中央区の加瀬いう歯科医院の診療報酬不正受給詐欺で、先月、府警に持っていかれました。岸上や小沼もいっしょに逮捕されたけど不起訴になって、いまは娑婆にいてます」

　桑原は説明をはじめた。診療報酬詐欺から今井、岸上たちによる『悠々の杜やすらぎ』の乗っ取り、それらに関連した徳山商事の光本の役割、警慈会メンバー横内の失踪、今井が組織したオレ詐欺の南条グループ、喜連《きれ》のグループ拠点の撮影とセツオの拉致――。詳細な説明は、ときおり嶋田が発する質問を挟みながら三十分ほどもつづいた。

「――しかし、おまえもとことんやのう」

　嶋田は桑原に視線を据えて長いためいきをついた。「それだけ白姚会を引っかきまわして、街中《まちなか》を歩けるとでも思とんのか」

「いや、少々、やりすぎたとは思てます」首筋が寒い、と桑原はいった。

「やりすぎにも度があるやろ。このままやと戦争やぞ、戦争」

「すんません。このとおりです。わしの身体はオヤジにお預けします」

　桑原は両手を太股におき、じっと頭をさげた。

「で、木崎はわしにセツオを引きとりに来いというとんのか」

「ほんまに申しわけないです」桑原は頭をあげず、「ここはオヤジに出てもらわんと収まりがつかんのです」

「おまえにはいうてなかったけど、わしは今日、徳山さんと会う予定やったんやぞ」

「えっ、ほんまですか」

「分かるか、桑原。……木崎みたいなんはどうでもええ。けど、俠道の先輩である徳山さんに下手を売るわけにはいかんのや」

「オヤジの立場も弁《わきま》えずに走ってしまいました。セツオを巻き込んだんもわしのせいです。万死に値する所業です」

「セツオより啓坊を巻き込んだんを反省せんかい」

「二宮くん、すまんかった」

桑原はこちらを向いた。「堪忍してくれ」

「いや、おれはええんです」

慌てて手を振った。「おれのほうこそ、嶋田さんに謝らんとあきません。このとおりです。堪忍してください」深く頭をさげた。

「ま、しゃあない。徳山さんに会う前でよかった。手打ちのあとで暴れたら、桑原、おまえは破門や」嶋田はまた、煙草を吸いつけた。「しかしな、オレオレ詐欺てなもんは極道のすることとやないぞ。徳山さんも木崎が金主やとは知らんのとちがうか」

「わしもそう思いますわ」桑原がいう。「木崎のガキは徳山さんに黙って好き勝手なシノギをしてると、徳山商事の光本がいうてました」

「よっしゃ、分かった。セツオを引きとろ」

「十時に御堂筋です。木崎が道頓堀橋に連れてきます」

「セツオのスマホは」

「これです」

桑原はスマホをテーブルにおいた。

「コピーは」

「してません」

確かに、桑原は画像のコピーをしていない。動画ファイルをパソコンに送っただけだ。

「見せてみい」

「はい」桑原はスマホをとってキーを操作した。「これです」

映像が流れはじめた。南条が這うように階段をあがっていく。二階の事務所、キャビネット内のファイル、住宅地図や名簿のクローズアップ、デスクのトレイに置かれた携帯電話、ソファに座り、鼻にティッシュをあてた南条が桑原の質問に淡々と答えていく。そうして、事務所のインターホンが鳴り、「道具、あるか」と、桑原が南条に訊いたところで映像は途切れた。

「ほう、よう撮れてるやないか」嶋田がいった。

「セツオはやっぱりプロですわ。映像はないけど、音声だけのデータもあります」

「なんや、それは」

「此花大橋の上で白姚会の田所を責めたときの録音です」

田所は南条グループの番頭だと桑原はいい、キーに触れた。

——南条のグループは何人や。——十七、八人はおるやろ。——サブリーダーは。——三人。——オレ詐欺のアガリはどうしてるんや。おまえが集金するんやろ。——週にいっぺん会う。わしがいうた喫茶店《サテン》に南条が持ってくる。——収支明細は。——ノルマがある。月に一千万。それ以上はとらん。——今井や岸上はなんぼ出資した。——ひとり、二千万。——南条から預かった金は木崎に渡すんか。——今井に渡すんや。あとは今井が分配する。——いまは小沼んとこに持って行ってる。——横内は誰が殺った。——あれは事故や。——なんやと。——横内はふてくされてソファにふんぞり返ってた。それで小沼が切れて、横内をぼろくそにいうた。横内も切れて小沼を殴った。今井がクリスタルの灰皿で横内をどついたら、横内は頭を抱えてゲーゲー吐きまくったあげくに、電池が切れたみたいに動かんようになった。——それでどうした。——ワルどもは相談して、なかったことにしよとなった。——横内の死体は『やすらぎ』の焼却炉で焼いたんか。——きれいさっぱり灰になってた。さらえて、段ボール箱に入れた。

そのあとしばらく音声はつづき、田所が志摩市の片田海岸で灰を撒き、段ボール箱を捨てて立ち去ったところで終わったが、二宮はこんな音声が残っていることを想像もしていなかった。さすがだ。セツオは使える。ひとには取り柄があるものだ。セツオは喧嘩は弱いかもしれないが、こと隠し録りに関しては玄人《くろうと》はだしだと再認識した。

「——横内を殺ったんは木崎とちがうんか」嶋田がいう。

「今井やといいましたけどね、田所は」

「横内は殴られたから死んだんやろ。クズの金主どもが横内を殺ったんや」

「そう、おれもそう思います」

「桑原、これをコピーせい」

「ええんですか」

「セツオの身柄《ガラ》を引き取って、それでチャンチャンとはいかん。木崎を追い込むキーは握っとくんや」

二宮には見せたことのない嶋田の冷徹な一面を見た。これが組員六十人を擁するヤクザの組長だ。徳山には下手を売らないといいながら、保険をかけている。桑原のようなイケイケだけでは組持ちのヤクザになれないことがよく分かった。

「この映像と音声は、わしのPCにファイルを添付して転送しときました」

セツオの通話記録やアドレス帳など、映像と音声のほかはすべて消去したという。

「よっしゃ。それでええ」

嶋田はうなずいて、「十時まで暇やな。麻雀でもするか」

「自動卓、ないやないですか」

「それもそうやな。ほな、八八《はちはち》か」

八八は花札だ。二宮が子供のころ、嶋田がよく家に来てやっていた。ふたりでするコイコイより手役《てやく》や出来役《できやく》が多く、ルールも複雑で、コイコイよりずっとおもしろい。

「わし、よう知らんのです、八八は」

「教えたる。猪鹿蝶とか松竹梅ぐらいは知ってるやろ」

「ほな、お願いしますけど……」

気のすすまぬふうに桑原はいい、「徳山さんにはいつ会うんですか」

「五時や。リッツ・カールトンのロビーラウンジ」

「わしもお供しますわ」

「おれも連れてってください」二宮はいった。

「啓坊はやめとけ。堅気が極道のかけあいに顔出すもんやない」

「お言葉ですけど、おれは端からこの騒動にかかわってます。ここで降りたら、男の一《いち》分《ぶん》が立たんのです」

そう、最後の最後まで降りるわけにはいかないのだ。桑原がやるといった稼ぎの一割をもらうまでは――。「同席させてくれとはいいません。ただ、嶋田さんと徳山さんのやりとりを、この眼で見てたいんです」

「利かん気やの。そういうとこが親父さんに似とるわ」

嶋田は笑った。「ま、ええやろ。桑原とふたりでラウンジにおったらええ」

「ありがとうございます」

頭をさげ、ちらっと桑原を見た。桑原はさも嫌そうな顔をしていた。

嶋田はさっきの組当番を呼び、花札とテーブルに敷くバスタオルを持ってこさせた。

九時――。ここまでや、と嶋田がいって、花札は終わった。点数をトータルする。嶋田がプラス千五百二十点、桑原がマイナス二千三百九十点、二宮がプラス八百七十点だった。

「いや、ツイてなかったですわ」

桑原は花札が下手だとは認めず、札入れから二十四万円を出してテーブルにおいた。

嶋田はそこから十五万円をとって、

「あとは啓坊や」

「すんません。いただきます」

九万円を手にしたら、釣りや、と桑原に睨まれた。嶋田はともかく、二宮に負けたことが悔しいのだろう。二宮は三千円を桑原に渡した。

嶋田は着替えをするといい、三階へあがっていった。

「おまえ、馴れとるのう」

「なんです……」

「花札を繰る手つきや。青短や赤短や鉄砲やと、サマ師も顔負けやないけ」

「子供のころから見てましてん。親父がするとこを」

「それを先にいわんかい。この詐欺師が」

「ツイてただけやないですか。本気でやったら桑原さんが勝ちます」

十年しても桑原は勝てない。麻雀といっしょで守りが甘く、出来役も考えずにただ場札をとるだけだから。

「くそっ、眠たい。くだらん遊びにつきおうてしもた」

「おれも眠たいです」

「おまえは寝たやないけ。どこぞの酒屋のゴミ捨て場で」

「たった二時間やないですか。足の痛みを我慢して」

「おまえはなんでも大袈裟や。かすり傷でも死ぬや生きるやとジタバタする」

「頭のてっぺんを十針も縫うたんが、かすり傷ですかね」

「よう喋る口も縫うてもらえ」

「はいはい。これからは無口でとおします」

八万七千円を稼いだのがうれしかった。

スーツに着替えた嶋田が降りてきた。

「わしの車で行こ」

「何人か連れていったほうがええのとちがいますか」

「要らん。わしの流儀やない」嶋田は桑原にキーを投げた。

ガレージに降りた。嶋田は二宮の足に眼をやって、

「どうした、啓坊。歩き方がおかしいぞ」

「オレ詐欺の巣から逃げたとき、隣の庭に落ちたんです。屋根を転がって」

骨折ではない、右の足首を捻挫したといった。

「湿布するか」

「ええんです。花札をしてたらマシになりました」

痛みはまったく退いていない。足首はひどく腫れている。

九時二十分――。センチュリーに乗った。嶋田がリアシート、二宮が助手席、桑原が運転して道頓堀橋に向かった。

「桑原、おまえ、白姚会のルーツを知ってるか」

「いや、知らんですね」桑原はかぶりを振る。

「知っとったほうがええやろ。白姚会の初代の組長は白幡幸吉《しらはたこうきち》いう渡世人で、昭和の三十年代から島之内に賭場をかまえてた」

博打のアガリで食っていたのが渡世人、土建などの本業をもっていたのが稼業人、盛り場の飲食店やパチンコホールから集めるみかじめ料などを資金源にしていたのが愚連隊あがりのゴロツキと、ひとむかし前の裏社会はおおまかな棲み分けができていた、と嶋田はいい、「二代目の徳山さんも博徒やけど、博打では食えんようになって幹部連中が抜けていった。そこで若頭になれたんが木崎や」

目端の利く木崎は博打から手を引き、シノギを金融にシフトした。それが日本経済低迷による〝失われた二十年〟の融資難の時代にうまくはまって、白姚会は解散の危機を脱した――。

「きれいごとをいうても所詮は金や。木崎はゴロツキ根性やけど金は稼ぐ。木崎の才覚で白姚会は大きなった。木崎が三代目を襲《と》らんのは、徳山さんを神輿《みこし》に担いでるほうが便利やし、多少の極道の筋は外しても徳山さんの顔で収まるからな」

「ほな、徳山さんは風除けですか、木崎の」

「風除けやろ。なんぞ大きな不始末があってどうにもならんときは、徳山さんに背負わせて引退させる肚や」

「しかし、オヤジはよう知ってますね。ほかの組の裏事情を」

「もう七、八年前や。広島で義理ごとがあったときに泊まった宿で徳山さんと飲んだ。木崎のことをぶつぶついうてたわ」

「ぶつぶついうくらいなら、破門にしたらええやないですか。木崎のクソを」

「破門にはまわりを納得させる理由が要る。木崎も、はいそうですか、とはいわんわな。下手したら組が割れるやろ」嶋田は小さく笑った。「徳山さんも狸や。木崎を若頭に据えといたら白姚会は安泰やし、毎月の義理を持ってくる」

「なるほどね。鶏が卵を生んでるあいだはケージに入れとくんや」桑原も笑った。

「ちょっと訊いてもよろしいか」二宮はいった。「二蝶会のルーツは土建やし、初代の角野さんは稼業人やったんですね」

「そうやな。角野のおやっさんが組を立ちあげたときは下請けの下請けで、解体から土建から労働者の斡旋まで、できることはなんでもやった」

二宮の父親が二蝶会にいたころは組員が七人しかいなかった、と嶋田はいい、白姚会と同じように土建から地上げ、倒産整理から金融にシフトして組の経営基盤ができたという。「啓坊の親父さんは功労者や。初代の二蝶会を支えてくれた」

「おれ、親父の稼業はよう知らんのです。家ではいっさい喋らんかったし」

「啓坊、極道も堅気も家族に見せる顔と外で見せる顔はちがうんや」

そう、嶋田はとっかえひっかえ外に女をつくっているが、家では虫も殺さぬ顔をして〝いいパパ〟を演じている。世の中でいちばん怖いのはよめはんやで——。それが嶋田の口癖であり、オヤジは悪党や、と桑原はいう。そういう悪党なら二宮も見習いたい。

センチュリーは大川を渡り、長柄《ながら》東から天満橋筋に入った。

17

十時、道頓堀橋——。六車線の西の歩道沿いにあずき色のアルトが駐まっていた。リアシートの右側に見える坊主頭がセツオだ。桑原はアルトのすぐ後ろにセンチュリーを駐め、車外に出た。アルトのドアが開き、助手席から木崎が降りてくる。ふたりは少し話をし、桑原がもどってきた。

「すんません。頼みます」嶋田にいう。

嶋田は車を降りた。木崎に近づく。なにか話しているようだが、聞こえない。

アルトの運転席とリアシートの左から男が降りて、車内にセツオが残った。嶋田がセツオに話しかける。セツオは小さくうなずいた。

嶋田は木崎にスマホを渡した。コピーはとっていない、とでもいったのだろう。木崎はスマホを受けとり、組員を引き連れて難波のほうへ去っていった。

二宮は車を降りた。アルトのリアドアを開ける。セツオは顔が腫れ、左眼がふさがっていた。

「大丈夫か」

セツオは笑おうとしたのか、口もとをゆがめた。下唇が切れて血が滲《にじ》んでいる。二宮に向けてあげた両手は結束バンドで縛られていた。

二宮はセツオの手をとった。ライターの火で結束バンドを炙《あぶ》る。

「こら、熱いぞ」セツオがわめく。

「我慢しろや」

バンドは溶けて落ちた。セツオはシートにもたれかかる。

桑原が来た。セツオの顔を見る。

「ヤキ、入れられたんか」

「南条んとこでやられました」

アルトのキーを奪《と》られたという。「攫われて、白姚の事務所にころがされてました」

「おまえは大事な人質や。死んだら困る」

「相手は六匹ですわ。顔、憶えてます。一匹ずつ、ぶち殺したります」

「その意気や。やったれ」

「こら、要らんこというな」

嶋田がいった。「連れてったれ。内藤医院に」

「いや、おれはええんです。やられたんは顔だけやし」セツオがいう。

「顔と頭が危ないんや。診てもらえ」嶋田はいい、「啓坊、行ってくれるか」

「もちろんです。行きます」

「オヤジさん、おれはほんまにええんです。二、三日、じっとしてたら治ります」

「やかましい。いうとおりにせんかい」

「………」セツオは俯いた。

「ほな、おれ、行きますから」

二宮はフロントにまわって運転席に乗り込んだ。キーは差さっている。エンジンをかけ、シートベルトを締めて発進したが、アクセルとブレーキペダルを踏むたびに足首が悲鳴をあげる。痛みを堪えて、

「ひどいめにおうたな」

ルームミラーのセツオに話しかけた。セツオは腫れた顔をあげて、

「ほんまやで。今回ばっかりは、おれもオダブツかと思たわ」

桑原につづいて三階の窓から飛び降りるつもりが、鉢植えにつまずいて転んだ。階段から男たちがあがってくる。みぞおちを蹴られ、顔を蹴られたところで意識を失った、とセツオはいう。「気がついたら車に乗ってた。おれの車や」

「気を失うたんがよかったんや。でなかったら、半殺しになってたで」

「おれ、喧嘩が弱いんかな」

「いいや、セツオくんは強い。喧嘩根性だけは一等賞や」

「あんた、〝巧いこと言い〟やな」セツオは力なく笑った。「せやけど、桑原さんにはわるいことした。おれのせいでスマホをとられてしもた」

「あれはええねん。スマホの動画と音声は桑原さんのパソコンに転送した」

「ほんまかい……」

「桑原さんもたいがいやけど、嶋田さんはもう一枚、役者が上や。さすがに組長はちがう。おれは正直、感心したわ」

「よかった。安心した。気が抜けたで」

セツオはいい、シートにもたれて眼をつむった。


内藤医院に着いたのは十時半だった。玄関先の柳の下にアルトを駐め、二宮だけが中に入ると、狭い待合室には患者が八人もいた。

「すんません。急患をお願いしたいんですけど」

受付の女にいった。ピンクのナースウェアは着ているが、このあいだの蟬のような顔の女ではない。

「どういった症状でしょうか」

「打撲です。工事現場で顔を怪我しました」

「怪我をしているようには見えませんね」女は無遠慮に二宮を見る。

「おれやないんです。怪我人を車に乗せてきました」

「急患とは救急医療を要する状況をいいます。患者さんは重篤なんですか」

「重篤やないですね。顔は腫れてるけど、よう喋ります」

「出血は」

「ないみたいです」

「だったら、順番を待ってください」

生意気な女だ。齢は五十すぎ、愛想のかけらもない。

「おれは二宮企画の二宮といいます。先生に取り次いでもらえんですか」

「保険証は」

「あるけど、いまは持ってないです。急患やし」

「お待ちください」

女はさも面倒そうに受付を離れた。部屋の左奥が診察室につながっている。少し待って、女はもどってきた。

「先生は救急病院へ行くようにおっしゃってます」

「そうですか。それやったら待ちますわ」

「お名前は」

「徳永セツオと二宮啓之」

「ふたりですか」

「おれも診てもらいたいんです」

「症状は」

「眼がまわりますねん。寝不足で」

問診票を二枚もらって、シートに座った。


午前の診療が終わる十二時近くになって、やっと順番がきた。車にもどってセツオを起こし、医院にもどって診察室に入る。内藤は椅子にもたれ、天井に向けてけむりを吐いていた。

「先生、煙草吸うんですか」

「昼飯前に一本、食うたあとに二本吸うんや」

「けっこうな習慣ですね」医者のくせに、とはいわない。

内藤は答えず、二宮とセツオをしげしげと見た。

「君らはいったい、どんな暮らしをしとんのや。うちは野戦病院やないんやで」

「すんません。好き好んで怪我してるわけやないんです」

「また、桑原やろ」

「そんなとこです」

「君、誰やったかな」内藤はセツオに訊いた。

「セツオです。徳永セツオ」

「座れ」

内藤はセツオを丸椅子に座らせた。「徳永くん、君はボクサーか」

「いや、ちがいますけど……」

「前に診たときも顔を腫らして眼がつぶれてたな」

内藤はセツオの塞がった左眼を指で開き、ペンライトをあてた。「瞳孔反射はある」

「よう見えてます。先生の髭、白いです」

「訊いてないことはいわんでよろしい」

内藤は人さし指を立てて左右に動かした。「──眼球は動く。眼窩《がんか》の変形もない。あとは眼科に行って視力と網膜を診てもらうように」

「先生、鼻はどうですか。えらい鼻血が出たんですけど」

内藤は鼻の触診をした。軟骨は折れていないという。

「ま、大したことはない。二、三日、湿布をあてて冷やしたら青タンになるやろから、サングラスでもかけて隠すんやな」

「ありがとうございます。先生は名医です」

「べんちゃらはええ。湿布と痛みどめの処方箋《しょほうせん》を出しとく」

「先生、おれも頼みます」二宮はいった。「捻挫やと思うんですけど」

「君はぼくをなんと心得とんのや」

「主治医です」

「ものはいいようやな」

内藤はセツオを立たせて二宮を座らせた。二宮は右足の靴と靴下を脱ぎ、ズボンの裾をたくしあげて足首を見せた。踝が赤く腫れあがっている。

「痛いんです。じっとしてても」

「そうか」内藤は触診しながら、「どっちにひねった」

「たぶん、内側です」

「外踝に皮下出血がある。捻挫やな」

「湿布で治りますか」

「治らん。捻挫はややこしい。靭帯《じんたい》断裂、剝離骨折の可能性もある。整形外科へ行け」

レントゲンを撮り、ギプスで固めてもらえという。

「おれ、車を運転してきたんですけど」

「それがどうした」

「足首は動くんです」

「関節は動くようにできてるんや」

内藤はいい、「以上、診療終わり」眼鏡を外して机においた。

「先生、整形外科を教えてください」

「恵美須町《えびすちょう》。今宮戎神社の東向かいに野村クリニックいうのがある。院長は友だちやから、内藤の紹介ですというたらええ」

「今宮戎、野村クリニック……。ありがとうございました」

セツオとふたり、頭をさげて診察室を出た。


マキが顔にとまり、唇をつついた。〝マキチャン　オイデヨ　ゴハンタベヨカ　ゴハンタベヨカ〟と鳴く。二宮は眼を覚ました。

「マキ、お腹空いたんか」

起きてケージの上の餌皿をとると、マキは腕を伝って皿に近づき、餌を食べはじめた。

何時や——。壁の時計を見た。四時二十分。カーテンに西陽が射している。

「マキ、啓ちゃんはお疲れや」

畳に腰をおろし、たてつづけにあくびをした。頭の芯がどんよりしている。マキに餌を食べさせたら、また寝よう——。

左の拳でギプスを叩いてみた。まるで感覚がない。右の足首がロボットになっている。指は出ているから、開いたり閉じたりした。ギプスの内側はフィルターのようなクッション材が巻かれているが、湿り気で踵や足裏が水虫になりはしないのか、それも心配だ。

「ほんまにな、なんでこんなめにあうんやろ」

なにもかも、あの疫病神のせいだ。内藤医院はこの一週間で二回。今日は整形外科にも行った。そう、よくよく考えてみると、この五年で二宮が病院へ行った理由は、すべて桑原が引き起こした災厄であり、建設コンサルタントである二宮の仕事や行動に起因するものはなにひとつない。桑原は地獄の淵《ふち》からこの世に這い出てきた悪魔だが、その悪魔に取り憑かれた人間は振り払っても振り払っても、その凶縁から逃れることはできない——。

「マキ、啓ちゃんは今度こそ骨身に沁みた。このシノギで桑原からギャラをとったら、二度とあいつとはかかわらへん。マキにも誓うたからな」

〝ソラソウヤ　ソラソウヤ　チュンチュクチュン〟マキが鳴く。

「ええ子やな、マキは。なんでそんなにかわいいんや」

頭をなでたら、マキはケージの上に飛んで水を飲みはじめた。

電話——。開いてみると、桑原だった。当然、出ない。しつこく鳴るから座布団を被せて、ティッシュペーパーの箱を枕に横になる。箱はつぶれたが、気にしない。電話は鳴りつづけている。あほやろ、桑原——。

「あっ……」飛び起きた。リッツ・カールトンのロビーラウンジだ。

座布団を払って携帯をとった。通話ボタンを押す。

——なにしとんのや、こら。

——五時でしたね。嶋田さんが徳山に会うの。

——まさか、忘れてたんとちがうやろな。

——いま、整形外科を出たとこです。これから梅田に走ります。

——来んでもええんやぞ。

――行きます。嶋田さんにいうたんやから。

電話を切った。マキをケージに入れる暇はない。

「マキ、お留守番やで」

松葉杖をとってアパートを出た。

四ツ橋筋の渋滞がなかったのが幸いし、タクシーを降りたのは五時だった。ホテルのロビーラウンジに入る。桑原は手前の席にいた。

「おまえ、寝とったんとちがうやろな。兎小屋で」

「あのね、内藤医院から恵美須町の整形外科に行って、レントゲン撮って、湿布して、整形包帯を何重にも巻いて、樹脂が固まるまでは時間がかかるんです」

「セツオはどうした」

「アルトに乗ってアパートに帰りましたわ」

片眼が腫れているから運転はやめろといったが、セツオは聞かなかった。

「おれの捻挫、全治一カ月です」

ギプスがとれるまで半月、怪我はセツオより二宮のほうがひどいかもしれない。

「杖が似合うのう。その貧相な顔と九百八十円のポロシャツとチノパンに」

「このチノパンはね、千九百八十円です」

よれよれのぼろぼろだから穿きやすい。「――それより、嶋田さんは」姿が見えない。

「バーや。徳山と」

徳山はガードを連れず、ひとりで来た。だから、嶋田もひとりで五階の『ザ・バー』にあがっていったという。

「おれ、徳山が見たいです」

「おまえと同じくらい貧相な爺や」

「行ってもええですか、バーに」

「行かんかい。おまえの勝手や」

「桑原さんは」

「わしはあかん。オヤジにとめられた」

「ほな、行きます」踵を返した。

『ザ・バー』に入り、カウンターに座った。オークやローズウッドのクラシカルで重厚なインテリア。嶋田と徳山は左の壁際の席で、にこやかに談笑していた。

二宮はバランタイン12年のロックを注文し、徳山に眼を向けた。

白髪、鼈甲縁《べっこうぶち》の眼鏡、小柄で痩せている。見るからに仕立てのいい黒のスーツはテーラーメイドか。嶋田も黒のスーツで、ダークグリーンのネクタイを締め、太い葉巻を吸っている。

バランタインとチェイサーが来た。ハーフロックで飲む。キリッと冷えていて旨い。

「ここ、シガーおいてるんですか」

はい、とバーテンダーはうなずく。モンテクリストを頼んだ。

ハーフロックを二杯飲み、葉巻を半分灰にしたところで、嶋田と徳山が立ちあがった。嶋田がレジで精算し、ふたりは出て行った。二宮は少し間をおいて勘定をした。

ロビーラウンジに降りると、嶋田は桑原の席にいた。二宮も座った。

「啓坊、バーにおったな」

「白姚会の会長を見たかったんです」

「どうやった」

「嶋田さんといっしょで、上場会社の役員みたいでした」

「ほう、わしは会社の役員か」嶋田は笑い声をあげた。

「怖い役員ですわ」桑原も笑った。「で、話は」

「ついた。チャンチャンや」

「向こうは何人もやられてるのに、ですか」ひとごとのように桑原はいう。

「喧嘩は成り行きや。それをごちゃごちゃいうようでは、白姚も二蝶も極道やない」

徳山は木崎がオレ詐欺に嚙んでいることを知らなかった、と嶋田はいう。「木崎のことをいうたら、えらいびっくりしてた。極道が年寄りを騙すてな恥さらしはするもんやない、ケツ持ちはまだしも、金主はないやろ、と嘆いてはったわ」

「ほんまに知らんかったんですかね」

「嘘やないやろ。……というより、徳山さんは木崎から組内のことをなにも知らされてへん。最近は島之内にも顔を出してないというてた」

組の実権は木崎がにぎり、徳山は口出しができないという。

「けど、組長は組長でしょ。木崎を破門にするとか、蟄居《ちっきょ》閉門にするとか、できんのですか」

「それはどうやろな。オレ詐欺は俠道上の不義理やないし、木崎は去年、中澤組《なかざわぐみ》の相談役と兄弟盃を交わしたそうや」

中澤組は二宮も知っている。本部は尼崎にあり、組員は三百人を超えているだろう。組長は神戸川坂会の若頭補佐だから、本家筋になる。

「木崎も考えとる。あちこちに保険をかけて白姚の跡目を継ぐ肚や」

ヤクザの処世術とパワーバランスを見た思いがした。金を稼いでせっせと上納するのがよいヤクザであり、上にとってはかわいい子分なのだ。木崎は徳山だけではなく、中澤組にも金を積んでいるような気がする。

「それやったら、徳山さんがチャンチャンにしたというのは……」二宮はいった。

「危ないな。いつ、ひっくり返るや分からん。啓坊もアメ村の事務所には近づくな」

「ということは、とことんやってもええんですか」桑原がいった。

「あかん、あかん。わしは徳山さんと手打ちをした。これ以上の騒動は起こすな」

「わしは虫酸が走りますねん。木崎のボケは何年も前の整理を根にもって、喧嘩を売ってきくさった。あの整理はオヤジが収めてくれたんでっせ」

「んなことは分かっとる。徳山さんの顔もある。ここはおとなしいにしとけ」

「………」桑原はまだなにかいいたそうだが、口をつぐんだ。

「さて、なんぞ食うか。ええ時間や」嶋田は腕の時計を見た。

「今日はミナミに出ませんか。笠屋町《かさやまち》に旨い魚を食わせる店がありますねん。予約しましょか」

「おう、そうせい」

「ふたりね」

「啓坊は」

「お相伴にあずかります」

「三人や」

嶋田はアイスコーヒーを手にとった。

笠屋町の割烹で懐石のコース料理を食い、嶋田の馴染みの玉屋町《たまやまち》の『ルイード』というクラブへ行った。リッツ・カールトンのバーに似た落ち着いた雰囲気で、ホステスが二十人はいる。ママが挨拶に来て、三人のホステスが席についた。二宮は松葉杖を脇において煙草をくわえる。横から火をつけてくれたのは、小肥りとまではいわないが、ぽっちゃりした小柄な子だった。二宮の好みは嶋田の隣に座ったスレンダーなモデルタイプだが。

「――ここ、高級クラブやね」

「ありがとうございます」

名前を訊くと、千紗《ちさ》といった。齢は三十代半ばか。

「千紗ちゃん……。どこかで聞いたな」

「後妻業でしょ。よくいわれます」

「千紗ちゃんがそうやったら、おれ、いちばんにひっかかるわ」

「資産あり、ですか」

「資産なし。借金あり。友だちなし。凶運あり」

足をあげてギプスを見せた。ついでに下を向いて頭のてっぺんも見せる。「きれいなハゲやろ」触ると産毛が生えていた。

「どうしたんですか」

「工事現場で鉄筋が落ちてきた。クリーンヒットして足場から落ちて、眼から星が出た」

「大変ですね」千紗はさも面倒そうにいい、「お飲み物は」

「社長と同じもんを」

「あら、社長さんなんですね」

千紗は嶋田に向かってほほえむ。プロだ。この女は。

オードブルが来て、水割りができた。ホステスはビールで乾杯する。

「紹介してください」モデルタイプがいった。

「ぼくは嶋田。これは桑原。そっちの青年は二宮くん。うちの取引先の建設コンサルタントや」

「建設業をされてるんですか」

「うん。建設もしてる」

嶋田は愛想がいい。桑原も眼のくりっとした小顔のホステスとなにやら喋りはじめた。

「千紗ちゃんは昼間、なにしてるんや」訊いた。

「わたし、歯科衛生士です」

「へーえ、どこで」

「さぁ、どこでしょう」

「アメ村の近くの加瀬歯科医院いうの、知ってる？」

「知りません」

「おれ、アメ村に事務所があるねん」

「そうですか」

「千紗ちゃんは映画とか見る？」

「見ません」

恐ろしくサービス精神に欠けたホステスだ。ばからしいから話しかけるのをやめてモデルタイプのミニスカートに意識を集中させた。視線を感じたのか、膝にハンカチをおく。なんやねん、こいつらは——。

口を上にあけてナッツを放り込んだら喉につまって噎《む》せた。

九時半——。嶋田の迎車が来た。

「すまんな、啓坊。つきあいわるうて」

「なにをいうてはるんですか。こちらこそ、ごちそうさまです」

「ほな、な」

嶋田は腰をあげ、ママとモデルタイプに付き添われて帰っていった。

「嶋田さん、なんべんもあくびしてましたね。朝が早かったし」

「わしは一睡もしてへんのやぞ」

桑原が怒る。「くだらん花札をして、どえらい負けたわ」

「博打は時の運やないですか」こいつはしつこい。たった二十四万、負けただけで。

「ちょっと外してくれるか」

桑原は小顔と千紗にいった。ふたりは立って席を離れた。

「おまえ、明日はどうするんや」

「どうもしませんけど……」

「午前中に小沼んとこへ行く。つきあえ」

「そら、つきあいますけど、ええんですか」

「なにがようないんや」

「嶋田さんにいわれたやないですか。おとなしいにしとけ、と」

「口裏を読まんかい。オヤジはやれというたんや」

「そんな口ぶりやなかったですよ」

「風呂敷を広げるだけ広げといて、やりっ放しかい。風呂敷はたたんでなんぼやぞ」

「小沼に会うたらたためるんですか、風呂敷が」

「小沼は南条グループの金主で、いまは会計をしてる。横内が殺《や》られたときも現場におった。小沼はなにもかも知っとんのや」

「おれ、嶋田さんには……」

「やかましい。オヤジに極道の顔があるんなら、わしには極道の意地があるんやぞ」

桑原は水割りを飲んだ。「明日の朝、おまえに電話をする。電源を切ってたとか、シャワーを浴びてたとか、下手な講釈は許さんぞ」

「分かった。分かりました。このシノギの一割、必ずやくれると約束してください」

「やるいうたら、やる。わしがいっぺんでも嘘ついたか」

「いや、分け前に関してはいつもきっちりしてます。それだけは大したもんです」

「それだけとは、どういう意味や」

「なにげにいうただけです」

「なにげに、とはなんや。日本語は正しく使え」

桑原はスマホを出した。ディスプレイを見てキーに触れる。すぐに話しはじめた。

「──わしや。桑原。──こないだの宿題はできたんか。──どこにおんのや。──それやったら早い。玉屋町に来いや。──クラブや。座って五万。観月会館の向かいの『ルイード』」

桑原は電話を切った。

「中川ですか」

「珍しい。仕事をしてた」府警本部を出て『ボーダー』へ行く途中だといった。

「それやったら『ボーダー』で会うたらええやないですか。なにも、こんな高いクラブを奢ってやることはないでしょ。あのゴリラに」

「払いはオヤジや。びくともせんわい」

「そういう問題ですかね」

「投資や。それも分からんのか」

現役のマル暴がヤクザと一流クラブで酒を飲む──。ばれたら中川は懲戒免職だから、桑原は優位に立てるという。「憶えとけ。タダほど怖いもんはないんやぞ」

「タダやないでしょ。嶋田さんの金なんやから」

「わしに説教しとんのか。このたかり小僧が」

桑原はさっきのホステスを手招きした。

「ほな、黙っとれ」

「めっそうもない」


中川が現れた。マネージャーの案内で席に来る。二宮の隣に腰をおろした。

「たまにはこういうクラブもええの。べっぴんさんがおる」

チーズをつまんで、煙草をくわえる。千紗がライターを擦って、飲み物を訊いた。中川はボトルを見て、ソーダ割り、といい、

「あんたら、名前は」

「里佳《りか》です」

「千紗です」

「わしは中川。地方公務員」縒《よ》れたストライプのネクタイをゆるめる。

「いいですね。お役所勤め」里佳がいう。

「いうても、学校の先生やけどな」

「なんの先生ですか」

「見て分からんか」

「体育？」

「当たりや。よう分かったな」

「だって、耳がつぶれてはるし」

「参ったな、おい。そこを見るか」

あほくさ――。二宮は嗤《わら》った。こいつはいつでもこんなくだらん芸をしてんのか。桑原もばかにした顔で煙草を吸っている。

ソーダ割りができた。中川はグラスに手を伸ばす。

「わるいな。また外してくれるか」

桑原がいった。里佳と千紗はうなずいて、カウンターのほうへ行った。

「なんじゃい。不細工ふたりが雁首《がんくび》そろえくさって。おまえらとは飲みとうないぞ」

「飲む前にいうことがあるやろ。幾成会の資本関係や。十万もとりくさって、調べてないとはいわさんぞ」

「うっとうしいやっちゃで」

中川はグラスをもどした。ポケットからメモ帳を出し、太い指で繰る。「――介護付有料老人ホーム『悠々の杜やすらぎ』の事業主体は社会福祉法人『幾成会』。理事長は岸上篤。専務理事は小沼光男。理事は今井恭治、木崎良子《よしこ》で、監査役が光本伊佐雄《いさお》」

「待たんかい。光本いうのはサルベージ屋やろ。白姚会のフロントの徳山商事」

「んなことは知らんわい」

「あの爺……。あれだけ責めたのに、とぼけくさった」

「なんや、おまえ、このごろは手形のサルベージもやってんのか」

「オールラウンドじゃ。わしのシノギは」桑原はいって、「木崎良子いうのは木崎の身内か」

「よめや。福祉法人で介護老人ホームの理事が極道ではまずいやろ」暴対法、暴排条例に抵触するという。

「おまえらのデータベースには極道の家族まで載っとんのかい」

「桑原保彦。指定暴力団神戸川坂会系二蝶会構成員。極めて粗暴。守口で内妻の多田真由美に『キャンディーズ』いうカラオケボックスをやらしてる」

「個人のプライバシーをそこまで突ついてええんか、こら」

「プライバシーやと。税金も払わんやつがえらそうにぬかすな」

「くそボケ。カラオケ屋の税金は払うとるわ」桑原は舌打ちして、「介護付有料老人ホームを指導監督してる官庁はどこや。厚労省か」

「そうやろ。警察やない」中川はメモ帳をしまう。

「大阪に厚労省の出先機関はあるんか」

「近畿厚生局があったな。大手前の合同庁舎に」

「たとえば、の話や。おまえが近畿厚生局へ行って、大東の『やすらぎ』は極道のよめが理事をしてるというたらどうなる」

「そら、知らんふりはできんやろ。立場があるからな。指導監督の」

担当官が捜査四課に来て木崎良子の背景を訊き、『やすらぎ』の査察に入る可能性もなくはない、と中川はいう。

「わしがおまえに近畿厚生局へ行けというたら、行くか」

「あほんだら。パシリやないぞ」

「タダとはいわんわい」

「ほう、なんぼや」

「十万」

「子供の使いか」

「二十万」

「要らん、要らん。んな端金《はしたがね》は」

「足もとを見くさって。三十や」

「三十万な……」

中川はひとつ間をおいて、「ええやろ。寄越せ」掌《て》を出した。

「いま行け、とはいうてへんわい。おまえの意思を確かめたんや」

「おちょくっとんのか、こら」

「いずれ、おまえに頼む。そのときに三十や」

「へっ、好きにさらせ」

中川はグラスをとり、ソーダ割りを飲む。「おまえ、白姚会とかまえてどうするんや」

「どうもこうもあるかい。わしは木崎のガキが気に入らんのや」

「殺《と》られるぞ。調子こいて突っ張らかってたら」

「上等やないけ。やってみいや」

「おまえの死体が大阪湾に浮いたときは、白姚会にガサかけたろかい」

中川はソーダ割りを飲みほしてボトルのウイスキーを注ぐ。桑原は肘掛けにもたれて、

「府警本部に特殊詐欺対策室いうのができたそうやの」

「よう知ってるやないけ。先月や。二課にできた」

「オレ詐欺グループのネタをおまえにやったら、うれしいか」

「なんや、おい。サルベージからオレ詐欺のケツ持ちまでしとんのか」

「誰がケツ持ちじゃ。ネタが欲しいかと訊いとんのや」

「そら、欲しいやろ。こう見えても、わしは刑事《デカ》や」

中川は顔をあげた。「どんなネタや」

「受け子が六人、掛け子が十二人もおる、総勢十八人のオレ詐欺グループや。サブリーダーが三人。わしはグループのリーダーもハコも知ってる」ハコは瓜破《うりわり》にある、と桑原はいった。

「おもしろそうやの。いうてみいや」

「いまはいえん。おまえが近畿厚生局へ行くときに教えたる」

「どつくぞ、こら。ガセやろ」

「ガセなら、瓜破とはいわんわい」

「もったいつけくさって」中川は桑原を睨めつける。

そこへ、ピアノの音が聞こえてきた。白いスーツの男が耳に憶えのある曲を弾いている。キャロル・キングだ。〝ユーブ・ガッタ・フレンド〟か——。

「ええ曲やのう」

♪ウェンヨア・ダウン・アン・トラーブルドゥ〜　桑原は口ずさむ。

「おまえ、意味が分かって歌うとんのか」嫌味たらしく中川はいう。

「あんたが落ち込んだり、トラブったときは、わたしの名前を呼んでくれ。そしたらすぐに行く。友だちやから、というとんのや」

「まるでちがうな。歌詞とキャラが」

「わしの親父は英語の教師や」

中学の教頭で退職し、二年後に死んだ、と桑原はいった。「大酒飲みのろくでなしや。わしが小学校五年のときにおふくろが亡くなって、六年のときに再婚しよったわ」

「教師の子は不良になるいうのはほんまやの」

「おまえの親父はなんや」

「高校の教師や」

「同じ、ろくでなしかい」桑原は笑った。「体育やろ」

「それがな、美術なんや」

「美術……。変人の教師が校舎の隅で暇つぶしにやってる教科やないけ」

「桑原よ、いっぺん、おまえをどついたらなあかんのう」

「またにせいや」

桑原は手をあげた。ウェイターが来る。「チェンジはできるんか」

「なんです……」

「里佳と千紗や。タイプやない。もっと愛想のええのをつけてくれ」

ウェイターはさも困ったようにママを見た。

18

五月三十日――。桑原からの電話は十一時にかかってきた。

――おう、ちゃんと出たやないけ。

――九時から起きてましたわ。朝に電話をかけるというたでしょ。

――いまは朝や。午前中やろ。

――桑原さんて、勤勉ですね。

――出てこい。天王寺や。ホテルジーニアスのテラスカフェバー。十一時半からランチをやってる。

――今日は小沼んとこへ行くんやないんですか。

――悲田院町《ひでんいんちょう》や。小沼の事務所はな。

ジーニアスから歩いて二分だと桑原はいう。

――アポ、とったんですか。

――おもしろいのう、おまえは。

十一時半に来い、と桑原はいい、電話は切れた。

「マキ、啓ちゃんはお出かけするからな」

餌と水を替え、マキを指にとまらせてケージに入れた。マキは〝クーン　クーン〟と寂しそうに鳴く。後ろ髪をひかれる思いで部屋を出た。

タクシーでJR環状線の大正駅。電車に乗り、天王寺に向かった。


桑原はカフェバーにいなかった。

なんやねん、ひとを呼びつけといて――。桑原は守口から来るのだろう。

ランチはビュッフェだった。サラダ、オニオンスープ、スクランブルエッグ、ベーコン、ローストビーフ、オレンジジュース、トマトジュース、ベーグル、クロワッサン――。テーブルがいっぱいになった。座ってスープに口をつけたとき、桑原が現れた。

「珍しいの。先に来とるやないか」

「遅刻ですよ。二十分も」

「それがどうした」桑原も座った。

「本日の装《な》りはいちだんと冴えてますね」

レンズの細いメタルフレームの眼鏡、ダークグレーのピンストライプのスーツに黒のシャツ、靴はオーストリッチのローファーだ。金色の腕時計はベゼルに彫り模様がある。

「お洒落な時計やな。銘柄は」

「カラトラバ。パテック」

「ロレックスより高いんですか」

「ロレックスはおまえ、労働者の時計やろ」

「おれは労働者やけど、ロレックスは持ってません」

「欲しいんか、ロレックス。ぎょうさんあるぞ」

「ぜひ、ください」

「やらへん」

だったら、いうな。

「髭ぐらい剃れや。ホテルでランチするのに」

「そんな暇、ないやないですか。この四、五日、風呂にも入ってません」

ギプスをした足が痒い。水虫の軟膏をもらっておけばよかった。

「二宮フケツ。名前を変えろや」

「そんなひと、いてましたかね。日本史の教科書に」

「愛新覚羅溥傑《あいしんかくらふけつ》。清朝のラストエンペラー、溥儀《ふぎ》の弟や」

こいつはいちいちうっとうしい。知ったかぶりが癇に障る。腹が立つから音をたててスープを飲んでやった。

「電話せい。番号、いうぞ」

「いまは食事中です」

「二宮くん、電話をしてくれるか」

「どこへ」

「小沼の事務所や。適当にいうて、アポをとれ」

スプーンをおいて携帯を出した。桑原が番号をいう。発信ボタンを押した。

――小沼司法書士事務所です。

――はじめて電話します。愛新《あいしん》設計の加倉《かくら》と申します。建築確認申請の件でご相談したいことがあって、先生はいらっしゃいますか。

――すみません。小沼は食事に出ました。

――いつ、お帰りですか。

――一時前には。

――失礼ですけど、スタッフは何人いてはるんですか。

――ふたりです。わたしを入れて。

――ほな、一時にお邪魔します。愛新設計の加倉です。

――あの、建築確認申請というのは。

――弊社はいま、近鉄の河堀口《こぼれぐち》駅の近くで二十戸ほどの集合住宅を計画してます。少し権利関係が複雑なんで、地元の小沼先生にアドバイスをいただきたいと思いました。

——承知しました。小沼に伝えます。

——ありがとうございます。お願いします。

携帯をたたんだ。

「ほんまに天才やのう、おまえは。名刺に〝嘘宮八百〟と刷れ」

「人間の名前とは思えませんね」

「何人や。スタッフは」

「電話に出たおばさんと、もうひとりいてるみたいです」

「小沼を入れて三人やな」

桑原はウェイトレスを呼び、生ビールを注文した。

小沼司法書士事務所は年金事務所から一筋北に入った古ぼけた雑居ビルの二階にあった。階段で二階にあがり、二宮がドアをノックする。返事を聞いて中に入ると、手前のデスクに、髪を後ろに括った五十絡みの女が座っていた。

「こんちは。さっき電話しました愛新設計の加倉です」頭をさげた。

「建築士の山本です」桑原もさげる。

あとひとり、スタッフがいるはずだが、食事に出たのだろうか。

「どうぞ。こちらです」女は立って、二宮と桑原を案内した。

小沼は応接室で待っていた。革張りのソファに大理石のテーブル、奥に木製のキャビネット。デカンタのブランデーとカットグラスをこれ見よがしに飾りたてている。司法書士事務所にこのキャビネットはないだろう。小沼の人間性を見た思いがした。

「小沼です」

名刺をもらった。《小沼司法書士事務所　代表　司法書士小沼光男》とある。

「加倉さんは」

「はい……」名刺を差し出した。

「これはなんですか」

「二宮企画です。二宮啓之」

「なるほど」小沼は表情を変えず、「帰ってもらいましょうか」

「小沼さんよ、話も聞かずに、帰れはないやろ」桑原がいった。

「君は」

「二蝶興業、桑原保彦」

「そういうことか」小沼はスマホを手にした。

「なにするんや」

「警察を呼ぶ」

「おもろい。呼ばんかい。一一〇番や」

桑原は肘掛けに寄りかかって脚を組み、小沼は電話をした。

「――小沼といいます。いま、事務所に暴力団組員が来て脅迫されてます。――そうです。対処願います。――悲田院町九の十八、庚申ビル二〇一号室、小沼司法書士事務所。――はい、急行願います」

小沼はテーブルにスマホをおき、「消えろ。いまのうちに」桑原にいった。

「こいつ、ほんまに通報しよったで」桑原はにやりとした。

「桑原さん、やばい。帰りましょ」

「帰れといわれて帰るんかい。警察も極道も要らんやろ」

桑原はスマホを出した。アイコンをスクロールする。音声が流れはじめた。

――オレ詐欺のアガリはどうしてるんや。おまえが集金するんやろ。――週にいっぺん会う。わしがいうた喫茶店《サテン》に南条が持ってくる。――南条から預かった金は木崎に渡すんか。――今井に渡すんや。あとは今井が分配する。――いまは小沼んとこに持って行ってる。小沼は司法書士やから金勘定はきっちりしてる。――横内は誰が殺った。――あれは事故や。――なんやと。――横内はふてくされてソファにふんぞり返ってた。それで小沼が切れて、横内をぼろくそにいうた。横内も切れて小沼を殴った。今井がクリスタルの灰皿で横内をどついたら、横内は頭を抱えてゲーゲー吐きまくったあげくに、電池が切れたみたいに動かんようになった。――それでどうした。――ワルどもは相談して、なかったことにしよとなった。――横内の死体は『やすらぎ』の焼却炉で焼いたんか。――きれいさっぱり灰になってた。さらえて、段ボール箱に入れた。

「誰の声か、分かるな」

桑原は再生をやめ、小沼に視線を据えて煙草を吸いつけた。「——口が利けんのかい。おまえは横内をぼろくそにいうて殴られたオレ詐欺の金主や」

「………」小沼は額に手をあてて俯いている。

「月に一千万。おまえが預かって分配するんやろ。岸上、木崎、田所に二百万ずつ。拘置所におる今井の分の二百万は、岸上に渡しとんのか」

「どこで録《と》った」

「なにをや」

「この声だ」

「田所を逆さに吊るした。此花大橋でな」

「あのバカ……」

「えらそうにぬかすな。このクソ外道が」桑原はけむりを吐く。

「ここは禁煙だ」

小沼は手でけむりを払った。桑原はカーペットに煙草を捨てて踏み消し、スマホをテーブルにおいて再生キーに触れた。

「よう見いや。南条の巣や」

——南条が這うように階段をあがっていく。二階の事務所、キャビネット内のファイル、住宅地図や名簿のクローズアップ……。ソファに座り、鼻にティッシュをあてた南条が桑原の質問に淡々と答えていく。

オレオレ詐欺、偽電話詐欺の南条グループ。おまえはリーダーの南原賢司——。南条グループの金主は『悠々の杜やすらぎ』の理事長で警慈会代表の岸上篤、経営コンサルタントで警慈会メンバーの今井恭治、司法書士で警慈会メンバーの小沼光男、白姚会若頭の木崎吾郎の四人で、番頭は白姚会の田所某。……以上、相違はないな——。岸上、今井、小沼、木崎の出資額は各々二千万で、おまえは毎月一千万を金主に上納してる。おまえの下にはサブリーダーが三人おって、グループの構成員は……何人や——。

十八人——。

十八人もの若いやつを食わせるのは、おまえ、一端《いっぱし》の経営者やぞ——。

そこへ、サイレンが聞こえた。パトカーが来たらしい。

「桑原さん……」二宮はいった。

「おたおたすんな。肚、据えんかい」

桑原は再生をとめ、スマホをスーツの内ポケットにしまった。シャツのボタンをとめ、メタルフレームの眼鏡を外して黒縁の眼鏡に替える。

ほどなくして、事務室から声が聞こえた。ノック——。小沼が返事をすると、さっきの女が顔をのぞかせて、警察が来てます、といった。

「いいんだ。通してくれ」小沼はうなずいた。

制服警官がふたり、部屋に入ってきた。

「ごくろうさまです」と、小沼。

「一一〇番通報、されましたか」年嵩《としかさ》の警官がいう。

「しました。わたしです」

「暴力団員は」

「帰りました。通報して、すぐに」

「ほんとですか」警官は桑原を見る。

「ほんとうです。わざわざ来ていただいたのに、申し訳ない」

「お巡りさん、このひとは警慈会の会員ですわ」桑原がいった。「現役のときは府警の捜査二課で、警部補まで行ったのに、退職して司法書士になりましたんや」

「あなたは」

「二宮企画の桑原いいます。顔が怖いんかして、ようヤクザとまちがえられますねん」

「身分を証明するものは」

「ひょっとして、職質かいな」

「ごめんなさい。仕事ですから」

「その前に、あんた、見せるもんがあるやろ」

「失礼」

警官は警察手帳を提示したが、桑原は見るでもなく、札入れから運転免許証を出した。警官は受けとって氏名を確認する。

「桑原保彦さん……。今日はどういったご用件でこちらに来られたんですか」

「打ち合わせですわ。建築確認申請の書類をね、先生に作ってもろたんです」

「いいですか」

小沼が警官にいった。「あなた、警慈会はご存じですか」

「もちろん、知ってます」

「じゃ、これを」

小沼はスーツの内ポケットからカードケースを出し、名刺大の紙片を抜いて警官に渡した。警慈会の会員証のようだ。

「通報が早すぎたかもしれません。でも、それで組員は帰ったんです。ありがとうございます。もう大丈夫です」

「その組員の氏名は分かりますか」

「それが今日、はじめて事務所に来たんです。山本と名乗って、組員だといいました」

「どう脅されたんですか」

「遺産相続です。わたしの作った相続放棄の書類が気に入らないと激昂《げきこう》しました」

「組の名はいわんかったんですか」

「いえないでしょう、昨今は。ほんとうは組員じゃないかもしれませんね」

小沼は山本に警慈会の会員証を見せた、といった。「だから、二度と顔を出すことはないと思います」

「了解しました。また、なにかありましたら連絡してください」

警官は桑原の免許証と小沼の会員証を返し、一礼して応接室を出ていった。

「どしつこいやっちゃで」

桑原は吐き捨てた。「こっちがなにもないというとんのや。さっさと去《い》なんかい」

「桑原さんのこと、疑うてたんですわ」と、二宮。

「気分がわるい。職質てなもんは十年ぶりやぞ」

「おれはこの十年で五回です」夜中、アメ村で呼びとめられる。

「ボーッと口あけて、のたくり歩いてるからじゃ」

「別に、のたくってませんけどね」

「ばか話はやめろ」

小沼がいった。「そのスマホをどうするつもりだ」

「そいつをあんたと相談しよと思て来たんや」桑原は小沼をじっと見る。

「だから、君の要求をいえ」

「おい、小沼さんよ、改めてくれるか。そういう舐《な》めたものいいはカチンと来るんや」

「君は岸上にも会ったそうだな」

「会うた。あんたに輪をかけた狸爺やったな」

「岸上を脅したのか」

「脅すわけがない。警慈会の代表はどんな腐れかと、挨拶に行っただけや。あのあと、わしは大阪中を走りまわってネタを集めた。幾成会初代理事長の福井、今井んとこの間宮、白姚会の田所、福井の番頭やった佐々木、徳山商事の光本、オレ詐欺の頭の南条……。ほんまにのう、これ以上のクズはおらんというほどのクズどもに会うて、この健全な身体に毒がまわってしもた。その毒消しは小沼さん、あんたに頼みたいんや」

「光本や田所や南条に会ったのなら、おおもとは分かっただろう。岸上のところへ行け」

「そうかい」桑原は笑った。

「頭目は分かってる。岸上や。……けどな、金庫番はおまえや」

「ばかをいうな」

「おどれはなんじゃい。なにもかも岸上と今井におっ被せて涼しい顔か。おどれは横内を殺して死体を焼いたんやぞ。オレ詐欺に二千万を投資して、毎月一千万を集金しとんのはおどれやないけ。どこが司法書士じゃ、こら。法の欠片もない外道が大きな顔しくさって。金庫番なら金庫番らしい毒消しがあるんとちがうんかい」

　桑原は声を荒らげることもなく、平然と脅し文句を重ねていく。そう、この男は笑いながらひとを殴る。こと脅しに関してはプロ中のプロであり、どこをどう押せばどんな結果が出るか、どこでとめれば事件にならないか、冷静に判断するセンスがある。二宮もヤクザは多く知っているが、これほどのセンスと行き腰は天性のものとしかいいようがない。

「分かった。岸上に相談する」小さく、小沼はいった。

「あほんだら。岸上は関係ない。わしはおどれの考えを訊いとんのじゃ」

「木崎の考えもある。勝手なことはできないんだ」

「くそボケ。木崎をコントロールしとんのは岸上じゃ」

「…………」小沼は俯いた。舌打ちが聞こえた。

二宮は思った。小沼は木崎から昨日の取引を聞いていないのだろうか。木崎は嶋田からセツオのスマホを受けとったことで、動画と録音をコピーしていないと信じたのだろうか。徳山と嶋田が手打ちをしたと聞いて、ことは収まったと考えたのだろうか。もし真に受けたのなら、木崎は甘い。ヤクザの貫目というやつがない。座布団は嶋田のほうが一枚も二枚も上だ。

そう、小沼が木崎から昨日の取引を聞いていたなら、警察には通報せず、白姚会に電話をしただろう。桑原はそこを見越して小沼を脅しにかかっている——。

「どうするんや、おい。このスマホが表に出たら、おどれらは破滅やぞ」

「だったら、それを買えばいいのか」開きなおったように小沼はいった。

「買わんかい。おどれは金庫番や」

「いくらだ」

「これや」桑原は手を広げた。

「五百万？」

「どつかれんなよ、こら」

「五千万？」

「そんなとこかの」

「冗談をいうな。おれが今井に出資したのは二千万だぞ」

「今井やないやろ。おどれは南条に出資してオレ詐欺の金主になったんや」

「欲をかくのもほどほどにしろ」

「おまえ、なんぼプールしとんのや。南条の上納金」

「知らん」

「二宮くん、この爺をぶち叩いてもええか」

桑原が訊く。二宮は首を振った。

「桑原さん、これは交渉です。小沼さんも、買うというてくれてるんです」

「答えんかい。なんぼや」桑原は小沼に迫る。

「だから、おれの一存では出せない。岸上と木崎に……」

「やかましい」

瞬間、桑原の腕が伸びた。拳は小沼の鼻先でとまり、小沼はソファにくずおれた。

「おまえの一存をいうてみい」

「百五十万……。百五十万なら手もとにある」

小沼の声は掠《かす》れている。顔もこわばっているが、心底、怯えた感じではない。こいつはやはり、警察ＯＢだ。

「月に一千万も南条から掠めて、たったの百五十万やと。岸上の金庫番は尻《けつ》の穴が太いのう」

「君の言い分は分かった。岸上に相談する。出直してくれ」

「ほう、出直したら出すんかい。五千万」

「岸上が、うんといったらな」

「舐めんなよ、こら」

桑原は低くいい、立ってテーブルを跨いだ。小沼のジャケットの襟をつかむ。「わしは最後通告をしに、ここへ来た。そう、次はない。また出直したときは命のやりとりになる」

「五百万。おれの一存で出せるのはそれだけだ」

「やめとけ。端金でこのスマホは売れん」

「動画と録音はコピーできる。これで君の脅迫が終わる保証はない」

「そら、五百万では保証がないやろ」

「いくらなら、いいんだ」

「なんべんもいわすな。五千万や。それでわしはきれいさっぱり蓋をする。横内のこともオレ詐欺のこともな。おどれは金主と老人ホームでせっせと稼がんかい」

「分かった。払おう」小沼はうなずいた。「ただし、プールしている金は五千万もない」

「しぶといのう、この爺は。まだ条件交渉かい」

「放してくれ。通帳はここにはない」私室にあるという。

桑原は小沼を立たせた。応接室を出る。さっきの女が不安げにこちらを見た。いいんだ、と小沼はいい、隣の部屋に入った。奥にデスクと書棚とスチールキャビネット、セロームの鉢植えがあるだけの殺風景な部屋だった。

小沼はデスクの向こうに行った。桑原と二宮もつづく。大型金庫があった。

小沼は金庫の前に屈《かが》んで、桑原と二宮に見えないようダイヤルをまわした。ハンドルを引き、扉が開く。中には桐の菓子箱と、その上に帯封の札束とバラの札束があった。百五十万なら手もとにある、といったのはこれだろう。

小沼は札束を金庫内の棚におき、菓子箱を出した。デスクにおいて蓋をとる。通帳が三冊と印鑑の形に膨らんだ革の袋があった。

「これが今井から受けとる金の口座だ」

小沼は赤い表紙の通帳を開いた。三協銀行天王寺駅北口支店——。毎月二十日前後に二百万円の預け入れがあり、残高は五百三十万円だった。

桑原は通帳を手にとった。

「振込みがないのう。みんな現金取引か」

「当然だ。今井がバッグに詰めて持ってくる」

「この二百万はおまえの取り分やろ。田所は月に一千万、南条から受けとっとんのやぞ」

「田所が金を持ってきたのは今月だけだ。八百万」それまでは今井が小沼の分配金の二百万円を持ってきたという。

今井が田所から受けとる金を、岸上、木崎、小沼に分配していたのはほんとうだった。

「その八百万はどうしたんや」

「持っていった。岸上に二百万」

「待たんかい。岸上に二百万、おまえが二百万、今井の取り分の二百万はどうした」

「それは岸上に預けた」

「ほな、岸上に持っていったんは四百万やないけ」

「そういう計算にもなる」

「ほかの通帳も見せてみい」

「大して入っちゃいない」

小沼はあっさり、二冊の通帳を広げた。協栄銀行天王寺東支店の残高が四十三万円、巽《たつみ》信用金庫阿倍野支店の残高が二十八万円だった。

「よっしゃ、小沼さん、こいつを下ろしに行こかい」

桑原は三協銀行の通帳と印鑑を小沼に持たせた。小沼は菓子箱と百五十万円を金庫に入れ、扉を閉めて立ちあがった。

黒いレザーバッグを提げた小沼と桑原につづいて事務所を出た。松葉杖をついて階段を降りる。ギプスの足裏には鼻緒のないサンダルのようなクッション材を結束バンドで固定しているが、踵をおろすたびにコツンコツンと音がする。

一階に降り、外に出た。ギプスで固めた足首は曲がらず、前傾姿勢の胸が杖ですれる。

「桑原さん、もうちょっとゆっくり歩いてくれませんかね」

「いちいちめんどいのう、こいつは」桑原が振り返る。

「煙草が吸いたいけど、手が使えんのです」

「それがどうした」

「いや、吸わしてくれたらありがたいかなと……」

「そうかい。それはありがたいのう」

小沼との距離が離れた。待てや――。桑原は小走りであとを追う。二宮は懸命に歩いた。

三協銀行は天王寺ミオプラザ館の斜向《はす》かいにあった。桑原と二宮はロビーのシートに座り、小沼が預金の払戻請求書を書いて窓口へ行く。

「けど、もったいなかったですね」小さくいった。

「もったいない……。なにがや」

「百五十万です。もろとったらよかったのに」

「これや。爺の事務所には鶏みたいなおばはんがおったやろ。あんな小金をとって強盗やと鳴かれたら世話はない」

「お言葉ですけど、鶏の雌は鳴かんでしょ。コケコッコー、夜が明けた、と」

「やかましい。なにがコケコッコじゃ。雑魚を追うもの大魚を得ずや。心しとけ」

百五十万は小金やないやろ。一割の十五万はおれの収益やぞ——。こいつは妙なところで警戒心が強い。小沼を殴らなかったのもそれだろうが。

小沼が窓口を離れた。シートに座って払い戻しを待つ。二宮たちには素知らぬ顔で。ほどなくして、小沼の受付番号が表示された。小沼は帯封の札束をバッグに入れてロビーを出る。桑原もすばやく外に出て、小沼を呼びとめた。

「おまえ、ほんまに五百万おろしたんか」

札束は三つしかなかったように見えた、と桑原はいう。

「全額をおろした」

小沼はいい、バッグのジッパーを引いて桑原に見せた。

「これはなんじゃい。三百万やないけ」

「だから、これが全額なんだ」

「どつかれんなよ、こら」

桑原の表情が変わった。小柄な小沼をじっと見おろす。危ない。

「まぁ、待て」

小沼は慌てず、通帳を桑原に渡した。桑原は開いて一瞥するなり、通帳を投げ捨てた。

二宮は通帳を拾った。開く。五月二十二日の二百万円の入金につづいて、二十三日と二十四日に五十万円ずつの出金、二十五日に四十六万円、二十六日に五十万円の出金があり、今日、三百三十四万円を払いもどして、残高は六千二百二十円となっている。

「ＡＴＭでおろしたんですか。この五十万とか四十六万は」訊いた。

「月末は支払いが多いんだ」小沼は平然としている。

「このボケ」

桑原はバッグをひったくった。帯封の札束を上着のポケットに入れ、三十四万円をズボンのポケットに入れる。

「じゃ、スマホをもらおうか」小沼はいった。

「おどれはええ根性やの。わしを安う見たらどうなるか、骨身に知らせたろかい」

「分かった。分かったから、スマホを寄越せ」

小沼は退かない。さすがに警察ＯＢだ。ここで桑原が暴れるはずはないと読んでいる。

「おまえ、これで終わりやと思てないやろな」桑原はスマホを出した。

「思ってはいない。動画や録音はいくらでもコピーできる」

「わしは三百三十四万で、このスマホをおまえに売った」

桑原はスマホとバッグを小沼に渡して低く笑った。「おまえとの取引は終わったかもしれんけど、岸上とは終わってへん。わしは岸上に会うて、横内殺しと南条グループのオレ詐欺に蓋をする。要は、そういうこっちゃ」

「あんた、大したヤクザだな」

「おう、わしはそんじょそこらの極道やない」

「行くのか、岸上のところへ」

「行く。けじめをとる」

「じゃ、行け。好きにしろ」

「待てや。おまえをここで放したら岸上に電話するやないけ。おまえもいっしょに行くんや」

「だと思ったよ」

小沼は笑う。「いずれは決着をつけるときが来る。それが今日なんだろう」

「岸上は今日、どっちにおるんや。大東の『やすらぎ』か。北浜の事務所か」

「『やすらぎ』だろう」火曜は夕方まで理事長室にいるという。

「ほな、行こかい。おまえのいう決着をつけたる」

桑原は谷町筋に出てタクシーをとめた。

19

午後二時十分――。タクシーは『やすらぎ』の玄関前に停まった。二宮は助手席から降り、桑原と小沼は後ろから降りる。

施設内に入った。玄関にはシューズボックスがあるが、小沼は靴のまま、ボックスの横のドアを開けて階段をあがっていく。理事長室へ行くにはスリッパに履き替えなくてもいいようだ。

三階にあがった。廊下の両側に部屋が三つとトイレがある。小沼は右奥のドアをノックした。

はい——。返事があった。小沼です——。

小沼は理事長室に入った。桑原、二宮とつづく。岸上は窓際のデスクでパソコンを見ていたが、桑原と二宮をみとめて眉根を寄せた。

「立派な部屋やのう」桑原はいった。「天井が高い。眺めがええ。絨毯もふかふかや」

ブラインドの開け放たれた東側の壁は全面がガラス張りで、緑がいっぱいに広がっている。デスクの後ろには真空管のアンプとターンテーブル、棚にレコードが数百枚、左右のどっしりしたスピーカーはタンノイだろうか。二宮の耳には憶えのないピアノの曲が流れている。

「岸上さんよ、この絨毯は張り替えたんか」

「なんやと……」

「横内のゲロと血や。横内はこの部屋で死んだんとちがうんかい」

「くだらん。世迷《よま》い言《ごと》をいうな」

「世迷い言な……。不動産屋は事故物件を開示せないかんのやぞ。自殺、孤独死、犯罪現場……。幽霊の出そうな部屋に、よう平気でおるの」

「どういうことや」岸上は小沼にいった。「なんで、こんなやつらを連れてきた」

「脅されたんだ。銀行で三百三十四万円をとられて、ここへ案内しろといわれた」

小沼はソファに腰をおろした。岸上に遠慮したふうはない。

「警慈会の世話役が、こんなやつに脅されたんか」嘲《あざけ》るように岸上はいう。

「スマホを買ったんだ。おれの一存で」

「やっぱりな」

岸上はうなずいて、桑原に眼をやった。「木崎から聞いた。道頓堀で二蝶会の嶋田に会うたとな。嶋田は、これで終わりにするというたはずやぞ」

「うちのオヤジが木崎に渡したんは、セツオというんやけどな、わしの舎弟のスマホや。それで、さっき小沼に売ったんは、わしのスマホなんや」

まだあるで——。いって、桑原はワイシャツのポケットからスマホを出した。「見るか。南条グループの巣と南条の証言。番頭の田所は横内殺しのことを喋っとるわ」

「嶋田はおまえのしてることを知ってるんか」

「オヤジは知らん。知ったら怒るやろ。白姚会の徳山とも手打ちをしたんやからな」

「二蝶会にガサかけるぞ」

「おもろい。かけんかい。放送局と新聞社も呼べや」

「………」岸上は椅子に両肘をつき、窓の外に眼をやった。

「おまえらをちまちま脅すのはわしの流儀やない。五千万や。それで終わりにする」

「おい、桑原、警慈会を敵にまわして、ただで済むと思とんのか」

「ただでは済まんから、チャラにするというとんのや。五千万でな」

「おまえはヤクザや。ヤクザを引くのは造作もないんやぞ」

「引けるもんなら引いてみいや。いつまでもマル暴ヅラしててんやないぞ」

「こいつ……」

「誰がこいつじゃ。年金暮らしの年寄りから金を騙しとりくさって。歯医者の尻掻《けつか》いて国から金を奪《と》ったんも、おどれやないけ」

吐き捨てるように桑原はいった。「ネタは割れとんのや。なにもかも今井に被せて逃げおおせたつもりかもしらんけどな、おどれらが診療報酬の架空請求で不正受給した金は一億、二億やろ。……そう、おどれらはゴミ溜めのクズや。わしは腐ったクズどもに五千万、請求しとんのじゃ」

「そうか……」岸上は桑原を見据えてデスクの内線電話のボタンを押した。

「なんや、こら」

「なんでもない」岸上は舌打ちする。

ヤクザとマル暴の元班長──。灰色の塀の上を歩いていて、内に落ちたのがヤクザ、外に落ちたのがマル暴。このふたりは同じ人種だと、二宮は実感したが……。

しかし、おれは何年も前から塀の上を歩いてる。その塀の先はどんどん細くなって、内に傾いてる——。

啓ちゃん、桑原と手を切り。でないと、ほんまの犯罪者やで。建設コンサルタントもやめて、二宮企画の看板もおろさなあかんのやで。四十をすぎて転職できるん。できるわけないでしょ。そう、啓ちゃんにとって、この事務所は最後の砦なんやで——。悠紀のいつもの言葉が蘇る。

と、ドアが開いた。入ってきたのは木崎とダークスーツのスキンヘッドだった。この男には見覚えがある。松原の磯畑自動車で待ち伏せをしていた組員だ。

「おいおい、こういう仕掛けかい」

桑原は小沼を見た。「わしが事務所に顔出したら、ここへ連れてこいということか」

「仕切りはおれじゃない」小沼は岸上に眼をやった。

「ま、これでオレ詐欺の金主が勢揃いやのう」

桑原はスキンヘッドに向き直った。「また、どついて欲しいんか」

「殺すぞ」スキンヘッドはスーツの後ろに手をまわした。匕首《あいくち》か、ナイフか。まさか、拳銃は持っていないだろうが。

「待て」木崎はスキンヘッドを制して、桑原に近づいた。「おどれはそれでも極道かい。わしは嶋田と話《ナシ》をつけたんやぞ」

「あほんだら。うちのオヤジはおどれより座布団が一枚も二枚も上なんじゃ。話をつけるんなら徳山を出さんかい」

「オヤジは昨日、リッツで嶋田と会うた。嶋田はオヤジに詫びを入れたんや」

「おどれの耳は頭の飾りか。詫びを入れたんは徳山やろ。極道が年寄りを騙すてな恥さらしはするもんやない、とな。おどれは親に黙って勝手なシノギをしとんのじゃ」

「――のボケ」

スキンヘッドが動いた。木崎の前に出てかまえる。

「なんじゃい、やるんか」桑原は無造作に近づく。

「やめろ」低くいったのは岸上だった。「ここをどこやと思とんのや」

スキンヘッドは振り向いた。とめられるのを待っていたように。

瞬間、桑原はスッと間合いをつめた。靴先がスキンヘッドの股間に入り、呻いて膝をついた顔を膝で突きあげる。スキンヘッドは仰向きに倒れ、苦悶の顔でのたうつ。桑原はところかまわずスキンヘッドを蹴り、うつ伏せになった腰のベルトから鞘《さや》つきのナイフをとる。木崎は突っ立ったまま動かない。

桑原は岸上のデスクへ行った。

「な、理事長、わしはカチ込みに来たんやない。話し合いに来たんや」

桑原の息は荒い。岸上は黙っている。怯えた表情ではない。

「さっきいうた不正受給や。今井がみんな引っ被ったんは、出所したときに金をやるいう決めができとんのやろ。一億か、二億か。五千万ぐらい、そこから出さんかい」

「──おまえ、誰を脅してるか分かってるんか」低く、岸上はいう。

「老人ホームの理事長やろ」

「警慈会の代表や」

「上等じゃ」

桑原は鞘を払うなり、ナイフをデスクに突きたてた。岸上は顔をもたげて、

「そんなに金が欲しいか」

「欲しいのう。いやというほどゴロをまいてきたんや」

「五千万、払お」

「ほう、聞き分けがええがな」

「動画と録音は」

「これかい」桑原はさっきのスマホを出した。デスクにおく。

「まだ、あるやろ」

「ある。わしのノートパソコンや」

「そのパソコンは」

「さぁ、どこやろな」

「明日や。銀行で会お。おまえがパソコンを持ってきたら、金をやろ」

「何時や」

「九時半。三協銀行の北浜支店」

「ロビーか」

「応接室。支店長には不動産取引やというとく」

「やっぱりのう。岸上さんは大物や。小沼や木崎とちごうて、話が分かるがな」

「ただし、取引のあとで、おまえがもし、おれの前に顔を出したら命はない。それだけはいうとく」

「おまえは堅気やろ。堅気が命《タマ》をとるて、どういうこっちゃ」

「おれは堅気やけど、木崎はそうやない」

「ええ脅しや。極道顔負けやぞ」桑原はにやりとして、「小切手、書け。五千万払いますいう、おまえの意思表明と、わしの保険としてな」

「冗談も休み休みいえ。パソコンも受けとらずに、そんなもんは書けん」

「小切手いうのはな、口座に金がなかったら紙切れや。わしが北浜支店に行かんかったら不渡りにせい」

「要求が多いな。二蝶会の桑原は」

「注文の多いヤクザ屋さんや。わしはそれで代紋を張ってきた」

「八時五十分や。北浜支店の前でおまえに会う」

「小切手を換金する時間がないいうことか。わしも信用がないのう」

「ヤクザに信用……。笑わせるな」

岸上は鍵つきの抽斗を開けた。小切手帳を出してデスクにおく。

「理事長、おれは三百三十四万を桑原に渡した」小沼がいった。

「そうか。ほな、四千六百万やな」岸上がいう。

「ちがうやろ。残りは四千六百六十六万や」

桑原はいって、「小切手は線引きなし。一千万が四枚と、六百六十六万が一枚や」

「なんで、そんなめんどい小切手を書かせるんや」

「知らんのかい。額面の大きい小切手は使いにくいんじゃ」

「注文の多いヤクザか……」

岸上はさも面倒そうに五枚の小切手用紙に漢数字で金額を書き、振出人の欄に『社会福祉法人幾成会　代表理事岸上篤』の印鑑と銀行印を押した。

「ほら、割印も押さんかい」

桑原は五枚の小切手を受けとって、不備がないか確かめた。「ええやろ」

いって、上着の内ポケットに入れた。

「明日の朝、八時五十分。三協銀行北浜支店。わしは小切手とノートパソコンを持って、二宮といっしょに行く。そっちは岸上さん、あんたひとりや」

「それはない。おれは小沼と行く」

「目付きのわるいのがまわりにおったら取引は中止や。ええな」

「分かった。二対二や」

「話は終わった。帰る。タクシー、呼んでくれや」

桑原はデスクに突きたてたナイフを抜き、鞘に収めた。スキンヘッドが呻き声をあげる。木崎は小さく舌打ちして、小沼の向かいに腰をおろした。


迎えのタクシーは十分後に来た。桑原は乗って、守口、といった。

「桑原さん、金ください」

「なんやと」

「三百三十四万の一割、三十三万です」

「おまえというやつは、口をあけたら、金くれやの」

桑原は上着のポケットから裸の札を出した。三十三枚を数えて二宮の膝上におく。桑原の手には一万円が残った。

「ありがとうございます。その一枚も、もらえたらうれしいです」

「一割は三十三万とちがうんかい」

「さっきのタクシー代、おれが立て替えました」

「これや。改名せい、アニサキス二宮と」

「芸人みたいや」

「寄生虫やろ」桑原は一万円を膝上に落とした。

二宮は三十四万円を二つ折りにしてズボンのポケットに入れた。

「しかし、おれ、ビビりましたわ。木崎とラッキョ頭が出てきたときは」

チンピラとはいわない。運転手の耳がある。

「あんなもんはフェイントや。理事長室に血が飛ぶようなことはせん」

桑原も小さくいう。「わしが殺られたら、おまえは目撃者や。ふたりまとめて殺らんと意味がない」

「おれは人質ですか、桑原さんの」

「シールドや。ヒューマンシールド」

そう、こいつはいつでもおれを盾にしてる。おれを四六時中連れ歩くのは、それが目的なんや——。分かっていつつも金にはなる。現に三十四万円を稼いだ。桑原が残りの四千六百六十六万円を手に入れるまで、松葉杖をつき、ギプスの足をひきずってついていく。

タクシーは寺川から阪奈道路に入った。

門真をすぎて守口の大日交差点が見えたとき、桑原がいった。

「運転手さん、行き先変更や。すまんけど、毛馬へ行ってくれるか」

「毛馬、いうたら都島ですか」

「そう、大川の手前や」

はい、と運転手はいい、車線を左にとる。

「守口に帰らんのですか」

「尾《つ》けられてる。大東から」

　二宮は振り返った。白いトラックだ。その後ろに黒のミニバンが見え隠れする。車内には男がふたり。運転しているのは木崎でもスキンヘッドでもない。

「どういうことです」

「木崎は『やすらぎ』に三人連れてきてたんや。タコ坊主は使いもんにならんから、あとのふたりにわしらを尾けさせた。そういうこっちゃ」

「ほな、守口でタクシーを降りたら……」

「わしのマンションを突きとめる。隙を見て、わしを攫う。いや、弾くかもな」

「それって、考えすぎやないんですか」

「ちゃんと見とけ。あのミニバンは離れへん」

　タクシーは大日交差点を左折して国道1号に入った。二宮はルームミラーとフェンダーミラーから視線を外さない。ミニバンはつかず離れず尾いてくる。

「ほんまに尾けられてるみたいです。桑原さんて、後ろにも眼があるんや」

「極道が込み合うてるときはな、一瞬たりとも気を抜いたらあかんのや。命とりになる」

「いやいや、大したもんです」ある意味、感心した。この男の用心深さに。

「なにが、大したもんじゃ。おまえは年がら年中、性根が緩い。この抜け作が」

「抜け作で生きてこられたんは善良な市民やからですね。きっと」

「わしはときどき、おまえの舌を引き抜いてドブに捨てて踏みちゃちゃくったろかと思うぞ」

タクシーは今市《いまいち》を右折して城北公園通に入った。ミニバンも右折する。もう尾行されていることに疑いはない。

嶋田総業のある旭区赤川から都島区に入った。

「運転手さん、次の信号を右」

タクシーは右折した。ミニバンも尾いてくる。

「ストップ。そのビルの前」

桑原はタクシーを停めた。ミニバンは停まらず、走りすぎていった。ビルが二蝶会の組事務所だと知ったのだろう。

「オヤジ、おるな」桑原は車寄せのセンチュリーを見た。

「会うんですか、嶋田さんに」

「そいつはまずい。昨日の今日や」

昨日、桑原は、白姚会に手出しをするなと嶋田にいわれた。そして今日、桑原は小沼の事務所に行き、『やすらぎ』に行って岸上を脅した。さすがの嶋田も怒るだろう。

桑原はスマホを出して発信キーに触れた。

「――わしや。――おまえ、道具持ってるか。――そう、こないだ見せてたやろ。あれや。――封筒に入れて持ってこい。オヤジには黙っとけ。――事務所の前におる。タクシーや」桑原は電話を切った。

「誰です」

「木下」

桑原の舎弟だ。イケイケの気性が桑原に似ている。

ドアが開き、木下が出てきた。手提げのショッピングバッグを持っている。桑原は降りてバッグを受けとり、運転手に見えないようになにかを渡した。スキンヘッドからとりあげたナイフだ。刃渡りが六センチ以上の刃物を所持していたら銃刀法違反になる。暴力団員はまちがいなく起訴されて実刑判決をもらうだろう。

桑原はまた、タクシーに乗ってきた。

「運転手さん、守口へ行ってくれるか」

タクシーは発進した。

「なに、もろたんです」

桑原はバッグを広げた。鈍色《にびいろ》のオートマチック——。やたら、でかい。

「デザートイーグル。重いから殴るのにええ」

木下がモデルガンのマニアだということを思い出した。

大日東町の『キャンディーズ』に着いたのは午後四時半だった。タクシーを降り、受付に行く。真由美がいた。

「あら、二宮さん」

「こんにちは。相変わらず、おきれいですね」

「愛想するな」桑原がいう。「相変わらず、やない。いつもながら、やろ」

「本日もまた、一段とおきれいです」

いうと、真由美はにっこり笑った。その笑顔がまたいい。

「わしは寝る。空いてる部屋で二宮くんを休ましたってくれ」

「『すみれ』にする？　足が伸ばせるし」

「ああ、そうしたれ」

桑原はバッグを提げてゆらゆらと去っていった。

「コーヒー、淹れますね。どうぞ」

「ありがとうございます」

横のドアから事務室に入った。松葉杖を傍らにおいてソファに座る。真由美は胸元の開いた白のカットソーにピンクの肩紐、スリムなジーンズ。すらりとした脚が見えないのが惜しい。パンティラインがないのはTバックを穿いているのだろうか。

真由美はコーヒーメーカーをセットし、振り向いた。二宮は視線を逸らせる。

「どうしはったんですか、その足」

「捻挫です」右足をあげてギプスを見せた。

「大変ですね」真由美はソファに座る。

「大変ですわ」ギプスがとれるまで半月かかるといった。

真由美は捻挫の理由を訊かない。桑原はふたりで危ない仕事をしていると知っているからだ。二宮の頭の怪我も建築現場で負ったものだとは思っていないだろう。

ドアの向こうで電話の音がした。若い女の声が聞こえる。

「あれは」

「注文でしょ。飲み物とか」

「そうか、あの声はスタッフなんや」

「バイトの子です。近畿美大のファッションデザイン科」すごくかわいい、という。

「へーえ、ファッションデザイン……」

ぜひとも顔が見たい。でも、隣の厨房を覗く理由がない。

「桑原さんて、家でもよう喋るんですか」

「無口です。外であったことはなにもいいません。暇さえあれば本を読んでます」

「犯罪小説とかハードボイルドですか」

「どうかな。あのひとの本棚にあるのは法律とか経済の本が多いです」

それはそうだろう。脱法と違法経済行為を旨とする個人事業主なのだから。

「ものをいうのは、飯、風呂、寝る、の三つだけですか」

「ご飯は朝だけです。お風呂は自分で沸かすし、ベッドのシーツも自分で換えます」

いったん外に出たら朝帰りが多く、寝ている真由美を起こすこともない。静かに自分の部屋に入って本を読みながら寝るから、ほとんど手がかからないという。「とにかく、マイペース。B型って、そうなんですよね」

「ぼくはO型ですねん」

「いっしょです。わたしと」おおらかなO型といって欲しかったが。

「桑原さんのスーツとかネクタイは真由美さんの見立てですか」

「わたしが勧めるものはいっさい身につけません」

下着の一枚、靴下の一足も自分で買ってくる、という。

「ブランドフェチですかね。車、服、靴、腕時計……。高そうなもんばっかりです」

「よく知らないんです、わたしは」

真由美の服はときどき買ってきて、着ると、よく似合うといってくれる――。

「ラブラブやないですか」くそっ、桑原め、うまいこと機嫌とりよって。

そこへノック。ドアが開き、栗色のショートカット、眼のクリッとした子が顔をのぞかせて、

「『さくら』のお客さんです。ミックスピザを十二カットでお願いします」

二宮には気をとめることなくいった。真由美はうなずいて受話器をとり、注文した。

「めっちゃ、かわいいやないですか。アイドルみたいや」

「あとでいっときますね。よろこびます」

真由美はほほえんだが、アイドルの名は教えてはくれなかった。

コーヒーが入り、真由美はキャビネットからウェッジウッドのカップを出した。

電話――。ポケットから出して開いた。中川だった。

――はい、二宮。

――なんや、その声は。寝とんのか。

――寝てて電話をとるのは夢遊病でしょ。

二つ折りの座布団を枕に横になっていた。カーペット敷きのカラオケルームだ。

――出てこい。駐車場におる。

――どこの駐車場です。

――おまえが寝てるカラオケ屋やろ。

つい錯覚しそうになる。声こそちがうが、中川の横柄な口ぶりは桑原とそっくりだ。

――なんで駐車場におるんですか。

――おまえのために来たんやろ。出てこい。

えらそうにぬかすな。腐れゴリラが――。携帯をたたみ、起きあがった。腕の時計を見ると、五時二十分だ。この部屋に入ったのは五時前だったから、せいぜい二十分しか寝ていない。

松葉杖をついて外に出た。パーキングにタクシーが駐まっている。

不自由な足で鉄骨階段を降りた。タクシーのリアシートに中川が座っている。ドアが開き、二宮は乗った。タクシーは走り出す。

「いったい、なんですねん。……桑原さんは」

「おらん」

「おらんて、どういうことですか」

「桑原から電話があったんや。二宮を連れて『やすらぎ』へ行けと」

「読めんですね、話が」

「岸上が『やすらぎ』におるから、会うて、こないだの話をせい、といいくさった」

「なんです、こないだの話て」

「近畿厚生局。木崎のよめが『やすらぎ』の理事をしてるという話や」

「岸上を脅しに行くんですか」小さくいった。

「さっき、桑原とおまえで脅したんやろ」

「おれはつきおうただけです。口も利いてません」

「桑原のガキはずる賢い。よう考えとる。あれが極道でなかったら、一端《いっぱし》の経営者や」

「それって、褒めてるんですか。あの箍《たが》の外れた喧嘩上等の疫病神を」

「桑原がわしを岸上に会わせる狙いは三つや。ひとつは、明日の取引で岸上が約束を履行すること。ひとつは、岸上が警察に手をまわすかもしれんから、横内とオレ詐欺のことをいうて牽制《けんせい》すること。それと、もうひとつは、おまえや」

「おれ……？　なんの関係があるんですか」

「おまえはわしとつるんでる。二宮企画の二宮は府警四課の中川さんとタメのつきあいをしてると、岸上に見せるんや」

「あ、そうか。それはありがたいです」別にありがたくはないが、岸上にも木崎にも、二宮には中川というバックがいると認識させることはできる。

「わしといっしょに『やすらぎ』へ行くのはうれしいか」

「そうですね。そんな気がします」

うれしいわけがないやろ。ひとが機嫌よう寝てるとこを起こされて、またぞろ大東へ行くんかい――。「桑原はなんですねん。いっしょに『やすらぎ』へ行くんが筋やないんですか」

「あれが行ったら、また、やりあいになる。ひとり、ボロにしたんやろ」

「スキンヘッドをね、くちゃくちゃにしましたわ」

二宮はいって、「ネタをもろたんですか。オレ詐欺のネタ」

「南条グループやろ。動画を撮ったらしいな」

「ガサ、かけるんですか。グループの巣に」

「んなことは、おまえには関係ない」

「中川さんが『やすらぎ』に行くんは、オレ詐欺のネタを駄賃にもろたからですか」

「おい、二宮、わしはそんなに安うないぞ」

中川は二宮を見た。「おまえら、明日の取引でなんぼ毟《むし》るんや。岸上から」

「知らんのです。聞いてないし」

「おまえも立ち会うんとちがうんか」

「おれはね、怖いとこには行かんのです」

「どこでするんや。取引は」

「岸上の事務所ですかね、北浜の」

「とぼけんなよ、おい」

「なんか、勘ちがいしてませんか。桑原は唯我独尊ですわ。世の中の人間を誰も信用してないんです。あいつはいつも、大きな金がからむときは単独行ですねん」

「それ、ほんまやろな」

「考えてもみてください。あの桑原がここいちばんの取引に、おれみたいなヘタレを連れていくようなタマですか。旨い饅頭《まんじゅう》はひとりで食うのが、あいつの生きざまやないですか」

「おまえはただのパシリかい」

「パシリです。見てのとおりの小者です」

「大した小者やで、おまえは」

吐き捨てるように中川はいった。「――手付けや。三十万。寄越せ」

「手付けて、なんです」

「いずれ、桑原からは分け前をとる。出来高払いや」

呆れた。この腐れ刑事《デカ》は分け前を要求するつもりなのだ。

「ほら、出せ。三十万」

「それはないわ。こないだの約束は、中川さんが近畿厚生局に行ったら、桑原が三十万払ういう話やったやないですか」

「近畿厚生局より『やすらぎ』のほうがめんどい。桑原は、おまえに三十万もらえというた。おまえのポケットには三十四万、あるんやろ」

「そんなん、むちゃくちゃや。おれのギプスと松葉杖は……」

「やかましい。誰がおまえの守《も》りをしてるんじゃ。出さんかい」

中川に二の腕をつかまれた。ものすごい握力だ。血流がとまって手が痺《しび》れそうになる。

「分かった。払います。必ず岸上にいうてくださいよ。タメのつきあいをしてると」

ズボンのポケットから札を出し、十五万円を中川に渡した。

「なんや、足らんぞ」

「折れです。あとの十五万は桑原にもろてください」

「おまえはケチか」

「ケチです」うなずいた。

タクシーは中央環状線に出た。二宮はシートにもたれて、あくびをした。

『やすらぎ』に着いた。玄関先で待機するよう運転手にいい、タクシーを降りる。空が暗い。いまにも一雨、来そうだ。

「そろそろ、梅雨入りですかね」

「…………」中川はムスッとして返事をしない。

玄関に入り、シューズボックスの横から階段をあがった。

三階――。ノックはせず、理事長室のドアを開けた。岸上と小沼がソファに座っていた。

「ええ匂いやな。鰻かいな」

中川がいった。テーブルに朱塗りの重箱と、缶ビールがある。

「なんだ、君は」

小沼がいい、「こいつ……」と、二宮を睨めつけた。

「そういうおたくは、警慈会の小沼さんやな」

中川は手帳を出して徽章を見せた。「わし、二宮の連れで、四課の中川いいますねん。こないだから、二宮がえらいお世話になってるそうですな」

小沼の顔には驚きと緊張の色が見えたが、岸上は平然として、

「あんた、来るとこをまちごうてるんとちがうか」

「すんまへんな。大先輩には失礼さんやけど、訊き込みに来たんですわ」

中川は低くいって、「そこ、よろしいか」

小沼は岸上の横に移った。中川はソファに座り、二宮はカーテンのそばに立つ。

中川は煙草をくわえた。禁煙や、と岸上にいわれてパッケージにもどした。

「二宮を連れというのは、あんたの〝S〟かいな」

岸上がいう。〝S〟とは〝スパイ〟の略で情報提供者のことだ。

「そう、この男はサバキが本業やし、日頃からいろんなネタをもろてますねん」

「そうか、Sは大事にせんとあかんな」

岸上は舌打ちして、「で、なんや、訊き込みて」

「オレオレ詐欺……。本社に特殊詐欺対策室ができたん、知ってますやろ」

「ああ、それは聞いた」

「実は、ネタを耳にしたんですわ。オレオレ詐欺の南条グループ。リーダーは南原賢司、三十六歳。ハコは喜連の『きよ』いうお好み焼き屋の隣で、サブリーダーが三人、掛け子と受け子が十八人というから、総勢十九人のどでかいグループでっせ」

中川はゆっくり、言葉を区切っていい、「その南条グループの金主が、岸上さん、あんたと司法書士の小沼、白姚会の若頭の木崎と、逮捕された今井ですねん」

「…………」岸上は眉根を寄せて、なにもいわない。

「警慈会メンバーの横内隆。こいつが五年前から失踪してる。この理事長室で殺されて、裏の焼却炉で焼かれたという情報もある。志摩市の片田海岸に灰を撒いたんは、南条グループの番頭の田所ですわ」

中川はいって、岸上と小沼を見すえた。小沼は下を向いている。

「警察OBが死体を損壊、遺棄して、なおかつオレオレ詐欺の金主てな話は、さすがに大阪らしい。前代未聞や。……岸上さん、こいつが表に出たら、あんた、終了やで」

「金か」ぽつり、岸上はいった。

「なんやて」

「ネタ元は桑原やろ。なんぼ、欲しいんや」

「誰にものいうとんのや、こら」

中川の声が大きくなる。「刑事《デカ》がカツあげしてどないするんじゃ」

「ほな、なんや。オレ詐欺や、死体遺棄やと、嫌味をいいに来たんか」

「嫌味やない。わしは明日《あした》の取引を聞きたいんや」

「取引とはなんや」

「桑原に会うんやろ。時間と場所をいえ」

「………」岸上は答えず、ソファにもたれて肩を叩く。

「なんぼや、取引額は」

「中川さん、あんたのいうてることはさっぱり分からんで」

「そうかい。分からんのなら、分かるようにガサかけるぞ。南条グループのハコに」

「ま、待て」小沼がいった。「君はマル暴の刑事だろう。だったら、桑原を抑えろ。なんなら、うちの顧問アドバイザーにしてもいい」

顧問料は月に二十万。中川のいう口座に小沼司法書士事務所から振り込む、という。

「うちというのは幾成会の顧問か。それやったら理事の木崎良子と同額をもらわんとな」

中川は肘かけにもたれて、「社会福祉法人の理事が極道のよめいうのはどうなんや。近畿厚生局が査察に来るぞ」

「分かった。月に三十万だ。桑原を抑えたらな」

「よっしゃ、それでええ。桑原を引いたろ。引きネタを出してくれ」

「ヤクザを逮捕するのに罪状は要らないだろう」交通違反でも銀行の偽名口座でも、ネタはいくらでもあるはずだ、と小沼はいう。

「小沼さんよ、微罪で勾留しても一日、二日や。マル暴は万能やないんやで」

「桑原はナイフを持ってる」岸上がいった。「鞘つきのハンティングナイフをちらつかせて、わしらを脅した」

「そら、ええの。ヤクザの銃刀法違反は値が高い」

拳銃なら三年、ナイフなら半年は食らうだろう、と中川はいい、「ここまで来た駄賃に、ひとつだけ教えてくれ。桑原はあんたらになんぼ要求したんや」

「五千万だ」

小沼がいった。岸上が睨む。

「あいつはおかしい。頭がどうかしている」小沼はつづけた。

「五千万……。そら、ひどいな。払うんかい」

「払うわけがない」

「そら、そうやろな」

中川は両膝に手をあてて立ちあがった。「幾成会の顧問アドバイザーとして桑原を抑えたろ。ギャラは月に三十万や。男がいったん口にしたことは違《たが》えるなよ」

いって、理事長室をあとにした。


外は雨が降っていた。タクシーに乗る。ミナミ――。中川がいった。

「寝返るんですか」二宮はいった。

「ばかたれ。わしをなんやと思とんのや。蝙蝠《こうもり》やないぞ」中川は舌打ちして、「おまえは取引の時間も場所も知ってる。銀行やろ。五千万てな金を動かすのはな」

「おれ、ほんまに知らんのです」

「もうええ。いうな。うっとうしい」

なんで、こんなやつを引き込んだんや――。二宮は考えた。桑原の狙いだ。

桑原は中川が岸上に懐柔されるリスクを考えていただろうから、それを上回るものがなければおかしい。でないと、中川は単独で自分の利益になるように動くはずだし、現に月に三十万の顧問料を要求した。嘘かほんとうか、桑原を抑えるとも小沼にいった。

そうか、サバキか――。ハッとした。これはまさにサバキの構図やないか。

桑原は警慈会代表の岸上が怖いのだ。だからこそ、警察ＯＢの岸上に現役の中川を嚙ませた。桑原は中川を引き込むことのリスクと中川の抑止力を秤《はかり》にかけたのだ。

ほんまに一筋縄では行かんぞ、あの疫病神は——。

「なにをぶちぶちいうとんのや、口ん中で」

「いや、独り言です」

「電波系か、おまえは」

「タコの火星人がね、頭の中で喋りますねん。二宮さん、お金ちょうだい、と」

話を逸らせる。「中川さんはＵＦＯを見たことありますか」

「あるわけないやろ」

「おれの小学校のクラスメートにね、真っ黄色の葉巻型のＵＦＯに攫われて三日ほど月の裏側に行ったやつがいてますねん」

「おもろいのう、おまえは。桑原が連れて歩く理由《わけ》が分かったわ」さもつまらなそうに
中川はいい、「桑原が岸上から五千万とったら、おまえの取り分はなんぼや」

「一割です」

「五百万か」

「あほな。小沼もいうたやないですか。五千万はあくまでも桑原の要求額です。おれはええとこ三千万と考えてます」

「三千万の一割は三百万やぞ」

「あのね、桑原は稼いだ金の半分を組に納めるんです。それに、いままで三百や四百は

経費を使うてるから、おれの取り分は百もあったらええとこです」

「ほな、わしも百万かい」

「それはちょっと欲がすぎるんとちがいますか」

こいつがなにをした。おれといっしょに『やすらぎ』へ行っただけやないか——。

「その手の交渉は桑原にしてください。おれは蚊帳《かや》の外ですわ」

「どこが蚊帳の外じゃ。足の裏から頭の先まで、どっぷり浸かりくさって」

「おれはね、頭のてっぺんを縫うて、足にギプスしてますねん。かわいそうでしょ」

「よう口がまわるで。おまえというやつは」

「ほんまによう似てますね」

「なにがや」

「精神構造です。桑原と中川さんの」

「ほう、そうかい」

中川は仏頂面をウインドーの外に向けた。


千日前で中川を降ろし、千島のアパートに帰った。あたりのようすを見て白姚会の張りがないことを確かめ、タクシーを降りて部屋に入る。〝チュンチュクチュン　イクヨイクヨ　ケイチャンオイデヨ〟と、マキがうれしそうに鳴いた。

「マキ、ごめんな。淋しかったやろ」

マキをケージから出すと、部屋中を飛びまわって二宮の膝にとまった。マキの頭を掻き掻きしながら悠紀に電話をする。

――はい。どうしたん。

――いま、アパートにおるんやけど、マキを預かって欲しいんや。

――いいけど、わたしはスタジオにいるんやで。

――いつ、終わるんや、レッスン。

――さっき終わった。次のレッスンは七時から。

――ほな、『コットン』にマキを連れて行く。かまへんか。

――うん、いいよ。レッスンが終わったらマキちゃんといっしょに帰るし。

明日は取引だから、夜、このアパートにいるのは危ない。白姚会の連中に襲われてマキを人質にとられたら、言いなりになってしまう。

――ごめんな、悠紀。これが片づいたら、なんでもごちそうする。

――啓ちゃん、わたし、スッポンが食べたいかな。

――スッポンか。高麗橋の『吉川』やな。

まる鍋の『吉川』は老舗だ。むかし、嶋田に連れられて行ったことがある。コース料理と酒でひとり三万円に近かったが、まぁ、旨かった。

――なんでまた、スッポンなんか食いたいんや。

――コラーゲンを摂るねん。このところ、お肌が荒れてるし。

なぜ、お肌が荒れるのだろう。顔か、お尻か、内股《うちもも》か。気になったが、訊かなかった。

これから出る、といって電話を切った。マキは膝の上で眼を細めている。

「マキ、今日は悠紀ちゃんのお家《うち》でネンネするんやで」

ケージの水を替え、餌を足した。

20

『キャンディーズ』で眼を覚ました。腕の時計を見ると、朝の七時だ。

松葉杖をつき、部屋を出てトイレに行った。外は雨。駐車場の隅に一台、赤のミニが駐まっているのは真由美の車だろうか。

雨はそう嫌いではない。世間をきれいに洗ってくれる。

部屋にもどって、また横になった。カラオケの電源を入れる。適当に番号を押すと、聞き慣れないアイドルポップが流れはじめた。栗色のショートカットの髪にお揃いのピンクのリボン、パンツが見えそうなフレアスカートの女がふたり、ネオンの街を弾むように歩いてくる。双子か――。よく見ると、顔がちがう。化粧が似ているから、みんな同じに見えてしまうのだ。そんな格好で夜の街をうろついてたら、スカウトされるぞ、風俗に――。

でたらめに番号を押しつづけると、クラプトンの曲が出た。『レイラ』だ。マイクをとって歌ってみるが、歌詞についていけない。諦めて煙草を吸いつけたとき、携帯が鳴った。

——はい。

——なんや、その音は。

——『レイラ』です。

——飯、食うぞ。出てこい。

——どこへ出るんです。

——受付や。

電話は切れた。煙草をくわえ、松葉杖をとって部屋を出た。

階段を降りて受付に行くと、テントの下にダークシルバーのアタッシェケースとビニール傘を持った桑原がいた。黒のスーツに白のシャツ、靴はシンプルなローファーだ。

「早起きですね」

「早寝、早起き。健全な身体に健全な精神が宿るんや」

「血圧、高いんですか」

「百二十と八十。極めて健康じゃ」

「そら、ご同慶の至りです」

二宮は自分の血圧を知らない。計ったことがないから。「——八時五十分でしたね、三協銀行北浜支店。ＢＭＷで行くんですか」

「タクシーや。おまえは運転できんやろ」

「桑原さんはできるやないですか」

「わしはおまえのショーファーやない」

こいつはひとの嫌がることしかいえないのだろうか。

「朝飯。こんな早ようから開いてる店、あるんですか」

「バス通りの喫茶店《サテン》や。七時からやってる」

桑原は傘をさした。雨の中に踏み出す。

「おれの傘は」

「ない」

桑原はアタッシェケースを提げて、とっとと歩いていく。


モーニングサービスは小鉢のサラダとゆで卵とトーストだった。桑原はトーストを食わないから、二宮が二枚食った。

桑原はマスターにタクシーを呼んでくれといい、七時四十分に喫茶店を出た。タクシーに乗り、守口出入口から阪神高速道路にあがる。通勤時間帯には少し早いが、雨のせいか、けっこう渋滞していた。

「運転手さん、何時ごろ着くかな」

「南森町《みなみもりまち》で降りるし、北浜やったら、遅うても八時半には着きますやろ」

「そら、ちょうどええ。わるいけど、九時ごろまで雨宿りさせてくれるか」

「けっこうですよ。メーターはあがるけど」初老の運転手はひとがよさそうだ。

北浜の三協銀行前にタクシーを停めたのは八時二十分だった。四車線の土佐堀通を挟んで銀行周辺のようすを見る。付近に停まっている不審な車はない。

二宮は運転手にティッシュをもらい、ギプスで固められた右の足指を拭いた。

「なにしとんのや」

「痒いんです。雨に濡れて」

「感染《うつ》すなよ、水虫」

「知ってますか。白癬菌はカビの一種で、自然界の至るところに棲息してるんです」

「それがどうした。じめじめした不潔なおまえの足で増殖してるんやないけ」

「嫌やな。おれ、水虫持ちやないんですよ」

「貧乏虫は持ってるやないか」

「その虫は、ここ十年のつきあいです」

運転手がプッと笑った。聞くな、ひとの話を。

八時五十分――。難波橋の南詰から、茶色のジャケットとグレーのスーツの男が傘をさして歩いてきた。ジャケットは岸上、スーツは小沼だ。お付きはいない。ふたりは言葉を交わすこともなく、あたりを見まわしながら歩いて、銀行の前で立ちどまった。

「間抜け面して待っとるぞ、おい」小さく、桑原がいう。

「行きますか」

「まだや。じっとしとけ」

こういう用心深さが桑原にはある。獲物を前にしてもすぐには食いつかないのだ。

九時――。北浜支店のシャッターがあがった。岸上が腕の時計を見る。苛《いら》ついた顔で小沼になにかいった。ふたりはまた周囲を見まわして、いまにも銀行前から去ろうという気配だ。

「行くぞ」桑原は五千円札を運転手に渡した。「釣りはええ」

リアドアが開いた。桑原は降りて傘をさす。小沼が気づいて、こちらを見た。

桑原は足早に横断歩道を渡った。二宮も松葉杖をついてあとを追う。

「――遅刻やぞ」

さもうっとうしそうに、岸上がいった。桑原は笑って、

「すんまへんな。この雨でね、遅れましたんや」

「あのタクシーはずっと駐まってたぞ」

「ほな、声かけんかいな。乗ってたんやから」

「勝手なことをいうな。タクシーの中までは見えへん」

「よう怒るな、あんた。更年期はすぎたやろ」

「ノートパソコンは」

「この中や」桑原はアタッシェケースに眼をやって、「小切手もな」

岸上は背中を向けて北浜支店の玄関に近づいた。自動ドアが開く。岸上につづいて、桑原、小沼、二宮と、ロビーに入った。岸上はフロア係を手招きして、

「佐古《さこ》さんにいうてくれますか。岸上が来た、と」

承知しました——。フロア係はカウンターへ行き、電話をしてもどってきた。

「佐古が待っております。どうぞ、こちらへ」

フロア係の案内でロビー左奥のエレベーターに乗った。三階で降り、右の応接室に入る。ダークグレーのスーツにモスグリーンのネクタイをした半白の髪の男が立っていた。

「おはようございます」男は深々と頭をさげた。「支店長の佐古と申します」

「司法書士の小沼です。今回の不動産取引について登記関係を依頼されております」

小沼と佐古は名刺を交換したが、桑原は名前だけいって名刺を出さない。二宮も名刺は渡さず、佐古に勧められてソファに腰をおろした。十畳ほどの部屋には応接セットがあるだけで、家具らしいものはない。天井照明は埋め込みの蛍光灯。左右の壁に掛かっているのは、地中海あたりの港町を描いた、いかにも安物くさい風景画だ。

「ルコンティですか」小沼が絵を見た。

「お眼が高いですね。ルコンティのリトグラフです」と佐古。

リトグラフとは版画だろう。けっこう有名な絵描きなのかもしれない。

「バブルのころ、この種のリトやシルクスクリーン版画が巷《ちまた》に蔓延しましたよ。原価が

千円、二千円のポスターまがいの版画を五十万、百万で売りつける詐欺的商法です」いわずもがなの講釈を、小沼はする。

「失礼。小沼君は後輩ですんや。捜査二課の刑事から司法書士に転身した変わり種でね」

とりなすように岸上がいうと、そうでしたか、と佐古は感心したようにうなずいた。

なんやねん、こいつらは。二課の刑事がどうした。取引の相手は桑原やぞ。銀行の支店長に能書きたれることはないやろ——。二宮は嗤った。

「それでは桑原さん、取引をはじめますか」

岸上がいった。佐古を意識しているのか、取り澄ました顔だ。「まず、パソコンをもらいましょ」

桑原はうなずいて、アタッシェケースをテーブルにおいた。ダイヤルをまわしてケースを開き、中からノートパソコンと茶封筒を出した。

「支店長、これをお願いします」

桑原は封筒から五枚の小切手を抜き、佐古に差し出した。佐古は受けとって、額面と振出人を確かめ、

「全額で、四千六百六十六万円ですね。通帳をお持ちですか」

「いや、現金にして欲しいんです。嵩張《かさば》るけど」

「承知しました。お待ちください」

　佐古は小切手を手に、応接室を出ていった。

「支店長はひとを見る眼がないのう。不動産取引やと信じとるで」桑原が笑う。

「顧客の取引に立ち会うのは銀行幹部の仕事や」と、岸上。

「大口客には最大の便宜を図ります、か。反社の人間に支店の応接室を使わせたと分かったら、あいつは能登や対馬に飛ばされるぞ」

「それより動画や。見せろ」

「えらそうにぬかすな」

　桑原はパソコンを開いた。少し待ってアイコンに触れる。映像が流れはじめた──。

岸上はパソコンを引き寄せて、さも不機嫌そうにディスプレイを眺める。

「──どうや、南条の間抜け面《づら》は」

「腑抜けや、こいつは」岸上は吐き捨てる。

「その腑抜けが毎月、おまえらに一千万稼いでくるんや。ありがたいと思わんかい」

　映像再生が終わり、田所の録音再生に変わった。「──もっと腑抜けはおまえらの番頭や。此花大橋から逆さに吊るしたら、小便漏らしよった」

　岸上は最後まで聞かず、パソコンを閉じた。小沼の前に押しやって、

「白姚会を敵にまわして、どういう収めをするつもりなんや」桑原にいう。

「収めもクソもあるかい。先にアヤかけてきたんは白姚や。……売られた喧嘩は買う。それがわしの看板や」

「白姚会がアヤかけた……。木崎はそんなこというてなかったぞ」

「五年前の整理や。うちのオヤジが手打ちしたんを、木崎のボケがぶち壊した。この二宮のハゲを見てみい。金属バットで頭を割られたんやぞ、田所に」

「おれ、拉致られてタコ殴りにされたんです」二宮はいった。「四課の中川さんが助けてくれんかったら、いまごろは『やすらぎ』の焼却炉で灰になってますわ」

嫌味たらしくいってやった。岸上は舌打ちし、小沼は黙りこくっている。

睨みあったまま数分がすぎたところへ、ノック——。三協銀行の紙バッグを持った佐古がもどってきた。

「じゃ、わたしはこれで」

小沼が立ちあがった。ノートパソコンを脇に抱えて応接室を出る。とめるまもなかった。

佐古はバッグをテーブルにおき、

「桑原さま、あいにくですが、幾成会さまの口座の残高が不足しておりまして、現金化できたのはこれだけでした」と、三枚の小切手を桑原の手にもどした。

「なんやて……」

桑原はバッグを引き寄せて中を見た。二宮も覗く。ビニールで包装された一千万円のブロックと、帯封の札束が六つ、あとは端数の一万円札だった。

「千六百六十六万……。これはなんです」

「だから、口座の残高が……」

「なんぼですねん、残高」

「それは申しあげられません」

「二千万もなかった、ということですか」

「そう、おっしゃるとおりです」

「支店長、ちょっと外してくれますか」

苦々しげに桑原はいった。佐古は一礼して出ていった。

「こら、岸上、謀《はか》りくさったな」桑原は声を荒らげた。

「謀った、とはなんや。残高が不足してただけやろ」

岸上は薄ら笑いを浮かべて、「今日のところは、それで堪忍せいや。おまえはまだ三千万の小切手を持ってる。折りを見て入金するから、そのときに換金せんかい」

「おどれは……」

「な、桑原、おれは現役のころからヤクザというやつを嫌というほど見てきた。どいつもこいつも人間のクズや。白姚会の木崎も、徳山商事の光本もな。……わしはおまえのいうたことを小指の先も信じてへん。おまえがまだパソコンやスマホを持ってないと、どう証明するんや」

「さすがやのう、警慈会の組長は」

桑原は小切手を内ポケットに入れ、ソファにもたれて脚を組む。「わしも甘かった。

なにもかも計算ずくか。銀行を取引の舞台にしたんも、小沼がパソコン持って逃げたんも」

「おまえはヤクザや。クズの割には切れるようやし、こっちもそれなりの図《え》を描いたということや」

「おどれは誰が相手でも図を描くんやろ。腐った頭でな」

「腐った、は余計や。言葉はちゃんと使え」

「ま、ええわい。おおきにありがとうさん、というとこ」

桑原は腰をあげた。「警慈会の組長さんよ、夜道は暗いんやで。気ぃつけて歩けや」

「それはおまえもいっしょやろ」

「へっ、いうとけ」

バッグを手に、桑原は応接室を出た。二宮は松葉杖をとって、あとを追う。

エレベーターの前に立った。桑原がボタンを押す。

「やられましたね」

「なんや、そのいいぐさは。ひとごとかい」

「いや、岸上は役者やと思たんです」

「それをひとごとというんじゃ」

「しかし、小切手というやつは、口座にあるだけ現金にできるんとちがうんですか」

「どういう意味や」

「たとえば、残高が千九百万としたら、一千万の小切手二枚で全額をおろせるとか……」

「賢いのう、おまえは。何年、サバキをしてきたんや。たとえ一億の小切手を渡しても、残高が九千九百万しかなかったら、全額がおりへんのじゃ」

「そうか。それで、五枚も小切手を書かしたんですね。四千六百六十六万を小分けにして」

諦めた。もう五千万円はなくてもいい。今日の千六百六十六万と小沼からとった三百三十四万で充分だ。あとの三千万はひとりで回収しろ。

エレベーターに乗った。

「あの、お怒りのときにいいにくいんやけど、報酬をください」

「なんじゃい。なんの報酬や」

「約束したやないですか。一〇《テン》パーセントです。稼ぎの」

「いうてみい。内訳を」

「小沼と岸上にもろたんが合わせて二千万。その半分の一千万を、桑原さんは嶋田さんに渡すから、純益は一千万で、その一〇パーセントは百万です」

「尻《けつ》の穴は小さいのに、いうことは太いのう、二宮くん」

睨まれた。「百万も欲しいんかい」

「嶋田さんの一千万を勘案したんは、おれのサービスです。ほんまやったら二百万円のとこを百万にディスカウントしたんです」

「おまえもたまには仁義をとおすんやのう、え」

「おれ、嶋田さんには積もりに積もった恩があります。ことの次第を嶋田さんに訊かれたら、嘘はつけません」

「獅子身中の虫とは、おまえのことやの」

「なんです、それ」

「なんでもええ。いちいち反応するな」

「ください、百万円。恩に着ます」

「小沼から金をとったとき、おまえには三十四万払うたぞ」

「ああ、あれね。忘れてましたわ」

笑ってしまった。こいつはよく憶えている。「ほな、六十六万ください」

「ほう、そうかい。どえらい早いの、金勘定だけは」

「ありがとうございます」

エレベーターを降りた。ロビーには客がいっぱいいる。小沼の姿は見あたらない。さっきのフロア係が桑原をみとめて小さく会釈した。

「桑原さん、六十六万円ください」

掌を出した。気の変わらないうちにもらわないといけない。

「しつこいのう。やるいうたら、やる」

桑原はロビー玄関の脇で紙バッグを床におき、中から札を出した。二十六枚を数えて二宮に差し出す。

「それがどうした」

「おれ、中川と『やすらぎ』に行ったとき、十五万円とられたんです」

「経費はみんな桑原さん持ちですよね」

「この金くれ虫が」

桑原は二十六万円に十五万円を足した。二宮は受けとって、

「あと、四十万です」

「借りや」

「そんな、あほな……」

「やかましい。おまえに金をやったら、それきりや。そういう男やからの」

そう、こいつはよう知ってる。おれの気質と行動原理を――。

「ほら、ついて来い」桑原はバッグを提げた。


北浜支店を出た。雨は本降りになっている。桑原は傘をさして土佐堀通を西へ歩き、コンビニの前でタクシーをとめた。二宮も松葉杖を抱えて乗る。

「運転手さんよ、もうじき、そこの銀行からひとが出てくる。タクシーに乗ると思うか

ら、そいつを尾《つ》けたいんや。メーターは倒してくれ」

運転手はうなずき、料金メーターを倒した。

「桑原さん、参考までに、あとの三枚の小切手はどうするんですか」小さく訊いた。

「金に換えるんや。あたりまえやろ」桑原も低く答える。

「それは、どうやって……」

「どうもこうもあるかい。岸上をぶち叩く」

「剣呑《けんのん》ですね。警慈会の代表ですよ」

「剣呑？　字が書けるんか」

「動画と録音、まだあるんですよね」

「あるに決まってるやろ。わしをなんやと思とんのや」

二台のスマホに記録している、と桑原はいった。「岸上のクソが金を小出しにしたんは、時間稼ぎや。南条にいうて、オレ詐欺の巣を移してるにちがいない」

「喜連のアジトはなくなったんですか」

「蛻《もぬけ》の殻やろ。いまはな」

「いろいろやるんですね、岸上も」

「海千山千や。あの爺はな」

「オレ詐欺のアジトはない、横内殺しの証拠もない、動画と録音だけで追い込めるんですか、海千山千のクズどもを」

「ま、無理やろ」

「無理やと思うんやったら、撤収したらどうですか。二千万も稼いだんやから」

「二宮くん、わしは五千万を要求して、岸上はそれを呑んだ」桑原は真顔になった。

「いまさら撤収てな恥さらしは、わしの辞書にはない。二蝶の代紋に賭けてもな」

「…………」なにもいえなかった。いったら殴られる。

――と、岸上と小沼が北浜支店から出てきた。ふたりは周囲を見まわして難波橋のほうへ歩き、小沼が手をあげてタクシーをとめた。

「運転手さん、あれや。あのタクシーを尾けてくれ」

はい――。運転手はうなずき、走り出した。

岸上と小沼を乗せたタクシーは土佐堀通を東へ直進した。天神橋交差点から府立労働センターをすぎ、天満橋《てんまばし》京町の交差点を右折する。

「石町《こくまち》やないですか」石町には岸上の事務所がある。

タクシーは北大江公園の歩道沿いで停まった。小沼と岸上が降りて傘をさす。桑原は公園の信号を越えたところでタクシーを停めた。

岸上と小沼は車道を渡った。もうまちがいない、ふたりは岸上の事務所へ行くのだ。

「どうするんですか」

「カチ込む」

「そんな……」この男につける薬はないのか。

「わしは心得ちがいをしてた。クズを相手に理屈は通じへん。どつきまわしていうことをきかすのが極道の筋やというのを忘れてた」

「桑原さん、なんべんもいうけど、岸上は元警視で、警慈会の代表です」

「それがどうした。オレ詐欺の金主やないけ」

桑原は運転手にいって松屋町筋の大同銀行へ行き、紙バッグの現金を預けた。そうしてまた、石町にもどる。

しゃあない、行くとこまで行こ――。二宮は肚を決めた。


『プレザンスビル』――。一階のカフェを窓から覗いたが、店内に岸上と小沼はいなかった。

カフェ横の玄関からビルに入った。桑原はビニール傘をたたみ、傘立てに差す。上着のボタンを外して腰の後ろから抜いたのはオートマチックの拳銃、デザートイーグルだった。

階段で三階へあがると、岸上の事務所の前にスーツの男が立っていた。桑原と二宮に気づいて上着の中に右手を入れる。

桑原は無造作に廊下を進んで男に対峙した。

「誰や、おまえ。堅気ではなさそうやの」

男はなにもいわず、じっと桑原を見る。長身瘦軀《そうく》、なで肩で顔色が青白く、一重の細い眼に狂気を感じる。いまにも、上着の下からなにかを出しそうだ。

「ガードか、木崎の。昨日、『やすらぎ』からうちの事務所までミニバンで尾《つ》けてきたんはおまえやろ」

「…………」男は右手を出した。拳の第二関節が鈍く光っている。ナックルダスター……。メリケンサックともいわれる武器だ。

「やめとけ」低く、桑原はいった。男の脇腹につきつけたのはデザートイーグル──。

男は視線を落としたまま動かない。

桑原は左手で男のナックルダスターを外した。

「木崎がおるんか、中に」

「…………」男は首を振る。

「入れ」

桑原は男の背中に銃口をあててドアを開けた。ソファに座っていたのは、岸上、小沼、木崎の三人だった。前に見たネズミ顔のスタッフはいない。桑原は男を突き放し、男は木崎の後ろに立った。

「おい、ガードは離れとけ」

桑原にいわれて、男は奥へ行く。「そこや。座っとれ」

男は岸上のデスクの向こうに立った。桑原は銃をかまえて木崎の前に出る。

「よう会うのう、白姚の若頭の木崎さん。澄ました顔が素敵やで。堅気をどつくのはわしの流儀やないけど、おまえは極道や。遠慮なしにやれるがな」

「このガキ……」木崎は腰を浮かした。

「なんじゃい、こら」

桑原はナックルダスターを床に放った。「どこへ行くにもガードを連れくさって。おどれは組長のつもりか。大きな顔さらすんやないぞ」

「おい、桑原、分かっとんのか。おどれがそうやって大口叩いてられんのは、わしが若いもんを抑えとるからやぞ」

「そら、ありがたいのう。これからもずっと抑えてくれや。わしがよぼよぼになって引退するまでな」いって、桑原は岸上に顔を向けた。「集金や。あと三千万。払わんかい」

「なにをいうとんのや、こいつは」岸上がいった。拳銃を眼にして怯えたふうはない。

「おまえは小切手を持ってる。三千万のな」

「紙切れは要らんのじゃ。おどれはあの口座をゴミにする肚やろ」

「おまえは二千万を手に入れた。相場や。満足できんのなら、どこにでも行け。まだ動画があるんなら、買うてくれるとこを探せや」

「えらい強気やのう、え」

「気が変わった。そういうことや」

「相談したんかい。腐れの三匹で」

「相談やない。決めたんや。南条のことは煮るなと焼くなと好きにせい」

「そうかい。やっぱりな」桑原は笑った。「南条は身体を躱《かわ》して、喜連のハコも空にしたか。当分はオレ詐欺も休業やの」

「この落とし前はつける」

木崎がいった。「白姚が二蝶のいいなりになる……。それはない。極道の筋に外れとる。二千万はおまえに預けたんや。なぁ桑原、いずれは倍にして返させたるぞ」

「さすがや。白姚の若頭は威勢がええがな。金儲けと口だけは達者や」

「去《い》ね、こら。毛馬の田舎極道がうっとうしい」吐き捨てるように木崎はいった。

「なんやて……」

桑原の顔色が変わった。木崎に歩み寄って首に銃口をあてた。「田舎極道が白姚会の若頭を弾いたろかい」

「撃ってみいや。撃てるもんならな」

掠れた声で木崎はいう。岸上も小沼も凍りついた。

「桑原さん、あかん」

二宮は叫んだ。一瞬、モデルガンだということを忘れた。

ガードがデスクを飛び越した。桑原に突っ込む。桑原は振り向きざま、デザートイーグルを振りおろした。ガツッと鈍い音。ガードは倒れず、桑原にしがみつく。桑原はガードのこめかみに二度、三度と銃身を叩きつけ、ガードは腰から崩れ落ちる。木崎は立って逃げようとしたが、桑原は襟首をつかんで引きつける。鼻面に頭突きを入れ、のけぞった顎にデザートイーグルを突きあげると、木崎はソファごと後ろに飛んだ。木崎は昏倒し、ガードは呻く。

「出さんかい」

桑原は岸上の髪をつかんだ。「三千万や」

岸上は桑原の腕を外そうと抗《あらが》った。桑原はデザートイーグルを振りあげる。

「分かった。出す」岸上はいった。

「どこや、金庫か」

「金庫はない」

「――のボケ」

「ま、待て。通帳や。通帳がある」

「見せてみい」

桑原は岸上を放した。岸上は立ってデスクのほうへ行く。桑原も行った。

岸上は抽斗を引いて通帳を出した。桑原はひったくって、

「協栄銀行船場《せんば》支店、今井恭治様……。これはなんじゃい。今井の通帳やないけ」

「預かってるんや、今井から。毎月の金をここに入金してくれ、とな」

加瀬歯科医院の診療報酬詐欺事件で今井が逮捕される前に預かったという。「今井は実刑を覚悟してた。おれと小沼は不起訴になると読んでたんや」

「それが警察ＯＢの読みか。どこまでも腐っとるの」桑原はいって、「おまえの通帳は」

「家や。ここにはない」

「嘘ぬかせ」

「嘘やと思うんやったら事務所中をひっかきまわせ」

「くそボケ。こそ泥やないぞ」

桑原は抽斗をさらって白い印鑑を手にとった。印面を確かめて、「これか、登録印は」

「そうや」岸上はうなずく。

「キャッシュカードは」

「ない」

「暗証番号は」

「知るわけない。通帳と印鑑を預けて暗証番号まで教える人間はおらんやろ」

「利いたふうなことをぬかすな」

桑原は通帳を開いた。「なんや、この残高は。たったの五百万？　一億も二億も稼いだ今井が、おかしいやないけ」

「今井はあちこちの銀行に口座を持ってる。その通帳はな、今井が南条からのアガリを入金して、事務所の家賃やら車のローンの引き落としに使うてたんや」

「そういう引き落としは分かるけどや、毎月のように七十万、八十万と現金で出てるのはどういうわけや」

「そんなことは知らん。今井の口座や」

「女か。そうやろ」

「今井の女関係まで管理してない」

「とぼけんなよ、こら」

「知らんというたら知らんのや」

「そうか……」

桑原は通帳と印鑑を上着のポケットに入れ、小沼のそばへ行った。スーツの襟をつかんで上を向かせる。額にデザートイーグルの銃口をあてた。「誰や。今井の女は」

「…………」小沼の顔は蒼白だ。

「弾くぞ」

「結花《ゆか》……長嶺《ながみね》結花」

「ホステスか」

「ああ……」

店は千年町《せんねんちょう》のクラブ『さつき』。北堀江のマンション住まい。毎月の家賃は今井が振り込んでいる——。桑原の問いに、小沼は顫《ふる》えながら答えた。

桑原は小沼から離れて銃をベルトに差した。小切手を一枚、テーブルにおいて、

「わしは盗人でも強盗でもない。一千万で今井の通帳を買うたんや」

「おい、桑原、憶えとれよ」

木崎がいった。鼻血を滴《したた》らせて、床に胡座をかいている。

「おどれはゴロをまく性根もない。徳山に詫び入れて若頭のバッジを返上せい」

桑原はせせら笑って踵《きびす》を返した。


桑原は傘をさし、二宮は松葉杖をついてプレザンスビルを出た。

「もう、あかん。今度こそ、撃たれますわ」

「誰が撃たれるんや」

「桑原さんに決まってるやないですか。白姚会の若頭をあんなめにあわしたんやから」

「よう考えろや。わしが弾かれたらどうなるんや。抗争事件やぞ。十年前ならいざ知らず、このご時世に極道が撃たれたら、やった組もやられた組も潰されるんじゃ」

「それは理屈でしょ。ヤクザが返しをせんかったら、代紋を外さなあきませんわ」

「ま、おまえのいうことも一理ある。けどな、この込み合いは警慈会が嚙んどんのや。岸上が木崎の好きにさせると思うか。……それはないやろ。岸上は必死で木崎を抑える。でないと、オレ詐欺から横内殺しまで表に出るやないけ」

だからこそ、岸上は小切手を切り、二千万円を差し出したのだ、と桑原はいう。「岸上と小沼には中川を顔つなぎさせた。岸上に地雷を踏む根性はない。なにからなにまで考えとんのじゃ、わしはな」

「それって、強がりやないんですか」

「なんやと、こら。もういっぺんいうてみい」

「よう怒るな。おれは危ないというてますねん。どこの組内にも跳ねっ返りはおるんやから」

「魂《たま》なしか、おまえは」

「タマはあります。そら豆大のがふたつほど。いまは縮みあがってるけど」

土佐堀通に出た。二宮は頭から尻まで雨に濡れている。鼻がむず痒い。

「おれ、風邪引きそうです」

「引けや。ちぃとは口数が減るやろ」

「煙草、吸いたいな」

「ほんまに、ぶちぶちとうるさいのう、そら豆キンタマは」

通りかかった喫茶店に、桑原は入った。喫煙席に座る。桑原はアイスコーヒー、二宮はカフェオレを注文した。

二宮はジャケットの胸ポケットから煙草を出した。湿って、へなへなになっている。

「煙草、ください」

「自分で買え」

「いま、吸いたいんです」

さもうっとうしそうに、桑原は煙草を出した。千円の〝ザ・ピース〟だ。二宮は一本抜いて吸いつけた。

「旨いですね。香りがよろしい」

「そら、よかったの」

桑原も煙草をくわえ、さっきの通帳を出した。「見てみい」と、放って寄越す。

二宮は通帳を手にとった。広げる。残高は五百十五万六千二百円だった。

「これ、おろすんですか」

「全額をおろすんや」

「高額をおろすときは名義人の委任状が要るでしょ」

「拘置所におる人間から委任状をとれるんかい。おまえが今井になりすますんやろ」

「おれは今井の免許証とか持ってませんよ」

「セツオに今井の健康保険証を作らせる」

セツオはパソコンとプリンターでたいていのカードは偽造する、と桑原はいう。

「それってシノギですか、セツオくんの」盗撮だけではないようだ。

「あいつは使える。おまえと違《ちご》てな」

「しかし、肝腎の暗証番号が分からんのでしょ」

「女に訊くんや。今井の女に」

「長嶺結花……」この男はそこまで考えて女の名前を訊いたのか。

「愛人や。家賃を振り込んでる」

通帳の摘要欄を眼で追った。毎月末、〝カ）エルネスト〟に十二万五千円の振込みがある。

「エルネストて、賃貸住宅の管理会社ですよね」たまにテレビのコマーシャルを観る。

「電話して、長嶺結花のマンションを聞け」

「教えてくれるんですか」

「くれるわけないやろ」

桑原はスマホで『エルネスト』を検索した。「——ほら、番号いうぞ」

二宮は携帯を出して、桑原のいう電話番号を押した。

——お電話ありがとうございます。エルネスト大阪本店です。

——今井恭治といいます。母親が北堀江のおたくのマンションに入居してるんですけど、昨日から連絡がとれんのです。母親は軽い認知症でね。

——それはご心配ですね。どちらのマンションでしょうか。

——北堀江の、なんやったかな……。とにかく、おたくが管理してるマンションですわ。母親の名前は長嶺結花。ぼくは養子に行った息子なんやけど、三重県の志摩に住んでるんで、すぐには大阪に行けんのです。

——マンション名が分かりましたら、当社のスタッフがようすを見に行きますが。

——おたくさんね、そのマンションの名前を忘れたから困ってますねん。住所は西区の北堀江。ぼくが入居契約をして、毎月、十二万五千円をエルネストに振り込んでます。

——申し訳ありません。もう一度、お名前をお聞かせ願えますでしょうか。

——今井恭治。恭順の恭に、明治の治です。

——承知しました。少し、お待ちください。

オルゴールの音が聞こえて、一分ほど待った。

——失礼しました。今井さまが入居契約をされたのは北堀江一丁目の『ヴィエント北堀江』、６０６号室です。

——そうそう、そんなマンションでした。なんせ、横文字はややこしいから。

——今井さまにお母様のごようすをお伝えするよう、スタッフに手配いたしましょうか。

——いやいや、いまから大阪に行きますわ。よめといっしょに。

礼をいって、電話を切った。

「嘘宮八百……。騙しの天才やの」呆れたように桑原がいう。

「サバキで食えんようになったら転職しますかね。オレ詐欺の掛け子に」

「あほんだら。人間のクズやぞ」

「冗談ですがな。ほんまに、よう怒るんやから」

「冗談でもいうな。胸がわるい」

アイスコーヒーとカフェオレが来た。ウェイトレスは脚がきれいだった。

桑原はセツオに電話をして、今井恭治の国民健康保険被保険者証を偽造するようにいった。セツオは今日中に保険証を作り、『キャンディーズ』にとどけておくと桑原にいった。

21

北堀江――。ミナミのクラブやラウンジに勤めるホステスのマンションが多いのは、御堂筋と長堀通が近く、深夜でも歩いて帰れるからだろう。

「このあたりのこざっぱりしたマンションを借りられるのはな、クラブでも売れっ子のホステスや。でないと、家賃が払えんやろ」タクシーを徐行させながら、桑原がいう。

「桑原さんのこれも住んでるんですか。こざっぱりしたマンションに」小指を立てた。

「五年ほど前やの。あれ買え、これ買えとうるさいから、さいならした」

「おれも、おねだりされる身分になりたいですね」

「おまえは人生カーストにおける資格がない」

「たまには行きますよ。ソープとか」

「デリヘルは呼ばんのか」

「いかんせん、崩れかけのアパートやから」

「哀しいのう、二宮くんは」

「そんなんいうんやったら、紹介してくださいよ」

「なにを、や。人類か」

「若うて、スレンダーで、リーズナブルな女の子です」

「リーズナブルな女はスレンダーやない」

桑原はいって、「これや。ストップ」タクシーを停めた。

七階建の白いマンションだった。敷地は百坪ほどか。建てられて間がないのか、植込みのタマツゲの丈が低く、玄関まわりが真新しい。

車寄せでタクシーを降りた。自動ドアの前に立ったが、開かない。

「ほら、ロックを外すようにいえ」

「なんでも、おれですか」

「貢献せい。チームに」

あほくさい。誰がチームや——。
6、0、6と、集中インターホンのボタンを押した。はい、と返事があった。
——長嶺さん、小沼司法書士事務所の二宮といいます。預かり物をおとどけにあがりました。

——小沼司法書士事務所……。

——ご存じですよね、小沼先生。

——知ってます。お店のお客さんですけど、なんですか、預かり物って。

——茶封筒です。中身はたぶん、今井先生の銀行通帳やと思います。

いってから、封筒を持っていないことに気づいた。レンズから視線を外さず、横にいる桑原に手を伸ばして通帳を寄越すよう合図する。

——分かりました。入ってください。

——ありがとうございます。

封筒を見せろとはいわれなかった。カチッと音がしてロックが解除された。

エレベーターで六階にあがった。廊下にひとはいない。606号室の前に立った。

「部屋に入った途端、こういうのはないですよね」こめかみに人さし指をあてた。

「考えんかい。この女は極道の愛人やないんやぞ」

いわれて、インターホンを押した。足音が聞こえて、ドアが少し開いた。

想像していた以上のいい女だった。長身、スレンダー、髪はショートカット、切れ長の眼、鼻筋がとおっている。頰から顎にかけたラインがきれいだ。悠紀より少し年上のようだが、男好きがするのはこっちかもしれない。

くそっ、こんないい女なら、今井と代わってやってもいい。月に十二万五千円の家賃なら、半年くらいは頑張る。

「長嶺結花さん？」

「はい、そうです」

「ちょっと話があるんですけど、中に入れてもろてもよろしいか」

ドアにはチェーンがかかっている。

「あの、届け物は……」警戒の色が見えた。

「これですわ」

桑原がドアの陰から出た。今井の銀行通帳を見せる。「小沼先生から預かってますねん。残高は五百十五万円。このことで、話をしたいんです」

「お話はここでお聞きします」

結花はドアチェーンを外さない。それはそうだろう、こんなスカーフェイスのヤクザを、はいどうぞと部屋に入れるのはシリアルキラーだ。部屋にはクーラーボックスが積みあげられているにちがいない。

「わし、二宮企画の桑原といいます。このとおり人相はわるいかもしれんけど、そっちの筋やない。ま、いうたら債権回収を業にしてる人間です」

「………」結花は俯いて口を利かない。

「事情は込み入ってるんやけど、要は、今井先生の債権を回収してますねん」

今井は逮捕される前に手形を振り出した。それがサルベージ屋にまわり、巡りめぐって二宮企画に来た、と桑原はいい、「この通帳はその債権のカタとして、小沼先生から譲渡されたということです」

「債権とか、なんとか、わたしには分かりません」

「債権取立……。そういう商売があるのは知ってますやろ」

「あ、はい……」結花は小さくうなずく。

「長嶺さんは今井先生が警察に持って行かれたあと、お手当てをもろてない。ここの家賃も、今月分はエルネストに振り込まれてない。困りますわな」

「誰に聞いたんです、そんなこと」

「小沼先生です。あの先生はもう、今井先生とはかかわりとうないみたいですな」

桑原のものいいは相手によって変わる。いつものヤクザ口調ではない。「――我々の業界で、債権取立というのは折れですわ。クラブやラウンジもそうですやろ。飲み代を払わん社長のとこに取立屋が行って、回収した金を依頼者と折半する。わしはそれを長嶺さんに提案してますねん。この通帳の五百十五万、折れにしとうないですか」

「わたし、お店にバンスがあります」

バンスとはアドバンスの略で、水商売の世界では、前借りとか、立て替え払いのことをいい、〝係り〟のホステスが指名客の飲み代を立て替えるのは珍しいことではない。

「そのバンスは今井先生の分ですか」

「半分くらいは」

「金額は」

「百四十万円です」あっさり、結花はいった。

「それは長嶺さん、今井先生に払うてもらわんとあきませんわ」

「でも、先生は……」

「大阪拘置所。ええとこにお住まいです」

桑原は笑った。「この五百十五万、折れでよろしいか」

「それは、そうしてもらったら……」

「ほな、小沼先生のとこへ行って、銀行印をもろてきます。この通帳の暗証番号は」

「わたし、知りませんよ」

「聞いたことあるんやないんですか。失礼ながら、長嶺さんと今井先生の仲やったら」

「ほんとに知らないんです」

「困ったな……。暗証番号がなかったら、五百十五万は絵に描いた餅ですわ」

「ごめんなさい。聞いておいたらよかったですね」

「いやいや、長嶺さんを責めてるわけやない」桑原はかぶりを振った。「ほな、こうしましょ。長嶺さんが拘置所に行って、今井先生に面会して暗証番号を訊くんです」

「わたし、行ったことないです。拘置所なんか」

「ま、あれは一般人には縁のないとこです」

桑原はいって、「拘置所は二宮がつきあいますわ。彼は面会とか接見のプロですねん」

ちょっと待てや。面会のプロは弁護士やろ――。思ったが、いわない。

「このとおり、頼みますわ」

桑原は頭をさげた。「明日、我々といっしょに友渕町の大阪拘置所に行ってください」

「わたし、明日は……」

「分かってます。昼すぎに起きるんでしょ。近くのレストランに行ってランチをして、夕方になったら美容院へ行く。髪をセットする。そのあと、お客さんに会うて、八時ごろになったら、同伴で千年町の『さつき』に出勤ですわ」

桑原はさも知っているようにいい、「わるいけど、明日は早起きして欲しいんです」

拘置所の面会は予約できない。収容者に面会できるのは一日一回だけで、面会時間は朝九時からだから、八時半に行って申込みをすれば面会できるだろう、といった。

「明日の朝八時、このマンションの玄関前へタクシーで迎えにあがります。いっしょに友渕町へ行ってください。今井先生に暗証番号を聞いたら、その足で協栄銀行へ行って全額をおろします。長嶺さんは二百六十五万、我々は二百五十万。それでよろしいか」

「分かりました。明日の朝、八時ですね」

「目覚まし時計、セットしといてください」

桑原は愛想よくいって、行こ、と踵を返した。二宮もつづく。結花は最後までドアチェーンを外さなかった。

マンションを出た。雨はようやく小降りになっていた。松葉杖をついて長堀通へ歩く。

「面会のプロとはよういうてくれましたね。桑原さんがそうやないですか」

「わしはな、面会されるほうや」

「おれは親父の面会に行きましたわ。大阪拘置所と高松刑務所。おふくろに付き添うて」

孝之の解体業を継いだころだったから、もう十五、六年は経つだろう。放射状に穴のあいたアクリル板越しの父子《おやこ》の対面は気まずいものだった。

「おれの記憶では、面会者は三人までＯＫでしたよね」

「わしは面会なんぞせえへん」

「そら、おかしいわ」

「なんべんもいわすなよ。わしはこのとおりの極道面や。今井が警戒しよったら、聞けるもんも聞けんやろ」

「ま、そこは同意しますけどね」

「おまえは口が巧い。大阪一や。その二枚舌で暗証番号を聞かんかい」

拘置所には行く、駐車場で待っている、と桑原はいった。

こいつはいつでもそうや。めんどいことはみんな、おれに振ってくる——。

「ひとつ、お願いです。二百五十万をおろしたら、百万、おれにください」

「なんやと……」桑原は立ちどまった。「もういっぺん、いうてみい」

「あの、暗証番号を聞くのはおれやし、百万円を……」

「二宮くん、聞こえんな」

「この不自由な足で、ギプスの中までびしょびしょにしながら、数多《あまた》の困難と危険を顧みず、おれは桑原さんのいうとおり献身的な協力をしてます。そこを忖度《そんたく》してくれませんかね」

「忖度の意味がちがうやろ」

「二宮ソンタクです」

「かわいいのう、おまえは」

桑原は空を仰いだ。「五十万や」

「えっ、ほんまですか」

「やろ、五十万。ボーナスや」

意外だった。いってはみるものだ。このケチがはじめて要求を呑んだ。三協銀行で手に入れた千六百六十六万で気が大きくなっているのかもしれない。

「わし、思うんやけどな、おまえは金が入りそうな場面になったら、必ず先になんぼくれというてへんか」

「契約ですわ。たとえ口約束でも、見積額をいうて了承を得ておくのがビジネスです」

「大したもんやの、二宮ソンタク」

「それと、三協銀行でもらうはずやった、あとの四十万、忘れんとってくださいね」

「しつこいのう。やる、いうたらやる」

「四十万と五十万で、九十万です」

「眩暈《めまい》がするぞ、おまえのおねだり」

「ありがとうございます。さすが、太っ腹。水際立ってるのは喧嘩だけやないです」

松葉杖に寄りかかって手を叩いた。最近の松葉杖は胸で体重を支えるようになっているから、いつも前屈《かが》みになって背筋が痛い。

「ま、ええわい。朝から走りまわって腹減った。なんぞ食うか」

「おれ、近いうちにスッポンを食う約束があるんやけど」

「それがどうした」

「高麗橋の『吉川』とか、どうですか」

「『吉川』な。あそこはおまえ、店構えが古くさいくせに、どえらい高いぞ」

「太っ腹の桑原さんが、高いはないでしょ」

「おう、つきおうたる。払いはおまえや」

「いや、昼間からスッポンは重いな。鰻にしましょ」

「これや。おまえみたいに分かりやすいやつはほかにおらん」

長堀通に出て、桑原はタクシーに手をあげた。


江戸堀の『珠実亭《たまみ》』で鰻を食い、生ビール二杯と冷やの吟醸酒を二合飲んだ。

「ちょっと酔うたかな。今日はこれで解散ですね」

「解散？　なんでや」

「千島の兎小屋に帰って寝ます。明日、早いし」

「白姚会のチンピラどもが来たらどうするんや」

「裏の窓から逃げます」

「おまえの部屋、二階やろ」

「窓からぶら下がったら、足の先が下の部屋の庇《ひさし》にとどきますねん」

庇に降りてブロック塀に飛び移ると、塀の向こうは空き地だといった。「むかしのぼろアパートは逃げるのに便利やし、マキは叔母の家に預けてます」

「マキて、インコか。おまえに似て、よう喋り散らす」

「かわいい、かわいいオカメインコちゃんです」

「わしは守口へ帰る。おまえは『キャンディーズ』で寝んかい」

「そんな、何泊もしたら真由美さんにわるいやないですか」

「どの口がいうとんのや。明日は七時に起きて、長嶺を迎えに行かなあかんのやぞ」

「おれ、『キャンディーズ』におったら、つい歌《うと》うてしまうんです。桑名正博とかBOROとか。『月のあかり』、『大阪で生まれた女』、名曲やけど、むずかしい」

「おまえは音痴のくせによう喋る。どうでもええくだらんことを」

「おふくろの胎内でホルモンシャワーを浴びたんですかね。お喋りホルモン」

この男は気づいていないのかもしれない。自分こそがひといちばい口数の多いお喋りヤクザだということに。

桑原は仲居さんを手招きして勘定書きを渡し、タクシーを呼んでくれ、といった。

カウチソファに寝そべって〝ユーミン〟をつづけざまに歌っているうちに眠り込み、携帯が鳴って眼が覚めた。

——はい。

——起きんかい。お出かけや。

——飯ですか。

——食うたやろ、鰻を。

受付にいる、と桑原はいい、電話は切れた。

携帯の時刻を見た。八時五分——。二、三時間は寝たらしい。

松葉杖をついて部屋を出た。雨はやんでいる。

そろりそろりと階段を降りた。受付の前にヘッドランプを点けたタクシーが停まっている。リアドアが開き、乗った。

「どこへお出かけするんですか」

「ミナミや」

運転手さん、千年町——。桑原はいい、タクシーは走り出した。

「千年町て……。ひょっとして『さつき』ですか」

「長嶺を指名する。明日にそなえて、わるさをせんようにな」

「どんなわるさです」

「長嶺は小沼に連絡して、明日の拘置所行きを喋ってるかもしれん。長嶺のようすを見て、確かめるんや」

「なんと、まぁ、用心深い」

「飲み代はタダや。小沼にツケさせる」

飲み代よりも、桑原は結花を気に入ったのかもしれない。

「結花はナンバーワンですかね」

「あれはええ女や。横に座らせて、じっくり見たい」

「おれもです」マンションのドアの隙間から見ただけでも、よく分かった。悠紀とタメを張れる女はめったにいない。

ミュージカルのステージで軽やかに跳ぶ悠紀が眼に浮かんだ。プロポーションは完璧だ。二十七歳。これから十数年は、悠紀の人生でもっともきれいなときだろう。その貴重なときを身近ですごせる幸運を思った。

悠紀、見てくれだけの実《じつ》のない男とつきおうたりしたらあかんぞ。守護霊の啓ちゃんがついてるからな――。

「こら、なにをぶつぶついうとんのや」

「いや、考えごとが洩れますねん。口から」

「蓋をせい、蓋を。スポンジ頭に」

「こないだ、頭のてっぺんを縫うたんですけどね」

「口も縫うとけ」

タクシーは近畿自動車道の高架をくぐり、守口入口から阪神高速にあがった。

千年町——。『さつき』はミラー張りのビルの地下にあった。大理石の階段を降りて《会員制》のドアを引く。マネージャーだろう、白いスーツの男が来た。いらっしゃいませ、と足を揃えて腰を折る。

「結花ちゃん、いてるかな」

「失礼ですが、お客さまは」

「桑原、いいます。一見《いちげん》さんやけど、結花ちゃんにいうてくれたら分かりますわ」

「ありがとうございます。どうぞ」

案内されて、ピアノの近くの席に腰をおろした。天井の高い広い店だ。ホステスが二十人はいる。このあいだ嶋田に連れていってもらった玉屋町の『ルイード』に似た、ホテルのバーのような内装で、クラブとしての格は『ルイード』と同じくらいだろうか。

結花は奥の席にいて、二宮と眼が合うと、小さく会釈した。

ホステスがふたり来た。ひとりは背が低いが、スカートが短い。ひとりはほっそりしてスタイルはいいが、タイトなスカート丈が膝下まである。ふたりとも二十代の半ばだろうか。容貌ははっきりいって、いまひとつだ。

ほっそりしたほうが桑原につき、小柄なほうが二宮についた。

「お飲み物はどうしましょう」ほっそりがいった。

「今井先生のボトル、あるかな。結花ちゃんの係りで、経営コンサルタントの今井先生」

「承知しました」

ほっそりはウェイターを呼んで今井の名を告げた。

「おれ、二宮。お名前は」小柄に訊いた。

「蛍《けい》です。蛍と書いて」

「ほう、おれも啓ちゃんやで」

「すごい。よろしくお願いします」

笑うと、ま、かわいい。化粧が濃く、眼のまわりは狸のようだが。ほっそりに名前を訊くと、瑠璃《るり》といった。

「足、どうしはったんですか」蛍は二宮のズボンの裾に眼をやった。

「捻挫した。三階の窓から飛び降りて」

「すごい。ほんとですか」

「隣の家の屋根をごろごろ転がって植込みの中に落ちたら、お好み焼きのソースの匂いがした。得難い経験やったわ」

蛍に反応はない。冗談だと思っているらしい。

「これは金属バットで殴られた」俯いて頭の傷を見せた。「満身創痍やねん」

「すごいですね」すごい、を連発されると、なにがすごいのか分からない。

ウェイターが来た。ボトルとグラスとアイスペールをテーブルにおく。ボトルはバランタイン17年だった。

桑原はハーフロック、二宮は水割り、瑠璃と蛍はごく薄い水割りで乾杯した。

「ここ、岸上さんも来るんかいな。今井さんの連れの」桑原が訊く。

「経営コンサルタントの先生ですよね。ときどき、いらっしゃいます」

「司法書士の小沼さんは」

「はい。ごいっしょに」岸上と小沼はいつも今井に連れられてきた、と瑠璃はいう。

「三人の中の親分は岸上さんやな」

「そうですね。そんな感じです」

「君ら、三人が警察に捕まったん、知ってるよな」

「あ、はい……」ふたりして、うなずく。

「ほな、今井さんが起訴されて、岸上さんと小沼さんが釈放されたというのは」

「噂で聞きました」

「結花ちゃんはどうやった。悄気《しょげ》てたか」

「変わったようすはなかったですよ。お店の子は誰もその話題に触れないし」

瑠璃はいって、「お客さまは、どんなご関係なんですか」

「三人はわしの先輩なんや」

「すごい」蛍がいった。「刑事さんですか」

「それがな、風俗嬢とつきおうてたんがバレてもて、依願退職したんや」桑原は笑いながら、「いまは、金融業者の依頼で債権を回収してるフリーランスの取立屋なんや」

ふたりの顔がこわばった。

「ちがうがな。あんたらが思てるような怖い筋やない。わしらのクライアントは大手銀行系の登録金融業者や」

桑原は巧い。あとで結花の耳に入るように、警察ＯＢの債権回収業を強調している。

「こんな席でごめんやけど、あと、ひとつだけ教えて欲しいんや」

桑原はつづける。「今井さんや岸上さんの連れで、木崎いう男を知らんか」

「知りません」ふたりは首を振る。

「齢は五十五。頭はゴマ塩。鼻の下と顎に髭を生やしてる。強面《こわもて》や」

「あ、そのひとなら見たことあります」

蛍がいった。「なんべんか、今井先生が連れて来はりました」

「岸上さんと小沼さんは」

「いえ、今井先生とおふたりです」

岸上と小沼はヤクザと同席したくなかったようだ。

「しかし、客の名前を聞かんかったら、あんたら接客できんやろ」

「わたしも瑠璃ちゃんも、結花さんのヘルプにつくことは少ないです」

「結花は嫌われてるんか」

「ちぃママなんです」

その言い方で分かった。結花は店のホステスたちに人気がないらしい。

　そこへ結花が来た。いらっしゃいませ、と瑠璃に代わって、桑原の隣に腰をおろす。身体にぴったりした黒のワンピース、裾がレースになっている。その装《な》りと化粧は一流クラブのホステスとして寸分の隙もない。

「なかなかの店やな」桑原は煙草をくわえた。「これからも寄せてもらうわ」

「ありがとうございます」結花は桑原の煙草に火をつける。

「岸上さんと小沼さんと木崎さんも来るそうやな」

「そうですね。ご贔屓《ひいき》にしていただいてます」結花は蛍を見る。

「ここ、何時までなんや」

「十二時です」

「アフターするか。四人で」

「ごめんなさい。明日の朝が早いんです」

「なんでや」

「親戚のお見舞いで、病院に行きます」

「そら、ええこっちゃ。浮世の義理は大事にせないかん」

「ほんと、大切ですよね」しれっとして、結花はいった。

「ま、飲も。親戚の退院と、あんたの平穏無事を祈念して」

　桑原はグラスに手をやった。結花は水割りを作り、二宮もいっしょに乾杯した。

十一時まで飲んだ。勘定はふたりで十万円だったが、小沼先生に送って、と桑原はいい、店を出た。南へ歩く。

「結花は行きますね、友渕町」

「行くな。まちがいない」

「けど、〝平穏無事〟はよかったです」

あれは脅しだ。結花は真顔で聞いていた。「――さ、帰りましょか」

「まだや。寄るとこがある」

「おれはもうよろしいわ。眠たいし」

「ついて来い。夜は長いんや」

「どこ、行くんです」

「『ボーダー』。中川に会う」

さっき中川に電話した、と桑原はいい、歩を速めた。

「待ってくださいよ」ギプスの足が重い。息が切れる。

「やかましい。文句たれが」

後ろから松葉杖で殴ってやろうかと思った――。

阪町――。『ボーダー』に入ると、中川がカウンターの隅で飲んでいた。マスターはキャビネットのそばに座り、BSのメジャーリーグダイジェストを見ている。こちらを一瞥したが、いらっしゃいともいわず、また背中を向けた。

「遅いぞ」と、中川は桑原にいい、二宮に、「どこで飲んでた」

「千年町です」

「おまえみたいに、杖ついて飲み歩くやつも珍しい」

「別に好きで飲んでるわけやないですけどね」

松葉杖を傘立ての横におき、カウンターに腰かけた。

「ほら、集金。残りの十五万」中川はカウンターに肘をついた掌を桑原に向けた。

「なんの金や」

「わしは二宮を連れて『やすらぎ』に行った。おまえの名代で岸上にカマシを入れた。忘れたとはいわさんぞ」

「どいつもこいつも金くれ虫やのう」

桑原は札入れから十万円のズクと五万円を出して中川に渡した。

「あれから、どうした」低く、中川がいう。

「なんやと」桑原も小さくいう。

「今朝やろ、取引は。五千万、とったんかい」

「誰に聞いた」桑原は二宮を睨む。

「腐れの小沼や」

「取引はした。岸上の事務所でな。今井の通帳をもろた」

「なんぼや、残高は」

「五百万」

「あほぬかせ」

「見てみい」

桑原は上着の内ポケットから通帳を出してカウンターに放った。中川は拾って、広げる。

「ほんまかい、これは」

「岸上は居直りくさった。これで気に入らんのなら、どこへでも行け、とな。南条グループの動画も好きにせいといいよった。南条は身体を躱して、喜連のハコも空にしたんやろ。爺どものオレ詐欺は、ほとぼりが冷めるまで休業や」

桑原はにやりとして、「――ま、よう考えてみたら、このあたりが退きどきかもしれん。セツオと二宮がボロにされたんも、わしはこの通帳でチャンチャンにする」

「そいつはおかしいの。二蝶会の桑原ともあろうもんが、たったの五百万で腰をまげるんかい」

「ちぃとヤバいんや。岸上の事務所で木崎をいわしてしもた」

「白姚会の若頭をかい。……そらおまえ、殺《と》られるぞ」

「わしが殺られたら、おまえにも火の粉がかかるんとちがうんかい。監察に締めあげられてサンドバッグじゃ」

「舐めんなよ、こら。先見てものいえよ」

「せやから、おまえに収めて欲しいんや。木崎にクンロク入れてくれ」

「わしはおまえのパシリやない」

「タダとはいわん。南条の動画と田所の録音をやるから、手柄にせい」

「あほんだら。わしは四課やぞ。マル暴の刑事《デカ》がオレ詐欺の金主をつついてどないするんじゃ」

「岸上と小沼は警慈会の大ボスとナンバーツーや。叩き甲斐があるやろ」

「手柄なんぞ要らんな」

中川はせせら笑った。「木崎んとこには行ったろ。駄賃はこれや」と、指を一本立てた。

「なんじゃい、十万か」

「おい、桑原。おまえは我《われ》が命をたった十万で買うんか。ひとを安う見たら寝首を掻かれるぞ」

「おどれがわしの寝首を掻くてか」

「小沼はな、わしを抱き込むために毎月三十万の顧問料を払うというたんやぞ。年に三百六十万。わしはそれをドブに捨てるんや」

「三百六十万、上等や。おどれはその原資がなにか知っとんのか。オレ詐欺やぞ」

「せやから、一本でええというとんのじゃ。こう見えても、わしはオレ詐欺のカスリをとるほどのクズやない」

「立派やの、四課の中川さんは」

「おまえがとったんはこの通帳だけやない。んなことは分かっとる。わしはなにもかも肚に入れて、一本で始末をつけたるというとんのや」中川はマスターの背中を見ながら、

「どないするんじゃ。木崎に殺られるか、わしに命乞いするか、好きにせいや」

「くそったれ、足もと見くさって」桑原は吐き捨てる。

「値引きはせん。いやならいやでええ」

「とことんやのう、中川さん」

桑原は札入れからズクを五つ出した。「今日は半金や」

「白姚会には近づくなよ。めんどいからな」

中川は上着のポケットにズクを入れた。「動画と録音を寄越せ」

「さっきはいらんというたやないけ」

「木崎を抑えるのに使うんや」

「明日、セツオにスマホを持って行かせる。電話させるから、時間と場所をいうたれ」

「セツオ……。徳永か」

「セツオはパソコンやスマホに詳しい。裏モノが欲しいときは頼めや」

マスターがテレビを消して、カウンターの向こうに来た。話は終わったか、と中川にいう。中川は黙ってうなずいた。

「なに、飲む」マスターは桑原に訊いた。

「そうやな、バーボンにするか」ブラントン、と桑原はいった。

「あんたは」

「あれを」二宮はキャビネットのバランタイン30年を指さした。

「二宮くん……」桑原が睨む。

「その隣のを」ブッカーズにした。


ロックのダブルを三杯飲んで『ボーダー』を出た。

「百万はひどいな。ボラれたんとちがうんですか」

「なにが、や」

「中川のやつ、動画と録音を木崎を抑えるのに使うというたけど、ほんまはあいつ、木崎や岸上を脅迫して金にする肚やないですかね」

「んなことは分かっとる。それでええんや。腐れ刑事《デカ》が木崎や岸上と込み合うて共倒れになったら、わしは安泰やないけ」

「なんと、そこまで考えてますか」

「保険や。わしはあのゴリラに百万の保険をかけた」

やはり、そうだった。桑原のすることは一から十まで計算ずくなのだ。『さつき』に行って結花に会ったことも、中川に百万円の契約で保険をかけたことも。

そう、この男は身体ひとつが資本のイケイケヤクザではない。打算と悪知恵の皮をかぶった一匹狼なのだ。

「まだ小切手持ってますよね、二千万の。どうするんですか」

「金にするんやないけ」

「どうやって」

「さぁな……」

「なにか、考えがあるんでしょ」

「二宮くん、極道の行く道はふたつしかない。右へ行ったら三途の川、左へ行ったら酒池肉林や。けどな、三途の川に行きあたっても、裸の姉ちゃんが泳いでることがあるんや」

「なんかしらん、わけの分からん譬《たと》えですね」

「二千万をババにはせん。極道の名折れや」

「そのときはくださいね。一〇《テン》パーセント」

桑原は答えず、足もとの空缶を蹴った。カラカラと転がってラブホテルの植木鉢にあたった。

22

六月一日、木曜、午前八時——。ＢＭＷ７４０ｉは『ヴィエント北堀江』に入った。

結花は玄関前にいた。シンプルなライトブルーのカットソーにホワイトジーンズ、肩にかけた白いバッグはバーキンだろうか。

おはようございます——。二宮は不自由な足で助手席から降り、リアドアを開けた。結花は挨拶もせず、乗った。

ＢＭＷは都島に向けて走り出した。桑原も結花も黙っている。

大阪拘置所に着いたのは八時二十五分だった。桑原は面会所近くの駐車場に車を駐めた。

「ほら、行ってこい。わしはここで待ってる」

今井の通帳をポケットに入れ、結花とふたりで面会所受付に行くと、既に先客が七人いた。面会申込書をもらって住所氏名など必要事項を記入する。収容者との関係欄には、結花は〝友人〟、二宮は〝知人〟と書き、申込書を渡して受付番号札を受けとった。二宮は〝8〟、結花は〝9〟だった。

係官に指示されて、携帯電話と探知機に反応しそうな金属類——、二宮はキーホルダーと小銭、結花はピアスを外してバッグに入れ、八番と九番のロッカーに預けた。シートに座って面会開始の九時を待つ。二宮のそばにいるのは若い男の三人連れだが、言葉は少なく、首にエンゼルのタトゥーを入れているのがいる。覚醒剤使用かオレ詐欺の出し子で捕まった収容者への面会かもしれない。

「おれ、今井さんに会うの、初めてですねん」

結花に話しかけた。返事をせず、うなずきもしない。

「今井さん、ＯＫしますよね。面会」

面会は収容者が了承しないとできない。だから結花を連れてきた。

結花は無言だ。昨日、『さつき』で見せた愛想はかけらもない。


九時――。チャイムが聞こえた。二宮と結花はセキュリティーゲートをくぐり、案内表示に従って待合室へ。けっこう広いスペースに椅子が並び、その向こうに差入店があった。菓子や佃煮などの食品、シャンプー、便箋、ボールペンなどの日用品、Ｔシャツ、下着などの衣料品がガラスケースに並んでいる。

「差し入れ、しますか」差入受付は、午前8時30分～11時30分、とある。

「あほらし」結花はいった。

ドライなものだ。金の切れ目は縁の切れ目。それが結花と今井の愛人関係だったのだろう。

「これ、持っててください」

今井の通帳を結花に渡した。「バンスの精算で岸上さんから預かったというてくれたら、適当に話を合わせますわ」

結花はなにもいわず、素知らぬ顔で通帳をジーンズのポケットに入れた。

なんやねん、こいつは。失礼なやっちゃ――。

二十分ほど待って音声が流れた。八番の方、九番の方は第三面会室へ、という。立って奥の廊下へ行くと、係官がいて、面会は十分間といい、面会室へ案内された。四畳半ほどの、机と椅子のほかにはなにもない部屋だ。係官が背後の机に座り、結花と二宮は透明アクリル板の前に並んで座る。この流れと情景は孝之の面会に行ったときとほとんど変わりがなかった。

ほどなくして、向こうの部屋に、係官に付き添われてダークグリーンのニットシャツの今井が入ってきた。ずんぐりした体形、赤ら顔、前頭部は禿げあがり、縁なし眼鏡をかけている。今井は結花を見て小さく手をあげ、二宮に不審げな眼を向けた。

「あんた、何者《なにもん》や」着席するなり、今井はいった。

「二宮といいます。債権回収業をやってます」

「取立屋か」

「そういうひともいます。もっぱら水商売関係の取立をしてます」

「結花とは、いつからや」

「いつからて……、つい三日ほど前です」

「なんで、いっしょに来た」

「仕事です。長嶺さんのお供です」

こいつ、疑うてんのか。結花とおれの仲を――。

「恭ちゃん、堪忍やで」

結花がいった。「わたし、『さつき』の山下さんからバンスを詰めるようにいわれてんねん」

山下というのはオーナーかマネージャーだろう。

「恭ちゃんには内緒にしてたけど、前借りを入れて六百万円。その中には恭ちゃんの立て替え分も二百万円くらい入ってる。……わたし、最近、売上がよくないし、山下さんもいい顔しないから……」

「すんません。ぼく、山下さんに頼まれたんです」

咄嗟《とっさ》にいった。「長嶺さんのバンスの回収を手伝うように」

「ごめんね、恭ちゃん」結花がつづける。「それでわたし、岸上先生に相談した。恭ちゃんに助けてもらわれへんし。……そしたら、これでなんとかしなさいって、預けてくれてん」

結花はいって、カウンターに今井の通帳をおいた。

「岸上先生はね、恭ちゃんにちゃんと話をして、この口座の暗証番号を……」

「待てよ、おい」今井は遮った。「岸上のやつ、そんな勝手なことをしたんか」

「だって、恭ちゃん、ほかにすごい大金があるというてたやんか」

「なにをいうとんのや、おまえは。大嘘もええ加減にしとけよ」

今井は声を荒らげた。後ろの係官が顔をあげて今井を見る。

「初めて面会に来たと思たら、これや。もうええ。帰れ。二度と来るな」

「そんな怒らんでもいいやんか。ほんまに困ってるねん、わたしは」

「滅多なことはいうなよ」

今井は立ちあがった。「1326……」

背中を向けるなり、部屋を出ていった。


待合室にもどった。

「脅しが効きましたね」

「脅しって……」

「ほかにすごい大金がある……。あの一言が効いたんです」

そう、今井は歯科医院診療報酬詐欺で得た億単位の金を隠している。「でなかったら、今井さんはきっと、暗証番号をいうてませんわ」

「1326?」

「今井さん、麻雀するんでしょ」

「うん……」結花はうなずく。

「五千二百点。子の30符のツモアガリですわ。13《イチサン》・26《ニンロク》。千三百点と二千六百点をもらいますねん」

「でも、ほんとかな。1326が暗証番号って」

「確かめましょ。銀行で」

なぜかしらん、達成感があった。桑原がよろこぶのは癪《しゃく》だが。

ＢＭＷに乗り、協栄銀行友渕町支店に行った。二宮は預金払戻請求書を書き、今井の印鑑を押して窓口へ。愛想のいい行員に今井の健康保険証を提示し、カウンターの端末に暗証番号を入れると、口座の五百十五万円は現金になった。車にもどって、桑原は結花に二百六十五万円を渡し、結花はそれがあたりまえといった顔で去っていった。

「──あのクソ女、ありがとうもいわんかったぞ」

「口と愛想はタダやのにね」

「ま、ええわい。行きがけの駄賃や。二百五十万、儲けた」

「ください。五十万円」

「どいつもこいつもピィピィロあけくさって」

桑原は二十五万円を数えた。二宮は受けとる。

「あと二十五万円は」

「おまえの取り分は一割や。そう決めたやろ」

桑原はエンジンのスターターボタンを押した。「こら、礼ぐらいいえ。口と愛想はタダやろ」

「いつもいつも、ありがとうございます。桑原さんのおかげです」

金をズボンのポケットに入れた。「それで、お貸ししてた四十万は」

「いつ、おまえがわしに金を貸したんや」

「そういうたやないですか、北浜支店で。あと四十万、借りやと」

「ほう、そうかい。借りは、借りや」

桑原は帯封の札束をコンソールボックスに放り込み、車を発進させた。


守口——。『キャンディーズ』にもどった。桑原はウインカーを点滅させてパーキングに入る。と、入口近くに黒いミニバン——アルファードか——が駐まっているのが眼にとまった。

「桑原さん……」

「分かってる」桑原はBMWを停め、コンソールボックスからデザートイーグルを出す。

アルファードはゆっくり動きだした。男ふたりが乗っている。桑原はシートベルトを外し、ルームミラーをじっと見つめる。アルファードはBMWに近づき、リアをかすめるようにパーキングを出ていった。

「あいつら、白姚会ですね」

頭に包帯を巻いた助手席の男に見憶えがあった。石町の岸上の事務所にいた木崎のボディガードだ。包帯は桑原にデザートイーグルでこめかみを殴られた傷だろう。

「これはそうとうにヤバいですよ」

アルファードからふたりの男が降りる、拳銃を抜いて近づいてくる、足を広げて膝を折り両手でかまえる、パン、パンと連続した発射音、ウインドーに穴があき、真っ赤な血と白い脳漿《のうしょう》が助手席に飛び散る……。

そう、おれは殺されかけた――。気づいた途端、膝が震えはじめた。

「もう、あかん。次はほんまに撃たれます」

「おまえは堅気やろ。いまどきの極道に堅気を殺《と》って無期を食らう肚はない」

「おれはね、巻き添えを食うて射殺されるんです」

「そのときは、わしが連れてったるやないけ。地獄八景《ばっけい》亡者の道連れや」

「あの落語は、亡者の戯れとちがうんですか」

「やかましい。どこの世界にこんなリアルな落語があるんじゃ。あいつらがわしをほんまに殺る気やったら、隠れて待ち伏せしてる。わしが車を降りた途端に背中から弾くんや」

「そうあって欲しいです。ちゃんと至近距離から狙うて」流れ弾はまっぴらだ。

「どつくぞ、こら。至近距離やと？　おまえはわしが死んでもええと思とんのか」

「思うわけないやないですか。袖摺《す》りあうも他生の縁やのに」

「あのガードはな、わしに木崎をいわされて極道の面子《メンツ》を潰された。そのケジメをとろうとしとんのや」

ヤクザの報復は必ずしも相手を殺すことではない。腹や足を撃って重傷を負わせれば、組内への顔は立つ、と桑原はいう。

「それやったら、なおのこと、あいつは桑原さんをつけ狙いますよ。ヤクザの筋を通さんとあかんのやから」

「極道の筋な……。めんどいのう」

桑原はデザートイーグルをコンソールボックスにもどした。「ま、こんなとこでチャカを弾きよったら、カラオケの客が来んようになる。身体を躱《かわ》すか」

「どこに躱すんです」

「おまえのアパートはどうや。裏の窓から逃げられるんやろ」

「あほな。近所迷惑です」膝の震えはおさまった。「ホテルをとったらええやないですか。リッツ・カールトン、ウェスティン、帝国、リーガロイヤル……」

「一流やのう。ふたりでスイートに泊まるか」

「おれはひとりがよろしいね。飲んだら鼾《いびき》かくし」

「誰が払うんや、ホテル代」

「そら、高額所得者の桑原さんです」

「分かった。今日からホテル泊まりやの」

桑原はあっさりいって、ＢＭＷをＵターンさせた。

守口入口から阪神高速にあがった。中川に電話せい、と桑原がいう。二宮は、かけた。

――おう、なんや。

――桑原さんが、用があるみたいです。

携帯を渡した。

「――セツオに会うたんかい。――なにをグズグズしとんのや。わしはさっき、木崎のガードに殺られかけたんやぞ。――どこが大袈裟じゃ。おまえが話《ナシ》をつけんから、ガードが跳ね返るんやろ。――そうや。やること、やらんかい。話がついたら報告せいや」

桑原は電話を切った。「中川のボケ、今晩、セツオに会うてスマホをもらうといいよった」

「ほな、白姚会に行くのは明日ですか」

「使えんやつや。チンタラしくさって」

「あいつは桑原さんの思いどおりに動くタマやないです。ここでどう立ちまわったら百万以上のシノギになるか、それを考えてるんです」

「おまえによう似とるのう。そういうとこは」

「おれは立ちまわりが下手です。下手やから、こんなめにおうてるんです」

「こんなめいうのは、どういうめや」

「頭を割られて、捻挫して、事務所とアパートを追われて、かわいいマキとも会えん〝家なき子〟です」

「そらすまんかったのう、二宮くん。わしの不徳の致すところや」

桑原は鼻で笑った。「ま、ええ。今日は早起きした。ホテルにチェックインして昼寝しよ」

電話――。携帯を開いた。

――なにしとんのや。起きんかい。飯、食うぞ。

腕の時計を見た。七時――。窓の外は薄明かるい。あくびをした。

――五分後に集合。ロビーや。

――そら無理ですね。頭を洗うて、身体を拭いて、服を着て、お化粧せんとあかんし。

――どつかれんなよ、こら。さっさと降りてこい。

電話は切れた。

「あほくさ。なにがロビーや」

靴下を穿き、ベッドからおりた。ジャケットを肩にかけ、松葉杖をとって部屋を出た。

桑原はフロント前のソファに座って煙草を吸っていた。二宮を見て立ちあがる。

「なに食うんです」

「串カツや。ジャンジャン横丁」

「そら、ごちそうさんです」本場の串カツは旨い。ビールを二、三本飲み、たらふく食っても四千円で釣りがくる。

ホテルを出た。白人ふたりとすれちがう。近ごろの釜ヶ崎は、一泊四、五千円のリーズナブルな宿賃と、千日前や道頓堀に近い利便性が口コミで広がって、中国、韓国やヨーロッパからの宿泊客が多く、釜ヶ崎銀座は日雇労働者と外国人の国際色通りになっている。こんな発展、変化はいいことだ。街に活気がある。

松葉杖をつき、十五分ほど歩いてジャンジャン横丁に着いた。串カツ屋の前には、このあいだと同じように行列ができている。桑原は行列を避《よ》けて通りすぎようとした。

「待ってください。もうへろへろです。お願いやから並びましょ」

「泣き言ぬかすな」

「あのね、ギプスいうのは重いんです。おれは虚弱な身体に鞭打って、えっちらおっちら歩いてるんです」

「それを泣き言というんじゃ」

「おれはもう、一歩も歩きませんからね」

行列の後ろについた。桑原は舌打ちしていっしょに並ぶ。前のやたら短いスカートの三人連れは中国人らしく、ガイドブックを手に声高に喋っている。

「こういう若い子が盗撮被害にあうんですわね」少しかがむとパンツが見えるだろう。

「おまえ、盗撮マニアか」

「覗くのは大好きやけど、携帯のカメラ、壊れてますねん」

と、真ん中の女がキッと振り向いた。見ると、ガイドブックは日本語だ。日本人が中国人の友だちを案内してきたらしい。

「お嬢さん、こいつ、あほですねん」

桑原がいった。女は無言で背中を向けた。

十分待って店に入り、五十分後に出た。ビールを一本とレモンサワーを二杯、串カツを三十本は食っただろう。

「さて、次はどこですか」勢いがついた。

「足が痛いんやろ。帰って寝ろや」

「桑原さんは」

「わしは飲むんやないけ」

「おつきあいします」

「これや。おまえはわしが好きなんか」

「『さつき』はどうですか。結花のツケで」

「クソ女の顔なんぞ見とうない」

「おれは見たいですね。拘置所とクラブでの変わりようを」

「変態趣味か、おまえは」

「きれいなお姉さんのきれいな脚と、赤いパンツを覗き散らしたいんです」

「好きにせい」

ジャンジャン横丁から動物園前へ出て、桑原はタクシーを停めた。

顔の青白い小肥りの女と手をつないで、海藻がゆらゆらする海の底を歩いていた。水の中だから呼吸はできない。息をとめているうちに苦しくなり、もがいて水面に出たら、そこはホテルの部屋だった。

あの女は誰やったんや。半魚人か——。

それにしても、なんで息をとめてたんや——。

ときどき、同じような夢を見る。睡眠時無呼吸症候群ではないか、と気づいた。

こらあかんぞ——。二宮は肥ってはいないが、顎が細い。なにかのテレビで、顎が細いひとは気道が狭いため鼾《いびき》をかきやすく、無呼吸に陥りやすいといっていた。

しかしやな、原因が分かったところで対処のしようがないやろ——。いまさら、この齢で顎を広げることはできない。横に広げたらバッタのような顔になる。

染みだらけの天井を眺めながら昨日の記憶をたどった。

『さつき』に結花はいなかった。今日はお休みをいただいてます、とマネージャーはいったが、休んだのではなく、辞めたのかもしれないと思った。そう、結花はバンスを清算する金を手にしたし、あの美貌とプロ根性なら『さつき』より格上のクラブで稼げるだろう。

若い二十歳すぎのホステスが席についたが、ふたりともタイプではなかった。話もおもしろくない。ピアノの先生が来たから、百恵ちゃんや宏美ちゃんの昭和歌謡を歌い、案外に受けて、ほかのボックスから拍手をもらった。拍手は歌ではなく、ギプスの足を振りあげたラインダンスのようなフリにもらった気がしないでもない。

『さつき』のあと、桑原の馴染みの鰻谷のラウンジに流れて、コニャックのボトルを半分空け、そのあとタクシーに乗って旧新歌舞伎座裏のゲイバー街に行き、『ジストマ』でちあきなおみを集中的に歌ったら誰も聞いていなかった。桑原が『ジストマ』にいたかどうかは定かでないし、どうやって釜ヶ崎にもどったのかも憶えていない。ギプスと酒は相性がわるいのだろうか、このところ頻繁にブラックアウトする——。

埒《らち》もないことを考えているうちに、尿意を覚えた。ベッドをおりてトイレに行き、洗面所のタオルを濡らして首筋と顔を拭く。頭のてっぺんの傷はまわりの髪が七、八ミリは伸びていた。あと半月もすれば、傷は隠れるだろう。

携帯が鳴った。ディスプレイを見ると桑原ではない。中川だ。

——はい、二宮です。

——いま、どこや。

——ホテルです。釜ヶ崎の。

——桑原は。

——知らんのです。同じホテルやけど。

——話がある。桑原と来てくれ。

千日前の円林寺の前、『ボルドー』という喫茶店に来いという。

——『ボルドー』……。『ボーダー』の姉妹店ですか。

——おまえな、もっとおもろいことをいえ。

――何時に行ったらええんです。

――三時や。

電話は切れた。携帯の時刻を見る。《14：28》――。昼すぎまで寝ていたのだ。

桑原に電話をかけた。コール音は聞こえるが、出ない。ナイトテーブルの固定電話で部屋にかけたが、つながらなかった。

ほんまにうっとうしいやっちゃ――。舌打ちしたとき、思い出した。鰻谷のラウンジだ。桑原は横についた白いドレスのホステスとこそこそ話をしていた。

待てよ、おい。あの女を口説いて泊まりくさったんやな――。リッツ・カールトンか、帝国か、リーガロイヤルか。電話に出ないはずだ。いまごろはホテルをチェックアウトして、女といっしょに鮨でも食っているにちがいない。

くそっ、どうしてくれようか――。桑原にしては愛想よく、コニャックを飲めとしきりに勧めたのは、お邪魔虫のおれを酔いつぶそうという下心があったのだ。

しゃあない。油断したおれがわるい――。

床に脱ぎ散らしたジャケットを拾い、壁に立てかけていた松葉杖をとった。

千日前――。『ボルドー』に入った。中川はレジ横の席にいた。

「桑原は」

「捕まらんのです。電話にも出えへんし」

「ちゃんと監督しとかんかい。おまえの連れやろ」

「あんなやつ、連れやない。小指の先ほどもフレンドリーやないし」

中川のアイスコーヒーが来た。二宮はホットコーヒーを頼んだ。

「なんです、話というのは。あとで桑原に伝えますけど」

「今朝や。係長に呼ばれた。ふたりで調べ室に行った」

中川はアイスコーヒーにミルクを落とし、煙草を吸いつける。「それでや、二蝶会の桑原いうのはどういうやつや、と訊かれた。……知りまへん、とわしは答えた」

「そんな嘘がとおるんですか。四課の係長に」

「とおる、とおらんやない。わしが知らんというたら知らんのや」

「使いにくい部下ですね」性格的に歪《ゆが》んでいる、とはいわない。

「どうやらな、上に圧がかかったらしい。二蝶を叩けと」

「それって、警慈会ですか」

「たぶんな。岸上は元四課の班長で、所轄の署長まで行ったからの」

警慈会とのコネでバイトを紹介してもらう警察OBもいるという。

「上いうのは、班長ですか、課長ですか」

「分からん。……その種のチクリや圧はしょっちゅうある」

「で、上はどう反応したんです」

「わしはヒラの刑事《デカ》やぞ。上のことは知らんわい」

「警慈会て、そんなに影響力があるんですか」

「あるんやろ。せやから、わしは係長に呼ばれて痛うもない腹を探られたんや」

「痛くもない腹ね……」

煙草をくわえた。「上は知ってるんですか、二蝶会と白姚会の揉み合いを」

「組と組やない。桑原と木崎の揉み合いや」

「せやのに、警慈会が二蝶会を叩けというのは、おかしいことないですか」

「そら、おかしいやろ。それで世の中はまわっとんのや」

「二蝶会をどう叩くんです。ガサ入れするんですか」

「ガサか……」中川は上を向いて考えた。「ガサ状の申請には容疑事項が要る。内偵をするにも、それなりの人員と日にちが要るわな」

「ということは、二蝶会を叩くのは無理ということですか」

「極道てなもんはな、叩けば埃《ほこり》が出るんや」

「そういうのが嵩じたら、日本は警察国家になりますよ。共謀罪とか」

「眠たいことぬかすな。犯罪集団を潰すのが、わしらの責務やないけ」

聞いて驚いた。この腐れ刑事が、責務だと。煙草に火をつけてアイスコーヒーにけむりを吐いてやった。

「桑原にいうとけ。わしは木崎に会わへん。動画も要らん。岸上んとこにも行かん、とな」

「あの五十万はどうするんですか。桑原に返すんですか」

「近いうちに白姚会の徳山には会う。上等やろ」

　こいつはクズや。呆れてものがいえない――。係長に呼ばれただけで縮みあがったのだ。桑原がいないのが幸いした。いれば、中川を殴りつけている。素手の喧嘩ならいい勝負だろうが、どちらが勝つにしても通報されて大騒動になる。

「勤め人はつらいですね」

「なんやと」

「組織は怖いというてますねん」

　千円札をテーブルにおき、腰をあげた。


　道頓堀へ歩きながら桑原に電話をした。今度はつながった。

――なんや。

――さっきから電話してるんですよ。どこにいてるんですか。

――船場や。久宝寺《きゅうほうじ》。

　船場は繊維の町だ。南久宝寺町通には繊維商社や衣類の卸問屋が密集している。

――そんなとこでなにしてるんです。ブラとパンティでも買うたんですか。箱にピンクのリボンをつけてもろて。

――いちいち、うるさいのう。この井戸端虫が。

井戸端虫……。よく喋るということか。下世話なことを。
――昨日はどうしたんですか。鰻谷のラウンジからあと。
――帰ったんやないけ。釜ヶ崎ホテルに。
――ひとりで？
――なにをいいたいんや、こいつは。
――中川から電話がかかってきて、会うたんです。千日前で。
――それがどうした。
――中川はね、チビりよったんです。動画は要らん、木崎にも会わん、といいました。
経緯を話した。桑原は黙って聞いていたが、
――あのガキ、ぶち殺したる。
――ぶち殺す前に、嶋田さんにいうてください。二蝶会にガサが入るかもしれんと。
――あほんだら。いまどきの極道の事務所にガサかけられてヤバいもんはないわい。
――しかし、警慈会は二蝶会を潰せとゴネてるんですよ。
――ゴネんかい。オヤジにはいうとく。
桑原が報告するはずはない。そんなことは分かっている。
――ま、ええ。千日前におるんやろ。飯、食うぞ。
南船場へ来い、と桑原はいう。
――別に、腹減ってないんですけど。

——二宮くん、わしは君と食いたいんや。

南船場の『紀ノ家《きや》』と桑原はいい、電話は切れた。『紀ノ家』は老舗のうどん屋だから、場所は知っている。普通に歩けば十五分だが、堺筋からタクシーに乗った。

桑原は小上りできつねうどんを食っていた。珍しく、卓にビールがない。

「おれ、そういうとこで食いにくいんですけど」ギプスの足にサンダルを固定している。

「ほな、テーブルで食え」

「おれと食いたいというたやないですか」

「なにも顔突き合わせて食うことないやろ。勘定は払うたる」

「はいはい、そうですね」うどん屋で腹いっぱい食っても二千円だろう。

「さっさと食え。行くとこがある」

「どこ行くんです」

「それはあとのお楽しみや」

ほんまにうっとうしいやつやで——。テーブル席に座り、肉うどんを注文した。

23

『紀ノ家』を出た。桑原は御堂筋へ歩く。

「なんで船場におったんですか」

「サルベージ屋や。知り合いのな。小切手を持ち込んだ」

「二千万の？」

桑原はまだ、一千万の小切手を二枚持っている。「割れたんですか」

「割れたら、こんな不景気な顔してへんわい」

触書がまわっていた、と桑原はいう。「社会福祉法人幾成会振出しの小切手や手形は割るな、という触書や。もし割ったら白姚会が出てくる、とな」

「しかし、小切手そのものはガセやない。理事長の岸上が額面を書いて印鑑を押した、正規の小切手です」

「口座の残高不足で小切手が現金にならんときはな、振出人と交渉せなあかんのや。その相手が白姚会と知ってて、どこのサルベージ屋が割るんや」

桑原のいうとおりだ。二蝶会の桑原でさえ金にできない小切手を割るサルベージ屋はないだろう。

「ダンピングしたんですか」

「最初は一千万で話をした。七百万、四百万、二百万でも首を振りよった」

「地方に持って行ったらどうです。広島とか名古屋とか」

「サルベージ屋のネットワークは、おまえの頭みたいなスポンジやない。命より大事な金を張るんやからな」

「白姚会の上部団体に持ち込んだらどうですか。木崎は中澤組の幹部と兄弟盃してるんでしょ」そう、中澤組は神戸川坂会の本家筋だ。

「おまえはなんや、わしと中澤組を揉まそうとしてんのか」

「また怒るわ。ちょっと、いうてみただけやのに」

「おまえ、触書の出どころ、分かるか」

「白姚会でしょ。若頭の木崎」

「徳山商事。光本のクソ爺や」

桑原はタクシーを停めた。二宮も乗る。日本橋、黒門——。桑原は運転手にいった。

「まさか、徳山商事に行くんですか」

「割るんや。小切手を」

「割れたら、くださいね。一〇パーセント」

桑原は返事をしなかった。


黒門市場の裏手でタクシーを降りた。古ぼけた四階建のビルに入り、階段で二階にあがる。桑原はノックもせず、ドアを引いた。

光本と、黒いスーツの若い男がいた。男はデスクのパソコンの前に座り、光本は奥のデスクで週刊誌を読んでいる。

「なんですか、おたく」咎めるように男はいった。ヤクザ口調ではない。

「客や。小切手、持ってきた」

桑原はいい、「光本さんと話がある。外してくれ」

男は光本を見た。光本はうなずく。男はパソコンをたたんで事務所を出ていった。

「なんや、その顔は。まさか、わしが来るとは思てなかったか」

桑原はソファに腰をおろして肘掛けに寄りかかった。「こないだの取り立て屋はどうした。わしにどつきまわされて入院したか」

「あれは馘《くび》にした。出来がわるい」

「そんなとこでじっとしてんと、こっちに来いや」

「ここでも聞こえる」

「来い。見せるもんがある」

桑原は煙草をくわえた。光本は週刊誌をおいて、そばに来る。二宮も松葉杖を脇において ソファに座った。

桑原はスーツの内ポケットから二枚の小切手を出してテーブルに放った。

「おまえが触書をまわした幾成会の小切手や」

「触書？　なんのことや」

「猿芝居はやめんかい」桑原はカルティエで煙草に火をつけた。「触書をまわしたんは、おまえの図《え》やない。木崎にいわれたんやろ」

「…………」光本は眼をつむった。

「買うたれや、それ」

「…………」光本は微かに首を振る。

「おまえはサルベージ屋や。手形や小切手を割るのが商売やろ」

「──ほかへ行ってくれ。その小切手やったら高うに割れる」

「な、光本、この小切手は岸上が振り出した。わしの眼の前でな。岸上は木崎の連れで、木崎は白姚会の若頭や。その白姚会のフロントがおまえやないけ」桑原はにやりとして、「いうたら、これは白姚会グループが振り出した小切手や。おまえには回収する義務があるんとちがうんかい」

「な、桑原さん、わしは極道やない。勝手な真似はできんのや」

「こないだ、わしは約束したよな。木崎や岸上がオレ詐欺の金主やいうことも、横内を殺して散骨したことも、おまえの口から聞いたとは誰にもいわん、とな。わしはあの約束を律儀に守っとんのやぞ」

「…………」光本は上を向いた。

「木崎にいうたろかい。ネタ元は身内のおまえやと。おまえはわしに絞められて、訊きもせんことまでぺらぺら喋ったと」

桑原は立ちあがった。このあいだと同じようにファクスのコードを引き抜いて光本の後ろにまわる。光本は振り向いて、

「分かった。割る。割るから、わしのことは忘れてくれ。二度とわしにはかかわらんと

約束してくれ」

「おう、それでもええ。……なんぼや」

「三百万」

「殺すぞ、こら」桑原は両手でコードを張る。

「三百万は捨て金や。小切手は回収しても、幾成会から金は回収できへん」三百万は徳山商事の損金にする、と光本はいう。

「聞けんな」

桑原は光本の髪をつかんで引き起こし、首にコードを巻く。光本は抗い、

「五百や。五百で堪《こら》えてくれ。それ以上はわしが手形を切らないかん」

「へっ……」桑原は舌打ちし、光本を突き放した。「いま、払うんかい」

「払う。あんたの口座に振り込む」光本はコードを投げ捨てる。

「残高、見るぞ」

「見てもええ。わしは嘘ついてへん」

「来い」

桑原は光本を立たせた。光本は奥のデスクへ行く。

光本はパソコンを開いた。マウスを滑らせ、キーを叩く。銀行口座の残高を表示させたらしい。桑原はディスプレイを覗き込んで、「くそボケ。四百七十万やないけ」

「いや、これで堪忍してくれ。全額を振り込むから」

「ほら、いうぞ。まちがうなよ。……大同銀行、守口大日支店、普通、００５６１××、クワハラヤスヒコ」

光本は桑原のいうとおりキーを押す。マウスをクリックし暗証番号を押して、振込みは終わったようだ。

「受領書、書け」

「受領書？」

「便箋、出せや」

光本はデスクの抽斗から便箋を出した。

「わしのいうとおりに書け。……まず、受領書、桑原保彦様や」

「…………」光本はボールペンをとって書く。

「社会福祉法人幾成会、理事長岸上篤振出しによる額面計二千万円の小切手二枚を対価四百七十万円にて双方合意し、正に受領致しました。徳山商事代表、光本伊佐雄……。それと、今日の日付や」

光本は受領書を書き、印鑑を押した。桑原は手にとって文面を確かめ、上着の内ポケットに入れた。

「領収書を書く。出せ」

光本は抽斗から白地の領収書を出した。桑原はボールペンをとり、声に出しながら書く。

「徳山商事、光本伊佐雄様。金額、四百七十万円。但し、社会福祉法人幾成会振出しによる額面計二千万円の小切手二枚。平成二十九年六月二日。上記正に領収致しました。桑原保彦」

桑原は領収書をデスクにおき、ソファにもどった。煙草を吸いつけてスマホを操作する。大同銀行の自分の口座にアクセスして入金を確認するようだ。

こいつはいったい、どういう人間や――。二宮は舌をまく。粗暴と周到がオールバックの頭に同居しているのだ。

「よっしゃ」桑原はスマホの電源を切った。行くぞ、と立ちあがる。

二宮は松葉杖をとり、あとにつづいた。

階段室――。男がふたりいた。

「なんじゃい……」低く、桑原がいう。「さっきの黒スーツが電話しよったんか」

「顔、貸せや」

いったのは、岸上の事務所で会った木崎のガードだった。左眼の下に黒い痣《あざ》、左のこめかみと鼻の付け根に絆創膏を貼っている。

「どこに貸すんじゃ」

「どこでもええやろ」

男はコートのボタンを外した。銃口を桑原に向けている。

「トカレフか……。ひとを弾くんやったら〝レンコン〟にせいや」

レンコン——。リボルバーのことだ。薬莢《やっきょう》が排出されないから、ヒットマンがよく使う。

「ごちゃごちゃ、ぬかすなよ、こら」

甲高い声でいった若い男にも見憶えがある。スキンヘッド、背が低い。松原の磯畑自動車で桑原に消火器で殴られたチンピラのひとりだ。

「弾くんなら、ここで弾けや。拉致られて山に埋められたら、成仏できんがな」

「殺すぞ」ガードは踏み出した。

「ま、待て。この男は堅気や」

桑原は二宮を見た。「顔、貸したるから、こいつは放したれ」

「甘いのう。そいつを逃がしたら喋るやろ」ガードがいう。

「おれ、なにもいいません。絶対に喋りません。桑原さんのことも堪忍してください」

声が掠れた。心臓が喉から迫《せ》り出しそうだ。

「松葉杖なんぞつきくさって。車に乗せたるから、来いや」

「タクシーやったら乗ります」

「舐めとんのか」

ガードの視線が逸れた瞬間、拳銃を持つ手が跳ねあがった。桑原のストレートが顔にめり込んでガードは膝をつき、指にぶらさがった銃を桑原が蹴る。銃はまわりながら床を滑り、壁にあたった。桑原はガードのみぞおちに身体が浮くような蹴りを入れ、引き起こして殴りつける。

パンッ、と乾いた音がした。スキンヘッドが両手で銃をかまえている。「え……」桑原は膝をついた。

ワーッと、スキンヘッドは叫び、反転して階段を駆けおりる。

「このガキ」桑原は追った。階段の途中でフッと力が抜けたように俯き、肩から踊り場に落ちて突っ伏した。

「桑原さん！」二宮は松葉杖を放って踊り場に降りた。桑原に駆け寄る。上体を抱えて起こそうとしたが、反応がない。掌《て》に生温いものを感じた。

携帯を出して開いた。血染めの指が震えて１１９を押せない。

なにかしらん、声が聞こえた。振り向くと、一階から階段室を覗き込んでいる女がいた。

「救急車。救急車を呼んで」

大声でいった。女はうなずいて、顔を引っ込めた。

我に返ったときは階段室の壁にもたれていた。制服警官が五人、二宮を取り囲んでいる。

「おたく、名前は」訊かれた。

「二宮……」

「二宮さん、なにがあったんです」

「分からん……」

「それはないでしょ」

「桑原さんは」

「あのひとは、桑原さんというんですか」

「桑原さんはどうしたんです」

「搬送しました。病院に」

「容体は」

「不明です」

ひとりがいい、ひとりが、心肺停止、と小さくいった。

「あほな……」

「蘇生処置をしてます。救急車の中で」

心肺停止……。あの桑原が死んだのか。あの憎まれ口が聞けないのか。連れ立って三途の川を渡ろうといっていたのは嘘だったのか——。

記憶が途切れ途切れに蘇った。救急車の電子音、桑原をストレッチャーに載せる救急隊員、野次馬を制する制服警官——。

「状況を説明してください」

かぶりを振った。余計なことを喋ってはいけない。

「身分を証明するものをお持ちですか」

指の血をポロシャツで拭き、カードケースから免許証を出した。警官は手にとって、

「二宮啓之さん。現住所は大正区千島。職業は」

「建築コンサルタントです。二宮企画」

名刺も渡して、脚を抱えた。チノパンツの太股は血に染まり、ポロシャツとジャケットにも点々と血が散っている。

「桑原さんとはどういう関係ですか」

「彼はクライアントです」

「クライアントとは……」

「仕事に関することはいいとうないんです」

免許証を返してくれ、といった。警官は少し待ってくださいといい、階段室を出ていった。パトカーの無線で二宮の犯歴を照会するのだろう。

「二宮さんは、なんでこのビルにいたんですか」またひとりの警官がいった。

「いまはノーコメントにしてください」

「そうですか」

警官は顔を見合わせた。「詳しい事情を訊きたいので、中央署に来てもらえますか」

「おたくら、中央署のひとですか」

「機動捜査隊です」もうすぐ、中央署から刑事が来るという。

「中央署に行っても、おれ、なにも知らんのです」

「撃たれたんですよ、拳銃で。知らんはずがないでしょ」

「おれが撃たれたんやない。撃ったやつにも見憶えがないんです」

警察を相手に、このがんばりがいつまで通用するのかと思った。「――おれの杖は」

「これですか」

警官のひとりが松葉杖を持っていた。受けとって、杖を支えに立とうとしたが、立てない。吐き気がする。空《から》えずきをした。

「大丈夫ですか」

「頭を打った。もやもやする」

「病院へ行きますか」

「桑原さんと同じ病院ですか」

「それは無理でしょう」

「おれはね……」

ひどい眩暈がして、吐いた。警官が飛びのく。白い固形物はうどんだった。

話し声が聞こえて、二宮は覚醒した。仰向きに寝ている。病院のベッドだろう。

外傷は――。見あたりません――。なんで気絶した――。ショック状態です。鎮静剤を打ちました——。尋問は——。いまはできません——。

眼はあけないことにした。起きると尋問される。

話し声がやみ、ドアが閉まった。まだ看護師がいるかもしれない。しばらく物音がしないのを確かめて、眼をあけた。

やはり、病室だった。ジャケットとチノパンツを脱がされ、そばに支柱が立っている。左の腕に点滴の管がつながれていた。

もう吐き気はしないが、眠い。無性に眠い。点滴にも鎮静剤が入っているのだろうか。

しかし、どうしたらええんや——。このまま寝たふりをしているわけにはいかない。尋問されたら、なんと答える——。まわらない頭で考えた。嶋田にだけは迷惑をかけてはいけない。

桑原はスーツのポケットに光本が書いた受領書を入れているから、桑原と二宮が徳山商事を訪れたことは警察がつかんでいる。だったら、徳山商事に行った理由は——。

桑原はサルベージ屋で幾成会振出しの小切手を割ったのだ。それはまともな商取引だから、法を犯したわけではない。

強盗か——。そう、強盗だ。最近、日本の各地で金塊密輸に関連した現金強奪事件が多発している。桑原と二宮は強奪犯に拳銃で脅され、桑原は逆襲して撃たれたのだ。強盗は流しの犯行だから、二宮が相手を見知っているわけはない。

そうや、それで行こ——。当然だが、警察が信じるとは思えない。でも、それでいい。

時間稼ぎにはなる。そのあいだに詳しい状況を把握するのだ。

とにかく、基本は黙秘。徹底して黙秘をとおす。いずれにせよ、強盗説はくずれるだろうが、桑原に恨みをもっているやつは大阪中にごまんといる。

そう、腐れ刑事の中川を利用するのだ。あいつは保身のためならなんでもする。最後の最後は中川を道連れにしないと腹の虫がおさまらない。

ドアが開き、ピンク色のナース服の看護師が入ってきた。眼が合う。

「あら、起きたんですね」看護師はかわいい。悠紀より若いだろう。

「ここ、どこです」

「山東病院です」

「なんや。隣やないですか」

そう、徳山商事のビルの隣が山東病院だった。

「おれの連れも、この病院ですか」

「お名前は」

「桑原保彦。ストレッチャーに載せられたときは心肺停止でした」

「そんな患者さんはおられませんよ」山東病院は救急指定病院ではないという。

「救急車の中で蘇生処置したら助かるんですか」

「心肺停止ですよね」看護師はいい、「心室細動だとAEDとかありますけど、心筋梗塞とか脳内出血だと、救急車では処置できないと思います」

うだ。「外傷です。出血多量ですねん」

拳銃で撃たれたとはいえない。この看護師は二宮の服についた血を見ていないようだ。

「その場合は、止血と、心臓停止の患者さんには電気ショックと心臓マッサージでしょうね」

「胸に電極あてて、バンッというたら患者が跳ねるやつですか」

看護師は笑いかけたが、不謹慎だと思ったのか、すぐ真顔になり、

「出血多量の患者さんに対して救急車内で輸液の投与はできます」

「輸血はできんのですか。連れはB型なんやけど」

「できません。救急車では」

桑原は死んだ……。殺しても死にそうにない、あの疫病神が。

「おれ、警察に連れてこられたんですよね」

「はい、そうです」

「刑事さんは」

「います。ふたり」ナースステーションの隣のレストスペースで二宮が覚醒するのを待っているという。

「お願いなんですけど、あと三十分、おれが眼を覚ましたことを内緒にしてもらえますか」

「あ、はい……」

「ありがとうございます」

頭をさげた。看護師は点滴のつまみを調整して部屋を出ていった。

点滴の管をつないだままベッドを降りた。枕頭台《ちんとうだい》のそばに松葉杖と二宮の服をたたんだバスケットがある。ジャケットのポケットを探って携帯を出した。アドレス帳をスクロールして発信ボタンを押す。中川はすぐに出た。

——おれ。二宮です。桑原が撃たれました。

——なんやと。

——黒門の徳山商事です。ビルの階段室で白姚会の連中にやられました。

——桑原はどないした。

——心肺停止です。救急車で運ばれました。病院は分かりません。

——どこにおんのや、おまえは。黒門か。

——徳山商事の隣の山東病院です。

——おまえも撃たれたんか。

——撃たれたら、こんな電話してません。

同じフロアに、たぶん中央署の刑事がふたりいる、まだ尋問は受けていないといった。

——分かった。なにを訊かれても喋るな。山東病院へ行く。

——徳山商事で小切手を割ったんです。桑原は光本が書いた受領書を持ってるし、おれは強盗におうたというつもりなんやけど。

——ばかたれ。完全黙秘じゃ。いっさい喋るな。

——ほな、記憶喪失になりましょか。あまりのショックに。

——やかましい。くだらん芸はするな。

電話は切れた。中川に連絡したことで、少しは気が楽になった。

完全黙秘——。肚を決めた。


ベッドにもどってしばらくすると、看護師が知らせたのか、医師と男がふたり、部屋に入ってきた。

「気がつかれましたか」医師がいう。

「いや、吐いたあとは意識が朦朧《もうろう》としてました。どうやってここに来たかも憶えてないんです」

「無理もない。知人が瀕死の重傷を負ったんだから」医師はあらましを聞いているようだ。

「事情聴取、ＯＫですか」

男のひとりが医師に訊いた。いいでしょう、と医師はうなずく。

「すんません。外してもろたらありがたいんですが」

「承知しました」医師は部屋を出ていった。

「おたくらは」訊いた。

「中央署刑事課の牧村《まきむら》です」

もうひとりは水野《みずの》と名乗った。牧村が五十歳前後、水野は二宮と同じくらいだろうか。

ふたりともスーツにネクタイを締め、ぺらぺらの丈の短いコートをはおっている。

「刑事課て、係があるんですよね」

「組対《そたい》ですわ」

「なんで、組対の刑事さんが……」

「桑原保彦。二蝶会組員。暴力団員が撃たれたんや」横柄な口調だ。

「桑原は死んだんですか」

「重体や。まだ死んだという連絡はないな」

まだ、という言葉がひっかかった。こいつらは桑原が死ぬのを待ってるんか――。

「拳銃を見ましたか」水野がいった。

「見てないです。……薬莢は」

「ありました。現場に」

薬莢があったということは、桑原がガードを蹴りあげて床に落ちたトカレフをスキンヘッドが拾い、ガードを殴りつけている桑原を撃ったにちがいない。

「拳銃も見てないのに、なんで薬莢のことを訊いたんや」牧村がいった。

「銃を撃ったら薬莢が飛ぶやないですか。済州島《チェジュ》の射撃場で撃ったことあるんです」

危ない。余計なことをいったらボロが出る。

「犯人は何人やった」

「知らんのです」

「なんで知らんのや」

「おれは二階の廊下におったんです。階段室からパンという音が聞こえて、行ってみたら桑原が倒れてました」

「なんで二階の廊下におったんや」

「さぁ……」口をつぐんだ。

「二宮さんよ、とぼけたらあかんわ」

「ノーコメント。黙秘権を行使します」

「あほやで、こいつは」

牧村は水野に眼をやって笑った。「なにが黙秘権じゃ。堅気の人間がいう言葉やぞ」

「おれは堅気やないですか」ムッとした。

「調べはついとんのや。二宮企画の二宮啓之。サバキで食うてる半堅気やろ」

「あんたね、桑原は撃たれたんやで。被害者なんやで。それを、なんかしらんけどえらそうに、おれが容疑者みたいなものいいして、失礼やとは思わんのか」

「そうかい、そら失礼さんやった」

牧村はせせら笑った。「桑原を撃ったんはどこのどいつや。知ってるんやろ」

「知らんというたら知らん。おれは桑原が撃たれたとこに居合わせてへん」

「二宮っ」怒鳴るように牧村はいった。「しょっ引くぞ、こら」

「引けや。どこにでも。おれは病人やぞ」

大声でいい、ナースコールのボタンを押した。ドアが開き、看護師が入ってくる。

「退室してください」ふたりにいう。

「いや、どうも。このひとは昂奮状態ですねん」

「だから、退室してください。いまは点滴中です」

看護師は強くいい、刑事たちは二宮を睨みつけて病室を出ていった。

「ありがとう」看護師にいった。「あんまりむちゃいうから、つい腹が立って……」

「いいんですよ。あのひとたち、来たときから態度が大きいんです」

「あいつらはね、組対ですねん。組織犯罪対策係。ヤクザよりガラがわるい」

いうと、看護師はハッとした。

「ちがいます。ぼくはヤクザでも組員でもない。きわめてまっとうな大阪市民です」

「分かります。二宮さんはヤクザなんかじゃないです」

「そうですよね。そう見えますよね」

「芸人さんみたいです。吉本新喜劇の」

看護師はほほえんで、「点滴、遅くしましょうね」点滴のつまみを絞って出ていった。

吉本新喜劇の芸人——。いったい、誰やろ。見てくれのいいのはいないと気づいた。

枕に頭を埋《うず》めていると眠くなる。また、うつらうつらしたようだ。おい、と声をかけられ、眼をあけると中川がいた。

「こんなときに、よう寝られるのう」

「桑原は……」

「手術中や」中川は桑原が救急搬送された湊町の大橋病院に寄ってきたという。

「大橋病院の外科部長は内藤先生の後輩ですわ」

桑原は以前も内藤医院から大橋病院に転送され、手術を受けたことがある。包丁で脇腹を刺され、肺に穴があいたときだ。あの傷は重篤なものではなかったが。

「で、状態は」

「正直、危ない。いまは生死の境目やろ」

「どこを撃たれたんです」

「おまえ、現場におらんかったんか」

「いや、いてましたけど……」

「背中や。斜め後ろから撃たれよった」

弾は腎臓、胃、横行結腸を損傷し、貫通して階段室の壁に食い込んでいたという。

「拳銃、見たんか」

「オートマチックです。桑原はトカレフというてました」

「トカレフな……。口径は七・六二ミリと小さいけど、初速が速い」

トカレフ弾のような先細りの弾丸は貫通力が高く、ひとの身体を撃ったときは抵抗なく抜けるため致命傷とならない場合が多い、と中川はいう。

「それって、不幸中の幸《さいわい》というやつですか」

「考えてものいえ。不幸の中にあるのは禍や」

「桑原が死んだら、おれ、困りますねん。八十七万円が未収やし」

手もとのコントローラーを押した。ベッドの背もたれがあがっていく。「あいつはどうしようもない疫病神です。粗暴で大ホラ吹きで愛想の欠片《かけら》もないけど、岸上や木崎みたいなクズやない。ヤクザのくせに契約という概念があって、とりあえず金にはきれいで、いったん口にした約束は守るから、煽《おだ》ててるかぎりは害はない。なんべんかは助けてもろたこともあるし、おれの恩人の嶋田さんにも筋はとおしてる。……いうたら、昨今はめったと見られれん珍しいタイプの、絶滅危惧種のヤクザですわ」

「やっぱりのう。おまえ、桑原が好きなんや」

「あほいうたらあかんわ。あいつはどうしようもないろくでなしやけど、殺されてもええ人間とは思てません」

「変わっとるのう、おまえも」

「変人ですねん」悠紀によくいわれる。

「桑原が撃たれた状況を聞こか」中川は丸椅子を引き寄せて座った。

「中央署の刑事はどうしてるんです。牧村と水野は」

「あいつらには話をつけた。わしは桑原もおまえも顔見知りやとな。わしが事情を訊いて、あいつらに教えたるというた」

「教えるんですか」

「あほいえ。わしがこれになるやろ」中川は指で首を切る。

「桑原は久宝寺のサルベージ屋で二千万の小切手を割ろうとしたんです。そしたら、触書がまわってました。出処《でどころ》は徳山商事の光本です」

経緯を話した。中川は黙って聞いている。「――四百七十万の振込みのあと、受領書と領収書を交わして徳山商事を出た。二階の廊下から階段室に入ったとこで、白姚会のチンピラふたりが待ち伏せしてたんです」

「誰や、そのふたりは」

「名前は知りません。ひとりは木崎のガードで、目付きのわるい瘦せです。左の眼の下に、岸上の事務所で桑原に殴られた黒い痣がある。もうひとりはスキンヘッドのチビで、そいつも松原の自動車屋で桑原に殴られました。……ガードが桑原に、顔貸せというて、トカレフを突きつけた。桑原はガードの腕を蹴りあげて、倒れたとこをぼこぼこにしたんやけど、そこをスキンヘッドに撃たれたんです。スキンヘッドがトカレフを拾うとこは見てません」

スキンヘッドは叫び声をあげて逃走したが、二宮は桑原を助け起こそうとしていたため、ガードがどこをどう逃げたかは見ていない、といった。

「ガードは桑原に殴られて出血したか」

「どうやろ。鼻血は見てませんけどね」

「となると、遺留物は薬莢だけか。……しかし、薬莢に指紋が付いてたらめんどいぞ」

「付いてたんですか、指紋」

「分からん」

「カートリッジに弾を込めるとき、気の利いたやつは指紋を拭きとりますよね」

「ヒットマンはそうする。……けど、ほんまのプロやったら、リボルバーを使うわな」

「ガードは桑原を攫うて、殺す肚でした」

「それはない。桑原を殺したら、おまえも殺さんといかん」

いまどきのヤクザが命のやりとりをするのは組と組の抗争であり、狙うのは敵対組織のトップだと中川はいう。「極道の命は二十五年、堅気の命は三十年の懲役と引き換えや」

「ほな、桑原が攫われたらどうなったんですか」

「両膝は撃たれるやろ。おまえの眼の前でな。桑原は一生、車椅子か松葉杖や。おまえも喋ったら同じめにあうと脅される。白姚会にやられましたと、おまえ、いえるか」

「いえません。口が裂けても」松葉杖のつらさは身に染みている。

「嶋田は昔気質の極道やから白姚会に戦争をしかける。白姚会は本家筋の中澤組に手打ちを依頼する。中澤の舎弟頭あたりが取り持ちに入って、二蝶と白姚はチャンチャンというのがことの筋書きやろ」

「そういう落ちまでついてるんですか」

「極道の切った張ったはな、昭和の時代で終わったんや」

中央署の組対は桑原が所持していた四百七十万円の受領書をもとに、徳山商事の光本から事情を聴取している、と中川はつづける。「光本はサルベージ屋や。二千万の小切手を四百七十万で割っただけです、とシラを切ってる」

「白姚会の名前は出てないんですか」

「それは出てる。徳山商事は白姚のフロントや」

「すると、桑原を撃ったんは……」

「組対はまだ筋読みができてへん。桑原は大阪中の極道の恨みを買うてるしな」

「おれはどうしたらええんですか」

「桑原につきおうて徳山商事に行きました。桑原は小切手を割りました。桑原につづいて徳山商事を出ましたが、わたしは足が不自由で桑原に遅れました。桑原が階段室に入った途端、拳銃の発射音がして、慌てて行ってみたら、桑原が踊り場に倒れてました。そのあとのことは頭が真っ白になってなにも憶えてません。……おまえが喋ってええのはそこまでや」

「組対は誘導尋問してきますよね。白姚会がどうとかこうとかと」

「それが筋読みやというとんのや。下手に乗ったら、おまえも懲役やぞ」

「了解です。黙秘で行きますわ」

「肚を据えろや。組対の調べは半端やない。脅されてもすかされても、絶対に喋るなよ」

中川は怖いのだ。二宮が喋ったら、こいつは懲戒免職に追い込まれる――。

「中川さん、あんた、桑原が永遠に口を利けんようになったらええと思てるでしょ」

「あんなもんが死のうと生きようと、わしの知ったこっちゃないわい」

「おれは桑原に生きて欲しいと思てます。たとえ、おれの手が後ろにまわってもね」

「おまえら、ほんまは赤い糸でつながっとんのか」

「赤い糸やない。蜘蛛《くも》の糸ですわ。あれが死んだら、地獄の底から引っ張りよる。おれはそれがうっとうしい」

「へっ、勝手にさらせ」

吐き捨てるように中川はいい、腰をあげた。

24

六月三日――。朝の九時から中央署に呼ばれた。任意の事情聴取というやつだ。刑事たちは執拗に同じことを言葉をかえて訊いてくる。二宮は黙秘せず、肝腎なところは知らぬ存ぜぬでとおすうちに、刑事たちは眼に見えて苛だち、口調が荒くなってきた。

「——おまえら、白姚会と込み合うたんとちがうんかい、え」牧村がいう。

「おまえら、はおかしいでしょ。おれは桑原につきあえといわれたから、いっしょに行っただけです。徳山商事に」

「桑原が徳山商事に持ち込んだんは幾成会の小切手やぞ。幾成会の理事長は岸上篤で、岸上の子分の今井恭治は白姚会の木崎とツーツーの仲や。木崎は白姚会の若頭で、徳山商事は白姚会のフロントやないか」

　府警本部四課の中川といい、中央署組対の牧村といい、言葉と物腰はヤクザ顔負けだが、牧村は中川に比べて凄味というものがない。スーツもネクタイも安っぽく、口がやたら大きい蛙面で、頭にひと眼でそれと分かる七三分けのヅラをかぶっているからかもしれない。

「あのね、なんべん同じことを訊かれても答えはいっしょですわ。おれは桑原のシノギなんか知らんし、岸上とか幾成会とかも聞いたことないです」

「舐めたガキや。おまえはサバキで白姚会を使うてる。木崎とも面識はあるはずや」

「想像でものいうてもろたら困りますね。おれは建設コンサルタントで、小なりといえ、アメ村の外れに事務所をかまえてるんですよ。なにが悲しいて、サバキなんかせなあかんのですか」

「ええ根性や。おまえみたいな半堅気がコンサルてか。まともなコンサルが聞いたら泣いて笑うぞ」

泣いて笑う、とはどんな顔だろう。泣きながら笑うのか、笑いながら泣くのか。どっちにしても牧村は言葉の使い方に難がある。

「二宮さん、おたくのいうことも分かります」

水野がいう。「桑原は被害者で、おたくもひょっとしたら撃たれたかもしれんのです。ここは撃ったやつを特定して手錠《ワッパ》をかけましょうや。そしたら、おたくも安心でしょ」

牧村が脅し役で、水野が宥《なだ》め役――。このふたりの役割分担はおもしろいほどはっきりしている。話をしているうちに分かったが、牧村は五十すぎで巡査部長、水野は四十すぎで警部補だった。水野は容貌体格ともに貧相だが、昇進試験は得意なのだろう。

「なんとかいわんかい、こら」

牧村が机を叩いた。「極道を庇《かば》いだてするやつは極道やぞ」

「煙草、よろしいか」

「なんやと……」

「ニコチン切れで頭がまわらんのです」

「ここは警察じゃ。取調室やぞ」

「煙草も吸えんのなら帰ります。おれは任意で協力してますねん」

「二宮さん、灰皿がないんですわ。我々も煙草は喫煙所で吸うんです」水野がいう。

「どこです、喫煙所」

「ええ加減にせいや。下手《したて》に出てたら調子に乗りよって」牧村が怒鳴る。

「善良な市民にその言い方はないでしょ」

「おまえのどこが善良じゃ。極道とつるみくさって」

「おれの親父はね、二蝶会草創期のメンバーですわ。おれは子供のころから二蝶会の先代組長とか、いまの組長を知ってますねん」

「それがどうした」

「おれは劣悪なる生育環境にもかかわらず、道を踏み外さずにやってきたんです。二宮企画の代表としてね」

牧村のヅラをじっと見た。「桑原さんに会わせてください」

「やかましい。面会謝絶じゃ」

「おれは謝絶でも、おたくらは会えるでしょ。桑原さんに事情を訊いたらええやないですか。被害者なんやから」

「二宮、逮捕するぞ」

「あんた、口が臭いわ」

「こいつ……」

牧村は腰を浮かした。二宮は上体を退く。まぁまぁ、と水野がとめた。

腕の時計を見た。一時が近い。

「おれ、帰りますわ。予約してるし。病院に行ってギプスを外しますねん」

「どこの病院や」

「恵美須町の野村クリニック。いっしょに行きますか」

「なんで捻挫したんや」

「解体現場で転《こ》けたんです。泣いて笑いましたわ」

「しかたない。今日はここまでにしましょ」

水野がいった。「明日もお願いしますわ。九時に来てもらえますか」

「了解です。協力するにやぶさかではないです」

松葉杖をとって立ちあがった。牧村は眉根を寄せて天井を仰いでいた。


中央署を出た。堺筋へ歩きながら、多田真由美に電話をした。

──はい。多田です。

──どうも、二宮です。

──こんにちは。

声に張りがあった。昨日は消え入りそうな声だったが。

──面会できましたか。

──今朝、ＩＣＵで。五分だけですけど。

──どうでした。

──身体中、チューブだらけで、呼びかけたら眼はあけましたけど、ぼんやりしてて。

真由美のことは分かったようだが、話はできなかったという。

――もう大丈夫なんですね。

――はい。命はとりとめました。

――おれ、見てないんです。撃たれたとこ。

真由美にほんとうのことはいえない。

――でも、二宮さんがいっしょで、よかったです。

――一一九番してくれたんは女のひとです。おれはただ、桑原さんのそばでへたり込んでました。

――ありがとうございます。あのひとも心強かったと思います。

――今日も行きはるんですか。大橋病院。

――行きます。夕方。

――おれも桑原さんに会いたいんやけど、とめられてますねん、警察に。かえって迷惑になるし、しばらくは見舞いに行けません。

――桑原と話ができたら二宮さんにお知らせしますね。

――すんません。お願いします。

電話を切った。中川にかけようかと思ったが、やめた。あの男はめんどくさい。

嶋田に電話をした。

――おう、啓坊。どこにおるんや。

――ミナミです。ついさっきまで中央署の取調室にいてました。

——ご苦労さん。すまなんだな。

——それをいわなあかんのはおれのほうですわ。ほんまに申しわけないです。……ことの次第を報告したいんやけど、よろしいか。

——そうやな、聞かせてくれ。わしは毛馬におる。

——ほな、これから行きます。

電話を切り、振り返った。尾行がないのを確かめ、堺筋まで出てタクシーを停めた。


木下に案内され、会長室に入った。嶋田はソファにもたれて葉巻を吸っていた。

「コーヒーでも飲むか」

「そうですね。いただきます」

それを聞いて、木下は部屋を出ていった。

「大橋病院にはセツオを詰めさせてるけど、面会謝絶や。警察が廊下に張りついてるらしい」嶋田はいって、「昨日の晩、中央署の刑事がふたり来た。桑原を撃ったやつに心あたりはないかと訊かれたけど、わしが知るはずない。一時間ほど粘って帰りよった」

「ガサ入れやのうて、よかったです」正直、ホッとした。

「しかし、えらいことやったな、啓坊も」

「まさか、撃たれるとは思わんかったです。木崎のガードは桑原さんに蹴られてトカレフを落としたんですけどね」銃を拾ったスキンヘッドに撃たれたといった。

「ガードは姫川《ひめかわ》。もうひとりは新里《しんざと》いうチンピラやろ」

姫川は弟分の新里をかわいがっていた、と嶋田はいう。

「そのふたりを嶋田さんはどうするんですか」

「どうもせん。いまはな。いずれはケジメをとる」

「殺したり、せんですよね」

「わしは白姚の徳山に話《ナシ》をつける。徳山もまっとうな極道なら、桑原の病院代にガードとチンピラの指を添えて詫びを入れてくるやろ」

桑原が生きていてよかった。もし死んでいたら、嶋田の気性からして木崎を殺《と》りに行くはずだ。白姚会と二蝶会の戦争になれば府警四課が介入して嶋田と徳山は収監され、組の存続は危うくなるだろう。

「病院代て、いくらですか」

「極道の命は安い。死んで五百、瀕死の重傷で百から二百やな」

嶋田は葉巻の灰を灰皿に落として、「啓坊、保険は」

「生命保険ですよね。もちろん、入ってません」

入るわけがない。よめも子供もいないのだから。「――おふくろは入ってますわ。おれが受取人で。額は知らんのです」

「わしは啓坊、よめはんにいわれて二千万の保険に入ってた。それが暴排条例ができたときに保険屋の部長が来よってな、契約を解除したいと頭さげよった。しゃあない、これもご時世やと思て判子ついたがな」

「保険会社の調査部は警察ＯＢの巣ですよね」

「マル暴はツブシが利く。退職したら保険屋や不動産屋に天下りするんや」

あの中川も保険会社に拾ってもらうのだろうか。いや、無理だ。あいつは悪名が知れ渡っている。

「中川から聞いたんですけど、警慈会の岸上が二蝶会を潰せと喚いてるらしいです。嶋田さんも気をつけてください」

「岸上がどうこういわんでも、警察は極道を狙うてる。わしは車の後ろに座っててもシートベルトをしてるんや」

歩き煙草はしない、ゴルフはするが会員権は手放した、と嶋田はいい、「事務所に金属バットはおいてるけどな、ボールとグローブがセットや」

「木下くんはモデルガンを持ってるけど、かまわんのですか」

「木下がモデルガンで誰ぞを脅したらアウトや。脅迫罪で懲役二年に執行猶予三年いうとこやろ。けど、持ってるだけで引っ張られはせんし、あれは木下の私物やから組には関係ない」

嶋田と桑原は似ている。イケイケだが油断はしていない。そこまで考えているとは思わなかった。

そこへノック──。噂の木下がトレイを持って入ってきた。コーヒーカップとミルク、砂糖をテーブルにおき、コーヒーを注ぐ。ごゆっくり、と二宮に一礼して出ていった。

「わしは木下に釘刺した。返しはするな、わしのそばにおれ、とな。でないと、あれは糸の切れた凧《たこ》になる」

嶋田はコーヒーにミルクを落として、「啓坊はどうするんや、これから。事務所には行かんほうがええぞ」

「事務所はおろか、千島のアパートにも帰ってません」一昨日《おととい》から釜ヶ崎のホテルに泊まっているといった。

「そうや。ことが収まるまで静養しとけ」

「外を出歩くにもこの足ではね。松葉杖は身体中が痛うなるんです」

「おう、それや。わしも痛風がひどいときは杖をつく。どえらい不自由や」

「ギプスというもんをはじめてしましたけど、やたら不自由です。雨が降ったら足の裏がむずむずして、水虫になったんとちがいますかね」

「梅雨どきに捻挫するからやろ」

さもおかしそうに嶋田は笑った。その笑い声が二宮はうれしい。

それからは嶋田に葉巻をもらい、コーヒーを飲みながら世間話をした。あっというまに一時間が経ち、タクシーを呼んでもらって、二宮は二蝶会事務所をあとにした。


目覚めたときは八時だった。一瞬、朝か夜か迷ったが、窓の外は暗い。

そうか、午後の八時か──。部屋に入り、ベッドに横になったら、すぐに眠りこんだらしい。ズボンも穿いたままだ。

松葉杖をついてトイレに行き、またベッドに入った。眼をつむったが、安普請のホテルは隣の部屋のテレビの音が聞こえる。耳障りだ。

眠れぬままに、いままでの収支勘定をした──。

島之内の白姚会事務所に行くとき、桑原から三万円をもらった。

白姚会事務所で頭を割られたとき、中川が木崎から十九万を脅しとり、二宮は九万円を受けとったが、あれは治療費だった。二宮は内藤医院に三万円を払っている。

そのあと、桑原からも治療費をもらったのが八万円だったか。

桑原がBMWをとられたとき、捜索費その他で中川に十五万円を請求され、九万円を立て替えたが、そのあと桑原から十五万円をもらった。

そこまでで、なんぼや──。まわらぬ頭で暗算した。二十三万のプラスか。

あまりの少なさに愕然とした。白姚会事務所で死ぬほどの恐怖を味わい、頭を五針も縫って二十三万円……。

ま、しゃあない。前哨戦や──。あとの稼ぎは大きい。

桑原は小沼を連れて三協銀行天王寺駅北口支店に行き、三百三十四万円を奪《と》って、二宮は一割の三十四万円をもらった。

桑原は『やすらぎ』で岸上に総額四千六百六十六万円の小切手を五枚書かせた。後日、岸上と小沼を同道して三協銀行北浜支店に行き、千六百六十六万円を受けとって、二宮は二十六万円をもらったが、桑原にはまだ四十万円の貸しがある。

　今井の愛人の長嶺結花と協栄銀行友渕町支店に行き、桑原は二百五十万円を稼いで、二宮は二十五万円をもらった。

　そうして昨日、桑原は徳山商事へ行き、光本を脅して四百七十万円を自分の口座に振り込ませたが、その一割の四十七万円はまだもらっていない。

　なんぼや──。三十四、二十六、二十五……。八十五万円だ。前哨戦と合わせて百八万円になる。それと、桑原には四十万円と四十七万円で八十七万円の貸しがあるから、トータルすれば百九十五万円だ。

　桑原が生きていてよかった──。つくづく、そう思う。死人から債権を取り立てるわけにはいかない。

　しかし、これだけひどいめにおうて、百九十五万円の稼ぎは割に合わんやろ──。

　いや、桑原は瀕死の重傷や。一時は心肺停止にもなったし、腎臓と胃と腸を損傷して後遺症が残らんという保証はない──。それを思うと二宮の稼ぎは妥当かとも思うが。

　待て。桑原が後遺症であほになったらどうするんや。八十七万円の債権を忘れよるぞ──。

　可能性はなくもない。あの桑原のことだから、憶えていても忘れたふりをするかもしれない。

できるだけ早いうちに面会して債権を確認する必要がある、という結論にいたった。

25

六月四日──。容体の安定した桑原はＩＣＵから個室に移った。

六月八日──。桑原は大橋病院から天王寺区北山町《きたやまちょう》の大阪警察病院に移送された。

六月九日──。二宮は真由美の口添えで警察病院に行った。一般病床五百八十床の大病院で、他の総合病院よりセキュリティーが堅固だから、犯罪にかかわる被害者が転院させられることが多いと聞く。

面会時間の午後三時、病室に入ると、桑原は眠っていた。顔が浮腫《むく》んで青白く、髭が伸びている。剃らないと意外に髭が濃いことをはじめて知った。

桑原さん──、声をかけた。

桑原は眼をあけた。二宮を見つめる。

「誰や」声がか細い。

「二宮です」

「知らんな」

「えっ……」

「去《い》ね」

「あのね、やっとのことで面会許可がおりたんですよ。去ね、はないでしょ」

「小便や」ベッドの脇に尿がたまった袋が吊られている。

「おれは看護師やないんです」

「脱いでみい」

「なんです」

「不細工な女やのう」

「男です。不細工でもないし」

あかん。惚《ぼ》けてる――。心肺停止で脳内酸素が不足したのだろうか。低酸素脳症というやつだ。真由美からは、ここまでひどいとは聞いていなかったが。

「おれ。二宮です。建設コンサルタント。二宮企画。井戸端虫」

「不細工や」

こいつ、頭が溶けてるくせに、いうことは腹が立つ――。

「おれの松葉杖、憶えてますか。昨日、ギプスを外したんです」

「あほやろ」

「あほでも賢こでもよろしいけどね、金をください。八十七万円」

「やかましい。去ね」

なんやねん、こいつは――。舌打ちを隠してパイプ椅子を広げた。座る。

「桑原さんのようすを嶋田さんに報告せんといかんのです。嶋田さんて、知ってますよね」

「おまえの連れか」

「おれの親父の兄弟分で、桑原さんにとっては渡世上の親父です」

桑原は素知らぬ顔で耳を掻く。糖尿病で二度の脳梗塞を起こした孝之がこんなふうだった。

「あんたはね、白姚会の木崎のガードと、その舎弟にやられたんや。もちろん、警察にはいうてへんけど」

「誰があんたや」

「あんたは、桑原さんです」

「もういっぺんいうてみい、こら」

やっと分かった。こいつは惚けていない。

「なんやったら脱ぎましょか。乳首のまわりに毛が生えてるけど」

「脱いだら殴るぞ」いうことは乱暴だが、声は小さい。

「そう、そう、それでこそ喧嘩の星の王子さまや」

「ガードは誰や」

「姫川いうやつです。スキンヘッドは新里」

「割れとんのか、それは」

「どうですかね。桑原さんは白姚会にやられたというのが警察の見立てやけど、いまのとこ証拠も証言もないし、決め手がないみたいです」

一一九番通報をした女も逃走する姫川と新里を目撃はしておらず、付近の防犯カメラにもふたりの姿は残っていないようだといった。「桑原さんは大阪中のヤクザに恨まれてます。いままで百人はいわしたでしょ」

「大袈裟にぬかすな。半堅気を入れて七、八十人じゃ」

「それで充分です」

「木崎のクソはどうなんや」

「中川がいうには、なんべんも取調べを受けたけど、黙秘でとおしたみたいです」

「そらそうやろ。なんぼタマナシでも白姚の若頭を張ってる極道や」

「桑原さんも黙秘ですか」

「鼻と口に酸素マスクされて、なにを喋るんじゃ」

「マスク外れてからはどうやったんです、事情聴取」

「わしは被害者やぞ。なにが悲しいて刑事《デカ》に協力せないかんのや」

「おれのことも訊かれましたか」そこが気になる。

「訊きよったな。みんな無視した」桑原は一言も口を利かなかったという。

「まさか、リベンジはせんですよね。木崎に」

「見とれ。きっちりカタにはめたる」

「嶋田さんはよろこびませんよ」

「それがどうした。わしは三途の川を渡りかけたんやぞ」

「川の向こうはどんなんでした」

「赤い花が丘いっぱいに咲いてた。その花ん中で黒いタキシード着たシルクハットの爺が手招きしてたけど、わしは行ったらあかんと、爺に石投げた」

「その爺が死神ですかね」

「おまえに似てたな。ソースでべとべとのタコ焼きヅラや」

死神は色黒で丸顔のようだ——。

「お花畑からの生還、おめでとうございます」

小さく手を叩いた。「そこでですね、おれの報酬ですけど……」

「二宮くん」

「なんです」

「おまえはまさか、わしの見舞いに手ぶらで来たんやないやろな」

「いや、花でも持ってきたらよかったですか」

「わしはな、花より熨斗《のし》袋が好きなんや」

「そんな感じですね」

「おまえの報酬はわしの見舞いでチャラにしとこ」

「そんなあほな。どこの世界に八十七万もの見舞金を渡す人間がおるんです」

「病人に大声出すな。この罰あたりが」

「どこが罰あたりです。おれは必死の思いで桑原さんを介抱して、現場に来た警官にも、中央署の刑事にも、中川にも、肝腎なネタはなにひとつ洩らしてないんですよ」

「んなことはあたりまえじゃ。おまえとわしは一蓮托生《いちれんたくしょう》やないけ」

「一蓮托生というんやったら、規定の報酬をください」

「なにが規定じゃ。誰が決めた」

「おれはいままでの収支勘定をしたんです。トータルで百八万でしたわ。……桑原さんは岸上に総額四千六百六十六万の小切手を書かせて、そのうちの二千三百八十六万を回収してます。その一〇パーセントは二百三十八万で、それが本来のおれの取り分やけど、おれは百九十五万でええと、自主的にディスカウントしたんです」

「おまえはなんじゃい、わしの経費を除外してるやないけ。わしがいままで、どれほどの散り銭を遣うたと思とんのや。三百や四百やないぞ。わしの売上が二千三百としてやな、その折れはオヤジの膝前に積まなあかんのや。……わしの粗利は千百五十万。その一〇パーセントは百十五万で、おまえのいうトータルの百八万と合うてるやないけ。そうとちがうんかい」

二宮は舌をまいた。この顔の青白い男はシルクハットの死神を見てきたくせに金勘定が異様に速い。ベッドの中でほかにすることがないから、そればかり考えていたのだ。

「桑原さんともあろうひとが約束を違《たが》えるんですか。いったん口に出したことは守るのが任侠道とちがうんですか」

「払わんとはいうてへんわい」

「いつ払うてくれるんですか。八十七万円」

「退院したら払うたる」

ここはよしとしよう。野村クリニックの治療費も請求しようかと思ったが、それをいうと隣の病室に入ることになる。

「しかし、おれ、桑原さんの憎まれ口を聞いてうれしいですわ」

「そうかい。コンビ復活やの」

ちょっとゴマをすったらこれだ。誰がコンビや。勘ちがいすんなよ——。

「おまえ、真由美から聞いてへんか」

「なにをです」

「右足の膝から下が痺れとんのや。痛うも痒うもない。医者は拳銃の弾が腰椎を掠めたといいよったけど、ほんまは神経が切れてんのかもしれん」

退院しても歩行困難かもしれない、と桑原はいう。「もし、そうなってみい。わしは故郷の竹野に帰って崖からダイブする。どこぞの海岸に流れ着いたら線香の一本もあげてくれや」

「そんな……。わるい冗談はやめましょ。おれも捻挫から復帰したんです」

「ばかたれ。捻挫と腰椎損傷をいっしょにすな」

「桑原さんらしいないわ。きっちりリハビリして、大阪中のヤクザをいわしてください」

「おためごかしはやめんかい」

「浮かぶ瀬もありますて。イケイケからリタイアしても」

「わしは極道やぞ。人生、意地で生きとんのじゃ」

「はいはい、そうですね」

「去ね」力なく、桑原は手を振った。

「来たばっかりやないですか」

「去ね。おまえはうっとうしい」

桑原の気分はころころ変わる。弱気と強気がないまぜになっている。これも後遺症なのだろうか。

「ほな、帰ります」

腰をあげた。パイプ椅子をたたむ。「今度は嶋田さんと来ます」

「誰にも会いとうない。二度と来るな」

掠れた声を背中に聞いて病室を出た。


谷町筋へ歩いた。空が暗い。いまにも降りそうだ。

ほんまに、これで終わるんか——。状況が知りたい。

中川に電話をした。

――こんちは。おれです。二宮です。

――なんじゃい。不景気なものいいして。

――いま、桑原の見舞いをしてきたんです。十五分で追い返されました。

――んなことで、気安う電話してくんな。わしはおまえのベル友か。

――似てますね。

――なにがや。

――桑原と中川さん。いうことが。

――あんなもんといっしょにすなや。

――桑原は完黙をとおしたそうです。おれも中央署に呼ばれて、いろいろ訊かれたけど、いっさい喋ってません。

――知ってる。組対に聞いた。桑原もおまえも一筋縄ではいかんとな。そこだけは褒めたる。

中川に褒められても、まるでうれしくない。こいつの本心は保身なのだから。

――いくつか訊きたいんです。白姚会の姫川と新里はどうなったんですか。

――ふたりとも飛んだ。組には顔出してない。

――破門ですか。

――破門も除籍も絶縁もされてへん。

その種の処分をすると、かえって白姚会が疑われる、と中川はいう。

――和歌山とか奈良とか、近場に隠れとんのや。木崎に金もろてな。

――気楽なもんですね。

――それはない。ほとぼりが冷めたら、ふたりは組を追われる。木崎の指示もなしに桑原を弾いたんやからな。

――えらい厳しいですね。

――いまどきの極道はな、組を危うくしたら放り出されるんや。

――嶋田さんは手打ちに持ち込んだんですか。

――んなことは知らん。今度のヤマは中央署のシマ内で起こったことや。

――おれ、嶋田さんには……。

そこでプツッと電話は切れた。くそっ、勝手なやつや――。

悠紀にかけた。すぐに出た。


――なに。啓ちゃん。

――マキは元気か。

――元気やで。毎日、お母さんと遊んでる。マキちゃん、マキちゃんて、すごいかわいがってる。ソラソウヤ、ソラソウヤいうのが、お母さん、いちばん好きみたい。ちょっと気が揉めた。二宮より叔母に懐いたらどうしよう。

――それより、啓ちゃんはなにしてんのよ。事務所も閉めたままで。

――なんやかんやあって、まだ片づいてないんや。

悠紀は黒門市場近くのビルでヤクザが撃たれた事件を知らないようだ。テレビのニュースになり、扱いは小さいが新聞にも載ったのに。

――悠紀は今晩、空《あ》いてるか。

――うん。今日は夜のレッスンないけど。

――よっしゃ。飯、食お。悠紀のいうてたスッポンや。

――スッポンか。先週、食べてん。

――誰や。誰とや。

――ひ、み、つ。

くそっ、男と食ったにちがいない。嫉妬の炎がめらめらと燃えた。

――スッポンがキャンセルやったら、なにがええんや。

――ちょっと待って。考える。

少し、間があった。

――周防町にフレンチがオープンしてん。いま、セレブ系の女子に人気やし。『デルマーレ』。でも、高いと思うよ。

――分かった。『デルマーレ』な。

七時の約束をした。一〇四で『デルマーレ』の番号を聞き、電話をして予約をとった。

釜ヶ崎のホテルにもどったのがわるかった。ベッドに横になっていたら眠ってしまって、起きたのが七時十五分前。ホテルを飛び出してタクシーに乗り、周防町に着いたときは十分の遅刻だった。

悠紀は出入口近くの席にいた。あとの席は半分ほど客がいる。

「わるい。遅れた」

「わたしもいま来たとこ。六時に家に帰って、なにを着て行こうかって迷ったし」

悠紀は珍しくスカートを穿いている。白地にライトブルーの花柄、膝丈のフレアスカート、白いキャミソールに紺色のミニカーディガンを合わせている。パンプスはトゥの丸いシンプルなデザインだ。

「今日はお嬢様やな」

「ドレスコードやんか。啓ちゃんは外れてるけど」

「ここはしかし、お洒落な店やな」

咎めるような悠紀の視線を逸らすべく、ほの暗い店内を見まわした。天井が高く、全体がモノトーンのインテリア。ダークグレーの布を広げたテーブルにキャンドルが灯され、卓上花が飾られている。白いかすみ草だ。

「おれ、かすみ草て好きや。可憐で清楚で、儚《はかな》げやろ」

「わたしは薔薇やわ。それも真っ赤の」

「そら、悠紀は花でいうたら薔薇か牡丹やな。なんというてもゴージャスや」

「でも、心はかすみ草」

「ほんまやな。おれは悠紀とデートできる幸せをしみじみ感じてる」

「どうしたん、啓ちゃん、いつもとちがうわ。なにかわるいもん食べたん」

「これから食うんや」

　ソムリエが来た。二宮に飲み物を訊く。

「悠紀、頼んで。おれは銘柄なんか知らんし」

　悠紀はワインリストを手にしてシャンパンとフルボトルの白ワインを注文した。二宮はフードメニューを見たが、面倒なので〝4コースディナー〟をオーダーする。メイン料理は悠紀に任せた。

「な、さっきの話やけど、誰とスッポン食うたんや」

「ロックシンガー。クラシックメタルの」

「なんやて……」ロン毛で痩せのチャラ男が眼に浮かんだ。

「イケメンで背が高くてブルース声。『ジューダス・プリースト』とか『アイアン・メイデン』とか聴いてたら、メタラーのわたしとしては、もうどうにでもしてって感じになるねん」

「あかん、あかん。メタラーにスッポンは身の破滅やぞ」

「両肩にドラゴンのタトゥーが入ってて、すごい遊び人」

「タトゥーを見たんか」

「見たよ」

「ああ……」胸が張り裂けそうだ。「どういう状況で見たんや」

「Tシャツをめくったんやんか」

「どこでや」

「啓ちゃん、頭から湯気が出てる」

「あたりまえやろ。こんなきれいな薔薇をスッポンに蹂躙《じゅうりん》されたら、おれは叔母ちゃんに合わす顔がない」

「蹂躙やて。それって、思考がセクハラやで」

「いや、つい昂奮した」

さっきから隣のテーブルの男がちらちらと悠紀を見ている。こら、タダで見るな。

「啓ちゃんて、かわいいわ」

悠紀は笑う。「ほんまはね、『コットン』のインストラクター三人で女子会してるところへ、話を聞きつけたシンガーが来てん」ロックシンガーは生ビールを五杯も飲み、スッポン鍋のほとんどを食べ、締めの雑炊も食い尽くして勘定も払わずに帰ったという。

「勘定はさておいて、メルアドとか交換したんとちがうやろな」

「シンガーとしてはいいけど、男としてはね……。生活力皆無やんか」

「そうや。それが悠紀の生きる道や」

「啓ちゃんにだけはいいわれたくないわ」

悠紀はテーブルに両肘をつき、掌にあごをのせて、「けど、今日の啓ちゃん、なんか変やで。いつもの空元気がないわ」

「そうかな……」

一瞬、迷ったが、「――悠紀やから喋るけど、実はな、桑原が撃たれた」

「えっ、なんで……」

「桑原は島之内の白姚会いうのと揉めてたんや。むかしの債権整理がこじれてな。それで一週間前、黒門市場の近くのサルベージ屋のビルで、チンピラに撃たれた。一時は心肺停止や。おれはウロがきて、一一九もできんかった」

手短に事情を話した。悠紀は真顔で聞いている。およそ、ものごとに動じない性格だから、そう驚いたふうはない。

「――そういうわけで、おれは任意の事情聴取を受けた」

「ね、カツ丼とか出るの。取調べのとき」

「それはお話や。水の一杯も出えへん」机の上にスタンドも灰皿もないといった。

「啓ちゃんも監獄へ行くの」

「監獄は行かへん。桑原は被害者や」

「で、桑原はどうなん。今日、お見舞いに行ったんやろ」

「おれといっしょで、空元気や。あの悪魔がな」

「しゃあないやんか。生きてただけでよかったやん」

「まあな……」

「でも、分かった。啓ちゃんは桑原のことが好きなんや」

「あほな。あいつはおれに仇《あだ》なすばっかりの疫病神やぞ」

「こないだ結婚した友だちに聞いた。その子にとって、旦那の男友だちはガラクタしかいないんやて」

「そらそうやろ。男には悪友しかおらへん。よめや彼女に隠れていっしょにわるさするのが男どうしのつきあいや」

「ほな、啓ちゃんと桑原は友だちやんか」

「あれはちがう。ほんまもんの悪党や」

「ま、いいわ。啓ちゃんはどこまで行っても桑原と縁が切れへんねん。口では毛嫌いしてるくせに、誘われたらのこのこついて行く。あげくに頭縫って足を捻挫して、傷が癒えたころにはひどいめにあったことをころっと忘れてる。……ほんまにね、こんなに能天気でズボラな人間がほかにいるやろか。つくづく感心するわ」

「悠紀に約束する」小指を立てた。「もう二度と、桑原とはつるまへん」

まるで信用していないという顔で、悠紀は小指をからめてきた。指切りをかわす。いつも思うが、これが従妹でなければどんなにかいいだろう。

ソムリエがシャンパンクーラーに入れたシャンパンを持ってきた。手際よく栓を抜き、グラスに軽く注ぐ。テイスティングを、と悠紀にいった。

七月上旬——。梅雨が明けた。暑い日がつづいている。

相も変わらず、仕事はない。解体工事も、サバキも、建築仲介も。事務所にいてもすることはなく、一日のほとんどはエアコンをつけっ放しにしてカウチソファに横になり、いぎたなく眠りこけている。悠紀は近々、ミュージカルのキャストオーディションがあるとかで、あまり顔を出さない。

釜ヶ崎のホテルから千島のアパートに帰り、この事務所にもどったのは半月前だった。嶋田からの電話で白姚会の徳山と手打ちをしたといい、本業に精を出せといわれたからだ。精は出したいが、こちらから営業をかけて注文をとる業務形態ではないから、ただこうして電話とファクスを待つしかない。そう、建設コンサルタントというのは、ひたすら客を待つ水商売のようなものだとつくづく思う。

〝ケイチャン　ユキチャン〟マキが鳴いて飛んできた。二宮の胸にとまる。

「かわいいな、マキは。ええ子や」

マキの背中に手を添えて頭を掻いてやる。マキは眼を細めてクックッと喉を鳴らす。

ノック——。

「マキ、誰か来た」

返事はせず、起きてマキをケージに乗せた。ドアのそばへ行く。

「どなたさん？」

「木下です」

二蝶会の木下の声だった。錠を外し、ドアチェーンを外して木下を招き入れた。

「すんません。電話もせんと」

「そうやな。ま、座り」

木下はソファに腰をおろした。マキは見知らぬ人間を警戒して冠羽を立てている。

「ビール、飲む？」

「いただきます」

冷蔵庫から発泡酒を二本出してテーブルにおいた。二宮も座る。

「それで、あんたはなんで来たんや。用事なんやろ」

「報告です。昨日、桑原さんが警察病院を出ました」

「ほう、そらめでたいわ」

桑原が撃たれてから、ほぼ四十日が経つ。「退院して、守口にもどったんか」

「家に帰らずに、某クリニックに入院しました」リハビリはしているが、まだ飲みに出るような状態ではないという。

「足はどうなんや。膝から下の感覚がないとかいうてたけど」

「ああ、あれは膝の半月板が割れてたんです。階段から落ちたときやないですか」

「半月板な……」

崖からダイブするとか、線香をあげてくれとか、泣き言いうてたんはなんやったんや

――。あの大袈裟ぶりには恐れ入った。

「これ、桑原さんからです。二宮さんにとどけてくれと」木下はテーブルに茶封筒をおいた。

封筒はけっこう厚い。とりあげて中を覗くと、札束だった。

「八十万円です」

「へーえ、そうなんや」

あの桑原が未収の金をことづけてきたのだ。「――おれ、八十七万円を請求してたんやけど」

「二宮さんはそういうやろ、と桑原さんがいうてました。七万円は釜ヶ崎のホテル代を前払いした分やそうです」

なんと、ま、細かいやつだ。が、よしとしよう。七万円の値引きくらいは。

「領収書、書こか」封筒をズボンのポケットに入れた。

「要りません。そんな嫌味をいうやろと、桑原さん、笑うてました」

木下は発泡酒のプルタブを引く。二宮も開けて口をつけた。

「あんた、嶋田さんのガードやろ。嶋田さんは徳山に会うたんか」

「新地の料亭で会いました。オヤジと徳山さんのふたりで」そのあと、クラブを二軒まわったという。

「徳山は嶋田さんに金を積んだんか」

「金は受けとったと思うけど、額は聞いてません」

「姫川と新里の指は」

「そんなもんはないです」いまどきのヤクザが指を落とすことはめったにないという。

「あんた、返しはせんのやな」

「するわけない。破門になります」

「桑原さんも？」

「もちろんです。オヤジのいうことは絶対です」

「姫川と新里は」

「噂は聞きませんね」

中川がいっていたように、復帰の目はないようだ。

〝ゴハンタベヨカ　ゴハンタベヨカ〟マキが鳴いて木下の頭にとまった。木下は嫌がりもせず、

「オカメインコですね」

「よう知ってるな」

「実家でセキセイインコ飼うてます」

「実家て、どこなんや」

「福島の鷺洲《さぎす》です。美容院やってます」

鷺洲の聖天《しょうてん》通は玉川の悠紀の家に近い。歩いて七、八分だろう。

「そういや、妹さんは聖天通商店街で美容師やったな」

以前、妹を紹介してくれといったら、けんもほろろに断られた。

「親父が女つくって、出ていきよったんです。おれが小学校二年のときですわ。髪結いの亭主て、ほんまですね」ぐうたらの大酒飲みで、どこに勤めても長続きしなかった、と木下はいう。

「桑原さんは小学校五年のときにおふくろさんを失くしたんやな」

桑原の父親は中学の英語教師だったが、すぐに再婚し、教頭まで行って退職したあとに死んだ、と聞いた。

「ろくでなしの親父をもったらあきませんわ」木下は発泡酒を飲む。

「ま、おれの親父もヤクザやったしな」

「すんません。帰ります。ビール、ごちそうさんでした」

木下は立ちあがった。マキは飛んでカーテンレールにとまる。

「組に刑事は」

「来ません」

桑原への事情聴取もないといい、木下は出ていった。

「マキ、おいで。ごはん食べよ」

二宮はマキを呼び、餌皿を手にとった。

26

そうして半月——。アメ村のカフェでランチを食い、煙草を吸いつけて新聞を広げたとき、その記事を見つけた。

《特殊詐欺グループ　一網打尽
社会福祉法人理事長ら、3億円詐欺容疑

高齢者世帯から親族をかたって約3億円をだまし取ったオレオレ詐欺事件で、大阪府警特殊詐欺対策室と横堀署特殊詐欺捜査班は26日、通称「南条グループ」のリーダー南原賢司容疑者（36）、サブリーダーの鈴木透容疑者（26）、清水信二容疑者（23）、小西翔容疑者（22）らグループメンバー9名と、グループ顧問の暴力団組員田所正巳容疑者（43）、グループの資金提供者の社会福祉法人「幾成会」理事長岸上篤容疑者（70）、司法書士小沼光男容疑者（67）、暴力団組員木崎吾郎容疑者（55）の計13名を詐欺容疑で逮捕し、発表した。関係者によると、半数が容疑を認めているという。

発表によると、南原容疑者をリーダーとするオレオレ詐欺グループは、大阪府を中心とする近畿一円の高齢者宅に息子などをかたって電話をかけ、会社の資金を紛失したなどといって、被害者に数十万円から数百万円の現金を用意させ、これを路上などで受けとった疑い。被害総額は約3億円だが、多くの余罪があるとみて調べを進める。

岸上容疑者、小沼容疑者、木崎容疑者は南条グループの「金主」とされ、グループが詐取した現金のうち約半分を受けとっていたという。

岸上容疑者は大阪府警の友好団体「警慈会」の代表で、小沼容疑者は会員。2人は今年3月に発覚した大阪市内の歯科医院による歯科診療報酬不正受給事件で4月に逮捕されたが不起訴になっており、2つの事件のつながりとその根深さを思わせる。》

新聞に灰が落ちた。くわえていた煙草を灰皿に捨て、中川に電話をした。しつこく二十回ほどコールして、やっと出た。

――なんや。

――二宮です。

――分かっとるわ。なんや。

――悪党どもが捕まりましたね、まとめて。

――昨日や。あちこちガサに入って、しょっ引いた。

府警本部と横堀署から百人以上の捜査員が動員されたという。

――中川さんが情報提供したんですか。

――あほぬかせ。なにが悲しいて自分の首に鈴つけないかんのや。

――鈴、ついたんですか。

――どつくぞ、こら。

四課は特殊詐欺対策室の要請で組筋の情報を提供するが、日頃の交流はないという。

──あれから、セツオに会いましたか。

セツオは南条グループのハコを撮った映像と、桑原が田所を責めた録音を持っているはずだ。

──会うわけないやろ。

──ほな、どこからネタを拾たんですかね。特殊詐欺対策室は。

──知らんわい。知りとうもない。

──それとついでに、桑原の事件はどうなりました。

──進展なし。事件からもう五十日や。継続捜査になるんとちがうか。

──継続捜査て、なんです。

──お題目や。要するに、捜査打ち切り。

──迷宮入りとかいうやつですね。

──あのヤマは筋悪や。撃たれたんは極道一匹、それも死んだわけやない。シャカリキになって犯人《ホシ》を挙げたところで大した手柄にもならん。つまりは捜査経済における費用対効果がわるいというこっちゃ。

──そうか、コストパフォーマンスがわるいから幕引きをしたんや。

──知ったふうなこというな。

──木崎や田所が逮捕されて、中川さんは首筋が寒いですか。

――なんやと、こら。もういっぺんいうてみい。

――戦々恐々ですね。

――おい、二宮。電話でよかったのう。

――中川さんの前で、こんなことはいえませんわ。溜まりに溜まった鬱憤を晴らしてすっきりした。

――憶えとけよ。今度会うたら、ぶち叩く。

電話は切れた。セツオにかける。


――はい。

――おれ。二宮。

――おう、久しぶり。元気かいな。

――元気やで。仕事はないけど。……セツオくんはどうなんや。顔の傷、治ったか。

――まぁ、もとにはもどった。大した顔でもないしな。

――セツオくんの作った保険証、大したもんやな。ほんまにようできてたわ。

――サンプルの名前と日付を差し替えただけや。素材のカードを探すのがけっこうめんどいんやけどな。

――ちょっと訊きたいんやけど、南条の映像と田所の録音、誰かに渡したか。

――ああ、あれはオヤジに渡した。もう、一月ほど前や。

──嶋田さんは、それをどうするというてた?

──聞いてへん。……けど、おれが思うに、白姚会との手打ちに使うたんとちがうか。

──徳山と会うたときか。

──そこまでは分からん。おれが訊くことでもないしな。

──そうか。いずれ、嶋田さんに訊いてみるわ。

電話を切り、コーヒーを頼んだ。


八月──。白姚会の会長、徳山清南は若頭の木崎吾郎と田所正巳を破門し、白姚会の実質的な頭領として返り咲いた。木崎が徳山の指示と神戸川坂会の定めに反してオレオレ詐欺に加担、出資したのが、その理由とされた。

後日、嶋田に事情を訊くと、徳山が特殊詐欺対策室に映像と音声を記録したメモリを送付して木崎を逮捕させたのでは、ということだった。

桑原とは警察病院の見舞いのあと、顔を合わせていない。

解説

小橋めぐみ

小学四年生の時「隣のクラスにヤクザの組長の娘が転校してくるらしい」と、生徒たちの間で噂になったことがあった。そう言いながら、ヤクザというものがどんな人たちなのか、私も含めてみんな、よく分かっていなかったように思う。ただただ、ソワソワとざわついていた。

転校してきたMちゃんは、あっという間にみんなの人気者になった。組長の娘だからではない。底抜けに明るくて、可愛くて、スタイル抜群で、おまけに足が速かった。Mちゃんが廊下を歩いていると、そこだけパッと花が咲いたような華やかさがあった。私も彼女の明るさに惹かれて、仲良くなりたいな、おしゃべりしてみたいな、と、ふんわり思っていた。そんな彼女と移動教室で、たまたま二人になったことがあった。「私、Mちゃんと仲良くなりたかったの」と言うと「私もめぐちゃんと話してみたかった！」と言ってくれて、好きな人のこととか、学校のこととか、二人で話が盛り上がった。そして彼女にずっと聞いてみたかったことを何の気なしに聞いてみた。「ねえ、Mちゃんのお父さんって、ヤクザなの？」と。すると彼女は「ううん、違うよ、私もお父さんに聞いたことがあるんだけど、ヤクザじゃなくて、人にお金を貸すお仕事をしているんだって」と、教えてくれた。「そうなんだ！」と、私は納得した。周りで彼女の父親をヤクザだと言う友人たちにも「ヤクザじゃなくて、人にお金を貸す仕事をしているんだよ」と訂正をした。またある時、彼女のお誕生日会に呼ばれて、お家にお邪魔したことがあった。帰宅後、私は母に「Mちゃんのお家は、男のお手伝いさんがたくさんいたよ！」と無邪気に報告したらしい。

小学校を卒業する頃には、Mちゃんのお父さんはやっぱりヤクザなんだと、何かの出来事がきっかけとかではなく、大人になるにつれていつのまにか理解するようになっていた。

その後、別々の中学に進み、そのまま疎遠になってしまったけれど、時々、Mちゃんは今どうしているんだろうなあと思うことがある。

疫病神シリーズの堅気のほう、こと二宮啓之の父は手配師だった。この二宮の背景を思うと、Mちゃんの屈託のない明るさが、なおさら眩しく、少しだけ切なく思い出される。仲良くなったばかりの友達から「お父さんって、ヤクザなの？」と聞かれた十歳のMちゃんの心は、あの時どんなだったろう、と。

「いまも当時のことを思い出すが、〝極道の息子〟という事実にどう折り合いをつけたのか、不思議に憶えていない。ヤクザが社会悪だと決めつけたこともなければ、生業《なりわい》のひとつにすぎないと軽く考えたこともなかった」

と、大人になった二宮は回想しているが、軽く考えはしなかったろうが、おそらく深く考えることもなかったからこそ、今の二宮が出来上がっていった気がする。

基本的には「ぐうたらで経済観念がなくて、誰が見ても変人」と従妹《いとこ》の悠紀に言われてしまう、いい歳をしてぱっとしない男なのだが「ヤキを入れても泣きよらん。ごちゃごちゃとよう喋る。極道の扱いに慣れてくさる」とヤクザに言われる妙な強さを併せ持つ。この微妙で絶妙なバランス加減が、二蝶会という組に属しているが、イケイケの一匹狼、ヤクザ界の絶滅危惧種、桑原保彦に好かれている所以なのではないか。また、二宮の父親が、桑原の属している二蝶会の幹部だったことも、二人の縁を深めているのかもしれない。その縁が〝凶縁〟であり、お互いがお互いを「疫病神」だとも「コンビではない」とも「好きではない」とも言ってはいるが……。

さてその疫病神シリーズ、第七作「泥濘」。二蝶会の破門を解かれ、若頭補佐に復帰した桑原が今回、金の匂いを嗅ぎ取ったのは、大阪府警OBのNPO法人「警慈会」。しかし警慈会の背後にいる暴力団「白姚会」と桑原は、ある会社の倒産整理のシノギで五年ほど前に揉めていた。それを組長同士で手打ちにしてもらっていたため、下手に手出しできない。そこで二宮を利用しようと考える。平成二十三年春から施行された大阪府暴力団排除条例により、売り上げは右肩下がり、大阪の極道の間では知名度爆上がりの二宮は、疫病神・桑原と組むのはこりごりだと思っていたが、以前仕事で関係したことのある「白姚会」の組員に電話をするだけで五万円という報酬にあっさりと目がくらみ、気づけば事務所の隣の倉庫に転がされ、「白姚会」の人質になっている。シリーズファンとして、桑原のとばっちりの常連、二宮の〝へたれっぷり〟に開始早々お目にかかれて、ニマニマしてしまう。桑原の気持ちが、ちょっと分かる。

連絡がつかない桑原の代わりに、府警捜査四課巡査部長で、不良刑事の中川に二宮は助けを求める。この中川、一作ごとに存在感を増している。味方のようでありながらも時々敵に回りそうな得体の知れなさもあり、本作では桑原たちから金を巻き上げながらも、一段と心強い存在になっている。二宮企画のオーナーが自分の母親だと、誰にも言ってなかったことをぽろっと中川にこぼしながら親不孝ぶりに落ち込む二宮に対し、中川のかける言葉が、さり気なくあたたかい。

桑原と二宮が警慈会とその周辺を探るうちに、警慈会にいた横内という男が五年前から失踪していることが分かる。また、極道業界全般が右肩下がりの中で、白姚会だけが羽振りがいいのが桑原にはひっかかっている。横内の失踪理由は何か。白姚会のシノギは何なのか。コンビは関係者に話を聞きに行き、時に脅し、時に吊るし上げ、殴り殴られ傷を負い、血だらけになりながら、真相と金に近づいていく。

極道一筋で生きてきた桑原だが、彼には極道としての美学がある。一度金の匂いを嗅ぎ取ったら地獄の果てまで追いかけていく執念はあるが、どんなにそこが宝の山であろうと、己の美学に反する金儲けは絶対にしない。更には絶対に許さない。警察ＯＢと白姚会が、老人ホームだけではなく、オレオレ詐欺にも絡んでいたことを知った桑原の怒りは増大する。悪をもって悪を制す、毎回その極みを見せられるから、胸がすくような気持ちにさせられるのだろう。また、彼らの労力に対し儲けが毎回割に合わなすぎるのも気の毒だが、愛おしい気持ちにさせられる。所詮、夢みたいな金儲けはないのだ、とこの世の真理を二人が体現してくれているような。

そんな桑原も今回ばかりは、三途の川をわたりかけるハメになる。生死の境を彷徨う桑原に対して二宮は「連れ立って三途の川を渡ろうといっていたのは嘘だったのか」と思い返す。常に憎まれ口をたたき、桑原に金を要求している二宮だが、その根底には、命をかけてもいいと思っているほど、どこかで桑原のシノギは、この世の中に必要だという気持ちがあるのではないだろうか。もし二宮に聞いたとしても「ちゃうちゃう」と否定されそうだが。

それにしても〝腹が減っては戦ができぬ〟と言わんばかりに、二人は連れ立ってよく食事をする。今作では〝日航ホテルのステーキハウス〟に始まり〝老舗の鰻〟〝餃子とビール〟〝鯨屋のはりはり鍋〟〝初夏に味わう、てっさとてっちり〟など、レパートリーは広い。あくまで「食」は脇役。事細かに書かれているわけではなく、あっさりとした描写にとどめてはいるが、桑原はかなりのグルメだ（二宮は、ただの食いしん坊だ）。またヒレステーキの焼き方一つとっても、桑原は〝レア〟で、二宮は〝ウェルダン〟と、さり気なく二人の性格の違いが表れているのも面白い。

毎回酒に飲まれて途中で記憶を失い、昼近くまで寝ている二宮に対し、朝八時には起きて、朝食を欠かさない桑原。まるで正反対の二人なのだが、桑原は二宮の食べっぷりが気持ちよいのか、シノギの間は頻繁に食事に誘う。

数年前に、このシリーズの第五作『破門』が映画化された。その時、ある役のオーディションを受けたことがある。オーディションが終わってすぐに「ああ、落ちたな」と、はっきり思った。そして案の定、落ちた。

なぜそこまではっきり思ったかというと、私の大阪弁が、あまりにも下手くそだったからだ。東京出身の私は、その場で「これを大阪弁でお願いします」と渡された台詞を前に、自分なりに、こんなイントネーションだろうか？と想像しながら言ってみたのだが、言ってるそばから、「違う、こんなのおかしい」ともう一人の自分が焦りだし、緊張も加わり、安心して役を任せられない俳優と化した。

『破門』への出演は叶わなかったけれど、いつまた急に方言の役のオーディションが来るかわからない。その時に慌てないためにも、せめて大阪弁だけは慣れておこうと、それ以来、関西弁のドラマや映画を見て、台詞を真似して言ってみたりしているのだが、もう一つ、決めたことがある。オーディション前に読んだ『破門』が面白かったので、この気持ちを忘れないためにも疫病神シリーズを最初から読むことにしたのだ。声に出して。

これがすこぶる楽しく、特に桑原と二宮の掛け合いは、なんだかクセになった。普段、悪態をついたり、憎まれ口をたたくことがあまりないのだが、「こういう会話ができる相手がいるのはいいなあ」と羨ましくなる。長年声に出しながら読んできたからか、今作の後半、病院で桑原が初めてか細い声で二宮と会話をする場面では、笑いながらも泣いてしまった。声は小さく、身振りも力なく弱り切った桑原が、

「わしは極道やぞ。人生、意地で生きとんのじゃ。」

と言ったとき、彼自身がこの言葉を、ずっと自分に言い聞かせながら生き抜いてきたのだと、痛いほど感じた。

「ヤクザという組織形態はあと二十年ほどでなくなると言われています。正業を持ち、素性を隠して、欧米のマフィアのように地下に潜るのです。桑原のような代紋を背負ったヤクザが暴れ回るのは、線香花火の最後に大きくはぜる火花のようなものかもしれませんね」

と、著者の黒川さんはインタビューで語っている。今作でも前近代的な組織暴力団であるヤクザに代わり、ドライでシステマチックな特殊詐欺集団が、力と金を持ち始めよ

うとしているのが見えてくる。時代と逆行し、一作ごとに更にイケイケに磨きがかかっている桑原が、果たしてこの先どうなるのか。今頃「ステイホームや」と称して相変わらず本を読み漁っているのか。二宮は「ソーシャルディスタンス」を理由に桑原を避けるのか。

斜陽産業であろうとコロナ禍であろうと、まだまだこれからも憎まれ口をたたき合いながら、二人でこの鬱屈した世界に火花を散らしてほしい。

願わくは、三途の川を一緒にわたるまで。

（俳優）

「主な登場人物」DTP組版　エヴリ・シンク

初出
「週刊文春」二〇一七年一月五日・十二日号〜二〇一八年二月八日号。
単行本化にあたり加筆しました。

単行本　二〇一八年六月　文藝春秋刊

作品に登場する人名・団体等は、すべてフィクションです。

作中の新聞記事は、産経新聞（二〇一七年五月二十六日、六月二十七日、八月二日、八月二十日付）、毎日新聞（六月二十七日付）、朝日新聞（六月二十八日付）、読売新聞（八月二日付）を参考にしました。

文春文庫

泥濘《ぬかるみ》

定価はカバーに
表示してあります

2021年6月10日　第1刷

著　者　黒《くろ》川《かわ》博《ひろ》行《ゆき》
発行者　花田朋子
発行所　株式会社 文藝春秋

東京都千代田区紀尾井町3-23　〒102-8008
TEL 03・3265・1211㈹
文藝春秋ホームページ　http://www.bunshun.co.jp

落丁、乱丁本は、お手数ですが小社製作部宛お送り下さい。送料小社負担でお取替致します。

印刷・凸版印刷　製本・加藤製本

Printed in Japan
ISBN978-4-16-791700-5

文春文庫　黒川博行の本

（　）内は解説者。品切の節はご容赦下さい。

黒川博行
封印
大阪中のヤクザが政治家をも巻き込んで探している〝物〟とは何なのか。事件に巻き込まれた元ボクサーの釘師・酒井は、恩人の失踪を機に立ち上がった。長篇ハードボイルド。（酒井弘樹）
く-9-4

黒川博行
文福茶釜
剝いだ墨画を売りつける「山居静観」、贋物はなんと入札目録「宗林寂秋」、マンガ世界の贋作師を描く表題作「文福茶釜」など全五篇。古美術界震撼のミステリー誕生！（落合健二）
く-9-6

黒川博行
蒼煌
芸術院会員の座を狙う日本画家の室生は、選挙の投票権を持つ現会員らへの接待攻勢に出る。弟子、画商、政治家まで巻き込み、手段を選ばぬ彼に周囲は翻弄されていく。（篠田節子）
く-9-8

黒川博行
煙霞《えんか》
学校理事長を誘拐した美術講師と音楽教諭。馘首の噂に踊らされ、正教員の資格を得るための賭けに出たが、なぜか百キロの金塊が現れて事件は一転。ノンストップミステリー。（辻　喜代治）
く-9-9

黒川博行
国境（上下）
「疫病神コンビ」こと二宮と桑原は、詐欺師を追って北朝鮮に潜入する。だがそこで待っていたものは……。ふたりは本当の黒幕に辿り着けるのか？　圧倒的スケールの傑作！（藤原伊織）
く-9-10

黒川博行
離れ折紙
失われた名画、コレクターの愛蔵品、新発見の浮世絵、折紙つきの名刀…。幻の逸品をめぐる騙しあいを描き、人間の尽きることない欲望をあぶり出す傑作美術ミステリ。（柴田よしき）
く-9-12

黒川博行
後妻業
結婚した老齢の相手との死別を繰り返す女・小夜子と、結婚相談所の柏木につきまとう黒い疑惑。高齢の資産家男性を狙う〝後妻業〟を描き、世間を震撼させた超問題作！（白幡光明）
く-9-13

（　）内は解説者。品切の節はご容赦下さい。

東川篤哉
魔法使いと刑事たちの夏
切れ者だがドMの刑事、小山田聡介の家に住み込む家政婦マリィは、実は魔法使い。魔法で犯人が分かっちゃったけど、どうやって逮捕する？　キャラ萌え必至のシリーズ第二弾。
ひ-23-3

東川篤哉
さらば愛しき魔法使い
八王子署のヘタレ刑事・聡介の家政婦兼魔法使いのマリィは、数々の難解な事件を解決してきた。そんなマリィの秘密を、オカルト雑誌が嗅ぎつけた？　急展開のシリーズ第三弾。
ひ-23-4

藤原伊織
テロリストのパラソル
爆弾テロ事件の容疑者となったバーテンダーが、過去と対峙しながら事件の真相に迫る。乱歩賞&直木賞をダブル受賞した不朽の名作。逢坂剛・黒川博行両氏による追悼対談を特別収録。
ふ-16-7

福澤徹三
死に金
金になることなら何にでも手を出し、数億円を貯めた男。彼が死病に倒れたとき、それを狙う者が次々と病室を訪れる。ラストまで眼が離せない、衝撃のピカレスク・ロマン！　（若林　踏）
ふ-35-10

藤井太洋
ビッグデータ・コネクト
官民複合施設のシステムを開発するエンジニアが誘拐された。サイバー捜査官とはぐれ者ハッカーのコンビが個人情報の闇に挑む。今そこにある個人情報の危機を描く21世紀の警察小説。
ふ-40-1

福田和代
バベル
ある日突然、悠希の恋人が高熱で意識不明となってしまう。感染爆発が始まった原因不明の新型ウイルスに、人間が立ち向かう術はあるのか？　近未来の日本を襲うバイオクライシスノベル。
ふ-45-1

誉田哲也
妖《あやかし》の華
ヤクザに襲われたヒモのヨシキが、妖艶な女性・紅鈴に助けられたのと同じ頃、池袋で、完全に失血した謎の死体が発見された——。人気警察小説の原点となるデビュー作。　（杉江松恋）
ほ-15-2